다섯 가지 소원

다섯 가지소원

조 사이플 지음 이순영 옮김

씨네스트

다섯 가지 소원

초판 1쇄 | 2020년 07월 27일

지은이 | 조 사이플
옮긴이 | 이순영
디자인 | g design
편 집 | 강완구
펴낸이 | 강완구
펴낸곳 | 써네스트
출판등록 | 2005년 7월 13일 제2017-000293호
주 소 | 서울시 마포구 망원로 94, 203호
전 화 | 02-332-9384   팩 스 | 0303-0006-9384
이메일 | sunestbooks@yahoo.co.kr
ISBN 979-11-90631-10-5 03840 값 15,000원

이 도서의 국립중앙도서관 출판사도서목록(CIP)은 e-CIP 홈페이지 (http://www.nl.go.kr/ecip)와 국가자료
공동목록시스템(http://www.nl.go.kr/kolisnet)에서 이용하실 수 있습니다. (CIP제어번호 : CIP2020027217)

'기준을 높이 두어야 한다.'는 교훈을 통해 인내를 가르쳐준 내 아버지,

존 사이플에게 이 책을 바칩니다.

그 고마움을 영원히 간직하겠습니다.

유능한 마술사라면 누구든 이렇게 말할 것이다. 거짓 마술이 있고 진짜 마술이 있다고.

거짓 마술로 우리 마술사들은 먹고 살아간다. 관객은 그 마술이 눈속임과 날랜 손재주일 뿐이라는 걸 잘 알면서도 돈을 내고 구경한다. 우리는 백 달러 지폐들이 사라지게 한다. 조수들을 공중에 띄우기도 하고 어떤 때는 관객의 몸을 반으로 자르고 기적처럼 다시 합하기도 한다.

하지만 진짜 마술, 삶 속에서 일어나는 진짜 마술이 있다. 대부분의 마술사는 그런 걸 더는 믿지 않는다. 왜냐하면 그들은 자신이 마술의 모든 비밀을 알아냈으며 모든 속임수를 터득했다고 생각하기 때문이다.

나는 그렇지 않다. 나는 내 삶에서 마술을 보았다, 진짜 마술을. 그래서 나는 그것이 존재한다는 걸 안다.

"프로스페로, 15분 남았어요!"

지난 며칠 동안 나를 계속 따라다니는 남자다. 이름이 마일즈이지만, 자신을 '프로스페로의 전기 작가'라고 부르는 걸 좋아한다. 나는 서른 살이라는 나이에 자기 전기를 기록하게 하는 건 너무 이르다고 고집했지만, 턱이 여러 겹으로 접히고 키가 작은 마일즈는 종종 걸음으로 내 옆에 붙어 다니며 '역사상 가장 위대한 마술사를 만날 수 있으니' 자신은 세상에서 가장 운이 좋은 사람이라고 주장한다.

당연히 그 말은 사실이 아니다. '가장 위대한 마술사'라는 부분 말이다. 데이비드 카퍼필드와 크리스 엔젤 같은 마술사들이 있지 않은가. 그리고 마일즈는 후우디니라는 사람에 대해 들어본 적이 없는 걸까?

내가 마일즈에게 말한다.

"제발요. 우리가 이미 얘기한 거잖아요. 제이슨이라고 불러요. 프로스페로는 무대에서만 부르는 호칭이고요." 그의 입이 축 처져서 턱에 닿을 지경이 된다. 그가 나를 프로스페로가 아닌 다른 호칭으로 부르는 일은 절대 없을 것이다. 우리 둘 다 그걸 알고 있다. 내가 말한다. "그만 하죠. 15분이라고 했죠?" 나는 백 스테이지를 훑어본다. 몇 사람이 부산하게 움직인다. 한 사람은 3천5백 리터짜리 물탱크를 굴린다. 나는 그 물탱크 안에서 3인치 굵기의 체인에 묶여 있다가 감쪽같이 탈출할 것이다. 또 다른 사람은 여러 개의 거울을 준비하는데, 앞에 있는 여자가 거울에 보이지 않을 때까지 그 각도를 조절한다. 나도 준비를 마쳐야 한다는 걸 알지만 오늘밤은 한 가지 생각 때문에 두려워진다. "질문 한두 개 할 시간은 낼 수 있어요." 나는 이렇게 말하며 시간을 끈다.

마일즈가 뭉툭한 손으로 스포츠 코트 주머니와 바지 주머니, 마지막으로 셔츠 앞주머니를 차례로 툭툭 쳐보고는 그 셔츠 앞

주머니에서 오디오 녹음기를 꺼낸다. 그러다 잘못해서 팔꿈치로 커튼을 치는 바람에 먼지가 허공으로 퍼지고 새로 드라이한 내 턱시도에도 내려앉는다. 나는 코를 문지르며 재채기를 참는다.

마일즈가 버튼을 누르자 녹음기에서 삐 소리가 난다. 그 소리를 지난 사흘 내내 쉬지 않고 들었다. 그는 짙고 검은 눈썹을 억지로 한데 모으면서 흡사 기자 같은 말투로 질문한다. "마술사 스스로 이런 말을 했어요. 오늘밤은 내 인생에서 가장 중요한 밤이라고요. 이제 무대 위 연기 속으로 걸어가기까지 15분도 채 안 남았는데요. 프로스페로, 불가능의 지배자, 역사상 가장 위대한 마술사가 내게 말하기를……."

나는 한 손으로 녹음기를 덮은 다음 녹음이 안 되도록 입을 한쪽으로 돌리고 말한다. "제발요. 있는 그대로 자연스럽게 해요. 오늘밤은 아주 중요하거든요."

관객이 계속 들어온다. 마술이 클라이맥스에 이르는 것처럼 기대감이 점점 쌓인다. 나는 시계를 차고 있지 않지만 – 손목에서 팔꿈치까지 아무것도 없어야 한다 – 관객의 웅성거림을 들으며 공연시간이 다가왔음을 느낀다. 다시 한번 커튼을 들추고 객석의 빈자리 두 개, 앞줄 정중앙을 내다본다. 그 자리는 무대와 아주 가까워서 손을 뻗으면 닿을 것만 같다.

"왜 계속 내다보는 건가요? 또 그 두 자리를 보는 겁니까? 예약석이요?" 마일즈가 묻는다.

나는 나비넥타이를 고쳐 매고 커튼을 다시 제자리에 놓는다. "그래요."

"가족을 위한 자리입니까?"

내가 후회 섞인 한숨을 크게 내쉰다. "몇 년 동안 가족을 만나지 못했어요."

마일즈는 이유를 묻고 싶어 죽을 지경이지만 참는 눈치다. "그렇다면 누구를 위한 자리인가요?"

마일즈가 녹음기를 내 입술에 거의 닿을 정도로 쭉 내민다. 내가 한 걸음 물러서자 그는 녹음기를 내 입 가까이 대기 위해 까치발을 한다.

"아주 오랜 친구들이에요. 오늘밤이 그토록 중요한 이유는 바로 그 두 사람 때문이죠. 사실 내가 처음 마술을 시작한 것도 그들 때문이었어요." 내가 대답한다.

"그런 얘기는 한 번도 한 적이 없는데요. 마술을 시작하게 된 계기 말이에요."

"그런가요?" 이건 좀 당황스럽다. 이 남자는 지난 사흘 동안 나를 자기 시야에서 벗어나지 못하게 했다. 가능한 모든 각도에서 내 속임수를 관찰했고, 생각할 수 있는 모든 질문을 다섯 번씩 반복해서 했다. 우리는 내가 받은 상들, 내게 마술을 가르쳐준 스승들, 눈속임과 손재주와 관계된 다양한 기술에 대해 자세하게 얘기했다. 그런데 어떻게 가장 단순하며 전기에서 가장 기본적인 질문, 그러니까 마술을 시작한 계기에 관한 질문을 하지 않았을까?

"얘기가 길어요." 내가 말한다.

"하지만 세상은 그 얘기를 들을 필요가 있지요."

나는 바로 앞에 있는 그 두 개의 빈자리를 생각하면서, 마일즈 말이 옳을지도 모른다는 걸 깨닫는다. 그들의 이야기는 세상 사람들에게 들려줄 가치가 있다. "좋습니다." 나는 두려움과 호기심이라는 두 감정에 대해 마음의 준비를 한다. 도저히 이야기를 마칠 수 없다는 생각이 들면 그때가서 마법을 써봐야겠다.

　점점 더 커지는 관객들의 웅성거림을 나는 못들은 체 한다. 그리고 무대 바로 뒤에 접의자 두 개가 있는 걸 보고는 그 의자들을 커튼 근처에 놓고 마일즈와 함께 앉는다. 우리 둘의 무릎이 닿을락 말락 한다. 나는 턱시도에 생기는 주름을 애써 신경 쓰지 않으려 한다.

　"어릴 적에, 참 감사하게도 나는 놀랍고 지혜로운 노인과 다정하면서도 활달한 소녀를 만날 수 있었어요. 노인은 충만하고 의미 있는 삶을 산다는 것이 어떤 건지 내게 가르쳐 주었죠. 나도 모르는 새에 그렇게 해주었어요. 대신 나는, 그 노인이 자신의 젊은 시절을 잠깐이라도 떠올릴 수 있게 해줬다고 생각하고 싶어요. 소녀는……그러니까, 그 소녀는 내게 훨씬 더 많은 걸 줬어요."

　다음 얘기를 기다리며 나를 바라보는 마일즈의 두 눈이 커지고 턱이 앞으로 나온다. 러브스토리나 뭐 그런 걸 기대하는 눈치다. 내 전기에 남녀의 사랑 얘기를 조금 가미할 수 있을 거라 생각하는 듯하다. 하지만 내가 들려줄 얘기는 그런 것이 아니다.

　"그 아이의 이름은 티어건 로즈 마리 애서튼이었어요. 그리고 노인의 이름은 머리 맥브라이드였죠."

그 모든 일이 어떻게 시작되었는지 떠올려본다, 내가 노인을 어떻게 만났는지. 그리고 그 만남이 이후의 내 삶을 어떻게 바꾸어 놓았는지. 사실 그때는 그냥 우연일 뿐이라고 생각했다.

"머리의 백 번째 생일날 나는 그를 만났어요……."

1

머리 맥브라이드
일리노이주 레몬그로브
20년 전

'브란 플레이크'. 이 늙은 머리로 기억도 할 수 없을 만큼 오래 전부터 이 시리얼을 매일 아침 먹었다. 그러니까, 제니가 죽은 뒤로 매일 아침. 아무 맛도 없는 것이 꼭 분필을 씹는 듯 역겹기만 하다. 하지만 나는 매끼 비싼 캐비아나 먹어야 하는 그런 까다로운 사람이 아니다. 예나 지금이나 절대 그런 사람은 아니다.

나는 대단한 적수라도 되는 양 브란 플레이크를 빤히 쳐다본다. 내가 씹어 삼키려고 하면 그 시리얼은 또 밍밍한 맛으로 날 죽이려 하겠지. 부디 훌륭한 인간이 승리하길.

오늘은 내 생일이다. 와, 백 번째 생일. 그렇지만 내 곁에 아무도 남지 않았다는 사실만 실감할 뿐이다. 가족이 아무도 없다. 이따금씩 찾아오는 욕심 많은 손자가 하나 있을 뿐이다. 콧구멍을 뚫고 번쩍거리는 고리를 매달아 나도 모르게 자꾸만 쳐다보게 되는 슈퍼마켓 계산대 직원 말고는 알고 지내는 친구 하나 없다. 자랑하려는 건 아니고, 날 진료해주는 내과 의사 키튼도 친구 목록에 넣고 싶다. 키튼이 친구가 아니라면 왜 나더러 생일에 건강 진단을 받으라고 자꾸 권하겠는가? 시계를 힐끗 보니 진료 시간에 늦을 것 같지만 무슨 상관이람? 내 나이가 되면 사람들이 별로 많은 걸 기대하지 않는 법이다.

알약을 잘게 부순다. 내게는 한 알만 있으면 된다. 하루에 알약을 스무 알씩 삼켜야 하는 늙은이는 아니다. 약 가루를 시리얼에 섞고는 천천히 그 전쟁에서 승리를 거둔다. 꽤나 애를 써서 얻은 승리이긴 하지만. 이제 또 하루를 살아내겠지. 어쨌거나 키튼 박사는 이 사실에 기뻐할 테고.

나는 새벽 4시부터 옷을 차려입고 있는데, 옛날만큼 잠이 잘 오지 않는다. 굳이 얘기하자면 거꾸로 인 것 같다. 내 나이의 사람은 그럴 마음만 있다면 하루 종일이라도 잘 수 있어야 한다. 지금까지 고생했으니 말이다. 요즘 아이들은 한창 부지런히 살아야 할 때인데도 마음만 먹으면 꼭 아기처럼 잠을 잔다. 한 번은 열두 살쯤 되어 보이는 남자아이가 부활절 미사 시간 내내 자는 걸 본 적이 있다. 그걸 보니 혼잣말처럼 욕이 튀어나왔고, 그날 제임스 신부에게 그 일을 고백 성사해야 했다. 하지만 선한 제임스 신부는 그저 웃기만 했다. 이제 나는 성직자에게 뭐라고 하는 사람이 아니지만, 솔직히 말해 기분이 썩 좋지는 않았다.

집에서 병원까지는 겨우 두 블록 거리다. 그러니 걸어서 30분이면 도착할 수 있다. 병원 진료실에 혼자 있는데, 몇 분 지나자 의사가 급히 들어온다. 나를 보고 반가워하는 것 같다. 의사는 나더러 병원까지 어떻게 왔느냐고 묻더니 내가 걸어왔다고 대답하자 머리가 천장에 닿을 정도로 펄쩍 뛴다. "걷는 게 뭐 대단해서요. 그것도 못 하게 되면, 그때는 하늘나라로 가야지요." 내가 말한다.

내 두 다리가 진찰대 아래에서 흔들거린다. 내가 여덟 살 때, 서른여덟 살 때, 여든여덟 살 때 진료실에서 그랬던 것과 똑같다. 항상 똑같다.

"굉장히 건강하신데요." 의사가 또 이 말을 한다. "쉰 살 된 사람의 심장이에요."

의사는 생명을 유지하는 알약을 매일 아침 시리얼에 으깨 넣어 먹어야만 멈추지 않고 기능하는 내 폐에 대해서는 아무렇지 않게 잊어버린다. 이따금 모험을 하고 싶을 때면 토스트와 잼을 곁들이기도 하지만, 요즘은 그마저도 점점 안 하게 된다. 너무 번거로워서.

"그 20초에 대해 생각하고 있어요." 내가 말한다. 설명할 필요는 없다. 의사는 내가 약 얘기를 하고 있다는 걸 안다. 사실, 의사를 실망시키는 게 마음에 걸리지 않았다면 아마 1년 반 전에 약 먹는 걸 중단했을 것이다. 그가 얼마나 괴로워할지 생각하고 싶지 않다. 아마도 스스로를 탓하겠지. 하지만 그렇다고 해서 약을 안 먹겠다고 하는 게 그냥 하는 말은 아니다. 한동안은 내가 새로운 세기를 볼 때까지 살지 못할 거라고 생각했다. 나는 1998년이 올 때까지도 살지 못할 것이다. 그러거나 말거나.

"머리, 농담하지 마세요. 우리는 이 문제에 대해 얘기했잖아요, 기억하죠? 약을 먹지 않으면 금세 폐에 물이 찰 겁니다. 그러면 몇 시간 안에 질식사할 거예요. 그렇게 되고 싶은 건가요?" 의사가 말한다.

나는 의사가 원하는 대답을 해주려고 한다. 진심이다. 하지만 입으로는 앓는 소리만 나오고 아래로는 가스가 조금 나올 뿐이다. 의사가 묻는다. "일은 어때요? 브랜던이 전화했던가요? 요즘 촬영은 좀 했어요?"

"몇 번 했어요. 몇 주 전에는 전구 회사 촬영을 했지요. 오트밀 광고도 서로 다르게 몇 번 했고요, 또 뭘 했는데, 생각이 안 나네. 아, 맞다, 샴푸. 샴푸 광고에 나를 불렀다는 게 믿어져요?"

의사가 넥타이를 고쳐 매며 웃음이 나오는 걸 참는다. 내가 보기에 의사들은 뭐니 뭐니 해도 흰색 가운을 입어야 한다. 그게 제일 잘 어울린다. 의사가 내 머리 옆 부분에 남은 머리카락을 쳐다본다. "뭘 어떻게 하라고 하던가요?"

"머리숱이 많고 검은 어떤 젊은이를 빤히 쳐다보라고만 하던데요. 내가 거기 앉아서 청년을 보는 사진을 천 장 정도 찍더군요. 더 '갈망'하는 표정을 지으라나 뭐라나. 남자의 머리카락을 갈망하는 표정으로 보라는 거예요! 그러더니 2백 달러를 주면서 그만 가도 된다고 하더군요. 혹시나 어떤 사람이 내가 약을 안 먹게 할 방법을 찾고 있다면, 바로 그렇게 하면 되겠더군요."

의사가 졌다는 듯 두 손을 든다. "알았어요, 머리. 샴푸 광고 얘기는 그만 하죠. 하지만 잘 들어요. 머리는 사람들과 좀 어울려야 해요. 신체적으로는, 기적이라 할 만큼 잘 지내고 있는데요,

그렇지만……." 의사가 수많은 사람이 요즘 나를 보는 표정으로 나를 본다, 딱하다는 표정으로.

"선생님, 그렇지만 뭐요?" 내가 다음 말을 재촉한다.

"이제 얼마나 됐죠? 18개월인가요?"

나는 눈을 들지 않으려 하지만, 의사가 크리스마스카드와 아기 사진 그리고 환자들의 손주들 사진을 가득 붙여 놓은 게시판을 안경 너머로 힐끗 보게 된다. 그야말로 신성하고 아름다운 곳이다. 키튼 박사와 함께 살아가는 환자들. 맨 위에는 이 세상 누구보다 아름다운 여인의 뺨에 입을 맞추는 내 사진이 꽂혀 있다. '결혼 80주년을 맞은 부부'라는 제목 바로 아래 우리 두 사람의 사진이 있다. 나는 힘겹게 침을 삼키며 퍽퍽한 시리얼 탓을 한다. "다음 주 화요일이면 18개월이 되는군요."

"분명 제니는 머리가 행복하길 바랐을 겁니다. 친구들도 사귀고요. 제니가 떠난 뒤로 새로운 사람을 한 명이라도 만난 적 있어요?"

나는 콧구멍 한쪽 끝을 살짝 판다, 왜냐하면 나는 늙었고 이제는 내가 그런 짓을 해도 아무도 상관하지 않으니까. "슈퍼마켓 계산대 직원이요." 나는 손가락에 묻은 얼룩을 들여다보며 말한다. "그 아가씨는 나를 보면 언제나 웃어줘요. 내가 그 아가씨 콧구멍에 매단 고리를 쳐다보거나 내 뒤로 사람들이 줄 서 있는데 잔돈을 하나씩 셀 때도 말이죠. 그나저나 왜 요즘 사람들은 돈을 사용하지 않는 건가요?"

키튼 박사가 내 질문을 못들은 체 한다. 그리고 그 문제에 대한 내 답도 못 들은 체한다. "은퇴한 사람들을 위한 단체들이 있는 거 아시죠? 아니면 매일 아침 맥도널드에서 커피를 마시는 모임에 들어가셔도 될 거예요. 머리는 아침에 꽤 일찍 일어나니까 일곱 시까지 갈 수 있으시잖아요?"

일곱 시라고? 일곱 시까지 잠을 잘 수 있다면 정말 좋겠다. 나는 나 같은 노인들을 모욕하지 않으면서 대답하는 방법을 모르는 탓에 그저 사실대로 말한다. "거기 있는 사람들은 다들 너무 늙었잖아요."

그 말이 뭐가 그렇게 재미있는지 잘 모르겠는데, 의사는 한참이나 실컷 웃더니 말한다. "그러니까 젊은이들하고 어울리고 싶으신 거군요. 몸이 아니라 정신 연령이 같은 사람들 말이에요. 내가 정확히 이해한 건가요?"

"내 정신도 요즘은 그렇게 젊지 않아요." 내가 대답한다. 젊음은……그 뭐더라. 내 늙은 머리는 이제 예전처럼 그렇게 빨리 돌아가지 않는다. 활기에 넘치다. 그래, 그거다. 젊음은 활기에 넘쳤다.

의사가 책상 아래로 손을 뻗어 초가 하나 꽂힌 컵케이크를 꺼낸다. 그리고 자꾸만 떨리는 요즘의 내 손과는 다르게 안정적인 두 손으로 초에 불을 붙인다. "초 하나. 이제 백 살이 된 내 소중한 친구를 위해."

참으로 고마운 일이다. 의사는 날 위해 그렇게까지 할 필요가 없었다. 그에게 나는 그저 15분 동안 진료하고 다음 할머니 환자로 넘어가면 되는 사람일 수도 있었다. 그런데 그에게 난 그런 존재가 아니다. 정말로 중요한 존재다. 그렇지만 기운이 없어 미소 짓기도 힘들다.

나는 숨을 들이마셔 공기를 힘껏 폐로 넣은 다음 한 번에 내뱉는다. 그런데도 촛불을 끄기에 부족하지만, 다행히 입에서 침이 조금 튀어나와 촛불에 정확히 떨어진다. "젊음은 아주 오래전 일이지요." 나는 치이익 소리를 들으며 말한다.

내 말이 창문 밖으로 둥둥 떠가다 축축한 여름 공기 속으로 사라진다. 오늘도 공기는 깨끗하다, 레몬그로브가 시카고에서 40킬로미터는 족히 떨어져 있기 때문에.

의사가 본론을 꺼낸다. "전해드릴 말이 있어요. 브랜던이 전해 달라고 한 말이에요. 브랜던 말이, 머리가 샴푸 광고 촬영이 끝나고 답례 전화를 한 통도 하지 않았다면서 에이전트를 무시하는 건 예의가 아니라고 하더군요. 내가 두 사람을 연결해준 당사자니까 내 이미지가 나빠지는 건 말할 것도 없고요." 의사가 마치 혼이 나야 하는 어린아이 보듯 나를 본다. "내가 머리 비서 노릇을 할 생각은 없지만, 브랜던이 말하길 머리가 할 일이 또 있대요. 커뮤니티 칼리지 (미국의 지역 전문대학, 주로 인근 지역 학생들에게 실용적 기술위주의 교육을 하는 2년제 대학을 지칭하는 말 – 옮긴이)의 미술 수업이라는군요. 머리에게 필요한 걸 수도 있어요. 오늘이에요. 오늘 오후."

의사가 내게 건물 이름과 방 호수가 적힌 종이 한 장을 건네주고, 나는 그걸 받아 셔츠 앞주머니에 쑤셔 넣는다. "생각해볼게요."

내 말에 의사가 얼굴을 조금 찌푸린다. 그는 두 무릎에 팔꿈치를 대고 몸을 앞으로 기울인다. "좋아요, 단도직입적으로 말할게요. 뭔가 달라지지 않으면, 내 말은 빠른 시일 내에요, 머리는 불쌍한 노인으로 죽을 겁니다. 처량하고 외로운 노인으로 말이죠."

키튼 박사에 대해 말하면, 그는 사탕발림 같은 건 하지 않는 사람이다. 그가 "불쌍하고, 처량하고, 외로운"이라는 말 대신 "머리, 당신은 오랜 세월 잘 살아왔어요."라는 식으로 말했다면 더 듣기 좋았을 텐데. 키튼 박사가 한 그런 말들은 듣기에 그리 편치 않다. 사실 그 문제에 대해 뭔가를 하고 싶게 만든다. 나는 늘 문제를 해결하는 사람이었다. 하지만 이 문제는 아주 특별하다.

나처럼 늙고 지쳐빠진 사람이 살아갈 이유를 찾는 게 가능이나 할까?

2

저녁에 키튼 박사가 말한 미술 수업에 가야하는지 말아야 하는지 생각해본다. 진지하게 생각해본다. 하지만 그러다보니 피곤해지기만 할 뿐이다. 이제 난 그저 완전히 망가진 별볼일 없는 늙은이일 뿐이라는 걸 다시 한번 실감한다. 불쌍하고, 처량하고, 외로운 늙은이. 키튼 박사가 나에 대해 제대로 아는 건 그 사실 하나다.

그래서 결심했다. 20초가 될 때까지 기다릴 필요도 없다. 세상이 나를 더는 필요로 하지 않는다면 내게도 세상이 필요 없다. 내가 왜 이렇게 오랫동안 버텨왔는지 모르겠다. 제니가 떠났을 때, 바로 그 다음날 나는 약을 먹지 않는 것에 대해 생각했다. 그런데 제니와 키튼 박사 사이에서 나는 그럴 수가 없었다. 그렇지만 키튼 박사야 너끈히 이겨낼 것이고 제니는 오래전에 떠났다. 내가 바라는 단 한 가지는 아내 제니를 다시 만나는 것인데, 이 세상에 머무는 한 제니를 만날 수 있는 방법은 없을 것이다.

그래서 죽기로 결심했다. 단 하나 문제라면, 약을 먹지 않는 것이 총이나 밧줄을 사용하는 것과 똑같은 효과를 내지는 않으며 나는 그 둘 중 무엇도 사용할 수 없다는 것이다. 자살은 죄이기 때문이다. 그러니 내일까지 또 이렇게 살면서 내 몸이 죽음에 이를 때까지 기다려야 한다. 그리고 그동안은 의사가 말한 대로 해야 한다. 그래야 죄책감을 갖지 않을 수 있으니까. 하루가 아직 한참이나 남은 시간에 집에 가는 대신, 나는 병원 밖에 서서는 이 세상에서 내게 마지막으로 남은 시간에 뭘 할지 생각한다.

물론 잠으로 시간을 날려버린 다음 미술 수업에 갈 수도 있었다. 하지만 키튼 박사가 말한 젊음이라는 것에 대해 다시 생각하지 않을 수 없었고, 그러다보니 이런저런 생각이 떠올랐다. 일단, 아이들이 부모를 기다리는 곳, 그러니까 고아원이라고 하는 곳에 가서 자원봉사를 할 수 있다. 하지만 살 날이 딱 하루 남았는데 내가 누군가의 아버지가 될 수는 없는 노릇이다. 어쨌거나 처음에도 아버지 노릇을 썩 잘하지 못하기도 했고. 아니면 놀이터에 가볼 수도 있다. 그건 잘 할 수 있고 잠깐만 해도 되는 일이다. 하지만 '더러운 노인'이라는 말이 당연히 나올 수 있겠지. 자기 아이를 과보호하는 부모들의 따가운 시선을 받고 싶은 마음은 없다.

병원, 그러니까 아동 병원에 갈 수도 있다. 병원에 있는 아이들 대부분은 자기를 사랑해주는 부모님이 있을 테니, 내가 내일 나타나지 않는다 해도 아무 문제없을 것이다. 그리고 부모님들도 하루 종일 아픈 아이들을 돌봐야 하니 누군가의 도움을 받을 수 있다면 반가워할 것이다. 잠깐 낮잠을 자는 동안 누가 아이를 봐준다면 굉장히 좋아할 것이다. 나는 책 읽는 걸 늘 좋아했다. 그러니까 지금보다 시력이 좋았을 때 얘기다. 가슴 아프게도 내 아이들에게 책을 읽어준 적이 한 번도 없었지만, 손자들에게는 가끔 읽어주었다. 아름다운 삽화와 재미있는 이야기가 실린 커다란 그림책들. 그 아이들이 『비밀의 화원』이나 『셜록 홈즈』를 들을 수 있을 만큼 자랐을 때 나는 특히 좋았다. 최신 단어나 아이들이 쓰는 말이 전혀 없는 우리말로 된 책이었으니까.

당연히 진짜로 병실에 들어가진 않을 생각이다. 그건 내가 다시는 하지 않을 일이며, 앞으로 백 년을 더 산다 해도 하지 않을 일이다. 요즘 병원에는 근사한 모임 공간들이 있다. 책장에 책들이 꽂혀 있고 벽에는 그림들이 걸려 있는 아주 널찍한 공간들도 있다. 아내 제니가 떠나기 전 병원에 있을 때 봤던 기억이 난다.

그래서 나는 시내버스에 뛰어올라 타고 병원으로 향한다. 흠, '뛰어올라 타고'라는 말은 그리 정확하지 않다. 계단을 왜 그렇게 높게 만들었는지 모르겠다. 그들은 누가 그 버스를 탄다고 생각하는 걸까. 다리가 긴 사람? 난간을 붙잡고 계단 끝까지 올라가는 데만도 숨이 턱까지 차오른다. 이마에 맺힌 땀방울을 누가 볼세라 얼른 닦아내고는 맨 처음 눈에 띄는 자리에 털썩 앉는다.

근처에 십 대 소녀 둘이 있다. 어찌나 큰 소리로 떠드는지 제대로 생각을 할 수가 없다. 욕설까지 섞어가면서 말을 하는데, 내가 젊을 때는 절대 없었을 일이다. 그 아이들에게 한마디 하려다가 그만두기로 한다. 오늘은 이 세상에서 내 마지막 날이니까. 세상이 엉망이 되든 말든 알게 뭐람.

나는 그 아이들을 무시하려 애쓰고, 버스가 움푹 팬 곳을 지날 때마다 무릎에서 느껴지는 찌르는 듯한 통증도 무시하려 애쓴다. 그동안 꼬박꼬박 세금을 냈으니 당연히 기사가 점잖게 운전하는 버스를 타고 시내를 다닐 수 있어야 한다. 하지만 시의회, 그러니까 우리가 뽑은 대표들이 일을 제대로 못하는 탓에 나는 여기서 이렇게 찌르는 듯한 통증을 느끼며 앉아 있다.

드디어 병원에 도착하자 곧장 정문을 지난 다음 안내 데스크에 양팔을 기댄다. 지친 기색을 감추기 위해, 괜찮은 척 보이기 위해 최선을 다한다.

"심장병 층에 가려고 하는데요." 나는 데스크에 있는 젊은 여성에게 말한다. 어쩌면 젊지 않을지도 모르지만, 어쨌든 나보다는 훨씬 젊은 세대다.

"심장 병동은 6층입니다." 그녀는 이렇게 말하면서, 이제는 심장병 층이라는 말은 쓰지 않으니 알아두라는 표정을 짓는다.

나도 안다. 다만 신경을 안 쓸 뿐이다.

엘리베이터를 타고 심장 병동으로 간다. 그리고 높은 산 그림들이 벽에 걸려 있고 책이 꽉 들어찬 책장이 있는, 내가 상상했던 것과 똑같은 방으로 들어간다. 아무 작정도 없이 들어서는데, 방 한구석에서 여섯 살 정도 되어 보이는 남자아이 하나가 내가 지금껏 본 것 중 가장 커다란 텔레비전 앞에서 비디오 게임을 하고 있는 모습이 눈에 들어온다. 화면 너비가 적어도 60센티미터는 되어 보인다.

빈백 의자에 털썩 주저앉아 두 다리를 쫙 벌리고 있는 모양새가 그곳에 꽤 오래 있었던 듯하다. 그런데 가까이 가보니 아이는 비디오 게임을 하는 게 아니라 그냥 화면을 빤히 보고만 있다. 두 눈은 반쯤 뜬 상태이고 입도 반쯤 벌리고 있다. 턱으로 침이 조금 흘렀다. 그리고 입에서 조금 떨어진 곳에 산소마스크를 잡고 있는데, 호흡을 하는 중간에 잠이 든 것 같다. 아이를 그냥 자게 둘까 생각하지만, 이날은 내 마지막 날이다. 그런 식으로 허비할 시간이 없다.

"무슨 게임을 하고 있니?" 내가 묻는다.

아이가 퍼뜩 잠에서 깨더니 입술 한쪽 끝으로 침을 후루룩 들이마신다. 그러고는 목을 길게 빼고 커다란 갈색 눈으로 나를 본다. 아이의 두 눈은 평범하지만, 나머지 다른 부분은……딱 맞는 표현이 떠오르지 않는다. 바람이 빠진 것 같다고 할까. 아이는 바람이 다 빠진 타이어 같다. 피부는 푸르스름한 색이었다가 아이가 마스크에서 또 한 번 숨을 들이마시니 그제야 약간 흰빛을 띤다. 내 백내장 때문에 아이 얼굴이 하얗게 보이는 걸지도 모르겠다. 창백한 양 뺨 때문인지 아이는 내가 처음 생각했던 것보다 나이가 더 들어 보이기도 하지만, 빈백 의자에 푹 파묻혀 있는데도 몸집이 아주 작다는 건 알겠다.

"앗싸!" 아이가 말한다. 아이의 몸은 내 나이처럼 보이기도 한다. 부어오른 듯한 다리와 두 눈 밑의 불룩한 주머니. 하지만 목소리는 놀라울 만큼 활발하다. 아이가 베이지색 카펫에 있던 플라스틱 컨트롤러 하나를 잡아 내 쪽으로 툭 던진다. 그것이 내 가슴에 맞고 튀더니 내가 미처 몸의 근육을 움직이기도 전에 바닥에 툭 하고 떨어진다. 허공에서 그것을 낚아챌 수 있던 시절이 있었지만, 그런 때는 오래전에 지났다. 아이가 컨트롤러에서 눈을 들어 다시 나를 올려다본다. "저기요, 같이 하자니까요. 혼자 하는 건 진짜 별로거든요. 외계인들을 따돌릴 사람이 있어야 해요."

"내 이름은 저기요가 아니란다. 머리 맥브라이드야." 내가 대답한다. 아이가 고개를 갸우뚱하자 환자복 상의와 몸 사이에 공간이 생긴다. 그 공간으로 빛이 들어가 아이 가슴에 있는 흉터가 보이는데, 그걸 보니 두 가지를 알겠다. 하나는 이 아이가 심장 병동에 아주 친숙하다는 것이고 또 하나는 아이 몸이 처음부터 좋지 않았다는 것이다. 나는 왼쪽 오른쪽으로 움직거리면서 몸을 낮춰 아이 옆에 있는 빈백 의자에 앉은 다음, 바닥에 떨어져 있던 컨트롤러를 집는다. 어떻게 일어서야 할지는 모르겠지만, 일단 뭐든 닥치면 해결할 수 있을거라고 생각한다. "이거 게임이니?"

아이가 재미있는 질문이라는 듯 코웃음을 친다. 그게 나다. 어디서나 웃기는 사람.

"전능한 신들과 흡혈 외계인들이에요. 작년 버전이에요." 아이가 대답한다.

그 정도 대답으로는 이해가 잘 안 된다. 내가 알아들을 만한 대답이 전혀 아니다. 하지만 오랜 세월 살면서 개발한 기술이 하나 있다. 뭔가를 이해 못 할 때 그냥 웅얼거리는 소리를 조금 내면 만사가 그럭저럭 잘 흘러간다는 것이다. 그래서 처음에는 내가 살아 있는 것이 아무 의미가 없는 것 같았다. 내가 사라진다 해도 누구 하나 알아채지도 못할 것 같았다.

흠, 지금도 여전히 그런 마음이 드는 것 같다.

나는 컨트롤러를 들고 거기에 있는 온갖 손잡이와 버튼을 어떻게 쓰는 건지 알아내려 애쓴다. 하지만 어림도 없다. 화면에서는 아무 움직임이 없고 나는 그저 바라만 본다.

"하아 참." 아이가 낮은 목소리로 말한다. 아이는 내가 처음 볼 때 생각했던 것보다는 기운이 있다. 물론 빈백 의자에서 침을 흘리며 잠들었을 때보다 기운이 더 떨어질 수는 없겠지.

내가 파악하기로, 아이가 하고 있는 것은 건물 짓기 게임 종류다. 아이가 컨트롤러에 있는 손잡이들을 움직이면 화면 속의 작은 캐릭터가 대피소나 뭐 그런 걸 짓기 시작한다. 황금색 원들과 은색 깃발들이 화면 가장자리에서 등장하더니 어찌된 일인지 아이의 캐릭터 속으로 사라진다. 내 것인 게 분명한 캐릭터는 내가 앉아있는 것처럼 그냥 가만히 있는데 말이다.

커다란 우주선이 화면 맨 위에서 아래로 떨어지는 순간 아이의 목소리가 더 커진다. "와, 그렇지, 그렇지……아, 진짜! 외계인이 할아버지 머리를 먹어치우는 것 좀 봐요! 아, 이 게임 진짜 신나."

아이의 두 눈이 정말 순식간에 커지더니 아이가 옆의 바닥에서 산소마스크를 집는다. 그리고 그것을 입에 탁 대니 마스크의 플라스틱이 두어 번 뿌예졌다가 깨끗해진다. 몇 번 깊게 심호흡을 하고 나서야 아이의 두 눈이 천천히 정상으로 돌아오고 피부에도 약간 핏기가 돈다. 아이는 마스크를 전혀 중요하지 않은 물건인양 옆으로 툭 던지고 컨트롤러를 움켜쥐고는 아무 일도 없었다는 듯 게임을 다시 시작한다.

산소를 마시기 전에 아이가 보인 반응으로 판단하건대, 게임 속에서 뭔가 신나는 일을 하고 있었던 게 분명했다. 내 것인 듯한 캐릭터가 머리를 한쪽으로 기울인 채 앉아 있는 동안 외계인처럼 보이는 캐릭터가 내 캐릭터의 머리카락을 잘근잘근 씹는다. 쿠르륵 소리가 불길한 분위기를 풍기며 화면에서 흘러나오는가 싶더니, 내 캐릭터의 머리가 쫙 벌어지면서 옆에 있는 바닥으로 찐득찐득한 액체가 쏟아진다.

"네 나이의 아이는 말이다, 이런 걸 보면 안 되는 거란다." 내가 말한다,

"보는 거 아니에요. 게임하는 거예요. 그리고 나는 열 살이에요. 어린아이가 아니라고요." 아이가 대답한다.

열 살이라고! 처음에 나는 아이가 작아서 나이를 그 반 정도로 생각했다. 하지만 아이가 이리저리 움직이는 모습을 보니, 열 살이라 해도 그리 이상해 보이지는 않는다. 아이는 그냥 작을 뿐이다. 부자연스럽다고 할 만큼 작다. 이런 아이는 내가 좀 봐줘야겠지.

"그건 그렇고, 뭘 어떻게 하는 거야?"

"뭘 짓는 거예요." 아이가 대답하고 다시 게임을 한다.

"뭘 짓는다고? 집이나 교회나 우체국 말이니?"

"와, 세상에, 저기요, 어느 시대에서 왔어요? 1986년에서 왔어요?" 나를 또 그런 식으로 부르는 아이를 야단쳐야 하지만, 아이가 산소마스크로 손을 뻗는 걸 보고는 그만두기로 한다. 그런데 아이가 화면에서 눈을 떼지 않는 탓에 손이 자꾸만 마스크 근처를 헛짚는다. 내가 몸을 숙여 아이 손을 마스크에 갖다 대니, 아이는 또 두어 번 심호흡을 하고 나서 아까처럼 그것을 아무렇게나 휙 던진다. 산소마스크가 쇠 바퀴가 달린 산소통 — 바퀴 달린 트렁크와 비슷하다 — 에 탁 부딪친 뒤 바닥의 카펫에 퉁퉁 튄다. "방공호랑

대피소랑 성을 지어야해요. 거기에서 총을 쏴야 하거든요."

"왜?"

아이가 게임을 잠시 멈추더니 두 손을 얼굴에 대고 눈 주위 부어 오른 부분을 손가락으로 훑어 내린다. "저기요! 외계인들이잖아요!"

아이가 컨트롤러를 내려놓고 빈백 의자를 돌려 나를 마주보는 걸로 봐서 내가 여전히 뭐가 뭔지 모르겠다는 표정을 짓고 있는 게 틀림없다. 아이는 지혜로운 가르침을 주기라도 할 것처럼 진지한 표정을 짓는다.

"우리는 전능한 신들이에요, 알겠어요? 하지만 우리가 처음부터 전능한 건 아니란 말이에요. 우리를 외계인으로부터 안전하게 지켜줄 건물을 지어야 해요. 그리고 무기를 충분히 모아 놓았다가 외계인들이 공격하면 쏴야 하는 거예요. 알겠어요?"

별 것 아니군, 나는 생각한다. "어떻게 이기는데?"

"완전 튼튼한 도시를 만들고, 그 도시에 사람들이 살게 하고, 그런 다음 외계인들을 하늘 밖으로 날려버리는 거죠."

"왜 처음부터 외계인들을 날려버리지 않는 거지? 그러면 외계인을 신경 안 쓰고 도시를 만들 수 있잖아."

아이가 손바닥으로 이마를 탁 친다. "아이고 예수님, 저기요, 아는 게 하나도 없어요?"

"있잖니, 얘야, 주님 이름을 그렇게 아무렇게나 쓰면서 말하면 대답하지 않을 거다. 어른을 공경해야 한다고 부모님이 가르쳐 주시지 않았니?"

부모님 얘기를 해서인지 아니면 야단을 쳐서인지 잘 모르겠는데, 아이의 태도가 갑자기 바뀐다. "죄송해요." 우리는 잠시 아무 말 없이 앉아 있다. 심장 병동에 있는 아이에게 목소리를 높인 것이 조금 마음에 걸린다. 더구나 숨 쉬는 것도 힘든 아이에게 말이다. 내가 아는 한 가지가 있다면, 공기를 충분히 마시지 못할 때의 그 느낌이다. 아이가 대답한다. "엄마도 그렇게 말해요. '어른을 공경하라.'고요. 그런데 그게 무슨 뜻이에요?"

아이가 전혀 이해하지도 못하는 채 그 얘기를 얼마나 많이 들었을지 궁금해진다. "어른 앞에서 공손해야 한다는 뜻이야. '아저씨'나 '선생님'처럼 제대로 된 호칭을 쓰고 말이지."

뭔가 신 것을 먹은 것처럼 아이 입꼬리가 내려간다. '어른을 공경하라.'는 말의 뜻이 별로 마음에 들지 않는 눈치다. 처음 태도를 계속 밀고 나가야 한다는 걸 알지만, 아이의 슬픈 표정을 모르는 체하기가 힘들다. 아이가 또 한 번 산소를 들이마시는 걸 보고는 마음이 완전히 무너진다. 아이가 마스크에 꼭 맞도록 얼굴을 그 안에서 실룩실룩 움직이는 모습 때문인지, 아니면 숨을 들이마시기 직전에 짓는 멍한 표정 때문인지 모르겠는데, 무엇 때문이든 아이가 가엾다는 생각이 자꾸만 든다.

"외계인들이 언제 공격할지 어떻게 아는 거야?" 내가 묻는다.

아이가 어깨를 조금 으쓱한다. "할아버지가 뭔가 바보 같은 행동을 하면, 바로 그때 공격하는 거죠."

"어떤 행동?"

아이는 이번에도 믿음이 안 간다는 표정을 짓다가 얼른 그 표정을 거둔다.

"총과 탄약을 사느라 금화를 다 쓰는 것 같은 거죠. 그런 무기를 쌓아놓고 있는 걸 외계인들이 보면 할아버지를 완전히 박살 내버리는 거예요. 아니면 위에서 내려와 할아버지 머리를 먹어 버리든가요. 어떤 때는 적들이 할아버지가 아무 잘못도 안 했는데 그냥 이유 없이 할아버지를 날려버리기도 해요. 그러면 늘 기분이 별로예요. 그러니까 다시 게임 할 준비가 된 거예요?"

아이는 내가 미처 대답하기도 전에 게임을 다시 시작한다. 이번에 나는 컨트롤러의 손잡이 몇 개를 아무렇게나 움직여보지만, 내 캐릭터는 반응하지 않는 것 같다. 적어도 내가 알 수 있게는 아니다. 옆에서 작게 킥킥 웃는 소리가 난다. "아 정말, 저기요." 아이가 소리죽여 말한다.

외계인 우주선이 돌아와 곧바로 내 캐릭터를 죽인다. 아이의 온몸이 덜컥 움직이더니 부르르 떤다. 아이가 움직일 때마다 나는 걱정이 된다. 다치면 어떡하지? 산소를 충분히 마시는 걸까? 아이의 캐릭터와 외계인들이 서로 뭔가를 쏘아댄다. 그때 엘리베이터 근처에서 누군가를 부르는 소리가 들린다. "제이슨, 퇴원해야지. 가자." 건장해 보이는 30대 남자가 엘리베이터 안에서 열림 버튼을 누른 채 몸을 내밀고 있다. 멀리에서도 그의 기운이 느껴지고, 그의 스트레스도 함께 느껴진다. 이사회 회의에 늦기라도 한 걸까. "빨리 가야지." 남자가 말한다. 그렇게 몰아붙이는 것, 미숙하다는 표시다. 요즘 들어 보이는 현상인데, 내 세대의 모태 기독교인 남자라면 절대 하지 않았을 행동이다. 흠, 어쩌면

술에 취한 걸지도 모르겠다. "네 엄마는 자기 일이 더 중요하다고 생각하나보다. 그러니까 내……."

엘리베이터 문에서 삐 소리가 난다. 나는 비디오 게임 소년이 응답하지 않는 걸 보고 한 가닥 희망을 느낀다. 하지만 그때 남자가 급히 오더니 그 아이 ─ 제이슨이라고, 남자가 부른 것 같은데 ─ 의 옷을 잡고 그 순간 아이는 컨트롤러를 뺏기지 않으려고 머리 위로 번쩍 든다.

"알았어요, 알았어요, 제가 갈게요." 제이슨이 말한다. 아이 아빠가 그 말을 들은 척도 않자, 제이슨은 포기하고 산소통을 끌며 간다. 제니도 침대에서 일어나지 못하기 전 몇 주일 동안 그 비슷한 걸 사용했다. 제니의 것은 브레스이지였다. 제이슨 기계의 모델은 브레스이지-2처럼 보인다.

제이슨이 제 아빠 옆에서 걷는데, 어깨가 어찌나 축 쳐졌는지 곱사등이처럼 보일 지경이다. 브레스이지-2가 아이 뒤에서 굴러간다. 아이 아빠가 내려감 버튼을 급하게 연속으로 누르자 엘리베이터 문이 열린다. 두 사람이 엘리베이터에 타자마자 제이슨이 소리친다. "잠깐만, 아빠, 잠깐만요! 뭘 빠뜨렸어요."

"다음에 가져오면 돼." 남자의 말이 채 끝나기도 전에 문이 닫히기 시작한다.

제이슨이 빠져나오려고 온몸을 버둥거린다. 아이는 환자복만 입고 있다. 아래에 반바지를 입고 있긴 하지만. 보통 때라면 아빠에게 맞서는 아이 편을 들진 않을 텐데, 이번 경우에는 나도 모르게 제이슨을 응원하게 된다. 내가 40년만 젊었더라면 당장

저 남자에게서 아이를 데려올 텐데. 아, 낯선 사람이 그러면 안 되는 건가. 어쩌면 법에 어긋나는 걸지도 모르겠다. 하지만 내가 살아오면서 배운 게 있다. 옳은 일과 합법적인 일이 언제나 같은 건 아니라는 사실이다. 그리고 두 개 중 하나를 선택해야 할 상황이 된다면, 사람은 옳은 것을 선택해야 한다. 법이야 뭐 내가 알게 뭐람. 법은 항상 그 다음의 문제다.

어린아이의 두 눈이 내게 고정되어 있다. 어쨌거나 그렇게 보인다. 예전에 내 시력은 아주 좋아서 시속 135킬로미터로 회전하며 날아오는 커브볼의 박음질 솔기까지 볼 수 있을 정도였다. 하지만 이제는 늙었고 목에는 이중초점 안경을 걸고 있다. 알고 보니 제이슨은 나를 보고 있는 게 아니라 내 근처를 보고 있었다. 텔레비전이나 빈백 의자 근처 어디쯤.

"아빠 제발요!" 제이슨이 소리 지른다. 하지만 엘리베이터 문이 닫히면서 아이 목소리도 멀어진다.

나는 눈앞에서 벌어지는 일을 보며 뭔가를 하기로 마음먹지만, 요즘 세상은 너무 빠르게 움직인다. 내가 한 발을 내딛기도 전에 엘리베이터는 이미 떠나버렸다.

의자에서 일어나는데 머리가 롤러코스터처럼 빙빙 도는 것 같다. 나는 다시 의자에 겨우 앉는다. 뒤로 넘어졌다고 표현하는 편이 더 맞겠다. 의자 바닥이 푹신해서 그나마 다행이다. 나는 제이슨이 제 아빠 손에 끌려가기 전에 가지고 놀던 컨트롤러를 집어 든다. 그러다가 제이슨의 빈백 의자 바로 앞에서 꾸깃꾸깃한 종이 한 장을 발견한다. 그 순간, 제이슨이 아빠 손에 끌려갈 때 텔레비전을 보고 있었던 게 아니라는 걸 깨닫는다. 아이는 이 종이를 가지러 돌아오려 했던 것이다.

종이를 그 자리에 두는 게 낫겠다는 생각이 든다. 혹시 제이슨 아빠가 마음을 바꿔서 아이더러 종이를 가져오라고 할 수도 있으니까. 아니면 병원 관리인이 종이를 보고는 그게 누구 것인지, 왜 그 종이가 그렇게 중요한지 알 수도 있으니까. 하지만 그게 아니라면……. 누군가가 그걸 쓰레기라고 생각해서 버린다면…….

그 쭈글쭈글한 종이를 펼치는데 꼬박 1분이 걸린다. 손재주 같은 건 오래전 내 몸을 떠났다. 종이는 포스트 잇 메모지인데, 찐득찐득한 부분이 있어서 쉽게 펼쳐지지 않는다. 하지만 결국 나는 그것을 펼친다. 내 눈에 들어오는 글이 늙은이의 마음을 무너뜨리다시피 한다.

심장이 죽어서 내가 하늘나라에 가기 전에 하고 싶은 다섯 가지

1. 여자애와 키스하기(입술에)

2. 메이저리그 야구 경기장에서 홈런치기

3. 슈퍼히어로 되기

4. 엄마에게 멋진 남자친구 찾아주기

5. 진짜 마술하기

멋진 제이슨 캐시맨

이 소원들을 처음 읽고 나서, 나는 그 아이가 이 중 한 가지라도 이룰 수 있을까 하는 생각을 해본다. 지금 제이슨의 상태가 어떤지 모르겠지만, 그 아이는 산소를 마시지 않으면 1~2분 이상 견디지 못했다. 다섯 개 소원 중에서 그나마 키스 정도만 가능해 보인다. 엄마에게 남자친구를 찾아주는 일은, 그것도 힘들어 보인다.

아이는 꿈을 꿀 수 있다. 그건 분명하다. 우리가 같은 세대에 태어났더라면 친구가 될 수 있었을 거란 생각이 어쩔 수 없이 든다. 어렸을 적 나는 누구 못지않게 큰 꿈을 꾸었다. 나이가 이렇게 먹었어도 여전히 그 기억이 난다.

그런 느낌을 떠올리다보니 한 가닥 희망이 생긴다. 예전 그 매혹적인 젊은 시절에 나는 언제나 희망을 품곤 했다. 뭐든 다 가능하다고 생각했다. 아니, 가능하다고 생각한 정도가 아니라 정말로 확신했다. 그 일은 이루어질 거라는 걸 분명히 알았다.

아이에 대해 생각하다보니, 예전에 느꼈던 희망의 불꽃이 아주 오랜만에 다시 살아나는 느낌이 든다. 가능성의 불꽃. 그리고 어떤 식으로든, 이 종이에 적힌 일 모두가 제이슨에게 일어날 수 있을 거라는 생각이 자꾸만 든다.

제이슨의 소원들을 이루어주겠노라고 나는 지금 이 자리에서 결심한다. 그러니 나는 약을 먹을 것이고 한동안은 떠나지 않을 것이다. 정말로, 제이슨이 죽기 전에 그 소원 모두를 반드시 이루도록 할 것이다. 이제 그 소원들은 제이슨만의 소원이 아니다. 내 소원이기도 하다.

이 빈백 의자에서 일어날 수 있다면, 전화기를 찾아 곧바로 키튼 박사에게 전화해서 이 기쁜 소식을 알리리라. 그가 좋아하는 백 살 된 노인이 살아갈 이유를 찾았다는 소식을.

3

　내가 젊었던 시절에 비해 세상이 많이 달라졌다. 어떤 아이를 내게 데려와 보호하면서 돕고 싶다면, 그 아이 집 현관문을 두드리고 아이 아빠에게 용건을 말하던 때가 있었다. 요즘은 세상이 꿍장히 이상해져서, 아마도 그런 바보 같은 짓을 했다가는 감옥에 갇히고 말 것이다. 그렇지만 나는 제이슨의 소원 종이를 주머니에 가지고 있으므로, 그 이유만으로도 아이를 찾아야 한다.

　버스를 타고 집으로 오면서 그 일에 대해 잠시 생각한다. 오전 11시. 일곱 시간 정도를 깨어 있다 보니 허기가 느껴져서 통조림 파스타인 셰프 보야디를 스토브에 데워 나 자신에게 생일 점심을 대접한다. 요즘 내가 먹는 음식은 전부 이런 것뿐이다. 라비올리냐 스파게티냐의 문제일 뿐이다. 오늘은 라비올리를 선택한다. 스토브에 적당한 양을 올려놓고 빨간 소스에서 보글보글 거품이 일 때까지 데우면, 입안을 데일 정도로 뜨겁지 않으면서도 끝까지 따뜻하게 라비올라를 먹을 수 있다. 어떤 사람에게는 대단치 않은 음식 같겠지만, 예나 지금이나 나는 그렇게 세심한 관리가 필요한 사람이 아니다. 나는 20년 동안 같은 미국 산 픽

업트럭을 몰았다. 프로 야구선수로 경기하던 15년 내내 같은 롤링스 야구 글러브를 사용했다. 그리고 마지막으로 새 옷을 산 것이 1989년이었다. 이따금 속옷 산 것은 빼고 말이다. 하긴 그 약덕분에 침대를 적시는 일이 꽤 많으니, 조만간 버스를 타고 옷가게에 가야 할지도 모르겠다. 아니면 손자인 챈스의 차를 얻어 타고 가든가.

초인종이 울리기에 느릿느릿 걸어가 작은 구멍으로 내다본다. 내 생각이 손자 챈스를 이리로 데려왔나 보다. 챈스의 연푸른색 눈 하나가 2~3센티미터 떨어진 곳에서 나를 빤히 본다. 챈스를 보니 내가 오랫동안 변치 않고 곁을 지켰던 대상이 또 하나 떠오른다. 나는 한 여자와 결혼해 80년을 같이 살았고, 그 세월 동안 다른 사람을 만나고 싶다는 생각을 단 한 번도 해본 적이 없다. 어느 정도의 진실한 마음만 있다면 그런 욕구는 얼마든지 누를 수 있다.

문을 여는데 챈스가 말한다. "할아버지, 좋아 보이시네요. 들어가도 돼요?"

나는 깜짝 방문을 그리 좋아하는 사람이 아니다. 사람은 모름지기 타인의 프라이버시를 존중해야 한다고 생각한다. 챈스는 그렇게 불쑥 찾아오는 것이 다 나를 위해서라고 주장한다. 누군가 이따금 와서 내가 어떻게 지내는지 확인해야 한다는 것이다. 하지만 내 생각은 다르다. 설령 내가 쓰러져 죽는다 한들, 그것 때문에 누가 다치거나 할 일은 전혀 없다. 그러니 무슨 상관인가. 물론 챈스가 정말로 내 걱정을 해서 들른다는 생각이 든다면, 조금은 고마운 마음이 들 수도 있겠지만.

"아직 정오도 안 되었잖니. 왜 직장에 있지 않는 거냐?" 내가 말한다.

챈스가 손을 흔들어 내 말을 막고는, 내가 세 번째 아내에게나 가보고 나는 좀 편하게 놔둬 달라는 말을 미처 꺼내기도 전에 거실로 들어온다. 챈스는 겨드랑이에 상자 하나를 끼고 있는데, 드문 일은 아니다. 그 상자가 겉보기에는 근사할지 모르지만 나는 속지 않는다. 두 번째 아내의 아버지가 죽고 나서 옷상자를 가져온 뒤로는 그렇다. 결국 나는 셔츠 두 개만 빼고 전부 자선단체에 가져다주었다. 왜 챈스는 내가 '디즈니 월드의 마법 왕국'이나 '저스트 두 잇' 같은 글자가 적힌 티셔츠를 원할 거라고 생각하는지. 도무지 모를 일이다. 심지어 그중 하나는 소매가 없었다. 민소매 티셔츠였다. 챈스가 잠시 있다 갈 생각인지 상의를 벗고 넥타이를 느슨하게 푼다. 그러더니 구불구불한 갈색 머리카락을 한 손으로 쓸어 올리면서, 자기는 머리숱이 많으며 나는 귀에서 자라는 털이 머리에서 자라는 털보다 많다는 등의 얘기를 떠벌린다. 계속 서 있으면서 챈스에게 빨리 가줬으면 좋겠다는 눈치를 주고 싶지만, 무릎이 너무 아파 그냥 소파에 앉는다. 챈스가 내 맞은편의 안락의자에 앉더니 상자를 발 옆에 내려놓는다. 우리는 보통의 행복한 가족이다.

"뭐가 타고 있나요?" 챈스가 묻는다.

나는 난로 쪽을 힐끗 보지만, 쭈그리고 앉아 불을 피우지 못한 지가 적어도 10년은 되었다. 연기 한 자락이 주방 쪽에서 흘러

나오는 동시에 화재 경보가 요란하게 울린다. "이런 젠장." 내가 말한다. 챈스도 이제 어린애가 아니고 그보다 더 심한 말도 내 바로 앞에서 하니까. 다음에 제임스 신부를 만나 고백할 죄 목록에 그 단어도 넣어야 하는지 어떤지 도무지 모르겠다.

"앉아 계세요, 할아버지, 제가 가볼게요."

솔직히 말하면, 챈스가 주방으로 너무도 날래고 편하게 뛰어가는 걸 보면서 조금 질투가 난다. 나는 이렇게 저렇게 애를 썼는데도 아직 소파에서 움직이지도 못했다. 욕설 몇 마디가 들리더니 수도꼭지에서 물 흐르는 소리가 나고 이어 물이 뜨거운 것에 닿을 때 나는 지지직 소리가 들린다. 그릇을 빡빡 닦는 소리에 뒤이어 내 셰프 보야디가 배수구로 흘러가는 소리도 들린다. 그래도 내 점심은 살릴 수 있었을 텐데.

"그러니까, 할아버지." 챈스가 행주로 두 손을 닦으며 주방에서 성큼성큼 걸어 나온다. "바로 이래서 우리가 할아버지를 요양원으로 모시려는 거예요. 할아버지 혼자 여기서 사시는 건 안전하지 않아요. 왜 할아버지가 계속 여기에 계시려고 하는지, 아무리 생각해도 이해를 못하겠어요. 이곳을 좀 보세요."

나는 챈스의 그 모든 거친 말을 꾸역꾸역 받아들인다. 그럴 수 있어서 다행이다. "넌 이해 못할 거다."

"한 번 얘기 해보세요."

챈스가 말은 그렇게 하지만, 그 말투는 전혀 다르게 들린다. 날 우습게 여기는 느낌이 역력하다. 그래서 나는 한 마디도 하지 않는다. 이 집을 떠나지 않는 이유가 비록 제니는 떠났지만 제니와의 추억은 여기 이 집 곳곳에 남아있기 때문이라는 말을 나는 챈스에게 하지 않는다. 이 집이 사라지면 제니의 과거와 제니의 역사, 그리고 우리가 함께 했던 모든 추억들까지도 사라질 거라는 얘기를 하지 않는다. 그렇게 되면 제니가 아예 존재하지 않았던 것과 같을 테니까. 그저 내 기억 속에만 존재할 뿐. 그리고 이제 내 기억력은 그렇게 좋지 않다. 내가 무슨 생각을 하는지 알고 있다는 듯 챈스가 고개를 한쪽으로 기울이며 말한다.

"할아버지, 여기에 계신다고 해서 할머니가 돌아오지는 않아요."

"그래, 그건 그렇고 생일 축하는, 혹시 잊어버리고 있었니?"

챈스가 넥타이를 완전히 푼다. "당연히 아니죠, 할아버지. 그래서 제가 여기 온 건데요." 하지만 챈스는 그 말을 하면서 내 눈을 피하려 하는데, 그 모습을 보니 많은 걸 알겠다.

"참, 어떻게 그럴 수가 있니? 내 백 번째 생일인데, 유일하게 살아 있는 내 혈육은 기억도 못했구나. 네가 이 집에 오는 이유는 그저 나더러 내 집에서 떠나라고 말하기 위해서구나."

"그건 아니에요. 그리고 설령 그렇다 해도, 할아버지는 제가 이기적인 것처럼 말씀하시네요. 제가 요양원 비용을 대겠다고 했잖아요, 기억하세요? 그런 곳들은 무료가 아니라는 거 아시잖아요? 저는 힘들게 번 돈을 쓰려는 거예요."

"그 잘난 돈은 그냥 가지고 있어라. 나는 내 집을 가지고 있을 테니."

챈스와 챈스의 돈. 내 손자는 걸핏하면 자기가 얼마나 힘들게 일하는지 얘기한다. 돈이 얼마나 있는지도. 하지만 나는 챈스가 야구와 관련된 내 오래된 물건들을 어떤 표정으로 보는지 안다. 챈스에게 그 물건들은 제일 가까운 전당포에 팔 물건일 뿐이다.

챈스가 내 집을 둘러본다. 늘 그렇듯 꼼꼼하게 살펴본다. 그 눈길이 벽난로 선반에 있는 색 바랜 제니의 사진에 머문다. 나는 챈스가 사진을 보면서 첫 번째 아내 그러니까 아주 젊은 여자를 만나느라 떠난 첫 번째 아내를 생각하는지, 아니면 더 예쁘고 훨씬 더 젊은 현재의 아내를 만나느라 헤어진 두 번째 아내를 생각하는지 궁금해진다. 이제 챈스의 눈이 내가 좋아하는 야구 글러브로 옮겨간다. 내가 야구 선수로 활동하던 내내 사용했던 글러브다. 챈스가 자기 것인 양 그 글러브를 끼고는 다른 손 주먹으로 글러브 안쪽을 퍽퍽 친다.

"자유 계약 제도가 생기기 전에 할아버지가 야구를 하신 게 진짜 안타까워요. 요즘 선수들은 그야말로 떼돈을 벌거든요." 챈스는 이 얘기를 스무 번째 한다.

"떼돈 같은 건 내게 전혀 필요 없었다. 내가 야구를 했던 건 야구를 사랑했기 때문이야. 제니도 야구를 사랑했지. 그리고 아이들, 그러니까 네 아버지도 야구를 사랑했어. 그걸로 충분했단다."

챈스가 역겹다는 표정을 굳이 숨기지 않으면서 대답한다. "그래요, 그래. 이제 그 사람들 모두 떠났고 야구를 사랑한다는 말도 더는 별 의미 없이 들리네요."

나는 챈스가 내 글러브를 빤히 보면서 길들이는 듯 접었다 폈다 할 때 두 눈에 어리는 표정을 안다. 내 보물 하나를 바라보면서 짓는 표정을 안다. 내가 죽고 나서 그걸 팔면 얼마나 받을 수 있을까 생각하는 듯한 표정. 그런 사람이 내 하나 남은 혈육이다. 나는 혀를 꽉 깨문다. 찝찔한 피 맛이 느껴진다. 물론 요즘은 그렇게 하는 게 별로 어렵지 않다. 몸이 나처럼 늙으면, 피부가 보기에는 가죽 같아도 꼭 젖은 종이처럼 찢어진다. 이리저리 떠돌던 챈스의 눈길이 자기 발 옆에 있던 상자에 가 닿는다. 나에 대해 까맣게 잊고 있다 그제야 생각이 나는 모양이다.

"아, 맞다. 할아버지 생신을 기억하고 있었다니까요, 그렇죠? 선물을 가져 왔잖아요." 챈스가 이렇게 말하고는 다시 의자에서 벌떡 일어서지만, 나는 못마땅해 하지 않으려 한다. 그처럼 날래게 움직이는 모습을 볼 때마다 내 젊은 시절이 몹시 그리워진다는 걸 챈스가 알 리 없을 테니까. 챈스가 상자를 내게 내민다. 그러다 내가 상자를 받을 생각도 않고 그냥 가만히 있자 소파 위 내 옆 자리에 놓는다. "할아버지, 열어보세요."

나는 그 상자를, 너덜너덜한 판자 덮개와 여기저기 찢기고 헐거워진 포장 테이프를 쏘아본다. 서로 다른 세 개의 이름과 주소가 한쪽에 휘갈겨 쓰여 있고, 세 개 모두 매직펜으로 줄이 그어져 있으며, 각각은 바로 전 것보다 더 지저분한 글씨로 쓰여 있다. 하지만 챈스가 하는 얘기를 들으면, 마치 생일선물을 포장지로 싸고 그 위에 앙증맞고 예쁜 리본까지 묶어 놓은 것 같다.

어쨌거나 상자를 열 필요도 없다. 상자를 소파에서 드는 순간, 그것만 덜렁 들리면서 투박한 전자 기구가 옆으로 툭 넘어진다. 하마터면 소파 쿠션에서 떨어질 뻔 한다. 내용물은 주머니에 들어있지도 않다.

"이게 뭐냐?"

"이메일 기계예요, 할아버지. 나이든 사람들은 컴퓨터 대신 이 기계를 많이 써요. 더 간단하거든요. 음, 그러니까, 이건 엄밀히 말해 컴퓨터이긴 하지만 이메일 기능만 있어요. 그러니 간단하죠. 할아버지는 이 기계로 이메일을 보내실 수 있어요. 음……누구에게든요. 시대에 뒤떨어지지 마세요, 아셨죠?"

나는 시대에 뒤떨어지지 않는 것에 아무 관심이 없다. 챈스도 그걸 안다. 내가 이 빌어먹을 기계를 어디에 쓰는지 전혀 모른다는 걸 아는 것처럼 말이다. 그런데도 그 말투에 기분이 상한다. 챈스가 하는 말을 다 알아듣지 못한다 해도 나를 놀리고 있다는 건 알겠다. 내가 그 정도로는 똑똑하다. "이런 거 필요 없다."

챈스가 진심으로 놀라는 표정을 짓는다. 그 모습을 보니, 챈스가 진짜로 그 기계를 생일 선물로 가져온 건가 하는 생각이 잠깐 든다. 챈스의 두 눈, 검은 머리카락과 강인한 턱 때문에 더 밝은 푸른색으로 보이는 눈이 거의 두 배로 커진다. "좋아요, 할아버지. 이건 할아버지 좋으실 대로 하세요. 어차피 처분할 생각이었거든요. 재닛과 창고를 정리하는 중이어서요. 할아버지가 좋아하실 거라고 생각했어요."

바로 그게 진실이다.

"내게 더 할 말 없으면 그만 가 봐라." 내가 말한다.

"할아버지는 정말로 노인이 되셨어요, 그렇죠? 전에는 이러지 않으셨거든요." 우리는 잠깐 동안 서로를 빤히 본다. 챈스의 표정이 역겨움에서 좌절로 변하는 게 눈에 보인다. 챈스 입장에서 생각해보면, 챈스는 그저 나에 대해 한 가지를 이해하지 못하는 것이라는 생각도 든다. 그리고 솔직히 말해 그건 나도 마찬가지다. 내 아들들과는 절대 그렇지 않았다.

아니, 어쩌면 그랬을 것이다. 하지만 제니와 나는 우리 아들들에게 독립을 가르치는 것이 중요하다고 생각했다. 우리 부부는 경기 불황으로 상황이 얼마나 나빠질 수 있는지 똑똑히 보았다. 그래서 우리 아들들이 열심히 일하고, 교육을 받고, 스스로의 힘으로 살아가고, 부모를 비롯한 누구에게도 의존하지 않도록 가르쳤다. 그렇지만 지금, 내 아들들에게 이 아버지가 얼마나 사랑하는지 말하는데 더 많은 시간을 보냈어야 했을까 하는 생각이 어쩔 수 없이 든다. 그랬다면, 아마도 내 아들들도 자기 자식들에게 좀 더 다정한 부모가 될 수 있었을 텐데.

그러니 바로 지금 챈스에게 사랑한다고 말해야 한다. 내 아들들에게 했던 실수를 만회해야 한다. 하지만 내가 미처 무슨 말을 하기도 전에, 챈스는 내가 완전히 항복할 자격도 없다는 듯 두 손을 위로 조금 올린다. "좋아요, 할아버지. 그게 할아버지가 원하시는 거라면, 갈게요. 하지만 이메일 기계는……할아버지가 이 쓰레기장 같은 곳에서 나오길 바라는……그러니까 저는 할아버지에게 가장 좋은 일을 하려고 애쓰는 것뿐이에요."

챈스가 넥타이와 상의를 움켜쥐고 문 앞에서 잠시 걸음을 멈춘다. "그런데요 할아버지, 전 정말 슬퍼지네요." 챈스는 더 얘기해야 하는지 생각하는 것 같다. 나도 그 생각을 한다. 애정이 넘치고 서로를 편안하게 하는 그런 말. 결국 우리를 하나가 되게 해줄 그런 말. 하지만 내 머릿속에 있는 말들은 입까지 오지 못하고, 문득 정신을 차려보니 이미 때가 늦어버렸다. 챈스가 머리를 흔들며 상의를 한쪽 어깨에 툭 걸치더니 모든 걱정거리를 뒤에 남기고 문을 향해 걸어간다.

나는 챈스가 놓고 간 그 빌어먹을 이메일 기계를 주방으로 가져간 다음 쓰레기통 뚜껑을 열고 버린다. 기계는 쿵 소리를 내며 쓰레기 통 안에 떨어진다.

4

챈스가 자신의 고급 외제차를 몰고 모퉁이를 도는 걸 보면서, 실패한 아버지로서 느꼈던 감정이 또다시 살아나며 마음이 아파온다. 나는 너무 무심했고, 너무 구식이었으며, 무엇보다 아이들 곁에 있어주지 못했다. 내가 놓친 것들을 미처 깨닫기도 전에 아이들은 다 자라버렸다. 그 영향이 아들들의 자식들에게까지 흘러갔나보다. 요즘 선수들이 큰 승리를 거둔 뒤에 커다란 물병의 물을 코치에게 붓는 것처럼. 그래서 주변의 모든 것까지 엉망이 되는 것처럼.

마음 한편에서는, 창문의 블라인드를 내리고 두 눈을 감고 낮잠을 자고 싶다는 생각, 그리고 블라인드가 다시는 열리지 않았으면 좋겠다는 생각이 든다. 하지만 다음 순간 그 아이가 떠오른다. 아이의 소원 종이도. 그 종이를 셔츠 주머니에서 꺼내 다시 한번 처음부터 끝까지 읽어본다. 내가 욕심 많은 손자와 대체 뭘 하면서 시간만 낭비하고 있었나 하는 생각이 든다. 바로 지금 내가 정말로 하고 싶은 단 한 가지는 이 종이를 주인인 그 아이에게 돌려주는 것이다. 그리고 할 수만 있다면, 그 소원들 중 몇 개를 이룰 수 있게 도와줄 수 있으면 좋겠다.

그래서 나는 바로 그렇게 하기로 한다.

이중초점안경을 목에 걸고, 신발을 신고, 페도라를 쓰고, 세상 속으로 나간다. 5번가 모퉁이에서 왼쪽으로 돈 다음 성 요셉 성당 앞의 돌계단을 오른다, 관절염에 걸린 거북이와 비슷한 속도로 움직이면서. 요즘은 내 피부도 완전히 파충류 같아 보인다. 근육으로 매끈하던 곳이 꺼끌꺼끌하고 축축 처졌다. 그 변화가 아주 천천히 온 탓에 그런 일이 일어나는지도 몰랐다가 어느 날 몸을 내려다보니 팔 아래쪽 살이 빨랫줄에 걸린 수건처럼 축 늘어져 있었다. 그걸 보고는 정말 많이 놀라서 처음에는 병에 걸린 건가 생각했지만, 결국은 그냥 늙어서 그런 거라는 걸 깨달았다.

성당에 들어가니 희미한 향냄새가 강속구가 갈비뼈를 치듯 나를 친다. 눈을 감으니 그곳에 그녀가 있다. 세상에서 제일 아름다운 열아홉 살 신부가 어떤 멍청이에게 그가 상상할 수 있는 최고의 80년을 주려 한다. 나는 그 세월을 마음속에 간직하려 하지만, 언제 그것이 한꺼번에 부글부글 끓어오르며 나올지는 전혀 예측할 수 없다. 집에서 마음의 준비가 되어 있을 때 그런 일이 더 자주 일어날 거라고 생각할지도 모르겠다. 준비가 될 때도 있긴 하다. 집에 혼자 있을 때 그렇다. 그러면 티슈 한 상자를 가져온다. 그런데 그런 때는 그 일이 절대 안 일어나는 것 같다. 오히려 슈퍼마켓에서 줄을 서 있거나 야구장에서 홈 플레이트 뒤 세 번째 줄에 앉아 야구에 정신이 팔려 있을 때, 그것은 번번이 나를 기습 공격한다. 나도 모르는 새에 나는 세상 무엇보다 내 신부를 그리워하며 아기처럼 흐느낀다.

"머리예요?"

나는 눈물을 닦고 헛기침을 한다. 남자가 그렇게 울고 있으면 모르는 척 해줄 수도 있을 텐데. 나는 손등으로 코를 닦고 한 번 더 코를 훌쩍거린 뒤 늘 그렇듯 뒤쪽 자리에 가서 앉는다. 제임스 신부는 나보다 몇 줄 앞자리에 앉는다. 내가 그러는 걸 좋아한다는 것을 알고 있기 때문이다.

"두세 시간 뒤에 오실 줄 알았어요."

"음, 그때도 올 거예요. 지금은 고백 성사를 하러 온 게 아니에요. 내게 문제가 약간 있어서요."

나는 키튼 박사가 슬프고 외로운 것에 대해 한 얘기, 병원에 간 얘기, 제이슨에 관한 얘기를 모두 털어놓는다. 그리고 소원 종이를 건넨다. 제임스 신부는 늘 그렇듯 고개를 천천히 끄덕이고, 내가 횡설수설하는데도 얘기를 끝내라고 재촉하지 않는다. 제임스 신부는 요즘 젊은이치고 보기 드물게 침착하다. 정신없이 서두르는 법이 없다. 아마도 그래서 머리숱이 많고 까만 것 같다. 머리뿐만 아니라 기다란 수염도 아주 까매서 성직자 옷과 아주 잘 어울린다.

"그러니까 머리는 그 아이가 마지막 소원을 이룰 수 있게 돕고 싶으시다는 거죠?" 내가 이야기를 마치자 제임스 신부가 말한다.

"정말 그래요. 신부님, 그 아이의 어떤 면이 자꾸 신경 쓰여요."

"그게 뭔가요?"

나는 제단 뒤, 십자가에 못 박힌 그리스도를 보면서 잠시 생각한다. "이건 공평하지 않다, 그런 거요. 그 아이는 자기 아빠에게 그런 식의 취급을 받아야 할 이유가 없어요. 그 나이 아이는 심장병을 갖고 있어도 안 되고요. 왜 주님은 나를 백 년이나 건강하게 살도록 하면서 그 아이에게는 나쁜 심장을 주신 걸까요?"

"머리, 나는 그 물음에 대한 답을 모른다는 걸 아시잖아요."

내가 제임스 신부를 확실하게 좋아하지 못하는 이유가 바로 이런 태도 때문이다. 제임스 신부는 늘 뭔가에 대해 모른다고 말한다. 주님이 무엇을 원하는지 혹은 주님의 의도가 무엇인지 혹은 계획이 무엇인지 우리 인간은 절대 이해하지 못하기 때문에 믿음이 필요한 거라고 한다. 내가 볼 때 성직자는 그런 것들을 알아야 한다. 제임스 신부에게도 그렇게 얘기한 적이 있는데, 신부는 그저 미소만 지으면서 겸손함이 어쩌고저쩌고 알아듣지 못할 소리만 했다.

제임스 신부가 묻는다. "그 아이를 어떻게 도울 수 있다고 생각하세요? 머리는 이제 젊지 않다는 얘긴 제가 할 필요가 없겠지요. 그리고 이 소원들 중 몇 가지는…… 이루기 어렵잖아요. 특히 아이가 그렇게 아프다면요." 신부는 종이로 자기 무릎을 톡톡 친다. 마치 그렇게 하면 소원의 내용을 조금이라도 바꿀 수 있는 것처럼. "정말로 머리가 이 일에 적합한 사람이라고 생각하는 거예요?"

아마도 선한 제임스 신부 말이 옳을 것이다. 나는 이런 일을 하기에 너무 늙었고 지쳤다. 불과 몇 시간 전까지만 해도 내일 삶을 끝낼 생각을 하고 있었다. 하지만 아빠가 억지로 데려갈 때 아이 얼굴에 어리던 표정, 그 표정을 잊을 수가 없다. 그리고 집에 가서 셰프 보야디나 먹는다면 그 아이에게 아무 도움도 되지 못할 것이다. 만일 내가 이 일을 제대로 한다면, 내 아들들에게 주지 못했던 걸 제이슨에게 줄 수 있을지도 모른다. 내 아들들에게는 아빠가 얼마나 사랑하고 마음을 쓰는지 확실히 알려주지 못했지만, 제이슨에게는 그걸 해줄 수 있을지 모른다.

"할 수 있어요. 내게는 그렇게 하고도 남을 힘이 있어요." 내가 말한다.

제임스 신부는 키튼 박사가 나를 볼 때 이따금 짓는 표정으로 나를 본다. 마치 내가 장례식에서 농담이라도 한 것처럼, 웃으면 안 된다고 생각하면서도 어쩔 수 없이 웃음이 나오는 모양이다.

"그렇다면 그 아이와 연락을 하셔야겠네요." 신부가 말한다.

의자 삐걱거리는 소리가 빈 성당 전체에 울린다. "그래야겠지요. 물론 나는 그 아이의 주소를 몰라요. 전화번호도요."

"절 따라오세요. 제가 도울 수 있을 겁니다."

선한 제임스 신부는 내 나이를 알기 때문에 내 속도에 맞춰 움직인다. 유리병 한옆으로 뚝뚝 떨어지는 당밀처럼 꼭 그렇게 움직인다. 나는 자리에서 일어나 신부를 따라 성당 앞쪽으로 가서 옆에 있는 문으로 들어간다. 성당의 구석구석까지는 가본 적이 없는 것 같다. 어쨌거나 오랫동안 그렇게 해본 적이 없다. 나는 어릴 때 복사(服事)였지만 이제 다 옛날 일이다. 그때는 예배가 라틴어로 진행되었기 때문에 우리들 대부분이 전혀 이해하지 못했다. 나는 하나도 알아듣지 못했지만 그 말을 입 밖으로 내지는 않았다. 그랬다가는 아버지의 허리띠가 기다리고 있다는 걸 알고 있었으니까.

제임스 신부는 나를 데리고 복도를 지나 어떤 사무실로 간다.

성당 내부가 이렇게 멀리까지 이어져있는지는 미처 몰랐다. 신부가 책상 앞에 앉아 일하는 어떤 여성에게 손을 흔든다. 대체 성당에서 책상 앞에 앉아 일하는 여성이 왜 필요한 걸까.

"자, 어디 한번 볼까요." 신부가 이렇게 말하고는 편안해 보이는 의자에 앉는다. 그리고 파일을 휘리릭 넘기더니 뭔가를 찾아낸다. 그런 다음 전화기를 들고 전화를 건다. 잠시 뒤에 신부는 전화기 저편의 사람을 아는 것처럼 말한다. "마사! 제임스 곤잘레스 신부예요. 성 요셉…… 잘 있어요, 물어봐줘서 고마워요. 마사도 잘 지내나요? 축하할 일이 있다고 들었는데요."

그들은 한참 얘기를 나눈다. 사실 그게 당연한 거다. 요즘 어떤 사람들은 뜸을 들이지 않고 곧장 용건을 말한다. 어떻게 지내냐고 묻지도 않고 바로 본론을 시작한다. 하지만 선한 신부는 그러지 않는다. 신부는 누군지 모르겠지만 아무튼 통화 상대와 태어날 아기 얘기도 하고 지난주에 뇌우와 함께 떨어진 우박 얘기도 하고, 최근에 개조한 성당 신부관 얘기도 하면서 몇 분간 통화를 한다. 나는 잠시 이런저런 생각을 하다가 벽에 걸린 십자가와 제임스 신부 책상에 놓인 사진들을 빤히 본다. 한 눈에 봐도 부모님인 듯한 사람들과 함께 있는 젊은 제임스 신부. 성모 마리아 카드. 또 장례식장에서 온 것 같은 카드도 있는데, '평화'라는 글자와 성경 구절이 적혀 있다. 신부가 제이슨의 이름을 얘기하는 걸 듣고 나는 다시 관심을 기울인다.

"맞아요. 캐시맨. C-A-S-H-M-A-N. 네, 현금 말하는 것처럼 들리는데……. 아, 뭐든 갖고 계신 걸로요. 전화번호도 좋고, 혹시 그 아이가 이메일을 쓰면 이메일 주소나, 알다시피 요즘 아이들은……정말요? 잘 됐네요. 정말 고마워요, 마사. 곧 연락할게요." 신부가 말한다.

제임스 신부가 전화를 끊고는 내게 미소를 짓는다. "병원에 아는 사람이 있어요. 이 얘기를 들으면 기뻐하실 것 같은데, 제이슨 캐시맨이 이메일 주소를 갖고 있어요. 최첨단 아이죠."

신부가 컴퓨터로 가서 뭔가 – 그걸 마우스라고 하는 걸 들은 적이 있다 – 를 조금 흔드니 화면에 불이 들어온다. 신부는 키보드의 키를 몇 개 친다. 내가 컴퓨터에 대해 아는 것이 그 정도다. 마우스. 키. 키보드. 그 이상은 전혀 필요치 않다. 다들 요즘 시대에 컴퓨터는 아주 중요하다고 말하지만 나는 잘 모르겠다. 백 년 동안 컴퓨터 없이도 아주 잘 지내왔다. 굶지도 않았고 이혼을 하지도 않았으며 대출금을 늦게 낸 적도 없다.

신부가 키보드의 글자 몇 개를 친 다음 의자에서 일어나더니 내게 그 의자를 가리킨다. "자, 여기 앉아서 그 아이에게 메시지를 쓰세요."

"메시지요? 이 기계로요? 어떻게 그렇게 되는 건데요?"

"말씀드린 대로, 그 아이가 이메일 주소를 가지고 있어요."

"이메일이요?"

"전자 메일이요. 그래서 이메일이라고 하는 거죠. 인터넷을 이용해서 보내는 거예요. 그건 아시잖아요?"

"얘기는 들어봤어요."

제임스 신부가 큰 소리로 웃는다. 그래도 신부는 유머 감각이 좀 있다. 그가 의자를 가리키며 말한다. "메시지를 입력하세요. 그럼 제가 그 아이에게 보낼게요."

"메시지요? 무슨 내용으로요?"

"그건 직접 생각하셔야죠. '제목' 칸에 내용을 치고 나서 뭐든 하고 싶은 말을 치세요."

무슨 말을 해야 하는지 잘 모르겠다. 종이에 적힌 소원을 이룰 수 있게 돕고 싶다는 얘기? 알지도 못하는 사람이 그런 말을 하는 건 좀 이상해 보인다. 하지만 의자가 나더러 어서 와 앉으라고 하는 것 같아서, 나는 천천히 앉아 키보드를 본다. 키보드 전체에 글자들이 있고, 필요한 글자를 찾는데 한참이 걸리지만, 제니가 한동안 타자기를 갖고 있었기 때문에 다 예전에 본 것이다. 나는 글자 몇 개를 누르면서 문장을 만들기 시작한다.

제목: 우리는 오늘 만났고 텔레비전 화면으로 게임을 했지. 네가 이겼잖아. 내가 네 물건을 갖고 있거든. 그래서 돌려주려고 해.

제이슨 캐시맨에게,
내 이름은 머리 맥브라이드란다. 맥브라이드 할아버지라고 부르면 돼. 오늘 병원에서 널 만났잖아. 네 소원 종이를 내가 가지고 있어. 얼른 돌려주고 싶구나.
잘 지내,
머리 맥브라이드 할아버지

"좋아요." 제임스 신부가 내 어깨 너머에서 말한다. "20분밖에 안 걸렸어요." 그는 뭔가 재미있는 농담이라도 한 사람처럼 빙긋 웃으며 눈을 가늘게 뜨고 화면을 본다. "제목은 대개 좀 더 짧게 쓰지만, 괜찮아요. 이제 보냅니다." 그가 마우스의 뭔가를 다시 누르니 컴퓨터에서 재미있는 소리가 난다.

컴퓨터 앞에 앉아 종이나 연필도 없이 누군가에게 편지를 쓰려니 기분이 이상하다. 영 자연스럽지가 않다. 나는 의자를 뒤로 밀지만, 내 시원찮은 무릎으로 통증이 순식간에 올라오는 바람에 참지 못하고 신음 소리를 낸다.

"머리, 천천히 하세요. 일어날 수 있을 때까지 그대로 앉아 계셔도 돼요." 신부가 말한다.

무릎이 지독하게 쑤셔댄다 해도 이곳에 앉아서 선한 신부의 동정을 받고 싶은 마음은 없다. "그럼 이제 어떻게 되는 건가요?"

"그 아이가 답장을 할 거예요?"

"내가 그 아이에게 아직 아무것도 안 보냈는데 어떻게 답장을 쓴다는 거죠?"

"편지를 보내셨잖아요. 그 아이에게 이메일을 보내셨잖아요."

"그러니까 내가 어떻게 그렇게 한 거죠? 나는 그 아이 주소도 모르는데요."

"머리, 이메일 주소 아시잖아요. 기억하죠? 집에 컴퓨터가 있나요?"

"꼭 그렇다고는 할 수 없어요."

"꼭 그렇다고는 할 수 없다니요? 그게 무슨 말인가요? 컴퓨터가 있다는 건가요 없다는 건가요?"

"챈스가 컴퓨터 비슷한 걸 놓고 갔는데, 진짜 컴퓨터는 아니에요. 메일 기계 뭐 그런 거예요."

"이메일 기계요? 그럼 됐어요. 그것도 컴퓨터이긴 한데, 이메일만 보낼 수 있는 거예요. 그걸로 제이슨에게 메시지를 보낼 수 있어요."

"아까도 말했지만, 그 아이 주소를 모른다고요."

"이메일 주소를 가지고 있잖아요, 머리. 모르시겠어요? 그건 전자……아 여기 보세요! 그 아이가 벌써 답장을 했네요."

신부가 컴퓨터 화면을 가리키더니 몸을 기울여 마우스를 다시 누른다. 작은 페이지가 커지고 나는 그 내용을 읽는다.

To: FatherJamesGonzolez@hotmail.com
From: jasoncashmanrules@aol.com

제목: OMG!

OMG! 아, 그걸 놓고 가면 안 되는 거였는데, 아빠가 날 안 놔줘서. 돌려주세요. 그럴 거죠? 그거, 진짜 꼭 있어야 되는 거란 말이에요. 나중에 또 얘기해요.

"도대체 이게 다 뭔가요?" 내가 묻는다.

"제이슨의 답장이에요. 아이가 그렇게 어리다는 얘기는 안하셨잖아요."

"했어요. 어린아이라고 말했어요."

"그건 그러네요. 아이가 소원 종이를 돌려받고 싶어 하는 것 같아요."

나는 이중초점안경을 가슴에서 올려 코에 댄다. "어디에 그런 말이 있어요?"

"걱정 마세요. 제가 머리의 이메일 주소를 만들어드릴게요. 그러면 그 이메일 기계로 집에서 제이슨과 연락을 주고받을 수 있거든요. 어떤 계정을 쓰고 싶으세요? 핫메일? 야후?"

"뭐라고요?"

"아니, 아니에요. 제가 그냥 만들어드릴게요. 그 전에 제가 전화를 몇 통 할 거예요. 집에 가서 낮잠 좀 주무세요. 뭔가 알게 되면 전화를 드릴게요."

나는 어리둥절한 채로 집에 온다. 뭐가 뭔지 하나도 모르겠다. 하지만 그게 다가 아니다. 좋은 것들도 있다. 제이슨을 만나 그 아이의 소원을 이루도록 도와줄 생각을 하면 어찌나 행복해지는지 거의 90년 만에 처음으로 껑충껑충 뛰다시피 한다.

5

꽤 오랫동안 이런 느낌을 가져보지 못했다. 이런 느낌을 가져본 지가 워낙 오래 되어서 그게 어떤 건지 알아내려면 마법이 필요할 정도다. 그건 기대감이다. 아아, 내가 야구를 하던 시절, 빅 시리즈 전날 밤이면 잠을 못 이루던 때가 있었다. 아무리 애를 써도 다른 생각을 할 수가 없었다. 그리고 지금 그때와 똑같은 느낌이 든다. 지금 집에 가서 선한 제임스 신부가 전화하길 기다린다면, 보나마나 식탁에 앉아 전화기를 노려보면서 그것이 울리기만 기다리겠지. 그러다 드디어 전화벨이 울리면, 어쩌면 심장마비에 걸려 제이슨에게 소원 종이를 영영 돌려주지 못할지도 모르겠다.

소원 종이를 다시 보려고 셔츠 주머니에서 꺼내려는데, 다른 종이가 딸려 나와 땅에 떨어진다. 시간이 좀 걸리지만 나는 몸을 구부려 그것을 집어 든다. 키튼 박사가 준 커뮤니티 칼리지의 미술 수업에 관한 내용이다.

어쨌든 나는 그것도 중요한 거라고 생각한다. 전화기만 바라보다 심장마비에 걸리는 것보다는 나을 거라고 생각한다. 심장마비에 걸리고 싶진 않다고 나는 마침내 마음을 정한다. 커뮤니티 칼리지는 두세 블록 떨어진 곳에 있고, 이미 중요한 일을 했으므로 걸어가는 대신 시내버스를 탄다. 오늘 하루 만에 두 번째다.

버스에 탄지 1분 만에 목적지에 도착한다. 버스가 내가 내려야 하는 정거장에 도착하자 기사가 날 내려 준다. 버스 계단을 내려가는 걸 도와주기까지 한다. 기사는 덩치가 큰 아프리카계 미국인 남자인데, 130킬로그램도 훨씬 넘어 보인다. 그런데도 가뿐하게 걷는 걸보면 예전에 야구 선수가 아니었을까 하는 생각이 든다. 그 나이의 남자라면 우리 때와는 달리 메이저리그에서 경기했을 수도 있다. 우리가 야구를 하던 시절에는 인종차별 분위기가 지배적이었기 때문에 우리와 똑같지 않은 사람들과는 함께 어울릴 수가 없었다. 적어도 1947년에 재키 로빈슨(흑인으로서 최초로 메이저리그에 진출한 미국의 프로야구 선수 - 옮긴이)이 등장하기 전까지는 그랬다. 당연히 그때는 나의 선수 시절이 끝난 뒤였다.

하지만 이따금 나는 친구 몇 명과 캔자스시티로 차를 몰고 가 캔자스시티 모나크스 경기를 보면서 그들에게 우리가 응원한다는 걸 보여주곤 했다. 대부분 사람이 모르고 있지만, 선수들은 그 일이 실현되기 오래전부터 흑인들이 메이저리그에서 함께 경기하길 바랐다. 그걸 원치 않는 사람은 구단주들이었다.

한번은 캔자스시티에서 친구들과 함께 사첼 페이지가 투구하는 모습을 보았고, 사첼 페이지와 그의 친구들 몇 명에게 경기가 끝난 다음 함께 술집으로 가자고 졸랐다. 사실 오래 조를 필요도 없었다. 그는 내가 만나본 선수들 중 가장 훌륭한 선수였다. 사첼 페이지는 자신이 백인 리그의 어떤 투수보다 실력이 뛰어나다고 말했는데, 그가 마운드에서 경기하는 모습을 보고 난 뒤에 나는 그 말을 믿을 수밖에 없었다. 그런 것도 좋았지만 그보다는 사첼 페이지, 그리고 다른 선수 몇 명과 같은 팀에서 경기를 할 수 있었더라면 훨씬 더 좋았을 것이다.

버스기사가 아기에게 하듯 내 손을 토닥이면서 좋은 하루를 보내라고 말하는데, 그 소리가 어찌나 크던지 하마터면 나는 귀가 잘 들리니 조용히 말하라고 할 뻔했다.

커뮤니티 칼리지 입구로 절뚝절뚝 걸어가면서, 지난 몇십 년 동안 내 세상이 얼마나 오그라들었는지를 생각한다. 예전에 나는 기차를 타고 내셔널리그의 도시들과 근사한 호텔들, 아름다운 경기장들을 다니곤 했다. 하지만 이제는 레몬그로브 집에서 몇 블록 이상 벗어나는 일도 거의 없다. 집에서 야구공을 던지면 성 요셉 성당과 키튼 박사의 병원을 맞히고, 그 공이 스코키에 있는 슈퍼마켓까지 굴러갔을지도 모르는 그런 때가 있었다. 이제 나는 이따금 '모델 일'이라고 하는 그 일을 할 때 빼고는 내 좁은 세상을 거의 떠나지 않는다.

사실 나는 이 일을 그다지 즐기지 않는다. 일이 집 근처에서 있을 때도 그렇다. 사람들이 왜 나를 모델로 쓰는지 아는데, 멋진 여자 옆에 서 있는 멋진 남자 뭐 그런 걸 기대하는 게 아니다. 때로 그들은 이런저런 이유로 노인을 필요로 한다. 다양한 모습의 인간들, 한 젊은이가 내게 그렇게 말했다. 마치 내가 그 말을 알아듣기라도 하는 것처럼.

그런데도 커뮤니티 칼리지의 현관으로 들어가는 건, 집에서 제임스 신부의 전화만 기다리고 있을 자신이 없기 때문이다. 그리고 키튼 박사는 모델 일이 내게 얼마간 도움이 될거라고 생각하는 것 같고, 내가 그를 굉장히 존경하기 때문이다.

내가 가는 이런 건물들 대부분에는 안내 데스크가 있지만, 이 건물은 커뮤니티 칼리지이기 때문에 안내 표시도 없고 안내해주는 사람도 없다. '레몬그로브 커뮤니티 칼리지 101호, 오후 4시'라는 글자가 적힌, 키튼 박사가 준 종이쪽지밖에 없다. 다행히 몇 걸음 앞에 101이라고 적힌 작은 표지판이 달린 방이 보인다. 내 몸 대부분이 다 낡고 닳았지만 눈은 아직 꽤 쓸 만하다. 이중초점안경을 쓰는 한은 그렇다.

하지만 그 방에 들어서는 순간, 내가 표지판을 잘못 읽은 게 틀림없다는 생각이 든다. 방은 앞쪽 책상에 대여섯 개 촛불이 둥글게 있을 뿐 어둑어둑하다. 한가운데 의자 하나가 놓여 있고, 그 주위를 다양한 나이의 사람들이 차지한 열 개가 좀 넘는 의자가 빙 둘러싸고 있다. 냄새가 굉장히 강해서 눈앞이 조금 어지럽다. 촛불에서 그런 악취가 풍긴다는 것에 의아해하는데, 그 순간 구석에서 타고 있는 향 하나가 눈에 띤다, 그 향과 똑같은 것이 다른 세 구석에 하나씩 놓여 있다. 나는 코를 막고 문 쪽으로 몸을 돌리다가, 공중에 붕 뜬 것처럼 높은 목소리에 걸음을 멈춘다.

"잘 오셨어요." 그 목소리가 꽃무늬 드레스와 함께 내 쪽으로 다가온다. 옷 안에서 여자가 헤엄치고 있다. 여자는 나보다 알이 두꺼운 안경을 쓰고 있으며 허리까지 머리를 길렀다. 희미한 빛 속에서도 여자가 가면을 쓴 것처럼 두껍게 화장한 모습이 보인다. 제니는 그런 화장을 할 필요가 전혀 없었다. 그렇게 하지 않아도 완벽하게 아름다웠다. "머리군요." 여자가 말한다. 그리고 그녀의 숨결에서 향에서 나는 바로 그 냄새가 난다. 여자가 그 향을 껌처럼 씹은 것 같기도 하다.

"예, 맞아요. 하지만 아무래도 방을 잘못 찾은 것 같군요."

물론 나는 방을 맞게 찾았다는 걸 안다. 그렇지 않다면 여자가 어떻게 내 이름을 알겠는가? 하지만 이 수업은 내가 신청한 것이 아니다. 그 이상한 여자가 한 팔을 내 어깨에 두르는가 싶더니, 다음 순간 내가 의자들 한가운데 서 있다. 사람들 모두 자기 앞에 이젤을 세워놓았기 때문에, 그들이 이젤 앞으로 나와서 나를 보지 않는 한 난 그들의 얼굴을 볼 수가 없다. 그나마 이젤이 있어서 다행이다. 최소한의 프라이버시를 지켜줄 테니까. 무릎이 점점 더 욱신거리는 탓에 옆에 놓인 의자에 앉고 싶은 생각이 간절해지고, 그래서 나는 앉는다. 이미 앉았으니까, 사람들에게 이런 모습을 그리라고 하는 편이 낫겠다.

어두워서 미처 보지 못했는데 거기에 의자가 또 하나 있다. 다른 의자들 한가운데, 내 바로 옆에. 멋지게 생긴 신사 하나가 두 손을 앞에 있는 책상 위에 포갠 채 꼼짝도 않고 앉아 있다. 그가 내게 미소를 지어보이기에 나도 고개를 끄덕인다. 좋은 사람 같다. 백 년을 살고 나면 그런 것들은 한 눈에 알 수 있다.

"당연히, 우리가 그림을 그리기 전에 옷을 벗으셔야 해요." 목소리가 높은 그 여자가 말한다.

"옷을 벗으라고요? 말도 안 돼. 대체 이건 무슨 수업인가요?"

일어서려고 하다가, 향냄새 때문에 머리가 핑 도는 바람에 다시 주저앉는다. 여자가 두 손을 이상하게 움직이면서 나를 진정시키려 한다. "미안해요. 에이전트가 알려줬을거라고 생각했는데요." 여자가 손가락으로 자신의 턱을 잠깐 톡톡 친다. "그렇다면 오늘은 기본적인 건 입는 걸로 하죠."

"기본적인 거라고요?" 속옷을 말하는 것 같다. "이것 봐요. 난 옷을 벗을 생각이 전혀 없어요. 그건 말도 안 돼요."

"하지만 선생님, 이건 예술이에요." 여자는 그 한 단어가 모든 걸 설명하는 것처럼 말한다. 다시 턱을 몇 번 톡톡 치더니 내게 다가와서는 두 손을 내 어깨에 올리며 나만의 개인 공간을 무자비하리만치 침범한다. "이해해요. 혼란스럽게 해서 죄송해요. 혹시 셔츠만 벗어줄 수 있을까요? 그러면 오늘은 우리가 얼굴과 상반신만 작업할 겁니다."

이 모든 사람 앞에서 셔츠를 벗는 것에 대해 어떻게 생각해야 할지도 잘 모르겠지만, 할 일도 없는 오후에 집으로 서둘러 돌아갈 마음도 없다. 그것도 그렇고, 방안이 굉장히 어두워서 어쨌거나 벗은 모습이 잘 보이지는 않을 것 같다.

"셔츠는 벗지요. 하지만 속옷은 입고 있을 거예요, 알겠어요?"

여자가 얼굴을 약간 찡그리지만 달리 별말을 하지는 않는다. 그래서 나는 천천히 한참 동안 단추를 풀기 시작한다. 그걸 보더니 그 이상한 여자가 아주 재미있다는 듯 킬킬거린다.

"자, 여러분, 이제부터 선(禪)의 상태에 들어갈 거예요. 우주의 기운이 온몸에 흐르도록 하세요. 두 손을 지나 손가락으로 가게 하세요. 이제 나와 함께 주문을 외웁니다."

사람들이 마치 다른 행성에서 온 것 같은 소리를 웅얼거리는 동안, 나는 두 팔을 셔츠에서 뺀 다음 셔츠를 무릎에 놓는다. 마음이 아주 편안해진다고 느껴지는 순간 천장의 불들이 환하게 켜지면서 앞이 잘 보이지 않는다.

"아주 좋아요." 여자가 말한다. "그림자와 빛이 완벽하게 조화를 이루었어요." 분명 나는 불빛에 좀 놀랐다. 하지만 놀랐다는 걸 다른 사람들에게 들키고 싶지 않아서 이미 예상했던 것처럼 행동하며 최대한 몸을 꼿꼿이 한다. 물론 내 어깨는 오래전에 굽었고 고개도 더는 제대로 가누지 못한다. 그래서 자연스럽게 행동하고 싶어도 잘 되지 않는다.

"처음 이 일을 시작했을 때가 생각나는군요." 옆에 앉은 남자가 말한다. 나는 그가 누구인지, 왜 이 남자가 옷을 다 입은 채 두 손을 책상 위에 포개고 이곳에 앉아 있는지 알지 못한다. "저 여자가 저러는 게 저도 싫었어요. 제게 장갑을 벗으라고 하고는 불을 켰죠. 지금껏 살면서 그렇게 벌거벗은 느낌을 가져본 적은 한 번도 없었어요."

남자가 무슨 말을 하는지 처음에는 못 알아듣다가 다음 순간 확실히 안다. 남자의 두 손. 남자는 이 수업의 사람들 앞에서 손 모델을 하고 있는 게 틀림없다. 그러고 보니 멋지고 튼튼해 보이는 손을 가지고 있다.

"농담인 것 같은데?" 내가 묻는다.

"그래요. 당연히 농담이고말고요. 죄송합니다." 그가 내 쪽으로 고개를 까딱한다. "그건 그렇고, 저는 콜린스입니다. 악수를 하고 싶지만……." 남자가 그 이상한 여자를 향해 고개를 휙 움직인다.

바로 그때 여자가 말한다. "자, 여러분, 오늘의 두 번째 모델을 자세히 봅시다. 여기 우리의……원숙한 친구가 있습니다. 자세히 들여다보세요. 오랜 삶을 보여주는 아름다운 잡티들을 보세요. 특별한 경험의 흔적들이죠."

챈스처럼, 여기 이 여자도 꼭 암호처럼 말하고 있다. 하지만 나는 그게 무슨 뜻인지 안다. 오랜 삶을 보여주는 아름다운 잡티들이란 내 얼굴과 팔에 있는 검버섯들을 말한다. 그리고 특별한 경험의 흔적들? 그건 보푸라기들이 틈새에 낄 정도로 깊은 주름이나 피부가 턱에서 늘어지는 모습을 말한다. 여자가 굳이 그 말을 하지 않아도 내게는 다 들린다.

"하지만 그런 것들 너머를 보세요. 더 자세히 보면, 여러분들이 이제껏 본 어떤 눈보다도 연한 푸른색 눈을 보게 될 겁니다. 모델이 스코틀랜드 혈통이라는 걸 짐작할 수 있는데……." 여자가 말한다.

"아일랜드예요." 내가 말한다.

사람들이 그림을 그리기 시작한 뒤로 여자가 처음 날 제대로 보는 것 같다. "음, 뭐라고 하셨죠?"

"아일랜드라고요. 성이 맥브라이드예요. 우리 아버지가 배를 타고 오셨죠."

"아 그래요, 그렇군요. 꼼짝 말고 가만히 계셔야 할 것 같은데요. 이미 제가 설명하지 않았나요? 그러니까, 말씀을 하시면 입 주위 주름들이 움직이거든요. 턱 주변 피부도 약간 흔들려서…….”

“아, 네, 알겠어요. 나는 어릿광대가 아니에요.”

여자가 허물어지고 있는 내 몸의 온갖 부분에 대해 계속 말한다. 기회가 주어졌을 때 이곳을 나갔어야 했다.

“제 말뜻을 아시겠죠?” 콜린스가 사람들이 볼 수 없도록 입술을 돌려 말한다. “다른 사람한테 할 얘기는 아니지만, 맥브라이드 씨, 저는 저 여자 진짜 무섭다니까요.”

그 젊은이가 뭘 하고 있는 건지 알겠다. 내 기분을 풀어주려고 애쓰고 있다. 그것 역시 멋진 행동이다. 하지만 여자가 나에 대해 말하는 그 온갖 얘기를 더는 듣지 않게 해줄 정도는 아니다.

내 안의 깊숙한 곳 어딘가에서, 그들이 뭔가 다른 것을 봐주길 내가 바라고 있었던 것 같다, 아마도 내 예전 모습의 한 부분을. 하지만 그런 일이 일어날 수 있다고 생각하는 건 어리석은 일이었다. 그런 일이 가능하다고 생각하는 것조차 어리석은 일이었다. 키튼 박사가 이 일을 제안한 것은 어리석은 일이었다.

나는 한 시간 동안 앉아 있다. 무릎과 등의 통증을 모르는 체하면서. 가슴 깊숙한 곳 어딘가에서 느껴지는 아픔을 모르는 체하면서. 그리고 사람들이 보는 것이라고는 지쳐버린 늙은이일 뿐이라는 사실을 모르는 체하면서. 아무런 가치도 없는 존재. 예전에 하던 것을 하지 못하는 존재. 이제 더는 두 손이나 두 다리 심지어는 정신까지도 제대로 쓰지 못하는 존재. 그저 늙은 모양새로 그 자리에 앉아 있는 것 말고는 아무것도 하지 못하는 존재.

교실에서 나오는 길에 어느 학생의 그림 하나를 힐끗 본다. 이젤은 금이 가고 왼쪽으로 약간 기울어져 있다. 캔버스는 색이 바래고 낡았는데, 이 수업을 위해 새 장비를 살 여유가 없었던 것 같다. 하지만 캔버스에 그려진 늙고 쇠약한 남자의 모습에 비하면 그 캔버스 천은 새것처럼 보인다.

6

오후 늦게야 집에 도착하면서, 미술 수업에 가지 않았더라면 좋았을 거라는 생각을 한다. 그랬더라면 훨씬 좋았을 것이다. 그 아이, 제이슨이 아니었다면 나는 하루를 시작했던 곳으로 돌아와 모든 걸 끝낼 준비를 했을 것이다.

하지만 내게는 제이슨이 있다. 그 사실 때문에 상황이 달라진다. 모든 게 달라진다, 정말 그렇다.

챈스의 이메일 기계를 쓰레기통에서 꺼내 식탁 위에 놓는다. 키보드 위의 키들을 약 5초 동안 빤히 바라보고 나서야 그 빌어먹을 기계를 어떻게 사용하는지 전혀 모르고 있다는 걸 깨닫는다. 또다시 가슴이 찌릿해진다. 살아오면서 한번도 본 적 없고 전혀 알지 못하는 뭔가를 마주할 때마다 모습을 드러내는 감정이다. 예전에는 아주 이따금씩만 나타나던 감정이었지만 요즘은 집을 나설 때마다 드는 감정이다. 급기야 이제는 내 집 안에서도 그런 일이 벌어지고 있다는 사실에 더는 견디기가 힘들다. 이 기계를 사용하려면 도움이 필요하다는 걸 인정하고는 주먹으로 그것을 쾅 내려친다. 그리고 낮잠을 좀 자려고 침실로 절뚝거리며 간다.

몇 시간 뒤 전화벨 소리에 잠에서 깬다. 고백 성사를 하러 성당에 가야 하는 시간이다. 전화를 받고 보니 제임스 신부인데, 오늘 저녁에는 고백 성사를 건너뛰어야겠다고 말한다. 성직자가 어떻게 그럴 수 있지? 신부는 병원에 있는 사람들 중 내가 제이슨을 만날 수 있는 방법을 알고 있는 누군가와 얘기를 했다고 한다.

날이 어두워질 즈음, 제임스 신부가 그의 커다란 링컨 타운카를 몰고 우리 집 앞으로 와서 날 병원까지 태워다 준다. 어떤 사람들은 이 말이 불편하게 들리겠지만, 그 선한 신부는 근사한 차를 타고 다닐 자격이 있다. 더 근사한 차를 타고 다니는 교구민들을 나는 많이 보았다. 아, 나는 아니다. 다른 몇몇 사람들 얘기다.

나는 제임스 신부에게 지금 차 안에서 고백 성사를 해도 되는지 묻는다. 고백할 것이 있고, 내 나이의 사람은 언제 쓰러져 죽을지 절대 알 수 없기 때문이다. 신부는 나를 곁눈으로 보며 활짝 웃고는 어떤 죄를 고백할 건지 묻는다. 우리는 '마지막 고백을 한 것이 언제인가?'라는 부분은 항상 생략하고 넘어간다. 신부가 늘 대답을 알고 있으니까. 바로 어제라는 걸.

나는 '젠장'이라고 한 것을 고백하고 선한 신부는 미소를 지으며 용서한다. 그저 내 죄에 대해 성모 마리아를 한 번 부르라고 하고는 그만이다. 내 생각에 신부가 그러는 건 자기가 그 말을 하고 싶어서다. 나는 내 죄를 확실히 인정하려고 성모 마리아를 큰 소리로 세 번 말한다. 그러다보니 병원에 도착한다.

제임스 신부가 나를 부축해 차에서 내려준다. 나는 그의 팔에 의지한 채 병원 현관문을 지나 어떤 여자 맞은편에 앉는다. 여자는 자신을 제이슨의 '대리인'이라고 소개하는데, 그게 무슨 뜻이든 상관없다. 여자는 내게 무엇때문에 제이슨에게 관심을 갖는지 묻는다.

백 살이 되면 그게 많이 생기는데…… 단어가 생각이 안 난다……그래, 내가 젊었을 적에는 그걸 허튼 소리라고 했다. 하지만 좋은 점들도 있다. 예를 들면 '대리인'들은 여든 살이 넘은 사람은 전혀 해롭지 않으며 완전히 신뢰해도 된다고 생각하는 것 같다.

"그 아이가 소원 종이를 만들었거든요." 내가 말한다. 나는 단추가 달린 셔츠의 앞주머니를 뒤졌지만 그 종이를 찾을 수가 없다. 제임스 신부가 나를 도와준다. 아마 다른 사람이었더라면 내가 그 손을 쳐냈을 것이다. 하지만 선한 제임스 신부, 그는 선의로 그런 행동을 하니까.

나는 끈적끈적한 부분을 만지작거려 종이를 편다. 여자가 그 종이를 보면서 두 눈이 조금 촉촉해진다. 대리인들은 자신이 맡은 아이들을 속속들이 알아야 한다. 여자가 듣기 불편한 말은 안 하려고 조심하지만, 나는 그 속뜻을 알아듣는다. 제이슨의 부모는 이혼했다고 한다. 제이슨의 아빠는 더 많은 돈을 벌기 위해 일하고 있으며, 엄마는 좋은 사람이지만 이혼을 하면서 전남편에게 돈을 다 빼앗기고는 한 달에 한 번의 주말만 빼고 다른 사람 도움없이 아들을 키우느라 고생하고 있다고 한다. 제이슨의 엄마는 아들에게 아버지의 모습을 더 많이 접하게 해줄 필요가 있다고 생각해 아이를 의형제 프로그램 대기자 목록에 넣었다고 한다.

딩, 동, 댕.

"하지만 맥브라이드 씨." 여자가 눈물을 닦기도 전에 약간 남아있던 눈물이 사라진다. "제이슨의 경우에는……. 어떻게 말씀드려야 할지 잘 모르겠는데요."

"괜찮아요, 그냥 얘기하세요."

"그럴게요. 그러니까, 제이슨의 엄마가, 엄마 이름은 안나인데요, 그 엄마가 제이슨을 의형제 프로그램 대기 목록에 올려놓으면서 우리에게 부탁한 게 있어요. 형 역할을 해줄 사람이 누구든 제이슨 상태에 대해 알려주라는 것이었어요."

"제이슨이 심장 병동에 있어야만 하는 상태 말인가요?" 내가 묻는다.

"그래요, 그러니까, 의형제 프로그램으로 멘토가 된 사람들 대부분은 동생이 된 아이들의 삶에 지속적인 영향을 미치길 원해요. 그 아이들에게 그건 중요하니까요. 이해하시겠어요?" 내가 여자를 잠시 빤히 바라보자 그녀가 말한다. "지속적인 영향이요."

나는 이마에 깊은 주름을 만들고 있는 제임스 신부를 보다가 다시 여자를 본다. 목소리를 차분하게 내려고 애쓰지만 마음속에서는 분노가 야생 황소처럼 날뛴다. "당연히 이해하지요. 하지만 단지 늙었다는 이유로 내 자격을 박탈하는 건 옳지 않아요. 나는 아직 몇 년은 더 살 수 있어요. 그 아이에게 지속적인 영향을 줄 수 있다고요."

"아니, 이해를 못하시는군요." 여자가 의자에 앉은 채 자세를 바꾸고 한 손가락으로 눈을 살짝 만진다. "맥브라이드 씨가 문제라는 얘기가 아니에요. 제이슨 얘기를 하는 거예요. 그 아이의 심장이……그러니까, 오래 버티지 못할 거예요. 그 아이는 이식 대기자 명단에 올라있는데, 그렇지만…….”

여자가 거기까지만 말한다. 더 들을 필요도 없다. 하지만 내가 제이슨의 병 때문에 겁을 먹고 물러날 거라고 생각한다면, 그건 그 여자의 착각이다.

“전화번호부 갖고 있나요? 당장 의형제 협회에 전화하고 싶은 데요.” 내가 묻는다.

여자가 미소를 짓더니 탁자에서 전화기를 집어 들고 어떤 번호를 누른다. 5분 뒤, 제이슨은 그 프로그램 역사상 가장 나이 많은 형을 갖게 된다. 사실 이건 재미있는 얘기가 절대 아니지만, 내 동생과 나 둘 다 기대 수명이 채 1년도 안 남았다는 걸 생각하면 어쩔 수 없이 웃음이 나온다.

* * * * *

알고 보니 심장병을 갖고 있으면 자신만 담당해주는 대리인을 가질 수 없다고 한다. 여자는 전화를 끊자마자 서둘러 감사했다고 말하고는 양해를 구한다. 사실 우리를 자기 사무실에서 쫓아낸 건데, 여자가 굉장히 예의바르게 행동했기 때문에 나는 전혀 마음이 상하지 않는다. 뿐만 아니라 내가 여기에 온 목적도 달성했다.

“집에 가면 그 아이에게 이메일을 보내셔야 해요. 아이 부모님에게 전화해서 만날 시간을 정해야겠지만, 그 아이는 머리가 자기에게 먼저 이메일을 보내주면 좋아할 겁니다." 제임스 신부가 말한다.

"그걸 어떻게 알지요?"

"그런 아이들은 그렇거든요. 머리, 예전과는 전혀 다른 세상이에요."

하고 싶은 말이 그냥 우물거리는 말로 나온다. 다행히도.

우리는 자동차로 가서 다시 시동을 걸고, 나는 집으로 제임스 신부는 주님의 집으로 간다. 끝까지 인정하고 싶지 않지만, 다들 얘기하는 이 메시지라는 게 뭔지 나는 정말 하나도 모르겠다. 제임스 신부는 그런 내 상황을 분명 이해하겠지만, 그렇다고 해서 그가 알기를 원하는 건 아니다. 하지만 또 그렇다고 해서 물어보지 않으면, 집에 가서 제이슨에게 편지를 보낼 수가 없다.

"그 이메일 기계는 사용하기 쉬운가요?" 내가 묻는다. 내가 솔직히 말하지 않아도 신부는 내 말이 무슨 뜻인지 알아들을 것이다.

"식은 죽 먹기예요." 신부는 이렇게 대답하고 끝이다.

나는 몸을 조금 움직거려 무릎을 편하게 한다.

"플러그를 꽂으면 작동하나요?"

"그렇다고 할 수 있죠."

신부의 입술 한쪽 끝에 주름이 약간 생기지만, 치아를 다 드러내고 활짝 웃는 편이 나을 것 같다. "흠, 좋아요. 그런 식으로 나온다면, 그냥 얘기할게요."

"뭘 얘기한다는 거죠?"

"아실 텐데요. 나는 그 빌어먹을 기계를 어떻게 사용하는지 전혀 몰라요. 플러그를 꽂을 수 있고 눌러야 하는 키들을 찾을 수는 있어요. 이제 그 나머지는 누가 가르쳐주죠?"

그제야 신부가 활짝 미소를 짓는다.

"제가 해드릴 수 있을 것 같은데요."

"신부님은 다른 중요한 일들이 많잖아요." 내가 말한다. 이메일 기계 사용법을 배우느라 낑낑대는 모습을 신부에게 보이느니 내 1934 탑스 야구카드를 내주는 편이 낫겠다.

제임스 신부가 타운카를 4차선 도로로 몰고 가더니 내가 예상하지 못한 속도를 낸다. 시속 60킬로미터가 훨씬 넘는 게 틀림없다. 그리고 제임스 신부는 운전하는 동안의 절반은 도로를 보지 않는 것 같다. 나를 곁눈질하고 웃음을 참느라 바쁘다.

"우리 신도들 중에 10대 아이가 있어요. 열다섯 살 정도 되었을 거예요. 딱 이 일을 하는 단체에 속해 있죠."

"어떤 일 말인가요? 노인들에게 이메일 기계 사용법을 가르쳐주는 거요?"

"다른 일도 하고요. 노인들에게 이런저런 기계 사용법을 가르치는 거죠. MP3, PC, 뭐 그런 거……."

"아, 알았어요, 알았어. 무슨 말인지 알았어요. 아무튼 이메일 기계를 다룰 줄 안다는 거죠?"

"분명 그럴 거예요, 그래요."

날이 꽤 어두워졌다. 길가에 늘어선 가로등 불빛들 때문에 눈이 몇 초 간격으로 안 보이다 다시 제대로 보일 즈음, 또 가로등 불빛이 이어진다. 배트로 치는 건 고사하고 그냥 보는 것도 힘들 만큼 빠른 야구공들이 연이어 날아오는 것 같다.

"그럼, 좋아요. 그 아이가 언제 올 수 있는 거죠?"

"성당에 가자마자 전화해볼게요. 시간이 나는 대로 머리 집에 가라고 할게요. 가능하면 오늘 저녁이라도 말이에요. 아이들이 꽤 늦은 시간까지 안 자는 것 같더라고요." 나는 마지못해 좋다고 하고 창밖을 내다본다. 선한 신부는 내 맘을 이해하는 듯 화제를 바꾼다. "그런데요, 머리 말이 맞는 것 같아요."

"무슨 말이요?" 솔직히 말하면 요즘 내가 맞는 말을 하는 경우가 그리 많지 않은 것 같다.

"그 아이 말이에요. 그 아이가 머리에게 딱 필요한 그런 사람일지도 모르겠어요."

"내게 뭐가 필요한데요? 거꾸로 말하고 있네요. 내가 그 아이에게 필요한 사람이겠죠. 뭣 때문에 내게 그 아이가 필요하겠어요?"

도로에 부딪치는 타이어 소리가 잠시 차 안의 침묵을 채운다. "머리에게 다시 생기를 주는 거죠." 신부가 이렇게 말한다. 내가 다시 신부의 얼굴을 쳐다보니 어느새 그의 미소가 사라졌다.

* * * * *

아니나 다를까, 몇 시간 뒤에 아이 하나가 내 집 문을 노크한다. 사실 막 잠자리에 들려고 할 때다. 잠옷을 갈아입고, 슬리퍼를 신고, 우유도 한 잔 데웠다. 그렇지만 타이밍이 좋다고 생각한다. 약 한 시간 전에 나는 그 기계를 식탁에 올려놓았고, 결국 간신히 켰고, 그 뒤로 계속 그 기계를 쳐다보고 있는 중이었다.

문을 여니, 머리가 텁수룩한 아이 하나가 두꺼운 안경알 뒤의 눈을 찡그리며 내 집 현관 입구 계단에 서 있다.

"맥브라이드 할아버지세요?" 아이가 묻는다.

"그래, 맞아. 제임스 신부님이 보내셨니?"

"네. 제가 온다는 걸 알려 드리려고 문자를 보내려고 했는데, 유선전화나 뭐 그런 걸 쓰시는 것 같더라고요."

"내게 전화기가 있는데." 나는 그게 제대로 된 대답이길 바라면서 말한다.

아이가 내 팔 바로 아래를 지나 집안으로 들어온다. "난 맨날 제일 어려운 일만 맡는단 말이야." 아이가 식탁 위에 있는 이메일 기계를 보더니 내 의자를 그 바로 앞으로 끈다. "우와, 오래된 거네요. 이걸 어디서 구하셨어요?"

"네가 그런 기계들을 안다고 생각했는데." 아이 말투로 판단하건대, 내 기계 같은 걸 처음 보는 것 같아서 나는 이렇게 말한다.

"옛날 물건은 잘 모르죠." 아이가 대답한다. 하지만 아이가 버튼을 누르니 기계가 바로 작동한다. 나는 그걸 알아내는데 30분은 족히 걸렸다.

"그러니까 뭐가 필요하신 거예요? 어디까지 할 줄 아세요?"

"제임스 신부님이 나를 내려주기 전에 몇 가지 얘기를 해줬거든. 단어를 어디에 쳐야 하는지 뭐 그런 걸 알려줬지. 그런데 무슨 글자를 치려고 하니까 제대로 되질 않더구나."

"뭘 치고 싶으신데요?"

"그게 www.email.com인 것 같아. 선한 신부가 w-w-w 부분을 말해줬고 나머지는 내가 생각해낸 거야."

아이가 크게 한숨을 내쉬더니 손으로 얼굴을 세게 문지른다. 그리고 키보드를 두드리는데, 손가락이 키보드 위를 질주하는 모습을 보니 마치 키보드가 손에 연결된 것 같다. 키보드를 두드리는 동안 아이의 입도 따라 움직이지만 소리는 전혀 나오지 않는다.

"어떻게 할 수 있을 것 같은지……."

"쉿." 아이가 정지신호처럼 한 손을 내민다.

여느 때 같으면 아이가 그런 행동을 할 때 꾸짖곤 하지만, 그 아이의 태도에는 그렇게 할 수 없게 하는 뭔가가 있다. 어쩐지 그 아이가 선생님이고 내가 학생인 것 같은 느낌이 드는데, 아이가 어리긴 해도 그게 사실과 크게 다르지 않은 듯하다. 나는 식탁에서 따뜻하게 데운 우유를 들고 거실로 절뚝이며 간다. 옆에서 서성대 봐야 별 도움도 안 될 것 같아 우유를 조금씩 마시며 그 따듯함과 부드러움을 음미한다. 몇 분 뒤에 우유를 다 마시고 나니 아이가 거실로 얼굴을 내민다.

"다 됐어요. 와보세요, 가르쳐드릴게요."

식탁 위를 보니, 내가 전에는 한 번도 본 적 없는 것들로 이메일 기계의 화면이 가득 차 있다. 세상에, 이 아이는 컴퓨터에 대해 어떻게 그렇게 잘 아는지 신기하기만 하다.

"너는 테크노 세상이라고 하는 그런 곳에 사는 거니?" 내가 묻는다.

아이는 무슨 말인지 모르겠다는 듯 나를 쳐다보기만 한다. 그래서 나는 의자에 앉는다. 아이가 내 어깨 위로 몸을 구부리고는 화면의 여러 모양들을 가리킨다.

"제가 최대한 간단하게 만들었어요. 헷갈리실 일은 없을 거예요. 그냥 이것만 클릭하세요." 그러면서 아이는 '이메일'이라는 글자를 가리킨다. 나는 마우스를 움직이지만, 두 손이 평소보다 더 떨려서 그 작은 화살표를 내 목표지점으로 가게 하기가 힘들다.

"숨을 크게 쉬세요." 아이가 나를 놀리는 건가 하는 생각이 든다. 하지만 그 아이가 내 폐에 대해 알 도리는 없으니까.

"상대의 입장에서 생각하자. 인내심을 가져야지." 아이가 또 말한다.

내가 마침내 제대로 위치를 찾아 마우스를 클릭하자(내가 뭔가를 안다는 걸 아이도 알 수 있도록 나는 마우스를 클릭할 때 확실하게 '마우스'와 '클릭'이라고 말한다), 아이는 이제 제 할 일은 다 했다는 표정을 짓는다.

"여기에 받는 사람의 이메일 주소를 치고, 여기에 하고 싶은 말을 입력하고 다 입력하면 '보내기'를 클릭하세요. 뭐 궁금한 게 있으면 제임스 신부님에게 말씀하세요. 그러면 신부님이 도와주실 거예요."

내가 미처 대답하기도 전에 아이는 큰 소리로 "행운을 빕니다."라고 말하면서 주방을 나간다. 아이의 등 뒤로 문이 닫힌다. 나는 화면을 빤히 쳐다보면서, 아이가 www.email.com을 어디에 입력하라고 했는지 기억해 내려고 애쓴다. 그런 다음 제이슨의 이메일 주소가 적힌 종이를 꺼내 주소를 입력하면서 거기에 입력하는 게 맞기를 바란다. 또 30분쯤 걸려 나는 글자들을 한 자 한 자 친다. 드디어 내 선생님이 가르쳐준 대로 '보내기'를 클릭하고, 다 잘 되기를 바란다.

＊ ＊ ＊ ＊ ＊

To: jasoncahmanrules@aol.com
From: MurrayMcBride@aol.com

제목: 나는 네 형으로 정해진 사람이란다. 사실 단체에서 널 내 동생으로 정해준 게 아니라 내가 선택한 것이지만.

제이슨 캐시맨에게,
전에 제임스 신부님의 이메일 기계로 네게 이메일을 보냈는데, 이제 내 메일이 생겼어. 이 이메일이 제대로 갔는지 알 수 있게 답장을 해주겠니? 나는 기계 같은 것에 영 서툴거든.
잘 지내라,
머리 맥브라이드 할아버지.

To: MurrayMcBride@aol.com
From: jasoncashmanrules@aol.com

제목: Re: 나는 네 형으로 정해진 사람이란다. 사실 단체에서 널 내 동생으로 정해준 게 아니라 내가 선택한 것이지만.

저기요, 그럼 우리가 형제인 거네요! ㅋㅋ 이제 그 신부님 이메일을 안 써도 되는 거예요? 와 대박! 다들 내가 온라인에서 말하는 걸 보고 나이든 사람 같다고 하는데 놀라지 마요 난 진짜 열 살인데요 할아버지가 몇 살인지는 병원 아줌마가 말해줬는데 이집트 피라미드 비슷하게 나이를 먹었다고 하던데 나이 많으니까 좋겠다 차는 있어요? 나중에 또 봐요

To: jasoncahmanrules@aol.com
From: MurrayMcBride@aol.com

제목: Re: 나는 네 형으로 정해진 사람이란다. 사실 단체에서 널 내 동생으로 정해준 게 아니라 내가 선택한 것이지만.

제이슨 캐시맨에게,
답장해 줘서 고맙구나. 어떤 말은 어려워서 무슨 뜻인지 잘 모르겠지만 말이야. 편지는 격식을 갖춰서 쓰는 거라고 배웠거든. 아마 넌 신경 써서 쓴 거겠지. 적어도 철자를 바르게 쓰고 구두점도 규칙에 맞

게 찍어야 한단다.

네 질문(적어도 나는 그 말이 질문이라고 생각해)에 대답하자면, 나는 얼마 전에 백 번째 생일을 맞았단다. 차를 가지고 있지만 운전 안한 지 한참 되었어.

너는 멋진 소년 같구나. 곧 너를 다시 만났으면 좋겠다.

잘 지내,

머리 맥브라이드 할아버지

To: MurrayMcBride@aol.com

From: jasoncashmanrules@aol.com

제목: Re: 나는 네 형으로 정해진 사람이란다. 사실 단체에서 널 내 동생으로 정해준 게 아니라 내가 선택한 것이지만.

대에에박! "규칙에 맞게."래, 진짜 이렇게 말한 거 맞아요? 진짜 엄청웃겨요. 그리고 "멋진 소년"이라고요? 이렇게 오글거려도 되는 거예요? 소름 돋아요. 안녕!

ps. 젠장, 이번에는 철자 제대로 쓰고 구두점도 찍었죠? ㅋㅋ. 곧 만나요, 형!

7

내게는 차가 있다. 빈 깡통, 우리 때는 차를 그렇게 불렀다. 내 차는 1967년식 셰비(Chevy: 쉐보레의 애칭 - 옮긴이)인데, 이전에 내내 정지 표지판이 없던 곳인 18번가와 칼리지 거리가 만나는 모퉁이에 누군가가 정지 표지판을 세워놓은 뒤로 차고에서 - 벽에 매달려 있는 렌치와 쇠지렛대들과 나란히 - 먼지를 뒤집어쓴 채 서 있다. 나라에서 내 면허증을 가져갈 수는 있어도 내가 갖고 있는 차를 강제로 팔게 할 수는 없었다. 챈스에게는 그 차를 팔지 못한 이유가 좋은 값을 받을 수 없었기 때문이라고 말하지만, 사실은 언젠가 이런 상황이 불쑥 나타날 거라는 예감이 마음 한편에 있었기 때문이다. 흠, 정확히 이런 생각을 한 건 아니고. 어쨌거나 알 수 없는 일이니까.

자동차 키를 돌려 시동을 켜는 것만으로도 어떤 향수가 느껴진다. 이렇게 해본 지 꽤 오래 되었다. 키를 앞으로 돌리면서 엔진이 윙 소리를 내며 살아날 거라 기대한다. 하지만 엔진은 노인네처럼 쌕쌕 소리를 내며 영 맥을 못 추고, 나는 그게 어떤 건지 조금은 안다. 마침내, 네 번째 시도 끝에 시동이 걸린다. 이러니저러니 해도 이 차는 셰비다.

후진 기어를 넣은 다음 예전에 그랬듯 고개를 돌려 뒤를 보려고 한다. 하지만 조수석 사이드 미러도 간신히 보는 걸로 추측컨대 지난 몇십 년 동안 내 목이 굳어버린 게 틀림없다. 이런 이유로 백미러를 만드는 거라고 생각하면서 그것을 힐끗 본다. 그렇게 하니 한결 수월하다. 브레이크를 풀고 안전하게 차고를 나와 진입로로 가는데, 드드득 소리가 들리는 것과 동시에 차가 덜컹하는 느낌이 든다.

물론 그 상황이 그리 걱정 되지는 않는다. 아이들과 개들은 드드득 소리를 내지 않으니까. 기껏해야 종이상자나 쓰레기통이겠지. 다시 차를 세우고 운전석 문을 열고 나온다.

알고 보니 우편함이다. 하지만 우편함이 진입로에 왜 있었는지 짐작이 안 되어서, 그냥 내가 잔디로 조금 들어간 거라고 생각한다. 그 아이를 태우고 후진은 절대 하지 말아야 할 것 같다.

전진 후진을 몇 번 해서 차의 방향을 똑바로 한 뒤 진입로를 무사히 나온다. 조금 앞으로 가다보니, 예전 운전했던 기억이 금세 떠오른다. 핵심은 천천히 차를 모는 것이다. 요즘 아이들은 '제한'이라는 단어의 뜻을 모른다. 만일 제한 속도가 50킬로미터면 계속 시속 25킬로미터로 세비를 몰아도 아무 상관이 없다. 내가 그러고 싶으면 그렇게 하는 거다. 하지만 요즘에는 다들 굉장히 조급하다. 뭐든 필요한 건 바로 손에 넣을 수 있으니까 사람들이 멍청해진다. 2킬로미터도 채 못 갔는데 가운데 손가락을 들어 올리는 사람들을 세 명이나 본다. 우리 때에는 절대 있을 수 없던 일이다.

나는 대리인 여자가 전화로 알려준 방향으로 간다. 10분 뒤에 그 집이 나타난다. 가속 페달이 약간 헐거워져서 나는 시속 30킬로미터까지 속도를 올린다. 브레이크도 확실히 좀 이상해서, 브레이크를 살짝 밟는 순간 타이어에서 끼익 소리가 나더니 하마터면 앞 유리창에 머리를 부딪칠 뻔한다. 나는 언제나 안전벨트 매는 걸 전혀 신경 쓰지 않았다. 간신히 차를 원하는 곳, 그러니까 커다란 대문 바로 옆에 세운다. 어쩌다 보니 앞바퀴 두 개가 한 사람 들어갈 정도의 작은 건물 옆 인도 위로 올라갔지만, 그렇다고 해서 문제 될 건 전혀 없을 것이다.

마치 어떤 성 앞에 있는 느낌이다. 대문은 연철로 만들어졌고 대문 너머 길은 둥글게 굽어 다시 나오게 만들어졌다. 마당 가운데 있는 분수는 야구팀 선수들 절반이 수영해도 될 만큼 커다랗다. 대문앞에서 제복을 입은 남자가 얼굴을 찌푸리며 나를 보다가 자기 발을 내려다보는데, 그의 발이 앞바퀴에 바짝 붙다시피 했다. 그가 손짓으로 창문을 내리라는 표시를 한다. 크랭크에 약간 녹이 슬어서 시간이 걸리지만, 나는 결국 창문을 연다.

"선생님 어떻게 오셨습니까?" 경비원이 묻는다.

"제이슨을 만나러 왔어요. 그러니까, 그 아이를 보러 왔어요. 줄 게 있어서요." 내가 대답한다.

제복 입은 남자가 곁눈질로 나를 본다. "선생님이 오는 걸 캐시맨 씨가 알고 있어요?"

나는 그렇다고 대답하지만, 그는 내 말을 못 믿겠다는 듯 무전기에 대고 무슨 말인가를 하더니 대답을 기다리고 나서 들어가라는 손짓을 한다. 거기서부터는 천천히 차를 몰았으므로 현관 문 앞까지 가는데 시간이 걸린다. 그런 다음 주차하고 나서 차에 서 내리는데 또 시간이 걸린다. 차에서 현관문으로 가는 데도 시 간이 걸린다. 아무래도 그래서 내가 문을 두드릴 때 아무도 대답 을 하지 않는 것 같다. 캐시맨 씨는 내가 더 빨리 올 거라고 예상 했겠지. 초인종을 눌러봐도 여전히 아무 대답이 없다. 하지만 내 늙은 무릎은 하루 종일 여기서 서 있을 수가 없기 때문에 나는 초인종을 정말 급하게 반복하고 반복해서 누른다. 마침내 어떤 사람이 모습을 드러낸다.

멋지게 차려입은 남자가 세 살짜리 아이에게 얌전히 있으라고 하듯 나를 향해 집게손가락을 든다. 그는 자기 발을 내려다보면 서 신발에 대고 무슨 이야기를 하는데, 귀에 뭔가를 대고 있다. 전화기 같긴 한데 선이 없다. 아무래도 장난감 전화기 같은데, 다 큰 남자가 왜 그런 걸 가지고 있는지는 모르겠다. 남자가 마 침내 눈길을 든다. 그의 얼굴을 보니 병원에서 제이슨을 데려갔 던 바로 그 남자다. 제이슨의 아빠.

"그 사람에게 내 말을 전하라니까요?" 남자가 말한다.

대답을 하려고 하지만, 다시 생각해보니 그가 무슨 말을 하는 건지 전혀 모르겠다. "죄송한데, 다시 한번 말해주겠어요?"

"하, 이것 참, 내가 그럴 시간이 있는 것 같아요? 나는 사업을 하고 있어요. 자선사업을 하는 게 아니라요."

남자가 고개를 흔들고 나는 뭔가 이상하다는 걸 깨닫는다. 남 자는 아직 나를 보지도 않았다. 어쨌거나 내 눈을 보지 않았다.

그저 내 주변만 보고 있다. 그가 정신이 어떻게 된 건가 하는 생각이 든다. 아니면 애들처럼 통화하는 척하면서 장난을 하고 있든지. 하지만 나는 그 남자 바로 앞에 서 있다. 내가 안 보이는 건가?

"그렇게 하세요. 그리고 다시 연락하세요." 남자가 말한다.

태어나서 이렇게 이상한 대화를 해보긴 처음이다. 남자가 무슨 얘기를 하는 건지 이해해보려 하지만, 내 머리가 너무 느린 걸지도 모르겠다. "저기, 내게 뭘 하라는 건지 잘 모르겠는데, 다른 식으로 말해주면 고맙겠군요."

"다시 전화할게요." 남자가 말하고는 장난감 전화기를 탁 접는다. 그제야 처음으로 남자가 내 눈을 본다. 그는 허리에 두 손을 올리고 나를 똑바로 본다. "무슨 일이죠?"

두 무릎이 너무 아프지만 나는 몸을 조금 움직거리면서 계속 서서 말한다. "이런 식으로 말하지 말았으면 좋겠는데요. 누가 자기 집에 왔는데, 그 사람을 몇 번이고 계속 혼내는 건 예의가 아니잖아요. 이유가 뭐든 말이지요. 그건 신사다운 행동이 아닙니다."

"댁을 몇 번이고 계속 혼냈다고요?" 남자가 영문을 모르겠다는 표정으로 묻는다. "난 당신에게 한 마디밖에 안 했는데요. 당신은 대체 누구고 내 집에서 뭐하는 겁니까?"

나는 남자가 무슨 말을 하는지 도무지 이해할 수가 없다. 남자는 아까부터 계속 내게 무례한 태도로 알아들을 수 없는 말을 한다. 한 마디라고? 남자는 제정신이 아니다. 하지만 이 모든 상황에 대해 뭐라고 얘기해야 할지 잘 모르겠고, 그래서 어쨌거나 다 지나간 일이라고 생각한다. "내 이름은 머리 맥브라이드입니다. 제이슨을 만나러 왔어요."

남자가 잠깐 어리둥절한 표정을 짓더니 말한다. "아, 알았어요. 그렇군요. 안에 있어요."

남자가 내게서 등을 돌려 복도를 성큼성큼 걸어 방으로 가더니, 문을 쾅 닫고 또 혼잣말을 하기 시작한다. 하지만 현관문은 여전히 열려 있어서 나는 내 부실한 다리, 점점 더 쑤셔오는 다리를 높이 들어 올려서는 반평생 만에 처음 보는 아주 호화로운 실내로 들어선다.

머리 바로 위에 커다란 샹들리에가 매달려 있다. 크리스털로 만든 것 같은데, 혹시라도 떨어지는 날에는 내 몸이 으스러질지도 모르겠다. 나는 샹들리에 아래에서 느릿느릿 나와 돌바닥으로 간다. 그러다 발을 헛디뎌 휘청하지만 하얀 대리석 분수를 잡으며 균형을 잡는다. 돌로 만들어진 벌거벗은 여자가 겨드랑이에 끼고 있는 양동이 밖으로 물이 떨어진다. 내 두 손이 물에 젖은 채 여자의 가슴을 잡고 있다는 걸 깨닫지만, 정말 다행히도 아무도 본 사람이 없다. 나는 얼른 손을 떼고 몸을 똑바로 세운 다음 그 조각상을 좀 더 자세히 본다. 이런 하찮은 이야기까지 제임스 신부에게 고백해야 하는 건가 생각한다.

다음에 무엇을 해야 할지 몰라 좀 당황스럽다. 이 집 전체를 뒤져 그 아이를 찾으려면 꼬박 일주일은 여기 있어야 할 것 같다. 하지만 감사하게도 함성 소리가 내게 단서를 주고, 그 소리를 따라 가니 야구 경기장 절반만한 거실이 나온다. 그곳의 가족 소파에 푹 파묻혀 눈에 잘 띄지도 않는 모습으로, 내가 제이슨으로 기억하는 그 아이가 컴퓨터 게임을 하고 있다.

아이의 산소 탱크가 바로 옆에 있지만 마스크는 보이지 않는다. 대신 플라스틱 관이 아이의 셔츠 안을 지나 코로 이어져 있고, 아이는 코 삽입관 – 제니가 끼고 있던 것을 의사들이 그렇게 불렀다 – 을 통해 필요할 때마다 산소를 들이마실 수 있다.

내가 말한다. "안녕, 아마 날 기억 못 하겠지."

아이도 제 아빠처럼 별 관심을 보이지 않는데, 그래도 집게손가락을 들어 기다리라고 명령하지는 않는다. 내가 조금 더 크게 말한다. "저기 말이다, 날 기억하지는 못하겠지만."

여전히 아무 대답이 없다. 그래서 나는 아이 곁으로 느릿느릿 걸어가 힘을 좀 주어 아이 어깨를 톡톡 친다. 손가락 끝이 아프긴 하지만, 그렇게 하니 비로소 아이가 관심을 보인다. 아이가 소파에서 10센티미터도 훨씬 넘게 뛰어오른다. 그러니까 이 아이는 지금껏 내가 말하는 걸 한 마디도 듣고 있지 않았던 것이다. 빌어먹을 게임기.

아이가 놀란 탓에 처음에는 눈을 크게 뜨고 나를 보다가 이내 씩 웃는다. "아, 새로 생긴 형."

아이가 나를 자세히 보듯 눈을 가늘게 뜨고, 나는 내가 인상을 쓰고 있다는 걸 깨닫는다. "내가 네게 한 말 기억하니? 네 나이의 아이는 말이다, 나를 '할아버지'나 '선생님'이라고 불러야 하는 거야. 컴퓨터로 편지를 쓸 때도 그렇고 말이지."

아이가 알게 뭐냐는 듯 어깨를 조금 으쓱한다. 어쨌거나 아이는 전보다 건강해 보이지만, 여전히 코 삽입관으로 산소를 길게 들이마셔야 한다. 아이가 말한다. "아, 알았어요. 할아버지 형!"

나는 조금 으르렁거리는 소리를 내다가 그만 두기로 한다. 아이가 아직 어리니까. "물론 우리는 진짜 형제가 아니야. 그건 프로그램이야, 알겠니? 제임스 신부님이 네가 대기자 명단에 있는 걸 알아내서 병원으로 전화를 했고 병원에서 신부님에게 알려줬는데⋯⋯." 아이는 내가 무슨 말을 하는지 전혀 모르는 게 분명해서, 나는 고개를 절레절레 흔들고는 그냥 본론으로 들어간다. "야구 경기장 가보고 싶니?"

8

야구 배트로 야구공을 때릴 때 나는 '딱' 소리는 세상에서 가장 아름다운 소리다. 그러니까, 제니가 "사랑해요."라고 말하는 소리 다음으로. 당연히 나무 배트여야 한다. 진짜 야구 배트. 금속 배트를 갖고 노는 요즘 아이들을 보면……솔직히 화가 난다. 공에서 나는 그 탱 소리를 들으면 귀에서 피가 날 것 같다. 말하자면 그건 신성모독이다. 제이슨과 함께 레몬그로브 야구장 입구로 다가가다가 그 나무 배트에서 울리는 '딱' 소리를 듣는 순간, 내 나이에서 몇십 년이 사라진다. 그렇다 해도 대부분 사람들의 기준에서는 꽤 많은 나이라는 걸 인정한다.

아직 정오도 안 되었는데 클래스 A 컵스 선수들은 벌써 그곳에 나와 케이지에서 배팅 연습을 하고 날아가는 공을 쫓아간다. 오늘은 오후 경기가 있는 게 틀림없다. 나는 내가 생각할 수 있는 한 병원의 병과 죽음에서 최대한 멀리 떨어진 곳으로 제이슨을 안전하게 데려왔다. 그리고 제이슨의 무심한 아빠에게서도 멀리 떨어진 곳으로 데려왔다. 생기 넘치면서도 평화로운 곳. 그런 곳으로 야구장보다 더 좋은 장소는 이 세상에 없다.

"사람들이 왜 병원에 가는 줄 알아요?" 제이슨이 묻는다.

대답을 듣고 싶어서 한 질문이 아니라고 생각하지만, 내가 경비원 - 내 얼굴을 알아보고 우리에게 경기장 문을 열어준다 - 에게 고개를 까닥할 때 제이슨이 자기 질문에 자기가 대답을 한다. "아프니까 가는 거죠."

나는 '알아'라고 말하려는 것처럼 턱을 약간 들고 고개를 끄덕인다. 제이슨은 계속 말한다. "나는 아파서 병원에 있었어요. 심장이 안 좋거든요. 심장이 없으면 사람은 살 수 없어요. 알고 있어요?"

사람들이 왜 병원에 가는지 아느냐고? 심장이 없으면 살 수 없다는 걸 아느냐고? 이 아이는 나하고 농담이라도 하자는 건가? "저기 앉자." 나는 이렇게 말하며 홈 플레이트 바로 뒷줄에 있는 자리 몇 개를 가리킨다. 몇 발자국 걷다가 보니 옆에 아이가 보이지 않는다. 제이슨은 아까 서 있던 곳에 계속 선 채 마스크에서 산소를 몇 번 깊이 들이마신다. 아마도 관을 끼우고 있어야 했겠지만, 그런 모습으로 사람들 앞에 나서고 싶어 하지 않는 마음을 이해할 수 있다. 특히 제이슨처럼 어린아이라면 더 그렇겠지.

제이슨은 조금 나아지자 나를 따라잡는다. 하비에르 곤잘레스라는 청년이 케이지 안에 있기에, 나는 딱딱한 플라스틱 의자에 앉아 그 천재가 연습하는 모습을 지켜본다. 다들 하비에르가 언젠가는 빅 리그에 진출할 거라고 한다.

제이슨이 말한다. "이 사람들은 야구를 하고 있어요. 야구는 공을 최대한 세게 치고 베이스를 뛰는 경기예요."

"그리고 홈 플레이트를 터치하면 그 팀이 득점하는 거지." 나는 제이슨 대신 말을 마친다. 제이슨이 정말 놀랐다는 표정으로 나를 본다. 내가 계속 말한다. "사실 나는 꽤 많이 알고 있어."

"하지만 할아버지는 늙었잖아요."

"백 년은 긴 세월이지. 그렇게 오래 살다보면 많은 걸 배울 수 있단다."

제이슨이 갑자기 뭔가 영 불편한 것처럼 의자에 앉은 채 몸을 꼼지락거린다. 아이의 세계관 전체가 완전히 혼란에 빠진 것 같다. 제이슨이 말한다. "창피해할 필요 없어요."

"창피해한다고? 대체 내가 뭘 창피해해야 하는데?" 사실 늙는다는 건 창피해할 일들이 많이 생기는 것이기도 하지만, 이 아이는 그 모든 걸 알 필요가 없다.

"노인들은 이것저것 잘 잊어버리잖아요. 나도 알아요. 그러니까 괜찮아요." 제이슨이 말한다.

하비에르는 공을 야구장 한가운데로 정확하게 친다. 제이슨을 따끔하게 야단쳐야 하는 건가 생각하다가 그만 두기로 한다. 집에서 그런 얘기를 많이 들을 것 같아서다.

"그건 알츠하이머에 걸렸을 때지. 그리고 노인들이 모두 그 병에 걸리는 건 아니야. 사실 키튼 박사는 내 정신이 나이에 비해 아주 또렷하다고 말한단다." 내가 말한다.

제이슨이 선뜻 믿기지 않는 듯 이마를 찌푸린다. 그렇게 미심쩍어하는 표정을 마지막으로 본 것이 언제인지 잘 기억나지 않는다. 내가 무력하거나 어리석지 않다는 사실을 어린 친구에게 확신시키는 건 너무 벅찬 일이다. 그래도 제이슨에게 어른에 대한 존경심을 조금 가르쳐서 나쁠 건 없겠지.

우리는 하비에르가 연달아 공을 치는 걸 본다. 직선 타구, 2루타성 타구, 홈런. 사람들이 왜 그렇게 흥분하는지 알겠다. 하비에르는 어디로든 공을 칠 수 있는 힘을 가지고 있다. 나는 내 경량 재킷 주머니를 뒤져 포스트 잇 메모지를 꺼낸다. "네가 병원에서 이걸 떨어뜨린 것 같은데."

"내 소원 종이." 제이슨이 내 손에서 메모지를 잡아채 잠시 바라보더니 날 와락 껴안는다.

"알았어, 알았어. 나한테 너무 감격하지는 마라." 나는 조금 어색하게 제이슨의 등을 톡톡 두드리고는 가만히 아이를 떼어낸다. 요즘 사람들은 너무……다정하다. 우리 때는 사람들이 이렇지 않았다. 악수와 잠깐의 눈 맞춤이면 하고 싶은 말을 다 할 수 있었다. 제이슨이 마침내 내게서 떨어질 때 보니 그 아이의 두 눈에 눈물이 그렁그렁하다. 제이슨은 그 메모지를 인류를 구한 소아마비 백신 보듯 바라본다.

"그것이 네게 그토록 중요한 거라면 외우고 있어야겠지."

"외우고 있어요. 당근."

나는 '당근'이 무슨 뜻인지 모르지만, 내 어린 친구에게 굳이 말하지 않으려고 한다.

"그렇다면 어째서 그 종이가 그렇게 간절하게 필요했던 거니?"

제이슨이 메모지를 가슴에 대고 꽉 움켜쥔다.

"의사 선생님에게 내 심장에 대해 얘기를 듣고 이걸 썼거든요.

의사 선생님이 나더러 새 심장을 받지 못하면 6개월 안에 죽는다고 했어요. 그 얘길 듣고 무서웠는데 이 소원들을 쓰니까 기분이 좋아졌어요. 그래서 이걸 주머니에 넣어 두는 거예요."

의사들이 이 나이의 아이에게 그런 병명을 얘기하는 게 맞는 건지 잘 모르겠다. 하지만 말이 되는 것도 같다. 어쨌든 제이슨의 생명이니까. 불쌍한 아이. 6개월이 남았다는 얘기를 들었을 때가 언제였는지 묻고 싶지만, 그건 내가 상관할 일이 아니라고 생각한다.

"있잖아, 이 종이에 적힌 소원들에 도전해봐야 한다고 생각하지 않니, 당근?"

제이슨이 이번에도 멍청한 사람 보는 듯한 표정으로 나를 본다. '당근'이라는 말을 그런 때 쓰는 게 아닌가 보다. 하지만 이내 제이슨은 눈앞에 있는 포스트 잇이 진짜인지 확인하려는 듯 그걸 손으로 만져본다

"4번부터 시작해도 돼요? 엄마에게는 멋진 남자친구가 진짜로 필요하거든요."

"일단 1번부터 시작하면서 어떻게 되는지 한번 보자."

제이슨은 주저하지 않는다. 벌떡 일어서더니 세상을 들썩일 만큼 성공했을 때 비틀즈가 그랬던 것처럼 엉덩이를 흔든다. 엉덩이를 흔들고, 아랫입술을 깨물고, 눈을 꽉 감는다. 그렇게 뭔가 앞뒤가 안 맞는 장면을 봤던 것이 몇십 년 전이었는데, 이 아이는 이제 겨우 열 살이다. 그뿐만 아니라 제이슨은 변성기 전 목소리로 한껏 음을 높여 노래를 부르기 시작한다.

"나는 여자애한테 키스할 거다, 키스를 할 거다. 꼭 입술에다. 그러니 잘 봐두는 게 좋을 걸. 나는 여자애한테 키스할 거다."

"아이고 세상에." 나는 두 손으로 눈과 귀를 동시에 가린다. 그런 광경은 그냥 보기만 해도 죄가 되는 것처럼. 내가 능력에 넘치는 일을 시작한 걸지도 모른다는 사실이 실감난다. 그렇지만 제이슨이 그렇게 신나 하는 걸 보니 이제는 물러서지 못할 것 같다.

"맥브라이드 씨," 경기장에서 나를 부르는 소리가 들린다. 하비에르 곤잘레스가 경기장과 관중석을 분리하는 벽돌담 너머 우리 바로 아래 서 있다. 그가 네트 사이로 손을 흔들며 인사를 하더니 강한 스페인어 억양을 섞어 말한다. "제 타격 어땠어요? 스윙은 괜찮나요?"

전에 하비에르를 몇 번 만난 적이 있다. 내가 야구 경기에 갈 때마다 그들은 한바탕 법석을 떤다. 아무도 날 보지 못하도록 가장 높이 있는 자리의 티켓을 사곤 했지만, 요즘에는 거기까지 가려면 약간의 도움이 필요하다. 이제 그들은 항상 나를 홈 플레이트 바로 뒤에 앉게 한다. 그것도 무료로. 한 번 컵스는 영원한 컵스 아니겠어요? 그들은 이렇게 말한다.

"아주 좋아." 내가 하비에르에게 말한다. "그런데 스윙을 할 때 몸이 공 앞으로 나가면 안 돼. 무게 중심을 뒤에 둬야지."

사실 하비에르의 스윙은 완벽하다. 내가 하비에르처럼 스윙을 했다면 빅 리그에서 5년은 더 뛸 수 있었을 것이다. 하지만 요즘 선수들은 칭찬을 듣지 않아도 자부심이 충분히 강하니까.

"고마워요, 그렇게 해볼게요."

하비에르가 선수 대기석으로 갈 때 내 옆에서 윙 하는 기계음이 나기에 돌아보니 제이슨이 산소를 깊이 들이마시고 있다. 그 아이의 눈이 두 배는 커졌다.

"저 선수가 할아버지에게 말을 했어요." 제이슨이 말한다.

"그래, 그렇지. 저 사람은 야구선수야." 내가 알아보지 못하는 또 다른 선수가 지나가면서 내게 인사한다. 나는 손을 흔들며 고개를 까딱한다. "그런데 상대는 누가 되는 거야?" 내가 제이슨에게 묻는다.

"뭐라고요?" 제이슨은 내가 야구가 어떤 운동인지 알고 있다는 것, 그리고 야구 선수 몇 명이 나를 안다는 것 때문에 받은 충격에서 좀처럼 헤어 나오지 못한다. 흠, 사실 선수들 모두 나를 알지만, 제임스가 그 사실까지 알 필요는 없다.

"행운의 소녀 말이야." 제이슨이 다시 어리둥절한 표정으로 나를 보고 나는 고개를 흔든다.

"누구한테 키스할 건데?"

"모르겠어요. 어떤 여자애요."

이건 내가 생각했던 것보다 상황이 안 좋다. 이 가여운 아이는 내가 아무것도 모른다고 생각하는 건가?

"흠, 학교에 네가 반한 여자애가 있니?"

"뭐라고요?"

아, 이런. "여자아이가 있느냐고. 학교에. 네가 좋아하는 아이 말이야."

"아, 그럼 그렇게 물었어야죠. 미아 하몬이에요. 과학시간에 그

애 옆에 앉았었거든요. 그러니까, 병원에 있지 않았을 때요. 점심 시간에 그 애 머리카락에 사과소스를 튀긴 적도 몇 번 있어요."

사과소스 튀긴 얘기를 들으니 퍼뜩 드는 생각이 있다. 아이 가 다른 4학년짜리 아이에게 키스하도록 돕는 게 그리 좋은 일 이 아닐 수도 있다는 생각. 미아 하몬의 아빠는 어떤 남자아이가 자기 귀한 딸에게 키스했다는 얘기를 들으면 못마땅해 할 수도 있다. 특히 이 아이처럼 엉덩이를 흔들어대는 아이라면 말이다. "분명 미아 하몬이 굉장히 멋진 아이일 테지만, 우리가 눈을 좀 더 높이면 어떨까?"

"뭐라고요?"

이제 나는 한계에 이른다. 앞으로도 계속 의사소통을 하려 한 다면 우리 둘의 생각이 같아야 한다. "우선, '뭐라고요?'가 아니 라 '무슨 뜻이에요?'라고 해야지. '뭐라고 하셨어요?'나 '다시 한 번 말씀해주세요.'라고 하면 훨씬 더 좋겠지. 이상한 소리도 그만 내고 말이야." 제이슨이 애매하게 어깨를 으쓱하지만, 당분간은 이 문제로 아이를 다그치지 않으리라 결심한다. 내가 가르쳐주 려 하는 것들을 비록 일부라 해도 아이는 충분히 알아들을 것이 기 때문이다. "둘째, 네 눈높이 말인데, 우리가 눈을 조금 높여야 할 것 같거든."

제이슨이 잠깐 깊은 생각에 잠기는 것 같다.

"뭐라고 하셨어요, 그러니까, 뭐라고요?"

적어도 아이는 노력하고 있다.

"네가 지금까지 본 사람들 중에서 제일 아름답고 멋지고 매력적인 여자는 누구야?"

"'핫'한 걸 말하는 거라면, 샤론 스톤이요. 더 볼 것도 없어요."

"아주 좋아. 그런데 샤론 스톤이 누구지? 너희 학교 학생이야?"

"샤론 스톤이 누구냐고요? 농담하는 거죠? 심장병하고 야구는 알면서 샤론 스톤은 모른다고요? 제일 핫한 영화배우잖아요."

왜 우리가 같은 생각을 하고 있지 않다는 느낌이 드는 걸까?

"그래 알았어. 그런데 얘야, 네가 진짜로 만나본 여자아이들 중에서 제일……핫한……여자아이가 누구냐고?"

제이슨이 입을 벌리더니, 자기 목구멍을 가리키면서 야구장 의자에 토하는 시늉을 한다.

"진짜 중요한 사실 하나, 늙은 사람들은 절대 '핫'이라는 말을 쓰면 안 된다고요. 어쨌든 얘기를 하자면, 민디 애플게이트겠죠."

"내가 그 사람도 누구인지 알아야 하니?"

"그럴걸요. 민디 애플게이트는 레몬그로브 고등학교 응원단 단장이에요. 다리가 엄청 길고 햇볕에 탔어요. 지난번에 담배 피우지 말라는 뭐 그런 걸 하러 응원단원들하고 우리 학교에 왔는데요, 신발 끈을 묶으려고 몸을 앞으로 숙일 때 내 친구 토미가 애플게이트의 셔츠를 내려다봤어요. 토미가 그러는데 아주 엄청나게 크다고……."

"입술 얘기만 하자." 내가 말한다. 세상에. 내가 열 살 때는 절대 이러지 못했다. "네가 소원 종이에 여자아이 입술에 키스하고 싶다고 썼잖니. 그러니까 민디 애플게이트 입술에 키스하고 싶은 거야?"

제이슨이 대답한다. "아, 그러니까." 확실히 내가 입술이라는 말을 너무 많이 했다. "하지만 그건, 그러니까, 세상에서 제일 불가능한 일이에요."

이 아이는 자기가 적은 다른 소원들을 보기는 한 걸까?

나의 이 실험이 처음 바람대로 풀리지 않을 거라는 생각이 들기 시작한다. 나는 이 일이 실제보다 더 쉬울 거라고 생각했던 것 같다. 적어도 우리가 같은 언어를 말할 거라고 생각했다. 내 젊은 시절 이후로 세상이 그렇게나 많이 변한 건가?

아무래도 생각을 바꿔야 할 것 같다. 그러니까 제이슨과 오후 시간을 보낸 다음 아이를 집에 데려다주고, 의형제 단체의 여자에게 도저히 안 되겠다고 해야 할 것 같다. 그런데 바로 그때, 제이슨이 그 소원 종이를 빤히 보고 있는 모습이 눈에 들어온다. 생명줄 마냥 그 종이를 움켜쥔 채 들여다보고 있다. 그러면서 무의식적으로 산소마스크를 창백한 두 뺨에 댄다. 그 순간, 내 어린 친구 제이슨이 레몬그로브 고등학교 응원단장에게 키스하는 모습을 보는 것 말고는 아무것도 바랄 게 없다는 생각이 든다.

"있잖아." 내가 말한다. "네가 생각하는 것처럼 불가능하지 않을지도 몰라." 갑자기 제이슨이 내게 온 정신을 집중한다.

내가 의자에서 일어나면서 앓는 소리를 내니 제이슨이 웃음을 터뜨린다. 그리고 내가 야구장을 나설 때 그 아이는 내 바로 옆에 서서 바퀴 달린 산소통을 끽끽 끌며 따라온다. "우선 우리 둘이서 탐색부터 좀 해야 돼." 내가 말한다.

9

"아이 씨, 여기가 어딘데요? 고등학교에 갈 거라면서요."

나는 차를 몰고 길을 거의 벗어난다. 언제부터 아이들이 어른 앞에서 욕을 하기 시작했을까? 내가 어릴 때 그랬다면 누군가에게 헛간 뒤로 끌려가 사흘 동안 앉지도 못할 정도로 맞았을 것이다.

하지만 그건 문제를 해결하는 최선의 방법이 아닐 수도 있었다. 그래서 나는 어떻게 대답해야 할지 시간을 좀 두고 생각한다. "아이 씨라는 말은 그렇게 함부로 하는 게 아니야. 그러니까 무슨 말을 할 때는 신중해야 한다는 거야. 그리고 나는 지금 지름길로 가는 거란다."

"왜요?"

"우선 만나봐야 할 사람이 있거든."

"누군데요?"

"내 손자. 우리하고 같이 가줄지 물어보려고."

나는 제이슨의 투덜거림을 무시하고 챈스 집의 진입로로 들어선다. 그 집은 화려하지만 – 챈스는 자랑스럽게 그 집이 호사스럽다고 말한다 – 제이슨 아빠 집만큼 크지는 않다. 하지만 그런 하찮은 얘기는 혼자만의 비밀로 한다. 반경 100킬로미터 안에 자기보다 돈 많은 사람이 살고 있다는 걸 안다면 아마 챈스는 더 앞서려고 애쓰다가 과로로 죽을 것이다. 그런 일에 책임지고 싶은 마음은 없다.

제이슨이 셰비에서 내리더니 산소통을 바로 뒤에서 끌며 문으로 달려간다. 제이슨이 벨을 대여섯 번 누르고 나서야 나는 겨우 따라잡아 아이의 손을 끌어내린다. 잠시 후에 챈스가 잔뜩 화가 난 표정으로 문을 연다. 세 사람의 만남이 이런 식으로 시작되길 바란 건 아니다. 챈스가 제이슨을 노려보더니 이어 나를 쏘아본다. 챈스가 제이슨을 마음에 안 들어 한다는 걸 한눈에 알겠다. 그것도 그렇고, 챈스는 제이슨 같은 아이를 한 번도 만난 적이 없었다.

"안녕하세요, 내 이름은 제이슨이고 아저씨의 할아버지는 내 형이고, 나는 민디 애플게이트 입술에 키스할 거예요. 같이 갈래요?"

나라면 그런 식으로 말하지 않았겠지만 이미 너무 늦어버렸다. 챈스의 턱이 떨리는 걸 보고는 제이슨을 잠시 중단시키는 게 좋겠다고 판단한다.

"잠깐 안으로 들어갈까?" 내가 제이슨에게 말한다. 하지만 챈스는 문을 거의 다 닫고 나머지 빈틈은 자기 몸으로 막는다.

"할아버지, 그건 별로 좋은 생각이 아닌 것 같은데요. 이 아이더러 인도나 뭐 그런 데서 뛰어 놀라고 하면 안 될까요?"

제이슨은 챈스의 거부를 이해하지 못하는 것 같다. 여전히 생글생글 웃으면서 챈스가 자신의 초대에 대답해주길 기다리고 있다. 내가 제이슨의 어깨를 톡톡 치며 말한다. "잠깐 저쪽에 가 있어. 조금 있다 갈게. 멀리 가면 안 돼. 길에서 놀지 마."

제이슨이 자리를 비키자 챈스는 자기 집 창문으로 야구공을 던진 사람에게 하듯 내게 달려든다. "이게 다 무슨 일이에요? 우리 집에 꼬마를 데려오다니요?"

"저 아이가 네게 무슨 피해를 주는 건 아니잖니."

"그건 할아버지 생각이고요. 그나저나 누구예요?"

"내 동생. 그 프로그램 알지?"

"그런 걸 하기에는 할아버지 나이가 좀 많다고 생각하지 않으세요?"

나는 챈스에게서 등을 돌린다. 내가 얼마나 화가 났는지 들키고 싶지 않아서기도 하고 제이슨을 확인하고 싶어서기도 하다. 그런데 제이슨이 어디에서도 보이지 않는다. 인도에도 없고, 차 옆에도 없고, 차 안에도 없다. 심장이 쿵 하고 내려앉는 순간, 아이가 고양이를 쫓아 집 옆을 절뚝이며 다니는 모습이 보인다. 고양이가 휙 도망가자 제이슨이 앞쪽 잔디밭에서 빙빙 돌더니 결국 비틀거리며 넘어진다. 제이슨의 산소통도 함께 넘어지는 걸 보고 나는 움찔한다. 그 물건이 폭발하는 건 아닐까 생각한다. 다행히도 그렇지는 않다.

"그 컴퓨터를 가져다줘서 고맙다는 말을 하고 싶었어." 나는 여전히 챈스를 보지 않으면서 말한다. 이런 말을 하는 것이 내게는 쉽지 않다. 그러니까, 내 성격에 맞지 않는다. "알고 보니, 내가 그걸 사용할 수 있더구나."

"정말요? 알아내셨어요?"

"물론이지." 내가 말한다. 챈스가 사실 그대로 알 필요는 없겠지.

"잠깐만요." 챈스가 말한다. 챈스는 처음으로 문밖으로 나오더니 네스호 괴물(스코틀랜드의 네스호에 산다고 여겨지는 공룡처럼 생긴 괴물 - 옮긴이)을 보기라도 하듯 눈을 가늘게 뜨고 셰비를 본다.

"할아버지 차예요? 이 차를 몰고 여기까지 온 게 아니라고 말해주세요."

"저 아이가 아직 어려서 말이야."

"할아버지, 할아버지는 면허증도 없잖아요. 얼마나 큰 봉변을 당하려고 그러세요? 누굴 치기라도 하면 어쩌려고요? 누구를 다치게 하면요?"

"조심하고 있어. 제한 속도를 넘지 않고 후진도 안 해."

챈스가 어린아이를 상대하는 것처럼 크게 한숨을 내쉰다. 그렇게 되면 지금 여기에 아이가 둘이 있는 건가. 나하고 제이슨. 그렇지만 지금 이 순간은 챈스보다 제이슨과 한 편이고 싶다.

"이게 다 무슨 일인지 모르겠어요. 그래서 할아버지, 뭐가 필요하신대요? 이메일 기계를 줘서 고맙다는 말을 하려고 거리에 있는 모든 사람을 위험에 빠뜨린 거예요? 저 아이가 누구한테 키스한다고 하는 건 또 무슨 말이죠?" 챈스가 투덜거리며 말한다.

"저 아이에게는 몇 가지 소원이 있어. 다섯 가지 소원. 자기가 죽기 전에 하고 싶은 일들이지. 나는 저 아이가 그 소원을 이루도록 돕고 있는 거란다."

"아이가 그 정도로 아픈 건가요?" 제이슨이 산소통 끄는 걸 보지도 못했는지 챈스는 그제야 관심을 가지고 제이슨을 바라본다. 하지만 챈스가 무슨 생각을 하고 있는지는 잘 모르겠다. 그 시간이 어찌나 긴지 '야구장에 좀 데려가주세요.'라는 동요를 끝까지 부를 수 있을 정도다. 뭔가 그럴듯하고 애정이 담긴 말을 하고 싶다. 그런데 그런 말이 도무지 생각나지 않는다.

"제이슨이 말한 그대로야. 네가 같이 가줬으면 좋겠어. 오늘은 그냥 탐색만 할 건데, 그래도 어쨌든."

챈스가 잔디밭에 큰대자로 누워있는 제이슨을 빤히 본다.

"할아버지, 저는 안 그러는 게 좋겠어요. 제가 아이들하고 사이가 어떤지 아시잖아요."

내가 제이슨과 있을 때 어떤 느낌이 드는지 설명하고 싶다. 새삼 삶에 대한 존경심이 생긴다. 다시 젊어지는 느낌이 든다. 오랫동안 그런 느낌을 가져보지 못했고, 챈스는 아마도 평생 그런 감정을 느껴보지 못했을 것이다. 하지만 그런 얘기를 어떻게 해야 할지 모르겠다.

"할아버지, 저는 일을 제쳐 놓고 갈 수가 없어요. 일을 해야 해요, 아시잖아요?"

"이해 못하는구나. 이건 중요한 일이야. 젊어진다고 느끼는 건 인생을 살 가치 있게 만들지."

"아뇨, 원하는 일을 할 수 있는 돈이 있다는 게 인생을 살 가치 있게 만드는 거죠. 이 말이 냉소적으로 들린다고 말씀하시려거든, 그 전에 할아버지 돈을 다 나눠주고 한동안 거리에서 살아보세요. 그런 다음 제게 와서 젊어진다는 느낌에 대해 얘기하세요."

챈스가 특유의 표정을 지어 보인다, 내가 딱해 보인다고 말하는 표정. 하지만 그게 전부가 아니라는 걸 우리 둘 다 알고 있다. 사실 챈스는 이 할아버지를 창피하게 생각하고 있다는 걸.

"그만 두자." 내가 말한다.

"그래요, 할아버지." 내가 차를 향해 미처 걸음을 떼기도 전에 챈스가 문을 닫으며 말한다.

"조심해서 가세요."

10

오후 다섯 시다. 시즌 전 미식축구 연습이 막 끝나가는 참이다. 건너편에서 땀에 젖은 머리가 위로 삐쭉삐쭉 솟은 젊은 남자들이 삼삼오오 무리를 지어 걸어가는 동안 제이슨과 나는 철사 울타리에 기대 있다. 청년들은 민소매 셔츠 밖으로 젊은 팔을 드러내며 헬멧과 어깨 보호대를 들고 간다. 미끄럼 방지용 밑창이 붙은 신발들이 트랙의 아스팔트에 닿으며 으드득 소리가 난다.

나도 오래전에 미식축구를 했다. 그때에도 아이들은 원하는 운동을 다 할 수 있었다. 하지만 그 당시 연습은 단 한 시간이었다. 대부분의 남자아이들이 아직 해가 많이 남아있을 때 집에 돌아가 수확을 도와야 했기 때문이다. 하지만 지금 이 아이들은 저녁 먹을 시간에 맞춰 연습을 끝낸다.

주차장 맞은편 공터에서 민디 애플게이트가 응원단을 이끌며 연습하고 있다. 힘, 힘내라! 힘내라! 힘!

나는 재킷 한쪽 소매로 제이슨의 벌어진 입에서 찔끔 흐르는 침을 닦는다. 제이슨이 침을 후루룩 들이마셔 삼키고는 말한다. "진짜 핫하죠."

우리 둘은 주차장에 세워둔 차 뒤에 숨는다. 진짜 한 쌍의 스파이처럼 차에 등을 대고 선다. 무릎이 너무 아프지만 내가 앉으면 제이슨이 나를 일으켜 세우지 못할까 봐 걱정이 된다. 하지만 지금 이 순간 걱정되는 더 중요한 것들이 있다.

"이 모자를 써." 나는 내 페도라를 벗어 제이슨의 머리 위에 탁 올려놓는다. 제이슨이 조직폭력배 아이처럼 보인다.

"왜요?"

"민디 애플게이트가 다음에 널 알아보지 못하게 해야 돼. 안 그러면 계획 전체를 망칠 수 있어."

"무슨 계획이요? 뭘 하고 있는지 알기나 하는 거예요?"

"날 믿어. 그리고 그건 여기 둬." 나는 제이슨의 산소통을 내 옆으로 끌어놓은 다음 지지대로 삼는다. "우리 작전은 이거야. 치어리더들이 물을 마시면서 쉴 때, 민디 애플게이트하고 제일 멀리 떨어져 있는 여자아이에게 다가가는 거야. 그리고 그 아이에게 민디 애인이 누구인지 물어봐."

"하……뭐, 뭐라고요?"

"민디 애인. 그러니까, 남자친구 말이야."

"민디 남자친구가 누구인지 내가 왜 신경 써야 하는데요? 민디가 나하고 데이트할 건 아니잖아요."

나는 잠깐 생각해본 다음 '데이트하다'는 정식으로 사귄다는 의미라고 판단한다. "민디하고 데이트까지 할 필요는 없지. 그저 네가 키스하고 난 다음에 흠씬 두들겨 맞는 일이 벌어지진 않을지 알아볼 필요가 있는 것뿐이야."

"사랑이라는 이름으로 죽는 건 안 무서워요."

지금까지 제이슨이 어떤 일에든 진지한 태도를 보인 적이 없기 때문에 나는 이번에도 아이가 농담을 하는 거라고 짐작한다. 하지만 이번에는 제이슨이 정말로 진지하다. 나는 어쩔 수 없이 그 아이의 가슴을 빤히 바라보며 생각한다. 그처럼 감정이 풍부한 심장이 어떻게 그렇게 약할 수 있을까. 잠시 뒤에 치어리더들이 휴식을 취하러 물병들이 놓인 곳으로 걸어간다. 모두들 근처에 함께 모여 있다.

"지금이야." 나는 제이슨에게 너무 감상적이 되기 전에 이렇게 말한다.

제이슨이 차를 빙 둘러 가더니 발뒤꿈치를 든 채 공원으로 달려간다. 그리고 나와 치어리더들 사이 중간쯤에 있는 커다란 오크나무로 간다. 다른 사람들 눈에 절대 안 띄게 움직여야 한다는 말을 미처 못했다. 제이슨은 꼭 스토커처럼 보인다. 나는 짧은 휘파람 소리를 내서 제이슨의 관심을 끈 다음 그만하라고 손짓한다. 하지만 제이슨은 알아듣지 못한다. 한 술 더 떠서 이번에는 두 손을 권총 모양으로 올리더니 형편없는 모양새로 공중제비를 한다. 그 바람에 내 페도라가 우그러진다.

이제 제이슨은 나무 밖으로 나와 있다. 목을 문지르는 걸로 봐서 뿌리에 걸려 구른 것 같다. 제이슨은 치어리더들이 모두 자기를 보고 있다는 걸 깨닫고는 둥근 무리 바깥쪽에 있는 소녀에게 곧장 간다. 두 손을 뒤로 짚고 앉아 쉬고 있던 소녀는 제이슨을 보더니 싸울지 도망갈지 결정하려는 것처럼 등을 꼿꼿이 편다.

무슨 일이 일어나고 있는지 들리지는 않지만, 제이슨이 그 소녀에게 가서 부딪치더니(내 페도라가 시야를 가린 것 같다) 무슨 말인가를 한다. 소녀가 당황한 표정을 지으면서도 뭐라고 대답하고, 제이슨은 그 말을 듣자마자 내 쪽으로 다시 달려온다. 나는 고개를 너무 빨리 돌린 탓에 하마터면 균형을 잃을 뻔한다. 잠깐 차에 기대 있으면서 똑바로 서려고 애쓴다. 그런 다음 산소통을 움켜쥐고는 치어리더들이 내 얼굴을 보지 못하도록 다른 방향으로 걷는다.

제이슨이 나를 따라잡는다. 잔뜩 흥분해서 숨을 헉헉거린다. 제이슨에게는 용기가 있다. 그건 인정한다.

"남자친구 없대요." 제이슨이 힘겹게 숨을 헐떡이며 말한다. 제이슨이 뛰어오느라 굉장히 힘들어하는 걸 보고, 나는 이 아이가 운동을 하면 안 된다는 의사의 지시가 있었는지 궁금해진다. 알아봐야 할 것 같다.

"그런데 제로드 밀러를 좋아한대요. 축구팀 쿼터백이요."

내 머릿속 기계들이 돌아가는데 시간이 좀 걸린다. 녹이 많이 슬고 낡기도 많이 낡았다. 하지만 일단 돌아가자 근사한 계획이 떠오른다.

"용사여, 잘 했어." 나는 내 모자를 집어 든 다음 안쪽을 주먹으로 쳐서 우그러진 모양을 바로 잡고 다시 머리에 얹는다. 제이슨이 산소통으로 곧장 가더니 길고 깊이 숨을 몇 번 들이마신다. "오늘은 이쯤 하자. 의심을 사면 안 되거든. 하지만 오늘 밤 자기전에 입술 크림을 좀 발라. 내일이면 네가 민디 애플게이트 입술에 키스를 하게 될 테니까 말이야."

11

집에 돌아와 보니 전화 응답기가 깜빡거리고 있다. 버튼을 누르고 라비올리 깡통을 연다. 그것을 그릇에 쏟는 동안 브랜던 칠슨의 목소리가 방안을 가득 채운다.

"머리, 브랜던이에요. 지난번에 왜 전화 안 해줬어요? 귀마개 광고 말이에요. 에이전트를 무시하는 건 좋지 않아요. 나는 머리 편이지만요. 그건 그렇고, 키튼 박사가 그림 모델 일 얘기를 전했는지 확인해보려고요. 그리고 마침 땅콩버터 회사 촬영이 있어요. 거기에서는 노인을 원하는데, 내가 볼 때 머리가 적임자예요. 오디션이 오코너 빌딩 223호실에서 수요일 오후 4시 정각에 있어요. 갈 거죠? 머리는 거기서 찾는 딱 그런 사람이라니까요. 머리, 편하게 돈 벌 수 있는 일이에요. 내 말을 믿어요."

나는 그 메시지를 무시하고는 라비올리를 스토브 위에 올려놓고 마법의 숫자인 3분 20초 동안 데운다. 챈스가 이곳에 있지 않아 다행이라는 생각을 한다. 챈스는 내가 모델 일 하는 걸 꽤나 좋아한다. 그 일을 노인 졸업앨범 제작이라고 한다.

유리잔에 수돗물을 채운 다음 제니와 함께 앉곤 하던 둥근 나무 식탁에서 저녁을 먹는다. 그러고 나서 싱크대로 가 그릇을 깨끗이 씻고 거실로 간다.

여기 이 오래된 집에는 거실 위에 다락방이 있다. 10년 가까이 그곳에 올라가 보지 않았지만, 오늘 밤에 뭔가가 날 부르고 있다. 구석에서 빗자루를 가져와 거미줄을 모두 떼어낸다. 그런 다음 천장의 사각형 문에 매달린 밧줄을 향해 빗자루를 뻗는다. 빗자루 막대 부분을 오른쪽 왼쪽으로 흔들기를 열 번 넘게 한다. 마침내 밧줄이 걸리더니 내 손이 닿을 수 있는 높이까지 떨어진다.

나는 옆으로 비켜나 그 밧줄을 세게 잡아당긴다. 네모 문이 아래로 열리면서 다락으로 들어가는 공간이 보인다. 밧줄을 조금 더 잡아당기니 그 흔들 문에 설치된 사다리가 바닥까지 미끄러져 내려온다.

다락까지 올라가는 데 10분은 족히 걸린다. 내가 뭘 하려 하는지 챈스가 안다면 분명 한바탕 잔소리를 늘어놓을 테지. 하지만 나는 바닥으로 떨어져 엉덩이뼈가 부서지는 일은 없게 하겠노라고 단단히 마음먹는다. '요양원'이나 아니면 챈스가 뭐라고 부르든 하여튼 그런 곳에 나를 보낼 어떤 구실도 주지 않을 것이다. 내가 듣기로 그런 곳들은 요양을 할 수 있는 장소와는 거리가 멀다고 한다. 오른손잡이 투수와 왼손잡이 투수만큼이나 서로 거리가 멀다고.

다락방은 선수 대기석만하며 거미줄과 먼지로 가득 차 있다. 천장 한가운데 있는 작은 사슬을 잡아당기니 갓도 없는 전구가 켜진다. 이곳에는 뭐가 별로 많지 않다. 주로 트로피나 뭐 그런 것들이다. 내가 메이저리그에서 천 번째 안타를 친 공을 비롯해, 내게 특별한 야구공 몇 개도 있다. 거미들도 많다. 하지만 지금 내가 찾고 있는 건 그런 것들이 아니다.

다락방 한구석에 트렁크가 하나 있다. 내가 찾으려 하는 것이 바로 그 트렁크다. 트렁크를 여는데 요란하게 끽 소리가 난다. 플라스틱 케이스에 든 그 카드가 가방 맨 위에 놓여있다. 1934 탑스, 내가 지금껏 가져본 것 중 가장 근사해 보이는 야구카드. 선수 시절, 나는 주로 야구 배트를 쥔 채 끔찍한 포즈로 사진을 찍혀야 했다. 사람들은 스윙을 하는 중간쯤에 멈추라거나 뭐 그런 걸 요구했다. 선수 대기석 바로 앞에 서서 야구공을 칠 수 있는 것처럼 말이다.

하지만 34년, 그러니까 빅 리그에서 활동하던 마지막 해에 나는 사진 찍는 날 야구장에 나가지 못했다. 그 전날 제니와 함께 저녁을 먹으러 가서 파스타였나, 아무튼 그런 걸 먹었는데 그날 밤 내 평생 가장 지독한 복통을 앓았다. 그날 밤과 다음 날 내내 화장실에서 살아야 했다. 제니는 무척 걱정을 했다. 제니가 토스트와 치킨수프를 만들어주고 간호를 해준 덕에 몸은 회복되었지만, 사진 찍는 시간은 이미 지난 뒤였다. 그래서 실제 경기하는 동안 움직이는 모습을 사진 찍어야 했다. 사진 찍는 사람은 내가 공과 접촉하는 순간, 야구 배트를 뻗는 그 순간의 모습을 포착했다. 걸핏하면 자랑이나 해대는 늙은이는 안 되려고 노력하긴 하지만, 이 야구카드에 실린 사진은 내 평생 가장 선수답게 보이는 모습이다. 전성기 시절 젊었을 때의 사진이다. 이 카드는 절대 내게서 떼어놓을 수 없는 카드, 중요한 기념품이다. 나는 이 카드를 무덤까지 가져갈 것이다. 이것은 나 스스로에게 한 약속이다. 이 카드를 내 남은 뼈와 함께 묻는다면 좋겠다. 챈스가 그 더러운 손을 이 카드에 대지 않게 해달라고 제임스 신부에게 이미 말해두었다.

나는 야구카드를 한참 동안 빤히 보면서, 그 전성기 시절 야구장에서 느끼던 감정을 떠올려본다. 그러다 무릎이 욱신거려오자 마지못해 카드를 도로 트렁크에 넣는다. 그런데 트렁크 안에, 그동안 까맣게 잊고 있던 오래된 턴테이블이 있다. 나는 굳이 먼지를 닦아내지도 않고 안에 뭐가 있는지 보지도 않는다. 그저 턴테이블을 꺼내 오래전 벽에 설치한 소켓에 연결하고 틀어본다. 그렇게 하느라 몸을 구부린 탓에 무릎이 막대기처럼 뻣뻣해진다. 나는 쥐들이 물어뜯어 올이 다 드러난 격자무늬 의자에 앉아 턴테이블에서 흘러나오는 소리를 듣는다.

그것은 탁탁하는 소리와 함께 시작된다. 그런 다음 깊으면서도 깨끗한 목소리가 다락방을 채운다.

머리 맥브라이드가 홈 플레이트로 걸어갑니다. 서른일곱 살 베테랑 좌익수의 이번 시즌 타율은 2할2푼6리이며, 대부분의 사람은 이것이 머리가 시카고 컵스 유니폼을 입

고 하는 마지막 경기가 될 거라고 생각합니다. 머리가 떠
나고 나면 시카고는 분명 그를 그리워하겠죠.

야구 경기인 것 같다. 옛 친구가 오래전에 경기 몇 개를 레코
드판에 녹음했던 것이 어렴풋이 기억난다. 그중 하나임이 분명
하다.

녹음된 그 목소리에는 뭔가가 있다. 단어들과 그 단어들이 말
해지는 방식에는 뭔가가 있다. 나를 그 시절로 데려가는 뭔가가
있다. 푸른 하늘과 녹색 잔디와 가죽 냄새와 송진 냄새가 생각나
게 하는 뭔가가 있다. 두 눈을 감아본다. 나는 다시 서른일곱 살
이 된다.

밥 레이놀즈가 팔을 돌리고 공을 던집니다. 원 스트라이
크, 안쪽 코너로 들어가는 강하고 빠른 공입니다.

그 타석이 기억나지 않는다. 그 경기가 기억나지 않는다. 내가
서른일곱 살이었다면, 1934년이었을 것이다. 내 마지막 시즌.
다시 트렁크로 손을 뻗어 1934 탑스 야구카드를 꺼낸다. 카드를
두 손으로 가만히 쥐고는 그 감촉을 그냥 느껴본다.

레이놀즈가 사인을 보고……고개를 끄덕입니다. 레이놀
즈가 다리를 올리며 다시 한번 공을 던지고……맥브라이
드는 헛스윙을 합니다. 공을 맞히지 못했어요. 나이 든 머

리 맥브라이드가 완전히 속고 말았군요.

나이 든 머리 맥브라이드. 그가 지금의 나를 볼 수 있다면.

이런 모습을 보면서 사람들은 이제 맥브라이드가 선수로서 수명이 다 되었다고 얘기 합니다. 그는 오랫동안 명실상부한 메이저리그 선수였지만, 우리 모두 알고 있듯 이건 젊은이들의 경기죠. 레이놀즈가 포수의 신호를 보며 고개를 흔드는데, 아 이번 건 마음에 드는 군요. 맥브라이드가 바로 전 헛스윙을 했으니 이번에도 아마 커브 볼을 던지지 않을까요.

자, 어디 한 번 커브볼을 던져봐. 젊은 시절, 나는 정말로 그 공을 칠 수 있었다. 리그의 투수가 전혀 두렵지 않았다. 서른일곱 살 때도 그랬다. 그날 하루 나들이옷을 차려입고 야구장에 온 관중들도 거의 다 볼 수 있었다.

이제 레이놀즈가 공을 던지고⋯⋯아, 이번에도 변화구지만 맥브라이드의 배트에 맞고, 공은 좌익 깊숙이날아갑니다. 그린버그가 뒷걸음으로 워닝 트랙까지 가지만⋯⋯아, 공을 놓치고 맙니다! 공이 담장에 맞고, 맥브라이드는 전력질주해서 2루를 지나 3루로 갑니다. 달리는 모습을 보세요! 세상에, 그는 아직 움직일 수 있습니다. 3루로 공이 날아오고……맥브라이드가 슬라이딩을 합니다. 그리고……세이프! 머리 맥브라이드는 3루에 무사히 들어오면서 이번 시즌 다섯 번째 3루타를 쳤습니다. 와, 이 나이든 남자에게 아직 힘이 남아있었어요. 머리 맥브라이드, 아직 뭔가를 할 수 있는 힘이 있다는 걸 세상에 보여 주었습니다…….

아나운서의 목소리가 계속되지만, 어느새 배경으로 사라져 희미해지는 듯하다. 내 생각은 소리가 너무 크다. 내 기억들은 너무 강하다. 나는 제니에게서 떨어져 있던 그 모든 시간에 대해 생각한다. 이 도시에서 저 도시로 다니느라 내 아이들에게서 떨어져 있던 모든 시간. 아이들 곁에 있어주지 못했다. 아이들의 학교공부, 운동, 여자 친구들……그 아이들의 삶을, 진정으로 함께 하지 못했다. 내가 야구를 그만두었을 즈음 아이들은 이미 다 자랐고, 우리에게서 배운 그대로 했다. 아이들은 세상에 나갔고 스스로 살아나갔다. 결혼을 했고 자신들의 가정을 꾸렸다. 우리는 내내 관계를 이어갔다. 아이들은 늘 다정다감했다. 우리를 찾아왔고 연락을 했다. 하지만 그 아이들이 제니를 볼 때의 눈빛과 나를 볼 때의 눈빛은 전혀 달랐다. 나는 그것이 얼마나 상처가 되는지 절대 인정하지 않는데 많은 시간과 에너지를 쏟았다. 그것이 내 잘못이 아닌 척 했다.

레코드플레이어에 한 손을 뻗다가 그것을 탁 친다. 바늘을 들어내니 아나운서의 목소리가 멈춘다.

나는 의자에 다시 앉아 야구카드를 온 힘을 다해 움켜쥐고 운다. 제니 장례식 때를 빼고 이렇게 눈물이 금세 줄줄 흘러내리는 건 처음이다. 얼굴 근육에 최대한 힘을 줘보지만 아무 소용이 없다.

나는 내 잃어버린 젊음을 생각하며 운다. 제니와 내 아들들을 생각하며 운다. 내가 놓쳐버린 모든 것을 생각하며 운다. 마음속에서 느끼는 것을 말할 수 있는 그런 남자가 된 것처럼.

아버지에게는 두 아들이 세상 무엇과도 바꿀 수 없는 존재라는 걸 알게 해주는 그런 아버지가 된 것처럼.

* * * * *

To: MurrayMcBride@aol.com
From: jasoncashmanrules@aol.com

제목: 키스-키스 뽀뽀-뽀뽀가 다가오고 있음

친애하는 머리 맥브라이드 할아버지,
저기요, 진짜 이게 무슨 뜻인지 모르겠는데 패밀리 타이즈 재방송에서 이런 말이 나오는 걸 들었거든요. 드디어 재수 없는 아빠 집을 떠나서 엄마 집에 왔는데요, 엄마가 나더러 할아버지한테 내 얘기를 해야 한대요. 그리고 할아버지한테 할아버지에 대해 얘기해달라고 부탁해보래요. 엄마는 그렇게 괴상해요. 그리고 나더러 OMG나 ㅋㅋㅋ 같은 걸 쓰면 안 된대요. 왜냐하면 할아버지가 그게 무슨 뜻인지 모를 거래요. 그건 불가능해 보이는데요. 지구에서 사는 사람 맞아요? 그래요, 좋아요. 알겠지만, 나는 열 살이에요. 할아버지는 내 소원 종이를 봤죠. 그러니까 나에 대해 얘기할 게 별로 없어요. 아, 나중에 어른이 되면 나는 프로 야구 선수와 프로 미식축구 선수가 될 거고 아마 내가 원하면 농구 선수가 될 수도 있어요. 그리고 '밀크 더즈'라는 캐러멜과 체리 콜라를 좋아하지만, 엄마는 그런 걸 많이 못 먹게 해요. 내 심장 때문이라고 하는데, 나는 다 헛소리라고 생각해요. 헛소리는 좀 딱 맞는 얘기는 아니지만, 엄마가 욕을 못 하게 하니까요. 맞춤법 검사에서도 헛소리가 이상하다고 해요. 맞춤법 검사는 내가 쓰는 단어를 다 바꾸려 하더라고요.

이렇게 따분한 메일을 쓰는 건 처음이네요. 엄마는 가끔 그렇게 멍청해요. 하지만 그래도 좋은 사람이에요.

또 연락할게요, 제이슨.

하나 더. 엄마가 '안녕히 계세요.'라고 쓰라고 했는데, 이 이메일을 그렇게 망치고 싶으면 엄마가 직접 쓰라고 했더니 아무 말 하지 않던데요.

To: jasoncashmanrules@aol.com

From: MurrayMcBride@aol.com

제목: Re: 키스-키스 뽀뽀-뽀뽀가 다가오고 있음

제이슨에게

편지 보내줘서 고맙다. 네 엄마는 멋진 분인 것 같구나. 엄마 말씀이 맞아. 욕은 하면 안 되는 거야. 불량식품을 먹어서도 안 되고 말이지. 분명 엄마는 널 아주 많이 사랑하셔. 네게 나에 대해 말하고 싶지만, 백 년을 살다 보면 할 얘기가 너무 많아서 편지 한 통으로는 다 할 수가 없단다.

내일 널 보는 게 기대되는구나. 키스가 성공했으면 좋겠다.

잘 있어,

머리 맥브라이드 할아버지

To: MurrayMcBride@aol.com

From: jasoncashmanrules@aol.com

제목: Re:키스-키스 뽀뽀-뽀뽀가 다가오고 있음

저기요, 이걸 '편지'라고 하다니 믿을 수가 없네. 골 때리게 웃겨요. 진짜로요.

12

　드디어 제이슨의 그 날이 왔다. 나는 셰비를 몰고 제이슨 아빠의 집 진입로와는 많이 달라 보이는 진입로로 들어선다. 더 평범해 보인다. 콘크리트가 갈라졌고 여기저기 잡초가 조금 있다. 자그마한 목장형 주택인데 감색 페인트칠이 벗겨져 있다. 흰색 테두리도 그렇게 세련돼 보이진 않는다.

　근사해 보이는 젊은 여성 둘이 현관 앞에 놓인 고리버들 의자에 앉아 뭔가를 홀짝거리고 있다. 아마도 탄산음료인 것 같다. 칵테일 같은 걸 마시기에는 너무 이른 시간이니까. 적어도 내게는 너무 이르다. 다른 사람들은 어떤지 전혀 모르겠지만, 난 그들이 뭘 마시든 나와 상관없는 일이라고 생각한다.

　내가 미처 차를 세우기도 전에 제이슨이 현관 앞에 나와 있다. 그 아이는 정말로 할 수 있는 건 다 했다. 가느다란 세로줄 무늬가 있는 쓰리피스 정장을 입고 악어가죽으로 보이는 신발을 신었다. 머리는 옆으로 넘기고 젤을 적어도 반병은 바른 것 같다. 제이슨이 재킷 안주머니에서 둥근 깡통을 꺼내 입 냄새 없애는 박하사탕을 하나 집어 들더니, 자동차 문을 열고 산소통을 차 안으로 들어 올리면서 사탕을 입안으로 던져 넣는다.

"파티에라도 가는 거라고 생각하는 거니?" 내가 묻는다.

제이슨은 언제부턴가 내 말을 이해하지 못하면 그냥 못 들은 체 한다. 혹시 이 아이가 그런 걸 내게 배운 걸까?

"민디 애플게이트, 넌 이제 내 거다." 제이슨이 턱을 들어 올리며 말한다. 근사해 보이는 여성들 중 하나가 현관 앞 의자에서 손을 흔들자 제이슨이 한 손으로 얼굴 한쪽을 가린다.

"그냥 가요. 제발요. 그냥 가요." 하지만 나는 차의 시동을 끈다.

"엄마야?"

"네, 그런데 저기요, 진짜 그냥 가자고요. 엄마는 신경 안 쓸 거예요."

"그런데 말이다, 마지막으로 한 번 더 말하는데, 내 이름은 저기요가 아니야. 머리 맥브라이드라니까. 그냥 맥브라이드라고 해도 괜찮아."

"알았어요, 그런데 그냥 가면 안 돼요?"

"왜? 날 네 엄마에게 소개해주는 걸 왜 그렇게 싫어하는 건데?"

제이슨이 한숨을 내쉬더니 의자가 푹 꺼지게 기댄다.

"엄마는 내 머리를 쓰다듬을 거예요. 날 강아지라고 생각하나 봐요."

"그게 뭐가 어때서."

제이슨이 꽃이라도 시들게 할 것 같은 표정으로 나를 본다.

"아마 이번에는 그러지 않으실 거야. 내가 있으니까 말이야."

"그래서 그렇게 할 거라니까요. 할아버지가 옆에 없으면, 아마 내 이마에 키스하고 자기 뺨을 내 뺨에 문지를 거라고요. 진짜 싫어요. 티어건 엄마만큼은 아니지만 어쨌든 짜증나요."

"네 엄마잖아." 나는 차 문을 연다. 그리고 차 앞쪽으로 빙 돌아가 제이슨 자리의 문도 연다. 제이슨은 몸을 잔뜩 낮추고 있어서 의자에서 거의 내려온 상태다. 나는 문에 몸을 기댄 채 제이슨이 내리길 기다린다.

"아, 진짜!" 제이슨이 산소통을 뒷자리에서 들어내고는 축 늘어진 몸을 끌어내린다.

우리가 현관으로 가자 제이슨 엄마의 두 눈이 커지며 반짝거린다. 짧은 갈색 머리와 작고 귀여운 턱, 알고 보니 제이슨의 엄마는 정말 멋진 사람이다.

"안녕하세요." 제이슨의 엄마가 새소리 같은 목소리로 인사한다. "머리 맥브라이드 씨군요." 그녀가 음료수를 내려놓고는 일어서서 한 손을 아주 공손하게 내민다. 나는 그 손을 잡고 부드러운 손등에 입을 맞춘다. 그리고 제니를 생각한다. 내가 나보다 예순 살쯤 어린 여자에게 잘 보이려 하는 모습을 보면서, 지금 이 순간 제니는 분명 씩 웃고 있을 것이다. 얼굴에 어리는 미소로 판단하건대, 제이슨 엄마 옆에 있는 여인도 그렇다. 그녀도 일어나서 내게 인사하는데, 밝은 자주색에 금발이 섞인 머리카락이 짧고 삐쭉삐쭉하다. 하지만 그녀 역시 멋진 미소를 지니고 있다. 그래서 나는 그녀에게 공손하게 고개를 숙인다.

"부인." 내가 제이슨의 엄마에게 말한다. "멋진 아들을 두셨군요. 제이슨과 시간을 보낼 기회를 주셔서 감사합니다."

"그런가요!" 제이슨의 엄마가 대답한다. 그녀가 아들에 대해 그런 말을 들어봤는지 궁금하다. 내가 조금 과장했을지도 모르지만, 세상 모든 엄마는 아들에 대해 그런 말을 듣는 걸 좋아한다.

"우리 아이가 맥브라이드 씨의 태도를 조금이라도 닮는다면 정말 좋겠어요." 그녀가 제이슨의 머리를 쓰다듬자 제이슨이 슬쩍 몸을 피한다.

"그리고 제 이름은 안나예요. 이쪽은 이웃인 델라예요. 그런데 오늘 두 사람은 어디에 가는 건가요?" 안나가 묻는다. "제이슨이 이 옷을 입은 걸 보면 분명 굉장한 계획이 있는 것 같은데요. 평소에 이 아이에게 옷을 차려 입게 하려면 보통 힘이 드는 게 아니거든요. 그런데 아무리 물어도 제이슨이 어딜 가는지 얘기를 해주지 않는 거예요. 절대 비밀이라고 하더군요."

당연히 나는 안나에게 얘기를 해주어야 한다. 엄마들은 자기 아들이 뭘 하려 하는지 알 자격이 있다. 하지만 제이슨의 강아지 같은 두 눈이 나를 빤히 쳐다보는 바람에 나는 차마 말하지 못한다. "네, 부인, 남자들만의 절대 비밀입니다."

안나가 아주 잠깐 큰 소리로 웃음을 터뜨린다. 그리고 다시 제이슨의 머리를 쓰다듬는다.

"흠, 두 사람 다 즐거운 시간 보내세요. 그리고 맥브라이드 씨, 언제 한 번 저녁 드시러 오세요."

"그런데, 부인, 머리라고 불러주시면……."

"뭐라고요?! 왜 엄마가 할아버지를 그렇게 부르는 건데요?"

"그리고 꼭 함께 저녁 식사를 하고 싶군요."

"좋아요. 제가 오늘 밤에는 일을 해야 하니까 제이슨을 아이 아빠 집에 내려 주세요." 안나가 말한다.

"나쁜 인간." 옆에 있던 델라가 불쑥 말하더니 요란하게 기침을 하고 나서 목을 가다듬는다. "미안해요! 감기에 걸려서요."

안나가 아무 일 없던 것처럼 계속 얘기한다. 델라라는 옆집 여성이 끼어드는 것에 익숙한 듯하다. "저녁 식사에 대해서는 제이슨 이메일로 알려드릴게요. 제이슨이 그러는데 컴퓨터도 다룰 줄 아는 아주 세련된 분이라고 하더군요."

"난 그런 말 한 적 없어요. 할아버지는 아무것도 모르는데요." 제이슨이 말한다.

나는 안나에게서 눈을 뗄 수가 없다. 그 미소가 너무도 따뜻하고 다정하다. 안나의 부드러운 목선을 힐끗 본다. 제니는 크게 신경 쓰지 않을 것이다.

"맞아요, 부인. 나는 두루두루 아는 게 많은 사람이죠."

그 사소한 거짓말을 제임스 신부에게 고백해야 할지도 모르겠다. 성직자가 여성의 강한 매력을 이해할 수 있을지 궁금하다. 제이슨이 내 손을 잡아끌고, 우리는 두 여성에게 서둘러 작별인사를 한다.

"네 엄마는 진정한 숙녀구나." 차로 가면서 내가 말한다.

"진심이에요? 으, 징그러워."

"내 말은 그런 뜻이 아니야, 알겠니? 여자로 매력을 느낀다든가 뭐 그런 얘기가 아니야. 내 말은 네 엄마가……진짜 멋진 숙녀분이라는 거야."

우리가 차 가까이 갔을 때 작은 소년 하나가 옆집 앞에 있는 덤불을 빙 둘러 전속력으로 뛰어온다. 우리를 몰래 지켜보고 있었던 것 같다. 제이슨이 차까지 마지막 몇 걸음을 서둘러 가서 몸을 밀어 넣은 다음 문을 쾅 닫는다. 그 소년이 내 옆을 스쳐 달려가더니 차창을 두드리며 큰 소리로 말한다.

"야, 제이. 뭐하는 거야? 왜 그렇게 잔뜩 차려 입은 거야? 어디 가는데? 이건 누구 차야? 네가 낯선 사람을 따라가는 걸 네 엄마도 알아?"

"조용히 해, 티어건. 아, 진짜. 여자들은 진짜 짜증난다니까."

내가 차까지 가는 데는 시간이 좀 걸린다. 그리고 차까지 가서야 제이슨 말이 옳다는 걸 확인한다. 그 어린 소년은 알고 보니 어린 소녀다. 하지만 소년으로 착각한 건 내 잘못이 아니다. 아이는 야구 모자를 쓰고 있다. 하필이면 시카고 화이트삭스 모자를. 모자챙을 구부린 탓에 얼굴이 잘 보이지 않는다. 그리고 운동용 반바지를 입고 푸른 양말을 무릎 위까지 끌어올려 신었다. 게다가 야구 셔츠까지 입었다. 앞면에 '쿠거'라고 쓰여 있는 걸로 봐서 그 아이가 리틀 리그에서 활동하는 것 같다. 내가 차창을 두드리니 제이슨이 시끌벅적하게 투덜거리고 나서 창문을 내린다.

"친구를 이런 식으로 대하니?" 내가 제이슨에게 묻는다.

"아니에요. 얘는 내 친구가 아니라고요."

"그럼 누군데?"

"제 이름은 티어건이에요. 티어건 로즈 마리 애서튼이에요. 1루 담당이고 4번 타자예요." 여자아이가 자신을 소개하며 한 손을 내밀어 악수를 청한다. 나는 그런 아이를 보며 조금 놀라는데……정확하게 아이의 어떤 면이 놀라운지는 제대로 얘기를 못하겠다. 아마도 티어건의 자신감일까? 아니면 조숙함? 제이슨은 열 살짜리 아이다. 딱 그 나이 아이처럼 생각하고, 그 나이 아이처럼 행동하고, 그 나이 아이처럼 보인다. 다만 덩치만 그렇지 않다. 하지만 이 여자아이는 어딘가 제 나이보다 어른스러워 보인다.

"티어건 로즈 마리 애서튼, 만나서 반갑구나. 내 이름은 머리 맥브라이드야. 여기 있는 제이슨의 친구지."

"반가워요, 저도 여기 있는 제이슨의 친구예요." 티어건은 과하다 싶게 기운이 넘친다.

"아니야!" 제이슨이 소리치고는 자동차 앞 유리로 밖을 쳐다본다.

"제이슨을 어디로 데려가시는 거예요?"

나는 잠깐 머뭇거리다가 사실대로 말하기로 한다.

"제이슨의 첫사랑에게 키스하러 가는 거란다. 제이슨의 소원이거든. 네 부모님이 허락하시면 너도 같이 가도 좋아."

"아, 그러니까, 가서 구경하라고요? 감사하지만 저는 됐어요. 맥브라이드 할아버지, 만나서 반가웠어요. 제이, 잘 가!" 그렇게 말하고 나서 티어건은 몸을 돌려 제이슨 집 현관 쪽으로 폴짝 폴짝 뛰어간다. 그곳에서 안나와 함께 있던 그 여성, 머리를 염색한 여성이 벌떡 일어서더니 "에스-비-케이"처럼 들리는 무슨 말인가를 하고 티어건의 뺨에 힘껏 입을 맞춘다. 그런 다음 티어건을 번쩍 안아 빙 돌리더니 꼭 끌어안는다. 그 여성이 티어건의 엄마라는 생각이 들다가도, 엄마가 오랫동안 자기 아이를 만나지 못한 경우가 아니라면 어떻게 저렇게 아이를 보고 흥분할 수 있을까라는 생각이 들면서 아닌 것 같기도 하다. 티어건도 그 여성에게 똑같이 대답한다. "에스-비-케이."

"쟤보고 같이 가자고 하다니 진짜 어이없어요." 내가 차에 타자 제이슨이 말한다. "쟤는 여자잖아요. 모르겠어요? 여자아이라고요."

나는 제이슨의 말을 못들은 체하고 고등학교 미식축구 경기장 주차장으로 간다. 야구경기를 하러 리글리에 갔을 때와 비슷한 느낌이 든다. 그 흥분과 긴장, 다가올 일에 대한 기대. 어떤 일이든 일어날 수 있다는 확신.

나는 의심을 사지 않도록 미식축구 경기장 가까운 곳에 차를 멈춘다. 거기에 그들이 있다. 푸른색과 흰색 스커트를 입은 소녀들이 한 줄로 서서는 다른 일에는 아무 관심도 없는 것처럼 발을 올리고 구호를 외치고 응원 수술을 흔든다. 제이슨이 치어리더 옷을 입은 민디 애플게이트를 보는 순간, 그 아이의 자신감이 사라지고 얼굴이 이상하게 자줏빛을 띤다. 티어건이 함께 오지 않은 것이 어쩌면 다행이라는 생각이 그제야 든다. 그 아이가 함께 왔더라면 제이슨이 더 힘들었을 테니까.

"숨을 쉬어." 내가 뒷자리에 손을 뻗어 산소마스크를 쥐며 말한다. "폐 가득 산소를 채우는 거야." 제이슨이 호흡하기 시작하면서 마스크에 김이 잔뜩 서린다. 심호흡을 몇 번 하고 나니 안색이 나아진다.

"계획 기억하니?"

제이슨이 고개를 끄덕인다. 아무 말도 하지 않는다. 그러더니 주머니에서 포스트 잇 메모지를 꺼내 빤히 본다. 호흡이 느려지고, 제이슨이 눈을 감는다.

"넌 할 수 있어." 내가 말한다. "제로드 밀러에게서 받은 메시지를 갖고 있는데 그건 비밀이라고 말하는 거 잊지 마. 네가 귓속말을 할 수 있을 정도로 애플게이트가 네 쪽으로 몸을 숙이면, 얼른 입을 맞추는 거야. 그냥 가볍게 입을 맞춰. 그런 다음……흠, 그런 다음에는 몸을 돌리고 그냥 내빼는 거야."

분명 나는 내일 제임스 신부에게 그렇게 흉한 말 쓴 걸 고백해야 할 것이다. 더구나 어린아이 앞에서. 하지만 제이슨은 그 계획대로 하지 않으면 일을 망칠 수 있다는 걸 알아야 한다. 제이슨이 소원 종이를 접어 주머니에 다시 넣는다. 아이 얼굴이 다시 잿빛으로 변했는데, 내 생각에 이번에는 산소가 부족해서가 아니라 두려움 때문인 것 같다.

"마음이 바뀌었어요. 이제 이거 안 하고 싶어요." 제이슨이 말한다.

나는 제이슨을 빤히 본다. 핏기 하나 없이 창백한 두 뺨. 짧고 고르지 못한 호흡. 내가 알기로, 제이슨은 금방이라도 심장이 멈출 수 있고 아니면 아이 상태에 따라 어떻게든 될 수 있다. 그래서 나는 차 열쇠를 돌려 시동을 건다.

"좋아, 되돌아간다고 해서 부끄러울 건 전혀 없어."

나는 주차장 출구를 향해 차를 조금 움직인다. 민디 애플게이트를 영원히 떠나기 전에 한 번 더 제이슨을 몰래 훔쳐본다. 제이슨이 두 눈을 감고 있다. 두 손으로 얼굴을 감싸는데 가는 눈물 한 줄기가 뺨을 타고 흐른다. 나는 바로 옆 주차 공간으로 가서 다시 차를 세운다. 눈앞에서 벌어지는 일을 그대로 두고 볼 수만은 없다.

"얘야, 잘 들어." 내가 말하자 제이슨이 두 손가락 사이로 나를 슬쩍 본다. "살다보면 두려운 일을 마주할 때가 있어. 정신을 차릴 수 없을 만큼 무서운 그런 일 말이야. 그럴 때 우리는 몸을 잔뜩 웅크리고는 구멍으로 들어가 숨어버리지. 그래서 무엇을 놓치는지는 알 바가 아니야. 평생 그 구멍에서 보낸다 해도 상관하지 않아. 그 무서운 것만 마주하지 않을 수 있다면 말이지. 네가 지금 느끼는 기분이 그런 거지?"

제이슨이 창밖으로 ─ 내쪽이 아닌 어딘가로 ─ 눈길을 돌린다. 하지만 나는 제이슨을 빤히 보고 있어서 그 아이가 고개를 아주 조금 끄덕이는 걸 알아챈다.

"이해해. 처음 제니에게 키스하려고 했을 때 나는 거의 정신을 잃고 쓰러질 뻔했어. 딱 너처럼 나도 할 수 없을 거라고 생각했어. 여자한테 키스하는 게 그런 거라면, 그런 건 절대 하고 싶지 않다고 생각했지. 그래서 안 했어. 그런데 무슨 일이 일어났는지 아니?" 내가 말한다.

"아뇨." 제이슨이 고개를 살짝 흔들더니 조그맣게 소리를 낸다.

"아무 일도 안 일어났어. 그게 다야. 나는 아무것도 안했으니까. 그리고 제니는 내가 자기를 안 좋아하는 게 분명하다고 생각했지. 그래서 어니 웰스가 제니더러 정식으로 사귀자고 했을 때, 제니는 좋다고 했어. 그러다 마침내 난 제니라는 사람은 내가 굴에서 빠져나올 가치가 있는 사람이라는 걸 깨달았어. 제니 없이 굴에서 사는 것보다는 그 두려움을 마주하고 제니를 차지하는 것이 낫다는 걸 말이야." 나는 한 손을 올려 제이슨의 어깨를 힘주어 잡는다. 그 정도가 내가 할 수 있는 최대의 감정 표현이다. "넌 결정을 해야 돼. 민디 애플게이트가, 그리고 네가 아직 할 수 있을 때 여자에게 키스하는 일이 네 굴에서 나올 가치가 있는 거니?"

제이슨이 눈물을 닦고 계기판을 빤히 보며 묻는다. "할아버지가 좋아했던 그 여자하고 그 남자, 그러니까 어니는 어떻게 됐어요? 할아버지가 그 여자를 다시 차지했어요?"

"당연히 그랬지."

"어떻게요?"

"내가 진짜 삶을 살지 않는다면 인생은 아무 가치도 없다는 걸 깨달았거든. 그래서 진짜 삶을 살기 시작했지."

제이슨이 침을 꿀꺽 삼키더니 소원 종이를 넣어둔 주머니를 만지작거린다. 그리고 산소마스크로 한 번 더 숨을 크게 들이마시고는 한 마디 말도 없이 차에서 내려 치어리더 그룹 쪽으로 성큼성큼 걸어간다. 치어리더들이 휴식을 취할 때까지 기다리지도 않는다. 그 순간, 이번에는 내가 제대로 숨을 쉴 수가 없다. 만약 제이슨이 한 대 맞기라도 하고 자신감을 모두 잃는다면, 나는 어떻게 살아가야 할지 모르겠다.

하지만 이제 너무 늦었다. 제이슨은 소리를 지르고 팔을 흔들고 다리를 올리는 치어리더들 곁을 지나다가 하마터면 발에 턱을 맞을 뻔하면서도 민디 애플게이트에게 곧장 간다. 나는 제이슨의 입이 움직이고, 민디가 응원을 멈추더니 제이슨의 말을 듣는 모습을 본다. 창문을 열고 얘기를 들으려 하지만 소리가 너무 작아 들리지 않는다. 계획대로 되고 있는 것 같다. 민디가 얼굴을 제이슨 쪽으로 숙인다. 지금이 기회다.

다음 장면을 보고 나는 운전석에서 펄쩍 뛰다가 하마터면 천장에 머리를 부딪칠 뻔 한다. 제이슨이 두 팔로 민디 애플게이트의 머리를 감싸더니 그녀에게 키스를 한다. 그렇게 열정적인 키스는 몇 십년 만에 처음 보는 것 같다. 제이슨은 정말이지 여자 다루는 데 선수다. 여기에서 봐도 그 키스는 13세 이하 청소년이 보려면 보호자의 지도가 필요하다는 걸 알겠다. 우리 때 등급이 있었다면 아마 이건 청소년 관람 불가였을 것이다.

그냥 가볍게 입을 맞추라고 했는데. 저 아이는 뭘 하고 있는 건가? 나는 창문 밖으로 제이슨에게 소리치려고 하지만, 이상하게도 민디는 거부하는 것 같지가 않다. 그러기는커녕 민디 게이트도 제이슨에게 키스하고 있는 것처럼 보이기도 한다. 그러더니 마침내, 꽉 찬 1분처럼 느껴지지만 아마도 5초가 좀 넘었을 시간이 지나고 제이슨이 몸을 돌리더니 도주차량을 향해 다시 뛰어온다.

제이슨의 얼굴이 독립기념일의 마지막 폭죽처럼 환하게 빛난다. 어찌나 활짝 웃는지 입이 귀에 걸릴 지경이다. 제이슨이 그렇게 크게 웃는 건 처음 본다. 마냥 행복해한다. 뛰어오면서도 신이 나서인지 몇 발자국마다 자꾸만 깡충거린다. 두 팔을 딱 열 살 아이답게 흔들며 하도 정신없이 까르륵 웃어대는 바람에 금방이라도 울 것처럼 보인다. 제이슨 뒤에서 민디 애플게이트가 다른 치어리더들에게 놀라 얘기하는 소리가 들린다. 민디 애플게이트가 눈으로 제이슨의 뒤를 쫓는 덕에, 내 차에서 그녀의 얼굴이 정면으로 보여 뭐라고 하는지 그대로 알 수 있다.

"제로드가 그 키스를 보낸 거래. 믿어져? 제로드가 보낸 거래!"

이곳에서 벌어진 일에 대해 양심에 걸리는 것이 아주 없지는 않다. 언젠가, 불쌍한 애플게이트는 그 키스가 제로드라는 덩치 좋은 쿼터백이 보낸 게 아니며 약간 이상한 어린아이가 장난친 거라는 사실을 알게 되겠지. 하지만 여자 친구가 생길 때까지 살지 못할 수도 있는 이 아이의 얼굴에서 뿜어져 나오는 완전한 즐거움을 보면 민디에 대해서는 잊게 된다. 민디에게 무슨 일이 일어나든, 우리가 이 근처에 와서 그걸 보게 되는 일은 절대 없을 것이다.

"빨리 빨리 움직여!" 내가 창문을 내다보며 외친다.

"가요, 가요, 빨리요." 제이슨이 차에 올라타면서 소리친다. 그리고 거의 80년 만에 처음으로 나는 자동차 바퀴에 불이 날 만큼 속도를 높이면서 마치 범죄현장에서 도망치듯 그곳을 빠져나온다.

13

제이슨 집에 도착할 즈음, 나는 제이슨에게 나도 같이 들어가도 되는지 묻는다. 제이슨의 아빠를 제대로 만나고 싶다.

"아빠는 바빠요." 제이슨이 말한다.

"응? 무슨 일로 바쁜데?"

민디 애플게이트와 키스한 일로 한껏 들떴던 제이슨의 기분이 와르르 무너지고 미소도 함께 사라진다.

"몰라요. 어른들 일이잖아요."

"잠깐이면 돼. 오래 있지 않을 거야."

"어쨌든요." 제이슨이 차 창문에 머리를 기대고, 나는 셰비를 몰고 대문으로 다가가 경비원에게 손을 흔든다. 문이 천천히 열리자 제이슨이 다시 나를 말리려 한다. "아빠는 아마 할아버지하고 얘기 못할 거예요. 언제나 무지 바쁘다니까요."

제이슨이 내 마음을 바꾸려고 할수록 나는 제이슨의 아빠를 만나려는 마음을 더 굳힌다. 원형 진입로에 차를 세운 다음 차에서 내리는 3분의 과정을 시작한다.

"저 왔어요." 집안에 들어서자 제이슨이 커다란 현관에 대고 소리친다. 아이의 목소리가 샹들리에에 부딪쳐 메아리칠 뿐이다. 제이슨이 '내가 그렇다고 했잖아요.'라고 하듯 어깨를 한 번 으쓱하고는 텔레비전이 있는 방으로 산소통을 끌고 가 쓰리피스 정장을 입은 채로 소파에 털썩 앉는다. 나는 분수를 멀찍이 피하면서 제이슨 뒤를 느릿느릿 따라간다.

"게임할래요?" 제이슨이 묻는다.

"지금은 아니야. 네 아빠는 어디 계시니?"

"하루 종일 사무실에서 일해요." 제이슨이 화면에서 눈을 떼지 않은 채 대답한다.

"사무실이 여기 있어? 집에?"

눈을 텔레비전에 그대로 둔 채 제이슨이 기다란 복도를 가리키고, 나는 복도를 따라 사무실을 찾아간다. 지난 번 이곳에 왔을 때 제이슨의 아빠가 사라졌던 그 방을 발견하고는 문에 한쪽 귀를 갖다 댄다. 얘기소리가 들리는데, 한쪽만 일방적으로 말하는 것 같다. 아마도 전화통화를 하는 것 같다. 통화가 끝날 때까지 기다리는 것이 예의겠지만 그때 그런 생각이 든다. 제이슨 아빠라면 대개의 경우 자기 마음대로 할 거라는 생각. 그에게 강한 인상을 주려면 약간 엇나가는 게 좋을 것 같다. 그래서 나는 노크도 하지 않고 방에 들어가 내가 할 수 있는 한 가장 크고 가장 노망든 것 같은 목소리로 말한다. "아, 여기 계셨네요! 이렇게 보게 되니 참 좋군요."

제이슨 아빠가 얘기를 하다 말고 멈춘다. 이번에는 책상 앞에 앉아 있는데, 아니나 다를까 귀에 전화기를 대고 있다. 누군가가 대담하게 자신을 방해하는 상황을 처음 겪는 것 같다. 솔직히 말해 완전히 얼떨떨해하는 것 같다. 담배에서 나는 연기가 소용돌이 모양으로 올라가 그의 머리 위에 떠다니는 연기와 합해진다. 카펫, 책장, 심지어 오크나무 책상과 가죽 의자에도 담배꽁초 냄새가 지독하게 배어 있다.

잠시 뒤에 그가 정신을 차리고는 전화기에 대고 얘기한다. "나중에 전화할게요."

내가 백 살만 아니었다면, 분명 그는 내 입에 주먹을 날렸을 거다. 하지만 나는 물러서지 않는다. 그가 내게 소리치기 전에 나는 뼈만 남은 손을 내밀어 악수를 청한다. "머리 맥브라이드라고 해요. 제이슨의 형이지요."

"기억합니다. 알아요." 그가 아주 잠깐 곁눈질로 나를 힐끗 보더니 말한다. 그리고 한 손을 흔들어 뭔가를 쫓는다. "저는 베네딕트 캐시맨입니다."

"방금 제이슨과 집에 왔어요. 그 아이는 첫 번째 소원을 이루었죠."

나는 마음 한편으로 제이슨의 아빠가 내게 악수나 하이파이브를 할 거라고 기대한다. 어쩌면 날 포옹할지도 모른다고 생각한다. 어쨌거나 이건 아주 특별한 일이니까. 그의 아들의 심장은 오래 버티지 못할 것이다. 내가 알기로 사실상 그 아이는 죽어가고 있다. 그리고 방금, 마지막 다섯 가지 소원 중에서 하나를 이루었다. 하지만 내게 돌아오는 건 멍한 눈길뿐이다.

"제이슨이 여자아이에게 키스를 했어요. 입술에 말이에요." 내가 말한다.

베네딕트의 미간에 깊은 주름이 만들어진다. 그가 제이슨의 소원 종이에 대해 뭐라도 아는지 궁금해진다.

"그 아이는 열 살이에요."

"그래요, 맞아요, 이상하게 들리겠지요, 이해해요."

"그래요?"

이런 식으로 대화가 이어질 거라고는 상상하지 못했다. 하지만 베네딕트가 그곳에 있었더라면. 자기 아들에게서 뿜어져 나오는 그 순전한 즐거움을 보았더라면. 아들이 어떻게 깡충거리고 춤을 추는지 – 제이슨은 앤드루스 시스터스처럼 춤을 췄다 – 보았더라면. 그 아이가 정신없이 웃어대다 하마터면 울 뻔하는 모습을 보았더라면.

베네딕트가 담배를 톡톡 두드리며 내뿜은 연기 너머로 나를 바라본다. 아무 말도 없이 꼼짝 않고 내 눈을 빤히 본다. 죽 늘어선 컴퓨터들에서 나오는 윙 소리만 들릴 뿐 방안에서는 아무 소리도 나지 않는다. 그가 나를 위협하려는 거라고 생각한다. 내가 불편하게 느끼도록 하는 거라고 생각한다. 하지만 나는 한두 번 이런 경험이 있다. 내 턱을 향해 똑바로 날아오는 시속 140킬로미터 속구를 지켜본 적이 있다. 그가 뭘 한다 해도 날 겁먹게 할 수는 없을 것이다.

"제이슨은 심장에 문제가 있어요. 이게 도움이 될 거라고 생각해요?" 나는 담배꽁초가 수북이 쌓인 베네딕트의 재떨이를 가리키며 말한다.

베네딕트가 담배연기를 깊게 들이마시더니 용처럼 코로 내뿜는다.

"나는 지난해에 230만 달러를 벌었습니다. 내가 왜 그렇게 열심히 일해서 돈을 버는 줄 알아요? 치료비 때문이에요. 보험으로 해결이 될 것 같아요? 제이슨에게 필요한 치료는 보험이 적용되지 않아요. 실험약이라고 해서 내가 비용을 내야 한다고요. 내가 그렇게 합니다. 당신이 제이슨을 데리고 나가서 체포될 수도 있는 일들을 하는 동안 나는 이곳에서 내 가족을 부양하고 있는 거라고요. 그러니 누가 더 좋은 사람입니까?"

누가 더 좋은 사람인지 얘기하는 게 아니라 제이슨 얘기를 하고 있는 거예요, 나는 이렇게 말하고 싶다.

하지만 아무 말도 하지 않는다. 그 담배 연기 사이로 자세히 보다보면, 베네딕트 캐시맨이 나쁜 사람이 아니라는 걸 알 수 있기 때문이다. 그는 마약상이 아니다. 자기 아이를 때리지도 않는다. 그저 잘못 판단하고 있는 것뿐이다. 우선순위들을 혼동한 것이다. 지금 나는 그에게 아들의 약값을 대기 위해 있는 힘을 다해 모든 걸 해서는 안 된다고 말하려는 게 아니다. 하지만 아들과의 관계를 해치면서까지 그렇게 해야 할까?

물론 내가 그런 말을 하는 건, 그건 똥 묻은 개가 겨 묻은 개를 나무라는 격이다. 게다가 그가 하나 밖에 없는 아들과 어떤 일을 겪어왔는지를 생각해보면 내게는 그를 비난할 자격이 없다.

"미안하게 됐군요. 그만 가볼게요." 내가 말한다.

베네딕트의 방을 나와 제이슨에게 가니, 그 아이의 캐릭터가 화면 꼭대기에서 커다란 우주선을 향해 미친 듯 총을 쏘고 있다. 나는 산소통을 의지해 제이슨 옆에 앉는다. 무릎이 저항하듯 삐걱거리고 신음 소리를 낸다.

"소원 종이 좀 보자." 내가 말한다.

제이슨이 한 손으로는 정신없이 버튼을 누르면서 다른 한 손을 주머니에 넣는다. 그 아이의 두 눈은 절대 화면을 떠나지 않는다. 소원 종이를 보니 여자애와 키스하기(입술에) 옆에 빨간색 커다란 표시가 있다. 그 표시는 내 평생 본 것 중 제니가 사 입었던 새 여름 원피스 다음으로 아름답다. 내 떨리는 손가락이 다음 소원으로 옮겨간다. 메이저리그 야구 경기장에서 홈런치기. 이건 힘들 수도 있겠다.

"너 강타자니?" 내가 묻는다.

"아니요."

"2루타를 많이 쳐봤어?"

"최근에는 아니에요."

나는 그 소원 종이를 제이슨에게 다시 돌려준다. 제이슨이 그걸 받아서 보지도 않고 주머니에 쑤셔 넣는다.

"살면서 야구를 해본 적은 있어?"

"아니요."

"이럴 수가."

왜 이 아이는 '과거로 돌아가기' 같은 소원은 쓰지 않았을까? 둘 다 이루어질 확률은 같을 텐데. 하지만 여기에는 누군가에 대한 사랑이라는 게 있다. 누군가를 사랑한다는 건 '불가능하다'는 게 어떤 뜻인지 잊게 만든다. 80년 동안 제니와 함께 살면서 그랬다. 내 두 아이와도 그랬다. 아이들에게 그 사실을 알려주는 건 제대로 하지 못했지만. 그리고 어느 정도는 내 손자 챈스와도 그렇다. 그리고 제이슨이 민디 애플게이트에게 키스하고 나서 기뻐하던 모습을 본다면, 제 아무리 감정이 무딘 사람이라도 그 아이를 사랑하지 않을 수 없을 것이다.

그래서 제이슨이 메이저리그 야구장에서 홈런을 치는 것이 달을 걷는 것만큼이나 불가능해 보인다 해도 나는 다시 머리를 이리저리 굴려보려 한다.

예전에 인연을 맺었던 사람들에게 부탁해야 할 때인 것 같다.

* * * * *

To: MurrayMcBride@aol.com
From: jasoncashmanrules@aol.com

제목: 치료-지겨운 치료!!!

오늘 병원에서 치료라는 걸 받아야 해요. 진짜 진짜 지겨운 치료. 엄마는 일을 해야 하고 아빠는 병원에 있는 걸 안 좋아해요. 우울해지고 바쁘다고요. 와 줄 수 있어요? J.

To: jasoncashmanrules@aol.com
From: MurrayMcBride@aol.com

제목: Re: 치료-지겨운 치료!!!

제이슨에게,

너하고 같이 있을 수 있다면 나야 정말 좋지. 그런데 내가 시간이나 위치를 모르잖니. 또 내가 해도 되는 일이 있는지도 모르겠고 말이지. 그 문제에 대해 갖고 있는 정보가 있다면 알려줘.

잘 있어,

머리 맥브라이드 할아버지.

To: MurrayMcBride@aol.com
From: jasoncashmanrules@aol.com

제목: Re: 치료-지겨운 치료!!!

저기요, '그 문제에 대해 갖고 있는 정보'는 이거예요. 으, 말이 이상해. 어쨌든 시간은 한 시고 진료실은 623호나 그쯤 되는데, 여자 화장실 바로 맞은편인데, 잘 모르겠어요, 엄마에게 한 번 물어보세요.

14

나는 제이슨 엄마에게 전화한다. 그녀의 목소리는 예전과 똑같이 쾌활하고 아름다우며, 제이슨의 진료실 호수뿐만 아니라 치료 시간까지 정확하게 알려줄 만큼 너그럽다. 제이슨이 한 달에 두 번 어떤 치료를 받으러 그 병원 6층 그 진료실로 가는 것 같다. 그리고 안나 말을 들어보면 제이슨은 치료 시간과 진료실 호수를 아주 잘 알고 있는 것 같다. 그런데 어째서 모르는 척 했는지는 잘 모르겠다. 귀찮아서일 거라고 짐작만 할 뿐이다. 어쩌면 내가 병을 이유로 제이슨을 너무 봐주는 것인지도 모르겠지만, 사실 그 아이를 나쁘게 볼 이유를 전혀 생각해낼 수가 없다.

안나는 제이슨과 같이 못가는 것에 대해 대여섯 번씩 사과한다. 직장에 나가봐야 한다고, 제 시간에 출근하지 못하면 해고될 거라고 한다. 하지만 티어건의 엄마 - 내가 기억하기로 이름이 델라였다 - 가 차로 아이들을 데려가고 데려올 것이기 때문에 나는 그 일에 대해서는 걱정할 필요가 없다.

안나의 일이 왜 그렇게 중요한 건지 모르겠다. 베네딕트의 대저택, 그가 버는 230만 달러가 생각나서 하마터면 안나에게 한

마디 할 뻔한다. 그렇지만 제때에 멈춘다. 다른 사람 일에 참견하면 안 된다는 것 정도는 알고 있으니까. 그것도 그렇고, 어쩌면 안나는 내가 얘기하려고 하는 걸 이미 다 알고 있을 지도 모른다. 그러면 안나가 이미 다 알고 있는 걸 내가 가르치려는 꼴이 되겠지. 사실 처음 현관에서 안나와 만났던 때를 생각해보면, 델라가 그 문제에 대해 충분히 얘기하고 있는 게 확실해 보인다.

나는 이 운전이라는 것에 대해 다시 한번 알아가는 중이다. 또한 운전을 즐기고 있다. 운전이 내게 주는 자유를. 앞으로 더 자주 운전해야 할지도 모르겠다. 물론 내가 정식 운전 면허증을 갖고 있지 않다는 사실 때문에 마음 한구석이 늘 불편하다. 그래서 사람들 눈에 너무 많이 띄지 않도록 속도를 좀 더 올리고 있다. 너무 천천히 가면 너무 빨리 가는 것만큼이나 사람들의 관심을 끌 수 있기 때문이다. 그래서 시속 50킬로미터 구간을 지날 때 경찰차 한 대가 패스트푸드점을 나와 내 차 뒤로 들어오자 나는 즉시 30킬로미터 정도로 속도를 높인다.

순식간에 호흡이 가쁘고 불규칙해진다. 심호흡을 해보려 하지만 오늘은 약효가 제대로 나타나지 않는 것 같다. 몇 초에 한 번씩 나는 위험을 무릅쓰고 차도에서 눈을 들어 백미러를 힐끗거린다. 경찰 차가 뒤에 바짝 붙어 있는 걸 보고는 속도를 더 높인다. 핸들을 꽉 쥐고 45킬로미터까지 속도를 높이지만, 길가의 나무들이 너무 빠르게 휙휙 지나가는걸 보고 얼른 발을 뻗어 브레이크를 세게 밟는다. 보나마나 경찰차가 내 차를 추돌할 거라고 생각하고 그 충격에 대비해 마음의 준비를 한다. 그리 안전한 행동이 아닌 걸 알면서도 정말로 두 눈을 질끈 감는다. 강속구가 내 머리통을 향해 날아올 때와 비슷하다. 두 눈을 감을 수밖에 없다.

그런데 충돌하는 느낌이 전혀 없다. 눈을 살짝 떠보니 내가 정지 신호 앞에 서있다. 경찰차를 보고 잔뜩 겁을 먹은 탓에 정지 신호 앞에 온 걸 몰랐던 거다. 브레이크를 세게 밟은 건 잘 한 일인 것 같다. 당장이라도 경찰이 나더러 차를 길 한쪽에 세우라고 할까봐 걱정했는데, 경찰은 내 빈 깡통 옆으로 차를 빼더니 내 쪽은 쳐다보지도 않고 우회전해서 4차선으로 들어간다.

심장박동이 조금씩 정상으로 돌아온다. 그제야 나는 핸들을 움켜쥔 손에서 힘을 뺀다. 거기에서부터 병원까지 가는 동안은 좀 더 각별히 조심하려 한다. 다행히도 무사히 병원에 도착하고 입구 근처에서 주차할 공간도 찾아낸다.

6층에 올라가 제이슨의 진료실로 가니, 문을 통해 두세 명의 목소리가 들린다. 나도 들어가고 싶다. 어쩌면 제이슨 옆에 앉아서 홈런에 대한 계획을 세울 수도 있을 것이다. 나는 문 바로 앞까지 가서 두 눈을 감고는 걸어 들어가는 모습을 그려본다. 하지만 두 발을 진료실 문 안에 들여놓지는 못한다. 대신 근처에서 편안해 보이는 의자를 발견하고는 가서 앉는다. 대략 30분 정도 지나니 드디어 제이슨이 티어건과 나란히 나온다. 내가 티어건을 처음 만난 날, 제이슨이 티어건을 퉁명스레 대했던 터라 둘이 나란히 있는 모습이 어색해 보인다. 제이슨은 티어건이 마음에 들지 않는다고 하지만, 그냥 마음에 없는 소리인 것 같기도 하다. 오늘 티어건은 땋은 머리를 야구모자 밖으로 늘어뜨렸는데 정말 귀여워 보인다.

"어이, 챔피언." 나는 제이슨에게 이렇게 말하지만, 이런 장소에서는 어쩐지 우스꽝스럽게 들린다. 병원에서 아이를 '챔피언'이라고 부르지는 않는다. 가짜처럼 들린다.

제이슨이 나를 보더니 씩 웃는다. 그 웃음이 약간 멋쩍어 보인다. 여자아이와 같이 있는 걸 내게 들켜서 쑥스러워하는 것 같다. 티어건 로즈 마리 애서튼, 그 아이의 이름이다. 그걸 기억하는 걸 보면 내 기억력도 쓸 만하다.

"안녕하세요, 맥브라이드 할아버지." 티어건이 내게 인사하며 지난번처럼 손을 내민다. 나는 그 손을 잡는데, 놓고 싶지가 않다. 티어건의 손은 아주 부드럽다. 아주 매끄럽다. 어린아이의 손을 잡고 있는 그 느낌만으로 나도 젊은 시절로 돌아가는 것 같다.

물론 그런 생각을 입 밖으로 꺼내지는 않는다. 내 마음이 정말로 순수하다 해도 남들은 이상하게 느낄 수 있으니까. 무릎이 늘 그랬듯 욱신거려 오기에 나는 의자에 다시 앉는다. 제이슨과 티어건도 내 양옆에 앉는다. 제이슨이 산소통을 자기 옆으로 끈다. 그 아이는 마스크를 입에 대고 숨을 크게 쉬면서 뭔가가 적힌 종이를 읽는다. 나는 목을 길게 빼고 제이슨의 소원들을 다시 보려하지만, 그건 소원 종이가 아니다.

"그게 뭐니?" 내가 묻는다.

제이슨이 어깨를 한 번 으쓱한다. "티어건의 소원이요."

"그냥 놀이에요, 정말로요." 티어건이 얼른 대답한다.

"제이슨 치료가 끝날 때까지 시간을 보내려고 적어본 것뿐이에요. 나는 정말로 소원이 있지는 않아요. 아프거나 뭐 그런 게 아니니까요. 하지만 우리는 내 소원이 뭔지 알면 재미있겠다고 생각했어요."

"맞아요. 그런데 소원들이 진짜 이상해요. 그러니까 완전, 제 정신이 아니고, 진짜 재미없어요." 제이슨이 말한다.

"난 그냥 많은 게 필요하지 않은 것뿐이야." 티어건이 대답한다.

"그래, 그런데 진짜 이상하긴 이상해. 1년 동안 밀크 더즈 먹기? 지붕이 열리는 차를 타고 동네 한 바퀴 돌기? 저기요, 머리, 이것 좀……."

"맥브라이드 할아버지라니까."

"야구 경기의 모든 포지션을 해보는 것. 있잖아요 여성분, 당신에게는 도움이 좀 필요하겠네요. 넌 진짜 소원을 봐야 돼. 내 소원 같은 것 말이야."

"'여성분'이라고 하지 마." 티어건이 이렇게 말하고는 나를 지나쳐 손을 내민다. 그리고 제이슨의 소원 종이를 그 아이의 주머니에서 잡아채더니 손가락으로 훑어 내려온다.

"이건 불가능해, 제이. '신이 되기'도 넣지 그랬니?" 제이슨이 잔뜩 약이 오른 표정으로 티어건을 노려본다. 티어건이 계속 말을 이어간다. "좋아, 알았어. 나도 네 소원 같은 걸 하나 만들지 뭐. 남자에게 키스하기를 넣어줘. 멋진 남자에게 말이야. 하지만 난 뺨에 하는 걸로 충분해."

"나를 놀리다니." 제이슨이 눈을 부라린다.

"왜 넌 항상 그렇게 말하는지 모르겠다. 그런 말 아무리 해봐야 아무 의미도 없는데 말이야. 내가 좋아하는 팀이 화이트삭스라고 했을 때도 넌 그렇게 말하더라. 내가 지난 주 수학 쪽지 시험에서 A를 맞았다고 했을 때도 그렇게 말하고. 우리 증조할머니가 미국 여자 프로야구 리그에서 경기했다고 말했을 때도 너는 그렇게 얘기했어."

"그건 네 말이 사실이 아니니까 그랬지. 여자가 야구를 할 수 없다는 건 누구나 아는 거잖아."

"아니, 잠깐만."

나는 두 아이의 대화가 재미있기만 하다. 아마 제니와 내가 얘기할 때 누군가가 곁에서 지켜봤다면 이런 느낌이었을 것이다. 그 시절 우리는 누구 못지않게 티격태격했다. 제이슨이 이 아이에 대해 어떤 느낌인지 궁금하다. 내가 둘의 대화에 끼어든다.

"티어건 말이 맞아. 여자들도 야구를 했단다. 그것도 아주 멋들어지게 했지. 그중 몇몇은 공을 정말로 잘 쳤어."

두 아이 모두 잠시 동안 눈 한 번 깜빡이지 않고 두 눈을 크게 뜨고 나를 쳐다본다.

그러다가 티어건이 뭔가를 알았다는 듯 말한다. "제가 제이슨에게 하려고 했던 말이 바로 그거예요."

남자들의 경기라고 여겨졌던 야구를 하는 젊은 여성들, 그들로 가득 찼던 야구장에 대한 기억이 내 마음으로 밀려든다. 제니와 나는 관중석에서 서로 손을 잡고는 사람들의 기대 이상으로 야구를 잘하는 여자 선수들을 보았다. 우리는 매번 아들들의 가족 모두 초대했지만, 그들이 야구장에 온 기억은 없다.

"물론 그건 내가 선수생활에서 은퇴한 이후였어. 야구를 그만 둔 뒤로는 예전에 경기하던 야구장, 그러니까 리글리에 가는 것이 힘들더구나. 경기장 안으로 들어서면 다시 경기를 하고 싶다는 생각이 아주 강하게 들었거든. 그래서 제니와 나는 중서부를 다니면서 어떤 때는 니그로 리그의 경기를 보고 어떤 때는 그 여성들의 경기를 봤어. 커노샤, 사우스벤드, 러신……."

"거기가 우리 증조할머니가 경기했던 팀이에요! 위스콘신주의 러신 벨스 팀에서 세 시즌을 경기했고 록퍼드 피치스 팀에서 두 시즌을 더 뛰었어요. 제가 장타력이 있다는 말을 자주 듣는데, 그 힘은 바로 할머니에게서 물려받은 거예요." 티어건이 일어나서 배트를 휘두르는 흉내를 내더니, 태양을 가리고 공이날아가는 걸 보는 것처럼 한 손을 두 눈 위에 댄다. 내가 보기에 아이의 타격 자세는 꽤 훌륭하다.

"네 증조할머니가 누구신데?" 내가 묻는다.

"음, 할머니는 돌아가셨지만, 그 분은 바로 라 본 페퍼 페르예요. 리그 역사에서 4위를 차지했던 여자 선수요."

"페퍼 페르? 기억나. 그 분이 경기하는 걸 열 번도 넘게 봤거든."

"설마! 진짜 근사해요!"

"내 기억으로는 대단한 야구선수였어. 그런데 타점 5위였지, 4위가 아니라. 제니와 나는 여자야구의 열성 팬이었거든."

"4위였어요. 할머니 이름이 알파벳순으로 립 마흔 뒤였기 때문에 다섯 번째로 기록된 것뿐이에요. 두 사람 다 정확히 400타점을 기록했어요." 티어건이 이 말을 하는데 두 눈이 이글거린다.

"그런가." 나는 어떻게 대답해야 할지 몰라서 이렇게만 말한다. 티어건 말이 사실인지 아닌지 잘 모르겠다. 기회가 있으면 한 번 찾아봐야할 것 같다.

키가 크고 흰색 가운을 입은 남자가 코를 차트에 박다시피하고 제이슨이 방금 나온 진료실 안으로 고개를 들이민다. 진료실이 빈 것을 알고는 주위를 둘러보다 의자에 앉아 있는 우리를 발견하고 곧장 제이슨에게 간다. 그리고 뭔가를 몇 줄 휘갈겨 쓰며 말한다.

"세 사람을 방해하고 싶진 않지만, 네가 가기 전에 바이탈 체크를 좀 해야겠다."

남자가 제이슨의 가슴에 청진기를 대고 얼굴을 찌푸린다. 의학에 대해 잘은 모르지만, 병원에서 워낙 사람들을 많이 보아온 터라 그런 표정을 짓는 건 좋지 않은 표시라는 건 안다.

"선생님, 뭐죠? 뭐가 잘못됐나요?" 내가 묻는다.

함께 카드놀이를 하다 내게 속임수를 들킨 것처럼 의사가 얼른 몸을 편다.

"그냥 바이탈 체크를 하는 겁니다." 의사는 제이슨의 이마를 짚어보고 나서 이번에는 손을 만져본다. 내 생각일지 모르지만, 그의 어깨가 긴장되어 보인다.

"제이슨, 오늘 기분은 어떠니? 현기증이 나니? 머리가 어지러워?"

제이슨이 어깨를 한 번 으쓱하고 자기의 소원 종이에 집중한다.

"괜찮아요. 나는 아주 튼튼하잖아요? 이제는 나도 어린아이가 아니에요."

"아닌 거 알지."

의사가 이렇게 말은 하지만, 그의 말투는 전혀 그렇게 들리지 않는다. 그의 몸짓 언어도 그렇다. 의대에서는 거짓말 하는 법을 가르치지 않는 모양이다.

"산소를 얼마나 자주 사용하니?" 의사가 묻는다.

"그렇게 자주는 아니에요. 한 시간에 두 번 정도요."

제이슨 말이 사실과 전혀 다르기 때문에 내가 나서서 솔직히 말하려 한다. 2~3분에 한 번씩 마스크를 입에 대고 길게 힘껏 산소를 들이마시지 않으면 제이슨 얼굴에 핏기가 가시기 시작한다. 하지만 내가 끼어들 입장인지 잘 모르겠다.

의사가 제이슨에게 편안히 지내고 현기증이 있으면 다시 오라고 지시한다. 그가 주위를 둘러보는데, 아마도 부모님을 찾는 것 같다.

"제이슨을 태우고 가시나요?" 의사가 내게 묻는다.

"우리 엄마가 올 거예요. 엄마는 볼일이 있어서 우체국에 갔는데요, 조금 있으면 돌아올 거예요." 티어건이 제이슨과 말할 때처럼 편하게 의사에게 말한다. 그 아이를 보노라면 약간의 경이로움까지 느껴진다. 의사가 고개를 끄덕이고 떠난다. 이미 또 다른 차트에 코를 박고서.

"한 시간에 두 번 넘잖아." 의사가 가고 난 뒤 내가 제이슨에게 말한다. 제이슨이 무슨 말인지 못 알아듣는 것 같아서 다시 설명한다. "산소 말이야. 한 시간에 두 번보다 훨씬 많이 사용하잖아. 너도 그걸 알면서 왜 의사 선생님에게 거짓말을 한 거야?"

"저기요, 난 그 웃기는 코 같은 걸 하루 종일 쓰고 있진 않을 거예요. 지금 장난해요?" 제이슨이 상점에서 초코바를 훔치는 것처럼 주위를 둘러보며 나지막하게 말한다.

한 무리의 의사가 지나간다. 당연한 얘기지만 모두 흰색 가운을 입고 있다. 제이슨은 그들이 지나갈 때까지 눈썹을 긁는 척하며 얼굴을 가린다. 티어건이 재미있다는 듯 제이슨을 보고 씩 웃는다. 그러다 내가 자기를 쳐다보는 걸 알고는 두 뺨을 붉힌다.

"제이슨과 나는, 그러니까, 아주 친한 친구예요, 할아버지. 엄마들이 친한 친구였기 때문에 우리는 태어나기 전부터 서로 알고 지냈어요. 우리는 아주 오랫동안 가까이에 살았어요. 제이슨과 나 둘 다 아빠와 함께 살던 때를 기억해요." 티어건이 말한다.

제이슨은 티어건이 말하는 내내 조금 불편한 기색을 보이지만, 자세하게 듣지 않아도 둘의 사이가 어떤지 알겠다.

"티어건은 내 여자 친구가 아니에요." 제이슨 말에 티어건이 힘차게 고개를 끄덕인다.

"맞아요. 내 남자친구는 야구를 훨씬 잘 해야 할 거예요. 제이슨은, 그러니까……."

"적어도 나는 제대로인 소원을 비는 법은 알지. 잘생긴 남자 뺨에 키스하기? 진심이야?"

"그래 좋아, 알았어. 마지막 소원은 대단한 걸로 하겠어. 내 다섯 번째 소원이자 마지막 소원은……집 없는 사람들을 위해 백만 달러를 모으고 싶어."

제이슨은 그 소원을 종이에 적으면서도 티어건이 여전히 뭔가를 모른다는 듯 고개를 흔든다. 내 생각을 말하자면, 그건 열 가지 소원 중 최고의 소원이다.

15

안나의 현관에 있던 그 여자 – 이름이 델라이고 금발과 자주색이 섞인 머리카락이 삐쭉죽삐쭉한 여자 – 는 알고 보니 내 예상대로 티어건의 엄마다. 델라가 병원 엘리베이터에서 뛰어나오더니 현관에서처럼 아주 열정적으로 티어건을 안는다. 두 사람은 이번에도 "에스-비-케이."라고 말한 다음 잠깐 동안 이마를 맞대고 있다.

내가 젊었던 시절, 사람들은 스킨십을 많이 하지 않았다. 근면과 자립심 같은 훌륭하지만 구식인 미국의 가치를 따르는, 말하자면 금욕적인 시대였다. 하지만 이제 와서 생각하면 그건 내 실수였던 것 같다. 어쩌면 티어건의 엄마처럼 나도 내 아들들이 내가 자신들을 얼마나 좋아하는지 알 수 있게 그 아이들을 꽉 끌어안고 싶다는 마음의 소리에 귀를 기울였어야 했던 게 아닐까. 사회 분위기가 어떻든, 사람들이 뭐라고 하든, 자기들 방식으로 마음을 표현하는 이 두 사람을 보면 감탄이 절로 나온다. 두 사람은 어떤 모습이 되고 싶은지 스스로 결정한다. 어떻게 행동하고 싶은지 스스로 결정한다. 생각해보면 그런 태도 또한 굉장히 독립적인 것 같다.

나는 작별인사를 하고 그 세 사람이 떠나는 것을 지켜본 다음 내 차가 있는 주차장으로 간다. 운전을 할 때마다 조금씩 더 익숙해진다. 나는 셰비의 속도를 처음으로 45킬로미터 이상으로 올리다가 속도계 바늘이 50킬로미터에 닿는 순간 다시 늦춘다. 이마에 땀 한 방울이 흐르는 것 같다. 그래도 운전은 자연스럽게 느껴진다. 지금까지 수도 없이 했던 것처럼 말이다. 물론 운전을 수도 없이 하긴 했지만, 그건 까마득한 옛날 일이다.

오랫동안 이런 자유를 갖지 못했으므로 집으로 가는 대신 약간 방향을 돌려 슈퍼마켓으로 간다. 사려고 했던 물건들을 좀 사려고.

슈퍼마켓 문을 열자 코걸이를 한 소녀가 힘차게 인사한다.

"안녕하세요, 내 오랜 친구가 왔네요."

이 상점에는 고급스러운 자동문이 없다. 나는 아무 대꾸도 하지 않는데, 예전에도 소녀는 그러든 말든 전혀 신경 쓰지 않았다. 나는 그녀의 이름표를 흘낏 본다. 앞으로 여기저기 다니면서 키튼 박사 같은 사람들에게 그녀가 내 친구라고 말하려면 이름을 알아야 할 것 같아서다.

하모니.

그게 이름인가? 그녀가 코걸이를 한 것도 전혀 놀랍지 않다. 부모가 아이 이름을 그렇게 지었으니 아이가 그런 행동을 하는 거겠지. 나는 몸에 문신을 하고 구멍을 뚫은 사람들 중 절반은 이름이 하모니거나 템퍼런스거나 아니면 그 비슷할 거라고 확신한다. 그렇지만 나는 다른 사람들 일에 참견하는 성격이 아니다. 사람들이 불쌍한 자기 아이 이름을 라라팔루자로 짓든 말든 나는 신경 쓰지 않는다. 살아오면서 더 이상한 일도 많이 봤으니까.

"잘 오셨어요. 셰프 보야디가 얼마 안 남았거든요. 몇 시간만 늦었어도 낭패를 보셨을 거예요." 하모니가 말한다.

나는 미소를 지으며 뭔가 그럴 듯한 대답을 하려 하지만 무릎이 말을 듣지 않는 통에 그저 앓는 소리나 간신히 낼 뿐이다. 어쨌거나 셰프 보야디를 사려고 이곳에 온 건 아니다. 집 찬장에 셰프 보야디 캔이 열 개도 훨씬 넘게 있다. 그런데도 여기에 왔다. 나는 진열대 사이의 통로를 지나면서 마지막 남은 라비올리 캔 네 개를 집어 쇼핑 카트에 넣는다.

카트의 왼쪽 뒷바퀴가 끈적거려서 카트를 밀기가 평소보다 훨씬 힘들다. 나는 이곳에서 돈을 지불하는 사람이니 제대로 된 쇼핑 카트를 몰 수 있어야 하지 않을까. 그게 아니면 타고 다닐 수 있는 전동 카트를 이용할 수 있어야 하는데, 여기에는 전동 카트가 하나 밖에 없다. 그리고 그 카트는 기껏해야 갓 여든 넘어 보이는 파란머리 여자가 타고 시리얼 진열대의 통로를 다니고 있다.

하지만 불만을 말하려면 안내 데스크까지 가야 하니 그만두려 한다. 대신 나는 캔디 진열대 쪽으로 간다. 거기서 온갖 종류의 캔디를 보니 눈이 빙글빙글 도는 것 같다. 예전 우리 때는 투시 롤과 찰스턴 츄 정도가 있었다. 그런데 이 진열대에는 사람들의 치아를 망가뜨리는 백 가지 방법이 쌓여 있다. 물론 요즘 내 치아는 가짜지만, 그게 중요한 건 아니다.

나는 직원 하나 – 아, 하모니는 아니다 – 가 진열대 사이의 통로를 걸어가는 걸 보고 손짓을 해서 부른다. 내가 "밀크 더즈"라고 말하자 직원이 미소를 지으며 "손님, 제가 도와드릴 수 있어서 기쁩니다."같은 멍청한 말을 한다. 그 직원이 뭣 때문에 기쁜지는 내 알 바가 아니다. 나는 그저 밀크 더즈가 어디에 있는지 알고 싶을 뿐이다.

그 상점에는 캔디 종류가 굉장히 많아서 통로 두 곳에 진열되어 있는데, 밀크 더즈는 두 번째 통로에 있다. 나는 최대한 걸음을 빨리해 그 직원을 따라가고, 미스터 스마일은 밀크 더즈가 가득 있는 선반을 가리킨다. 30~40봉지는 됨직하다. 나는 그것들 전부를 하나씩 하나씩 카트에 담는다. 계산할 때 하모니가 나더러 밀크 더즈를 왜 이렇게 많이 사느냐고 물어볼까? 궁금해지기도 한다.

"단 것을 좋아하시나 봐요?" 역시나 하모니는 물어본다. 하모니는 얼굴에 구멍을 그렇게 많이 뚫어도 저렇게 웃을 수 있나 싶을 정도로 활짝 미소를 지어 보인다. 새로운 고리 몇 개가 눈에 띈다. 하나는 눈썹에 있고, 또 하나는 어디에 달려 있는 게 아니라 턱 끝에서 반짝이는 스티커처럼 보인다.

"마음에 드세요?" 하모니가 묻는다. 그제야 나는 내가 빤히 쳐다보고 있었다는 걸 깨닫는다. 흠, 하모니는 무슨 대답을 기대하는 걸까? 나는 대답을 얼버무린다. 내 그런 모습을 보더니 무슨 이유에서인지 하모니는 더 크게 미소를 짓는다. 나는 20달러짜리 지폐 두 개, 1달러짜리 지폐 두 개, 25센트짜리 동전 세 개,

그리고 1페니를 센다. 내가 이렇게 하는 동안 하모니가 키득거린다. 요즘 내가 젊은 사람들에게 꽤나 큰 즐거움을 주는 것 같다. 그래서 기쁘다고 해야 하나. 그것이 하모니 잘못이 아니라는 걸 안다. 하모니는 친근하게 대하려고 노력하는 것이다. 이 아이는 다른 시대에서 온 것일 뿐이다. 아니면 내가 그렇거나. 그런데도 어쩔 수 없이 혈압이 약간 오르는 느낌이 든다.

차에 올라타고 거의 시속 55킬로미터 속도로 운전해서 집으로 간다. 화를 참는 법을 조금 더 배우지 못하면 사고를 당하고 말거라는 생각을 집으로 가는 내내 한다.

* * * * *

To: MurrayMcBride@aol.com, LittleLeagueAllStar@hotmail.com
From: jasoncashmanrules@aol.com

제목: 아무 생각 없이 먹고 놀아요.

헤이, 무-레이, 그리고 짜증나는 티어컨 로즈 마리 애서튼,
엄마 집에서 막 먹고 노는 거예요. 파티 시간은 프라임 타임, 딱 저녁 7시. 에스따 노체. 루저들은 오지 말고 위너들만 와서 같이 놀 것.
올수 있는지 없는지 알려주기 바람.
J.

To: jasoncashmanrules@aol.com, LittleLeagueAllStar@hotmail.com
From: MurrayMcBride@aol.com

제목: Re: 아무 생각 없이 먹고 놀아요

제이슨, 잘 지내니? 티어건도 이 편지를 읽는 거니? 어떻게 두 사람이 읽을 수 있는 건지 잘 모르겠구나. 아무튼 그렇다면, 티어건, 잘 지내니?

제이슨, 이런 말을 해서 미안한데, 네 편지 내용이 무슨 뜻인지 잘 모르겠다. 다시 한번만 보내주겠니? 이번에는 우리말로 이해할 수 있게 써서 보내줄래?

잘 있어,

머리 맥브라이드.

To: MurrayMcBride@aol.com, jasoncashmanrules@aol.com
From: LittleLeagueAllStar@hotmail.com

제목: Re: 아무 생각 없이 먹고 놀아요

안녕, 제이슨, 안녕하세요, 맥브라이드 할아버지,

맥브라이드 할아버지, 제이슨 편지는 저녁 초대인 것 같아요. 이해 못하신다고 해서 우울해하지 마세요. 저도 좀 어려웠거든요. 제이슨 엄마 집에서 오늘 밤 7시에 저녁을 먹는다는 뜻이에요. 엄마가 우리도 갈 거래요.

그리고 J, 네가 날 짜증스러워하지 않는다는 거 다 알아. 그러니까 이제 그렇게 말하지 마. 2학년 때 생각나? 너희 집 뒷마당은? 네가 나한테 키스하려고 했잖아. 아니라고 할 생각 하지 마.

-T.R.M.A

To: MurrayMcBride@aol.com, LittleLeagueAllStar@hotmail.com
From: jasoncashmanrules@aol.com

제목: Re: 아무 생각 없이 먹고 놀아요

하!!! 2학년 때 우리 집 뒷마당이라고? 저기요, 머리, 진짜 하늘에 대고 맹세하는데 티어건이 무슨 말을 하는지 하나도 모르겠어요. 와, 기가 막히네!

To: MurrayMcBride@aol.com, jasoncashmanrules@aol.com
From: LittleLeagueAllStar@hotmail.com

제목: Re: 아무 생각 없이 먹고 놀아요

좋아, 인정 안 해도 돼. 하지만 우리 둘 다 진실을 알고 있지.
T.R.M.A

16

어떤 일을 위해 옷을 차려입은 지도 한참이 되었다. 마지막으로 정장을 입은 건 열일곱 달 3주 4일 전 제니의 장례식장에서였다. 검은색 그 옷은 우울한 분위기를 풍기며 지금은 두 사이즈나 크다. 제니가 떠난 뒤로 예전만큼 먹질 못했기 때문이다. 하지만 내가 가진 옷 중 저녁식사 자리에 입고 갈 만큼 번듯한 것은 그 옷 한 벌뿐이다. 아주 멋지게 차려입지는 못한다 해도 부랑자 같은 모습으로 나타날 수는 없다. 안나를 딱 한 번 만나긴 했지만, 제대로 갖춰 입은 모습으로 그 앞에 나타날 정도의 존경심은 가지고 있다.

안나는 나를 데리러 오겠다고 했다. 역시 훌륭한 여성이다. 하지만 안나가 여기까지 차를 운전해서 왔다가 다시 또 자기 집까지 가게 할 생각은 없다. 내가 밤에는 잘 보지 못하니 버스를 타고 가겠노라고 했고, 꼭 그렇게 할 것이다. 나는 족히 30분쯤 씨름하고 나서야 겨우 옷의 단추를 다 잠근다. 그러고 나니 숨이 가쁘다.

정말 이상하게도 숨이 가쁘다.

욕실로 느릿느릿 걸어가 약을 넣어둔 플라스틱 그릇을 열어본다. 아니나 다를까, 오늘 치의 약이 그대로 있다. 몇 달 전부터 시리얼 위에 뿌려진 약을 보면서 바로 오늘이 약 먹기를 중단해야 하는 그 날인가 하는 생각을 했다. 키튼 박사가 그러면 어떻게 되는지 설명해주었다. 여느 때와 대체로 비슷하게 하루를 보내긴 하는데, 아마 다른 날에 비해 숨쉬기가 조금 더 힘들 것이다. 하지만 나처럼 나이를 먹으면 그런 사소한 것들은 알아채지도 못한다. 그러다 저녁으로 먹으려고 셰프 보야디를 데울 즈음이면 숨이 가쁘다는 걸 깨달을 것이다. 그 다음 폐에 물이 쌓이면서 콸콸 소리가 날 것이다. 그리고 잠자리에 들 때쯤 그 물이 폐에 가득 차면서 내 몸은 공기를 충분히 받아들이지 못할 것이고, 나는 의식을 잃을 것이다. 결국 내 몸 속의 물에 질식되어 잠을 자다 죽을 것이다.

나는 그 약에 대해 오랫동안 열심히 생각했다. 아침마다, 약을 먹지 말아야겠다는 생각을 하면서 약을 먹어야 한다는 사실을 떠올린다. 그런데 오늘 이상하게도 약 먹는 걸 잊었다. 그렇지만 멋진 사람들과 저녁식사를 하다 죽을 수는 없기에 얼른 약을 입에 넣고는 수돗물을 오래 마셔 목 안으로 흘려보낸다. 그렇게 해서 또 24시간을 벌었다.

이제 나는 수화기를 들고 컵스 본사에 전화를 한다. 메시지의 내용에 따르면 '지역사회 지원' 담당자인 해롤드 머피 주니어라는 사람에게 메시지를 남긴다. 분명히 그가 곧 전화를 할 것이다. 뭐든 컵스에 관련된 일이라면 나는 늘 VIP 대접을 받는다. 내가 명예의 전당에 올랐다거나 뭐 그런 사람으로 생각할 수도 있겠지만, 사실 내 이력은 평범했다. 빅 리그에 계속 있을 정도였을 뿐 올스타는 아니었다. MVP 후보에 오른 적도 없었다. 그들이 내게 그처럼 잘하는 이유는 단 하나, 내가 나이가 아주 많기 때문이다. 살아있는 역사의 한 부분이라고나 할까.

초인종이 울린다. 요즘에는 좀처럼 없는 일이다. 나는 절뚝거리며 문 쪽으로 간다. 내가 거절했는데도 제이슨과 제이슨 엄마가 날 데리러 온 거라고 생각하며 커튼 틈으로 밖을 내다본다. 하지만 그들이 아니다. 챈스다. 아주 멋들어지게 옷을 차려입고서, 벌써 집에 가고 싶어 안달하는 것처럼 시계를 보고 있다. 어쩌면 챈스에게 생긴 버릇일지도 모른다.

내가 문을 열자 챈스가 말한다. "할아버지! 잘 지내셨어요?"

나는 꿍 앓는 소리를 내며 조금 비켜선다. 챈스가 날 휙 스쳐 가더니 집을 둘러본다. 어떤 변화를 기대했는지는 잘 모르겠지만, 챈스는 놀라면서도 여전히 못마땅한 표정을 지으며 이마를 찌푸린다. 그러고는 지난 번 자기가 앉았던 – 생각해보니 지난 번이 한두 번이 아니다 – 소파로 곧장 가서 털썩 주저앉더니 내게서 그렇게 간절히 훔치고 싶어 하는 야구 글러브를 집어 들며 말한다.

"지내기는 어떠세요?"

나는 돌려서 말하는 사람이 아니다. 남자는 마음속에 있는 걸 그대로 말해야 한다고 생각하는 사람이다.

"여기 왜 온 거냐?" 내가 묻는다.

"아, 할아버지." 챈스가 졌다는 듯 두 손을 올린다. "어떻게 지내시는지 보고 싶었을 뿐이에요. 그게 다예요. 어쩌면 할아버지하고 잠깐 시간을 보낼 수도 있고요."

나는 챈스를 빤히 쳐다보지만, 챈스는 시선을 돌리지 않는다. 어쩌면 그 말은 사실일지도 모른다. 챈스는 정말로 이 늙은 할아버지와 시간을 보내기 위해 온 것 일지도 모른다. 그런 생각을 하니 아주 행복해진다. 그렇다는 걸 인정해야겠다. 요즘 제이슨의 소원 종이가 내 마음을 다 차지하고 있는 터라, 챈스가 제이슨 엄마에게 좋은 남자친구가 될 수 있을까라는 생각이 퍼뜩 든다. 챈스가 태도를 조금만 바꿀 수 있다면, 그렇게만 할 수 있다면.

하지만 당연히 그런 일은 절대 일어날 수 없다. 챈스에게는 집에 아내가 있고, 그건 중요한 사실이다. 챈스에게는 아니라 해도 어쨌거나 내게는 중요하다. 그 사실은 안나에게도 중요할 거라고 생각하고 싶다. 안나에 대해 제대로 얘기할 수 있을 만큼 그녀를 잘 아는 건 아니지만, 내 생각은 그렇다.

하지만 챈스는 그저 안부 인사를 하기 위해 할아버지를 찾아왔다. 걱정이 되어서, 할아버지가 어떻게 지내는지 보기 위해서. 지금이야 말로 나도 챈스를 얼마나 생각하는지 얘기할 때다. 티어건의 엄마처럼 아주 적극적으로는 아니라 해도 적어도 표현은 해야 한다. 나는 소파로 가서 챈스를 안아야겠다고 결심한다. 하지만 내가 미처 몸을 움직이기도 전에 챈스가 말한다.

"그래요, 맞아요." 챈스는 마치 내가 마음속으로 줄곧 자기를 비난하고 있었던 것처럼 말한다. "사실 집안 분위기가 좋지 않아요. 제겐 쉴 공간이 필요했어요. 가족 중 누군가를 보고 싶었어요. 어떤 마음인지 아시잖아요. 할아버지는 그러니까, 50년이나 그 정도 결혼생활을 하셨죠?"

"80년이다, 이 녀석아!"

그런 식으로 소리 지르는 것이 썩 훌륭한 태도가 아니라는 걸 알지만, 그 마지막 30년은 우리에게 최고의 시간이었다. 늙은 사람들은 몸이 다 망가졌기 때문에 서로를 제대로 사랑하지 못하며 이따금 싸우기만 할 뿐이라는 말을 절대 믿어서는 안 된다. 내가 볼 때, 두 사람이 함께 지낸 지 50년쯤 지나야 비로소 제대로 된 사랑이 시작된다.

"아, 맞아요. 두 분은 거의 고등학교를 졸업하자마자 결혼하셨고 한 번 싸우지도 않고 그저 매 순간 완전히 행복하게 그야말로 동화같이 사셨죠." 챈스가 잔뜩 무시하는 말투로 말한다.

"감히 우리 결혼 생활을 조롱하지 말거라. 우리 결혼 생활도 여느 결혼 생활과 다를 게 없었어. 좋을 때도 있고 나쁠 때도 있었지. 단지 우리는 나쁜 때도 견뎌낼 만큼 서로를 사랑했던 거란다."

"아, 알겠다니까요. 저는 이혼을 했으니 어쨌거나 할아버지보다 못한 거죠. 할아버지, 왜 그렇게 말하지 않으세요? 할아버지가 저보다 낫다고 생각하시잖아요."

"난 누구보다 나은 게 없어. 내가 하지도 않은 말 지어내지 마라. 그저 내 말은 우리 때는……."

"하지만 이제 더는 그 시절이 아니잖아요, 모르시겠어요? 할아버지 시절은 오래전에 지났어요. 할아버지는 여전히 살아 계시고 우리 모두 그 사실에 행복해요. 저, 재닌, 모두요. 하지만 분명히 말씀드리는데요, 할아버지가 말씀하시는 '할아버지 시절'은 다 지난 시대예요. 세상은 변했고 할아버지는 뒤쳐졌어요."

맞는 말이다. 이따금씩 내 머릿속으로 치매가 살금살금 들어오는 것 같기도 하지만, 챈스 말이 맞다는 걸 내가 이해 못할 정도는 아니다. 하지만 내 마음을 아프게 하는 건 그 말 자체가 아니다. 내 마음을 아프게 하는 건 그 말을 할 때 챈스의 목소리에 담긴 혐오감이다.

우리는 한참동안 아무 말 없이 앉아 있다. 이제 챈스를 포옹할 수가 없다. 챈스는 자기 신발을 빤히 쳐다보고, 나는 챈스가 무슨 이유로 그처럼 감정을 터뜨리는 건지 궁금하다. 챈스가 그 이유를 알고는 있는지 궁금하다. 그리고 그처럼 멋진 작업복을 차려입고서, 죽는 날까지 사랑하기로 한 또 다른 여자가 있는 집으로 가길 두려워하면서 대체 무슨 생각을 하고 있는지 궁금하다.

"저기, 할아버지. 죄송해요. 제가 그렇게 말하면 안 되는 거였어요. 그냥, 하고 있는 일 때문에 미칠 지경인데 재닌은 이해를 못하는 것 같고……."

챈스는 계속 자기 문제를 얘기하지만, 내 생각은 챈스에게서 떠나 다른 곳을 떠돈다. 나는 이미 제이슨과 제이슨의 아름다운 엄마와 함께 저녁 식탁 앞에 있다. 이미 제이슨의 다섯 가지 소원을 이룰 더 많은 방법을 계획하고 있다. 아, 이제 네 가지구나. 제이슨이 한 가지 소원을 이루었다는 사실이 자랑스럽지만, 조금 마음이 불편해지기도 한다. 소원을 다 이루고 나면, 어쩌면 제이슨은 죽을 지도 모른다. 아마도 소원들은 제이슨에게 약과 같은 것이고, 그 소원들이 다 이루어지는 때가 오면 그 아이를 지탱할 것이 하나도 남지 않을 테니까. 그 아이에게 다음 24시간을 살게 해 줄 게 아무것도 없을 테니까.

나는 그 생각을 애써 마음에서 밀어낸다.

"너 여기에 차 갖고 왔니?" 내가 챈스에게 묻는다.

"당연히 갖고 왔죠. 안 그러면 어떻게 여기에 왔겠어요? 제 말 들으셨어요? 제가 그렇게 말한 건 죄송해요. 그저 하루 종일 일을 하다보니까, 그런 거 아시죠? 그렇게 일을 하다 보니 스트레스가 쌓이고, 그런데다 재닌도……."

나는 손짓으로 챈스의 말을 막는다. 챈스는 가족이다. 나는 자라면서 가족은 용서해야 한다고 배웠다. 어떤 일이든 용서해야 한다고. 그렇긴 해도, 그처럼 말다툼을 하고 난 뒤에 다시 포옹할 생각은 못하겠다. 내가 말한다. "그런데 말이다, 이 늙은이 좀 태워다줄 수 있겠니?"

17

"정말 이 일을 해야 한다고 생각하세요? 할아버지는 이제 젊은이가 아니잖아요. 집에 계시면서 자신의 몸이나 돌봐야죠. 그 아이 걱정은 다른 사람더러 하라고 하세요." 챈스가 묻는다.

어떻게 대답해야 싸움이 안 될지 정말 모르겠어서 나는 대꾸도 안 한다. 그 다음부터 제이슨 엄마 집까지 가는 길은 별다른 사건이 없다. '별다른 사건이 없다.'는 말은 제임스 신부가 환영 인사를 하기 직전의 성 요셉 성당처럼 조용하다는 뜻이다. 우리 모두 해서는 안 될 말들을 한다. 취소할 수 있으면 좋겠다 싶은 말들을 한다. 손자와 나의 문제는 우리가 그런 말들을 끊임없이, 하고 또 한다는 것이다. 변화를 위해서는 입을 계속 닫고 있는 편이 낫다.

챈스와 잘 지내고 싶다. 내 아들들과 그랬던 것보다 더 잘 지내고 싶다. 챈스를 사랑한다고 말하고 싶고 품에 꼭 안아주고 싶다. 하지만 난 그런 쪽으로는 영 소질이 없다. 그래서 그냥 바라기만 할뿐 아무것도 하지 못한다.

"태워다줘서 고맙다." 챈스가 집 앞에 차를 세울 때 내가 우물

우물 말한다.

"별 것도 아닌데요, 할아버지."

그렇게 말하고 챈스는 자기 삶으로 되돌아간다. 그리고 나는 내 삶으로 간다. 약을 먹은 지 얼마 안 되어서인지 크게 숨을 한 번 내쉬니 역시나 기분이 좋아진다. 오늘밤 공기는 아주 상쾌하다.

제이슨 엄마가 집 앞에서 기다리고 있다. 프랑스의 그 탑 그림에 '요리사에게 키스를'이라는 글자가 적힌 앞치마를 입고 있다.

"부인." 제이슨 엄마가 문을 열어줄 때 나는 이렇게 말하며 앞치마에 적힌 글자 그대로 그녀의 손을 잡고 손등에 키스한다.

제이슨 엄마가 얼굴을 조금 붉힌다. "제발요, 머리. 안나라고 불러주세요."

"그럴게요, 부인." 내가 안나의 손을 미처 놓아주기도 전에 제이슨이 제 엄마의 허리 옆으로 머리를 쑥 내민다. 내가 볼 때 제이슨은 그 또래 남자아이치고 토하는 흉내를 많이 낸다.

"죄송한데, 토하지 않을 수가 없네요. 이제 좀 괜찮아졌어요."

"아들, 주방으로 가야지. 우리가 도착하기 전에 식탁을 다 차리는 게 좋을 거야." 안나가 말한다. 제이슨이 총알처럼 튀어간다. 제이슨이 그처럼 빠르게 움직이는 걸 보고 나는 놀란다. 그 아이는 산소마스크를 쓰지도 않았다. 오늘은 심장 상태가 좋은 게 틀림없다.

"그리고 티어건이 다 했다는 말은 안 듣게 해줘." 안나가 한 마디 덧붙인다.

안나가 제이슨에게 말하는 방식이 참 인상적이다. 분명히 엄격하게 말하는데, 누구라도 그 목소리를 들으면 그 말 뒤에 오직 사랑만이 있음을 알 수 있을 것이다. 순전하고 아름다우며 변치 않는 사랑. 안나가 아들에게 평생 방에서 나오지 말라고 했다 해도 나는 그 말 뒤에 있는 또 다른 얘기를 들었을 것이다. 그건 한마디로 말해 "널 사랑해."다.

제니도 때때로 안나와 똑같은 말투로 내게 말하곤 했다. 내가 경기에서 0대 4로 패하고 집에 오면 제니는 이렇게 말했다. "머리, 근사한 와인 한 잔 들고 서재에서 나랑 만나는 거 어때요? 빨리 움직이는 게 좋을 거예요." 그러면 나는 그 말을 순순히 따랐다. 그 여인에게는 나를 압도하는 어떤 힘이 있었다. 내가 책장 하나 밖에 없는 서재로 가면, 제니는 그곳에서 기다리고 있다가 날 꼭 안아주었다. 그러고는 자신의 엄마 묘비에 꽃을 놓았다는 얘기며 학교에서 자원봉사를 하다가 2학년짜리 아이를 만났는데 꼭 고등학생처럼 글을 읽더라는 얘기며 아무튼 내가 경기를 잊고 뭐든 더 행복한 생각을 하게 만들어줄 얘기를 끝도 없이 했다.

"머리, 미안해요. 제가 뭘 잘못 말했나요?"

안나는 예전에 제니가 그랬던 것과 똑같이 무척 걱정스러운 눈길로 나를 빤히 본다. 내가 울고 있다는 것을 미처 깨닫기도 전에 안나가 내 뺨을 말끔히 닦아준다.

"아무것도 아니에요. 나처럼 나이 먹은 남자는 추억이 많은 법이거든요. 그것뿐이에요."

"당연히 그럴 거예요." 안나가 대답하며 내 모자와 코트를 받아들고 침실로 간다. "괜찮으시면 주방으로 가세요. 식사가 거의 다 준비되었어요. 저는 저장고에 가서 와인 잔들을 좀 가져올게요."

"고맙습니다, 부인." 이미 멀어져가는 안나의 귀에 내 말이 들리지 않을 텐데도 나는 이렇게 말한다.

주방에 가보니 세 사람이 있다. 물론 제이슨이 있고, 티어건과 티어건의 엄마가 있다. "부인, 저는 머리 맥브라이드입니다. 혹시 기억 못하실까 봐요." 내가 말한다.

"당연히 기억하죠. 다시 만나서 정말 반가워요." 티어건의 엄마가 이렇게 인사하고는 지금껏 내가 수없이 받아본 그런 표정으로 날 본다. 너무 나이가 많아서 미라처럼 보이는 남자가 걷고 말할 수 있다는 걸 도저히 믿을 수 없다는 표정. 가끔 나 자신이 순회공연을 하는 곡예단 같을 때가 있다.

식탁을 차리고 있는 사람은 티어건이다. 티어건은 새 모자를 자랑스럽게 쓰고 있지만, 나는 그게 조금도 거슬리지 않는다. 나는 화이트삭스 팬이 절대 아니었다. 화이트삭스가 1919년 월드시리즈에서 일부러 패했을 때 나는 신인이었고, 그들을 절대 용서하지 않았다. 조 잭슨과 다른 선수들은 우리의 경기를 영원히 망치다시피 했다.

티어건의 모자에는 스커트를 입고서 한 발을 높이 올리며 야구공을 던지려고 하는 여자 그림이 새겨져 있다. 나는 윗옷 주머니에서 노란색 밀크 더즈 상자를 꺼내 윙크를 하며 티어건에게 내민다. 티어건의 미소는 제이슨의 미소만큼이나 아름답다. 티어건이 상자를 열더니 초콜릿 하나를 입에 던져 넣고는 자기 엄마에게 몸을 기댄다.

나는 그 두 사람을 함께 바라볼 수밖에 없다. 티어건은 두 눈을 감고 머리를 엄마 가슴에 기대고 있다. 티어건의 엄마는 딸의 머리카락을 쓰다듬으며 천사를 보듯 딸을 바라본다. 제니와 이별한 이후로 두 사람이 서로를 그토록 분명하고 확실하게 사랑하는 모습을 본 적이 없다. 티어건이 눈을 뜨더니 자기 엄마를 보며 말한다.

"에스-비-케이."

나는 다른 사람의 일을 캐묻는 사람이 아니지만, 그 말을 세 번째로 들은 터라 호기심을 이기지 못하고 물어본다.

"저기 미안한데, '에스-비-케이'가 무슨 뜻인지 궁금해서 말이야. 그런 말을 처음 들어보거든. 다른 나라 말이니?"

티어건이 한쪽 눈을 긁적거리며 바닥만 보자 티어건의 엄마가 말한다. "괜찮아 우리 딸, 우리끼리 하는 말이잖아. 네가 말씀드려." 티어건은 여전히 망설이는 표정이다. 그리고 한참동안 제엄마를 빤히 보다가 어깨를 한 번 으쓱하더니 대답한다.

"사실, 그건 글자예요. S, B, K요."

"글자라고?"

"네. 제가 어렸을 때 우리는 아빠와 함께 살았어요. 아빠는 좋은 사람이 아니었어요. 엄마를 .때렸거든요."

나도 모르게 델라를 쳐다본다. 오래전부터 남아있는 멍을 보기라도 할 것처럼 말이다. 티어건더러 그 얘기를 하라고 하는 것이 델라 자신은 너무 고통스러워서 말할 수 없기 때문은 아닐까 하는 생각이 든다. 델라와 눈이 마주치자 나는 얼른 티어건에게로 시선을 돌린다.

티어건이 말한다. "엄마는 나를 걱정했기 때문에 아빠 곁에 있었어요. 우리가 집을 떠나면 아빠가 우리에게 무슨 짓을 할지 몰라 무서워했어요. 그런데, 그러던 어느 날 밤에 아빠가 나를 때렸어요. 나는 전혀 기억이 안 나요. 하지만 엄마는 바로 그 순간 아빠를 떠나기로 결심했어요. 한밤중이었고 아빠는 술을 마시고 곯아떨어졌어요. 엄마는 우리가 강해져야 한다고 내게 속삭였어요. 우리가 용감해져야 한다고요. 그리고 지금부터 무조건 친절해져야 한다고요."

이야기가 끝났다는 듯 티어건이 말을 멈춘다. 나는 뒤통수를 긁적이며 생각하지만 여전히 두 사람의 인사가 무슨 뜻인지 모르겠다.

티어건이 또 말한다. "S, B, K는 Strong, Brave, Kind, 그러니까 '강하고, 용감하고, 친절하라.'예요. 엄마는 그 말이 이제 우리의 구호 같은 거래요. 그래서 우리가 항상 서로에게 그 말을 하는 거예요."

델라가 티어건을 다시 자기 쪽으로 끌어당기며 말한다. " '안녕.'과 '잘 있어.'는 아무 의미가 없어요. 우리 둘이 만나서 인사할 때마다, 헤어지면서 인사할 때마다, 이 구호를 말하면 어떻게 살아야하는지 계속 기억하게 되죠. 이 말에는 인사보다 훨씬 더 많은 것이 담겨 있어요."

어쩔 수 없이 내 아들들이 또 생각난다. 나는 내 아들들에게 내가 그들을 얼마나 많이 생각하는지 제대로 보여주지 못했다.

하지만 여기 이 여인은, 반복하고 반복해서, 매일 매일, 조금의 의심도 남기지 않으면서 자신의 딸에게 보여주고 있다. 나는 두 사람의 이야기에 뭐라고 대답해야 할지 생각나지 않아서 티어건의 야구 모자를 가리키며 묻는다.

"그거 케노사 코메츠 팀 모자니?"

티어건이 고개를 세게 흔들더니 제 엄마의 품에 폭 안겨 밀크 더즈를 또 하나 입안에 넣는다.

"록포드 피치스예요. 1945년, 48년, 49년, 50년에 우승한 팀이에요."

"티어건은 언제나 그 리그에 관심이 많았어요. 그런데 최근에 관심이 훨씬 더 많아졌어요." 델라가 말한다.

"그 이유는 머리 할아버지가 증조할머니인 페퍼를 알고 있기 때문이에요." 티어건이 대답한다.

"뭐라고?" 델라가 좀 어리둥절한 표정을 짓는데, 어찌 보면 그럴 만도 하다. 그건 오래전일이니까. 자신의 할머니를 아는 사람을 만나는 일은 좀처럼 없다. 슈퍼마켓이나 우체국에서 그런 사람들을 우연히 만나지는 않는다.

"꼭 안다고 할 수는 없어요. 하지만 페퍼가 경기하는 걸 많이 봤어요. 한두 번 만나기도 했고요." 내가 말한다.

"그래서 할머니를 기억하세요?"

"아주 또렷하게 기억하죠."

"놀라운 걸요. 전 아이에게 늘 말해요. 아이의 증조할머니보다 SBK한 사람은 없었다고요." 델라가 티어건의 머리를 다시 쓰다듬으며 말한다.

"그래서 나는 공이 안 무서워요. 인코너로 들어오는 공도요."
티어건이 말하자 델라가 딸을 보며 다시 환하게 웃는다. 그 순간,
이 두 사람 곁에 머물면서 티어건이 어떻게 살아가는지 볼 수 있
다면 좋겠다는 생각이 든다. 딸에게 힘, 용기, 친절 같은 것을 가
르치는 엄마, 그처럼 사랑이 많은 엄마와 함께 있으므로 티어건
은 마음만 먹으면 어떤 일이라도 다 할 수 있을 거라고 장담한다.

"아, 이런!" 제이슨이 구석의 책상 앞에 앉아 말한다. 그 아이
는 식탁 차리는 걸 도울 생각은 않고 계속 컴퓨터 게임만 하고
있다.

"엄마를 도와드려야 할 것 같은데." 내가 제이슨에게 가며 말
한다.

"이것 좀 봐요." 내 말에 대한 대답이 전혀 아니다. 하지만 나
는 제이슨의 어깨 위로 몸을 숙여 화면을 본다.

"그때 그 게임이니?"

"네, 전능한 신들과 흡혈 외계인들이에요. 이 게임은 아주 끝
내줘요." 제이슨이 화면에서 눈을 떼지 않은 채 한 손으로 두 번
째 컨트롤러를 잡아 내 앞으로 민다.

"엄마가 식사 준비를 하라고 하셨잖아. 티어건이 그걸 하면 안
되지. 티어건은 손님이잖니."

하지만 제이슨이 지으려고 하는 그 구조물을 알아보고는 나
역시 눈을 떼기가 힘들다.

"돌들 좀 내 옆에 놔줘요. 총을 쏠 수 있는 포탑이 네 개 있는

성을 만들 거예요." 제이슨이 말한다.

나는 아직 다 차려지지 않은 식탁을 힐끗 보지만, 그 게임에
호기심이 생기기도 한다. 내가 유일하게 익숙한 버튼을 누르자
작은 지붕이 내 캐릭터의 머리 위에 나타난다.

"저기요, 뛰어서 돌리려면 터보를 써요. 성을 지을 돌이 나올 거
예요." 나는 제이슨 말을 해석해보려고 하지만, 그 아이는 인내
심이 그렇게 많지 않다.

"잘 봐요." 제이슨이 자기 컨트롤러에 있는 손잡이를 왼쪽으로
움직인다. 아니나 다를까 커다란 돌덩이가 나타난다. 나는 내 캐
릭터를 그 돌 쪽으로 움직인다. 제이슨이 자기 컨트롤러를 움직
이는 모습을 보면서 내가 정말로 그 돌을 제이슨이 짓기 시작한
건물의 꼭대기에 쌓을 수 있을 거라는 생각이 든다.

화면 속에서 내 캐릭터가 돌을 쌓는다. 그걸 보며 이번에는 제
이슨이 했던 대로 손잡이를 움직여본다. 그렇게 하니까 또 다른
돌이 나타난다.

"와, 제이슨! 저것 좀 봐!"

배 속에서 뭔가 희미하게 덜컹 움직이는 느낌이 든다. 자랑스러
움인 것 같다. 아니면 만족감일 수도 있겠다. 내가 이 게임에 정말
로 참여할 수 있구나. 하지만 그때 아름다운 목소리가 끼어든다.

"제이슨이 벌써 영향력을 발휘했나 보군요." 안나가 새것으로
보이는 와인 잔 세 개를 옮기며 말한다.

나는 얼른 물러선다. 어찌나 당황했던지 무릎에서 엉덩이로
통증이 확 퍼지는데도 아랑곳하지 않는다.

"제이슨이 그러니까 자기……게임을 보여주고 있었어요. 제이슨, 이제 식탁을 차리는 게 좋겠다. 내가 아까 그렇게 말했잖니."

제이슨이 나를 향해 눈을 부릅뜬다. 안나는 미소를 감추려고 애쓰지만, 그 미소는 너무 아름다워 감출 수가 없다. 햇살 사이로 훨훨 날아가는 제왕나비를 감추려 하는 것과 같다. 안나가 내 쪽으로 의자를 끌어준다. 내가 티어건과 티어건의 엄마와 나란히 의자에 앉는 동안 제이슨이 식탁을 마저 차린다. 접시 더미를 가져와 꽃무늬가 있는 자리에 놓는다. 하지만 한 눈에 보기에도 그 아이는 간단한 산수에 전혀 소질이 없다.

"제이슨, 너무 많이 가져왔구나." 내가 여섯 번째 자리와 접시를 가리키며 말한다. 세어보니 이곳에 있는 사람은 모두 다섯 명이다.

제이슨의 뺨이 확실히 조금 붉어졌다고 생각하는 순간 초인종이 울린다. 문이 저절로 열리기를 기대하는 것처럼 다들 문 쪽을 보기만 하고 움직이지는 않는다. 그러자 안나가 앞치마에 조금 묻은 밀가루를 닦아내고는 두 손을 허리에 올린다.

"제이슨?"

그 한 단어에 해야 할 말이 다 들어 있다. 하지만 제이슨은 특별한 일이 전혀 없다는 듯 고급 와인 잔들을 식탁에 놓으며 말한다.

"누가 왔는지 엄마가 나가봐야죠."

안나가 애정이 담뿍 담긴 표정으로 제이슨을 노려보지만, 누군지 몰라도 밖에 있는 사람을 마냥 기다리게 할 수 없는지 결국 머리를 흔들며 문 쪽으로 간다. 안나가 주방을 나가자마자 제이슨에게서 키득키득 웃는 소리가 흘러나온다. 제이슨이 주머니에서 소원 종이를 꺼내 내 앞으로 내민다.

"두고 보세요. 오늘 밤에 네 번째 소원을 해치울 거예요." 제이슨이 활짝 웃으며 말한다.

18

그 남자의 모습이 나타나기 전에 냄새부터 풍겨온다. JC페니 백화점 향수 매장에 있는 향수 같긴 한데, 그보다 열 배는 향이 강하다. 입구에서 목소리가 들린다. 안나의 목소리는 다정하지만 평소보다 깍듯하며 방문객의 목소리는 크고, 깊고, 시끄럽다. 둘이서 얘기하는 건데도 그의 말투는 집안 전체에 대고 얘기하는 것 같다. 이어서 안나가 주방으로 돌아오는데, 그 모습이 꼭 돌격하는 황소에게서 달아나는 느낌을 준다. 안나가 크고 둥근 눈으로 나를 똑바로 본다. 구해줄 사람을 찾고 있는 것 같다.

안나 바로 뒤에서 키가 크고 머리가 검은 남자가 스포츠 코트 차림으로 꽃 몇 송이를 들고 따라온다. 그 꽃을 입구에서 안나에게 주려고 했던 게 틀림없다. 두 사람이 잠깐 대화 나누는 장면을 볼 수 있었더라면 좋았을 텐데. 남자는 주방에 들어서자 벽돌담에 부딪친 것처럼 걸음을 멈추고는 그곳에 있는 네 사람을 빤히 본다. 주방에 아무도 없을 거라고 예상했던 게 분명하다.

"저기." 안나가 말을 꺼내다가 멈췄다가를 몇 번 더 반복한다. "이제 식사를 시작할까요?"

그러자 델라가 얼른 대답한다. "사실 지금 생각이 났는데, 집 오븐
에 고기를 구워놓았거든요. 가서 꺼내지 않으면 다 타버릴 거예요."
티어건이 무슨 말을 하려고 입을 달싹거리지만, 델라는 말을 막으며
티어건을 문 쪽으로 데려간다. 안나가 눈을 크게 뜨며 애원하는 표
정을 짓고 델라는 그 상황을 즐기는 것 같다. 짧게 작별인사를 하고
는(티어건이 나를 보면서 'SBK'라고 말한다) 현관문을 끽 열고 두 사람이
사라진다. 이제 우리 네 사람만 남았다.

제이슨이 이 젊은 남자에게 어떻게 연락을 한 건지 잘 모르겠
지만, 우리를 볼 때마다 쏘아보는 표정이 되는 걸로 판단하건대
남자는 이 자리에 늙은이와 꼬마가 있을 거라는 연락을 받지 못
한 게 분명하다. 하긴, 멋진 상대와 낭만적인 데이트를 기대했다
가 이런 뜻밖의 상황을 만난다면 나 역시 지금 이 남자 같은 표
정을 지을 것 같다. 그런데도 자꾸 웃음이 나온다.

모두들 잠깐 동안 손가락만 만지작거리며 서 있는데 시계가
울린다. 그 소리에 안나가 퍼뜩 정신을 차리고 말한다.

"머리, 소개하고 싶은 분이 있는데 데릭……레스터 씨 맞죠?"
안나는 용케도 목소리를 상냥하게 유지한다. "제이슨. 두 사람은
이미 병원에서 만났던 걸로 아는데 말이다." 제이슨을 바라보는
안나의 표정 뒤에 있는 사랑을 발견하려면, 이번에는 좀 더 깊숙
이까지 봐야 할 것 같다.

제이슨이 당황하는 기색도 없이 활짝 웃는다. 내 생각에, 이 일
에 책임감을 느낀다면 제이슨은 재미있어하는 게 아니라 부끄러
워하거나 조금쯤 무서워해야 한다. 하지만 이 아이는 식탁에서

작은 컴퓨터 장치를 휙 잡더니 내 팔을 움켜쥐고 고개를 숙인 채 날 계단 쪽으로 이끈다.

"저, 식사는 두 사람이 하세요. 우리도 함께 하고 싶지만, 그러니까, 아시다시피 만날 일도 있고 해야 할 사람도 있어서요."

제이슨은 마음이 급했는지 말을 순 엉터리로 하고 있다.

"얘야, 거기 서." 안나가 말한다.

"에이……." 제이슨이 걸음을 멈추고는 바닥을 빤히 본다.

이 상황을 지켜보면서 나는 안나가 받을 수 있는 도움이 있다면 다 받아도 된다는 생각을 한다. 안나가 손님에게 무례하게 구는 사람이 아니지만, 이 남자와 단둘이서 저녁 식사하는 걸 견뎌내서도 안 된다. 남자와 둘이 식사할 마음이 없다면 말이다. 그래서 나는 남자에게로 곧장 가서 손을 내민다.

"내 이름은 머리 맥브라이드입니다. 이 가족의 친구이지요."

남자가 내 손을 보다가, 그 다음에 꽃을 보다가, 스무 송이가 훨씬 넘어 보이는 붉은 장미를 간신히 한쪽 팔 안으로 옮기고 나서 내 손을 잡고 악수를 한다.

"머리." 남자가 고개를 까딱하며 말한다. 그가 안나에게 맞는 상대가 아니라는 걸 한 눈에 알겠다. 손윗사람에게 얘기할 때는 '씨'나 '선생님'이라는 호칭을 붙여야 한다. 처음 만난 상대를 제대로 존중하지 않는 사람이라면 자기 아내도 존중하지 않을 것이다. 악수하는 모습도 조금 엉성하다. 우리 때는 이런 남자를 이렇게 불렀다. '여자 같은 남자.'

"전 의사 레스터입니다." 그가 '의사'라는 말을 굉장히 강조하면서 말한다.

"그래요? 어떤 과의 의사인가요?"

"성형외과 의사입니다. 플라스틱 서전이라고 하죠."

무슨 말인지 잘 모르겠다. 내가 알기로 플라스틱은 공장에서 만든다. 나는 플라스틱으로 출세가도를 달리는 남자들을 몇 명 알고 있다. 그들은 성공했지만 분명 의사는 아니다.

안나가 어떻게 해야 할지 모르겠다는 듯 두 손을 휙 올리며 말한다. "자, 이제 식사를 하죠."

모두 식탁에 앉아서 음식을 먹는다. 데릭(내가 그를 의사라고 부를 일은 없다)이 의자를 안나 쪽으로 조금 옮기자 안나는 얼른 자기 의자를 조금 멀리 떼어놓는다. 제이슨은 자기 접시에 놓인 뜨거운 햄버거를 정신없이 먹으면서도 눈동자를 계속 움직여 자기 엄마와 새 남자를 쳐다본다. 데릭이 꽃을 식탁 위 자기 옆에 놓고 안나 쪽으로 몸을 기울인다.

"그러니까, 아시다시피 저는 의사입니다. 당신에 대해 얘기해주세요."

"저요? 솔직히, 할 얘기가 별로 없어요." 안나가 말한다.

"아, 제가 듣기로는 그렇지 않은데요. 말레이시아 얘기 좀 해주세요."

안나의 눈이 조금 커지고, 나는 음식이 그녀의 목에 걸린 걸까봐 걱정된다. 안나가 포크를 탁 내려놓더니 제이슨을 쏘아보지만, 제이슨은 아무 일도 없다는 듯 음식만 쳐다본다.

"죄송해요. 사실 저는 이 나라를 벗어나본 적이 한 번도 없어요." 안나가 말한다.

데릭이 조금 당황하는 표정을 짓는데, 그의 생김새와 아주 딱 어울린다.

"그렇다면 선(禪)지도자가 되는 공부를 어디에서 하신 건가요?"

제 엄마와 식탁을 사이에 두고 앉은 제이슨이 요란하게 기침을 한다. 그리고 물을 후루룩 마시다가 셔츠에 잔뜩 흘린다.

"저는 선(禪)에 대해 아무것도 몰라요." 안나가 상냥하게 대답한다. 안나의 목소리는 조금 지나치다 싶게 상냥하다.

데릭이 그제야 어떻게 된 일인지 이해하는 듯하다. 드디어 눈치를 챈 것이다.

"그렇다면, 파리에서 모델이었던 적도 없겠군요, 그런가요?"

"하!" 안나는 이 상황을 아주 재미있어하는 것 같다. "아뇨. 과거에 파리에서 모델 일을 한 적이 절대 없어요."

"그러면 18개월 동안 카마수트라를 공부한 것은요?"

"그만 하죠." 안나가 갑자기 벌떡 일어나는 바람에 식탁에 부딪친다. 식탁 위에 놓인 모든 유리잔에서 물이 튄다.

"저기, 레스터 박사님, 당신은 정말 훌륭하신 분 같은데……."

"데릭입니다."

"솔직하게 말씀드리죠. 제 아들이 박사님께 제 과거 이야기를 멋대로 꾸며서 한 것 같군요. 저는 당신이 생각하는 그런 사람이 아니에요. 꽃 선물 감사하지만, 이만 가주셨으면 좋겠어요. 지금요."

데릭이 일어나서 안나를 빤히 본다. 그의 시선에 담긴 어떤 분위기 때문에 가만히 있기가 힘들다. 그래서 자리에서 일어서지만, 이제는 내가 예전처럼 상대에게 겁을 주지 못한다는 걸 잘 안다. 그런 건 내게서 아주 오래전에 사라졌다. 그래도 내 존재가 그를 주춤하게 하는 것 같기는 하다.

"알겠습니다. 우리가 어린아이의 장난에 놀아나고 있는 줄은 몰랐군요."

"난 어린아이가 아니에요. 열 살이란 말이에요." 제이슨이 그 대화가 시작되고 처음으로 음식에서 고개를 들고 말한다.

데릭은 제이슨 말에 뭐라고 대답해야 할지 모르겠다는 표정을 짓는다. 그저 고개만 흔들면서 쿵쾅거리며 주방을 나간다. 잠시 뒤에 현관문이 쾅 하고 닫히는 소리가 난다. 내가 볼 때는 그것이 의사 데릭 레스터의 마지막인 것 같다.

이제 주방은 아주 고요하다. 제이슨은 다시 자신의 음식만 쳐다보면서 제 엄마의 눈길을 모르는 체한다.

제이슨이 음식을 보며 말한다. "흠, 멋진 남자인 것 같았는데."

시계의 초침이 몇 번 째깍거리는 동안 안나는 제이슨에게 어떻게 얘기할지 궁리한다. 그녀가 한 손을 허리에 얹고 다른 손으로는 이마를 짚는다.

"그러니까, 카마수트라는 어떻게 아는 거니?"

"학교에서 애들한테 들었죠." 제이슨이 어깨를 조금 으쓱한다.

"그것에 대해 뭘 알고 있는데?"

"진짜 징그럽고 역겨운 거라는 거요. 엘리가 그러는데 몽땅 키스하는 법에 관한 거래요. 그러니까, 가르쳐주고 뭐 그런 거요. 하지만 어른들은 분명히 그런 걸 좋아하잖아요. 내가 그 얘기를 하니까 그 사람이 진짜로 관심을 보였다니까요."

안나가 조금 머뭇거리더니 결국 웃음을 터뜨리며 제이슨의 머리카락을 흐트린다.

"그렇게 애써줘서 고맙다, 아들. 그런데 이제부터 네 소원은 네 인생과 관련된 걸로만 정하는 게 어떨까?"

* * * * *

To: jasoncashmanrules@aol.com, LittleLeagueAllStar@hotmail.com
From: MurrayMcBride@aol.com,

제목: 배팅 연습

제이슨에게(그리고 티어건도 안녕),
컵스 사람하고 얘기했고 야구장을 사용해도 좋다는 허락을 받았어.
이달 21일로 정했지. 그날은 다른 행사가 없는 데다 팀이 다른 곳으로 원정 경기를 간다는구나. 필요한 내용들은 얘기해서 조정할 수 있을 거야. 아마 제이슨은 2루 베이스가 있는 곳에서 칠 수 있나봐.
그런데 홈런을 치고 싶다면 연습을 해야 해. 월요일 오후 4시가 어떨까? 네가 너희 둘을 태우러 갈게.
시간 되는 대로 즉시 답장해줘.
잘 있어, 머리 맥브라이드

To: MurrayMcBride@aol.com, LittleLeagueAllStar@hotmail.com
From: jasoncashmanrules@aol.com

제목: Re: 배팅 연습

저기요 그리고 여자 저기요

나는 이미 호세 칸세코(1991년 메이저리그 아메리칸리그 홈런왕 – 옮긴이)처럼 대포를 날릴 수 있다고요. 연습은 워너비나 루저들이 하는 거죠. 뭐 베이브 루스처럼 홈런 치는 법을 조금 가르쳐줄 수는 있어요! 오 예! 깜짝 놀랄 준비를 하시길!

J. ps. 카마수트라 법칙!!!

To: MurrayMcBride@aol.com, jasoncashmanrules@aol.com
From: LittleLeagueAllStar@hotmail.com

제목: Re: 배팅 연습

꿈 깨, J.

19

안나의 집에 도착하니 티어건이 록포드 피치스 모자를 쓰고 그곳에 있다. 티어건은 글러브를 끼고 리틀 리그 셔츠를 입고 있으며, 야구 바지의 밑단을 높이 올려 양말이 다 보인다. 제이슨이 청바지와 티셔츠를 입고 티어건 옆에 서 있는데, 티어건보다 머리 하나가 작다. 제이슨은 가로등에 기대듯 산소통에 기대고 있다. 내가 셰비를 세우자마자 제이슨이 달려와 조수석 문을 열고 냉큼 올라타더니 산소통을 끌어 발 옆에 두고 마스크로 크게 숨을 쉰다.

"앞자리는 숙녀 분에게 양보하지 않을래?" 내가 묻는다. 하지만 제이슨은 어깨만 한번 으쓱한다. "괜찮아요." 티어건이 이렇게 말하고 뒷문을 연다.

"세상에." 내가 말한다. 티어건이 우리 둘 사이로 머리를 쑥 내미는데, 꼭 수확 철 딸기밭과 같은 향기가 난다.

"하이, 맥브라이드 할아버지, 왓쓰 업?"

그건 아이들이 쓰는 말이지만 나는 그 뜻을 안다. 티어건의 말은 어떻게 지내냐는 뜻이다. 그렇게 알고 있었는데, 제이슨이

"오예, 썹"처럼 들리는 무슨 말을 하고 티어건이 그 인사가 맞는 대답인 양 받는 걸 보니 아닌 것 같기도 하다. 나는 둘의 대화를 못 들은 척 하고 운전석과 조수석 사이에서 밀크 더즈 상자를 집어 티어건에게 건넨다. 티어건이 그 상자를 찢어 작은 초콜릿 캔디를 제이슨과 내게 나눠준다. 내 치아에 뭔가가 단단히 들러붙은 탓에 나는 한참을 우물거리고 나서야 다시 얘기할 수 있다.

"트렁크에 오래된 나무 배트하고 낡은 야구공 몇 개가 있단다." 내가 말한다. 내가 차를 출발시키자 티어건이 차 창문을 내리더니 현관 앞 계단에 서서 키스를 보내는 엄마에게 "SBK"라고 소리친다. 강하고, 용감하고, 친절하게. 나는 늙은 머리를 쥐어짜면서 더 좋은 말을 생각해보려 애쓰지만 그렇게 하지 못한다. 델라는 그야말로 정확히 맞는 말을 했다.

나는 차를 아주 조심스럽게 몬다. 아이들이 함께 타고 있는 데다 지난 번 경찰을 봤던 터라 아직도 조금 불안하다. 우리는 시속 25킬로미터 정도로 천천히 간다.

"맥브라이드 할아버지, 엄마가 그러는데 할아버지께서 컵스에서 경기를 하셨다는 게 정말 근사하대요. 월드시리즈에서 경기해보신 적 있어요?" 티어건이 말한다.

"두 번. 두 번 다 졌지만 말이야. 필라델피아에 졌고 다음에는 양키스에 졌지. 1929년 시즌 후반에는 부상을 당했고 1932년에는 젊은 선수에게 내 자리를 뺏겨야 했어. 시리즈가 끝난 다음 팀에서 그 선수를 트레이드 하면서 다시 내 자리를 찾았지만 월드시리즈 타석에는 다시 서지 못했어."

"그래도 엄마는 월드시리즈에서 경기를 하신 것이 '굉장히 인상적인' 일이라고 했어요." 티어건이 말한다.

"맞아요, 진짜 멋있어요." 제이슨도 거든다. 그러더니 창밖을 보다가 말한다. "나는 라이트닝 치타스 선수였어요."

나 참, 웃겨서. 이 아이는 리틀 리그 팀에 있었다고 나보다 한 수 위인 것처럼 얘기한다.

"야구 경기를 한 번도 한 적이 없다고 말한 것 같은데."

"맞아요." 제이슨이 티어건에게로 눈길을 돌렸다가 얼른 시선을 거둔다. "벤치에만 있었거든요."

짜증을 억누르려고 하지만 쉽지가 않다. 아이가 능력을 두루 갖춘 선수가 아니라는 이유로 경기에서 뛸 수 없다는 사실이 구역질날 뿐이다. 솔직히 말하면, 그래서 이 꼬마에게 더 정이 간다.

"상관없어요. 어쨌든 나는 야구장에서 경기 할 수 없을 테니까요." 제이슨이 말한다.

내가 한동안 아무 말도 하지 않자 제이슨이 자기 산소통을 빤히 본다.

"이걸 야구장에 가져갈 수도 없고, 그렇다고 멀리 떼어놓을 수도 없잖아요."

대부분의 시간 동안 제이슨은 괜찮게 지내는 것 같다. 물론 썩 좋지는 않지만, 괜찮다. 그러다 불쑥 불쑥 저런 말을 하고, 그러면 아이 상태가 얼마나 심각한지 새삼 실감한다.

"그러니까 라이트닝 치타스 선수, 자신이 야구공을 얼마나 멀리 칠 수 있는지 좀 아는지요?" 내가 말한다.

"아마 한 3백 미터요. 나는 힘이 무지 세거든요."

티어건이 웃음을 터뜨리고, 제이슨은 그런 티어건을 노려보지만 아무 말도 하지 않는다. 몇 개의 야구장을 들러보지만 하나같이 혼잡하다. 처음에는 그 모습을 보고 힘이 난다. 아주 많은 아이가 야구를 하고 있는 것 같다. 하지만 아이들이 유니폼을 입고 꼭 군인들처럼 훈련을 반복하는 네 번째 야구장을 지나면서부터는 위가 아파온다.

해가 질 때까지 재미있게 야구를 하던 아이들은 다 어떻게 된 걸까? 이 아이들은 2백 달러는 됨직한 유니폼을 입고 코치의 고함소리를 들으면서 정작 야구 경기는 하지도 않는다. 제이슨이 경쟁을 할 수 없었던 것도 당연하다. 이 야구장들은 아이들로 가득한 것이 아니라 기계들로 가득하다. 나는 빈 야구장 찾을 생각을 더 하지 못하고 집 쪽으로 방향을 돌린다. 우리가 야구를 할 수 있는 장소를 알고 있다.

"마지막 시즌 너희 팀 최고의 선수는 누구였어?" 내가 묻는다.

"쟈니 매저로스키였어요. 최고였어요." 제이슨이 대답한다.

"내가 타율이 더 높았어. 타점도 더 높았고." 티어건이 끼어든다.

"그렇구나." 내가 말한다. 티어건의 말을 한순간도 의심하지 않는다. 그 아이의 말은 언제나 사실이다. "쟈니 매저로스키가 창피해 죽겠는걸."

"아니, 뭐 뭐라고요? 그건 아주 대놓고 역겨운데요." 제이슨이 말한다.

나는 우리 집 진입로로 들어선 다음 차에서 내리는 과정을 시작한다.

"우리가 배팅 연습 하는 건줄 알았는데." 제이슨이 말한다.

"할 거야. 윌래메트 노부인 정원에서 말이지."

다 함께 트렁크에서 배트와 공들을 꺼내는 동안 제이슨이 닌텐도, 세가 어쩌고 저쩌고, 그리고 다른 알 수 없는 것들에 대해 뭐라고 중얼거린다. 야구공 자루를 트렁크에 넣는데 30분은 족히 걸렸지만 도움을 청할 마음은 없다. 내가 이 아이들보다 아흔 살이나 더 먹긴 했어도 아이들보다 조금이라도 더 허약한 사람으로 보이기는 싫다. 다행히 내가 야구공 자루를 옮길 수 없다는 사실을 실토하기 전에 티어건이 그 무거운 자루를 잡는다.

윌래메트 노부인은 사실 애송이다. 내 기억이 정확하다면, 그녀는 여든 네 살이다. 그런데도 늙은이처럼 군다. 하지만 지난 번 걸스카우트가 우리 집에 와서 말도 안 되게 비싼 쿠키를 팔려고 하면서 옆집 사는 '윌래메트 노부인'이 세 상자를 사주셨다고 말했을 때부터 나도 윌래메트를 그렇게 부르기로 했다. 물론 윌래메트 앞에서 그러지는 않는다. 윌래메트 노부인은 고약한 새 같다.

우리는 윌래메트 노부인 정원으로 들어간 다음 아스파라거스와 브로콜리를 심어놓은 줄 사이를 지나 식물이 없는 곳으로 간다. 윌래메트에게 들키면 난리가 나겠지만, 그곳 말고는 마땅히 갈 데가 생각나지 않는다.

제이슨이 배트를 휘두르고 엉덩이를 조금 씰룩거린다. 만화 주인공 같다. "숙녀 분 먼저." 내가 말한다.

"뭐라고요? 홈런을 칠 사람은 쟤가 아니라 나라고요."

"아니, 그러니까……."

"괜찮아요, 할아버지. 제이가 먼저 해도 돼요. 저는 날아간 공 주워오는 걸 좋아하거든요."

그건 옳지 않다. 이 아이는 숙녀 대하는 법을 배워야 한다. 하지만 티어건은 이미 옥수수 줄이 시작되는 곳 근처로 뛰어가고 제이슨은 어깨에 배트를 걸치고 서 있다. 그래서 나는 그냥 한 번 봐주기로 한다.

"배트를 어떻게 잡는지 아니?" 내가 묻는다.

제이슨이 얼른 산소를 한 번 들이마시더니, 엉거주춤하게 서서 배트를 질식이라도 시키려는 듯 꽉 움켜잡는다. 두 손의 위치가 거꾸로인 것만 빼면 사실 그렇게 나빠 보이지 않는다. 나는 그 문제를 고쳐준 다음 제이슨에게 손의 힘을 좀 빼라고 말하고는 공을 던지기 위해 6미터 떨어진 지점을 찾는다.

공을 던진 지 50년이 지났지만 아직 빠르고 강한 공을 던질 수 있다고 확신한다. 나이든 사람들이 야구 경기에서 시구를 할 때 번번이 공을 바닥에 튕기는 걸 보면 도무지 이해가 되지 않았다. 어떻게 공 던지는 법을 잊을 수 있단 말인가?

나는 한 팔을 돌리다 뒤로 당긴 다음, 원을 그리며 첫 번째 공을 제이슨에게 던진다. 공은 3미터쯤 날아가다 흙이 파헤쳐진 곳에 툭 떨어진다. 그러는 동안 지독한 통증이 어깨에 확 퍼지다 팔꿈치로 내려간다.

다시 생각해 보니 시구를 하는 나이 든 사람들 모두 어떻게 그렇게 공을 멀리까지 던질 수 있는지 이해가 되지 않는다.

제이슨이 조금 당황한 표정을 짓는다. 방금 벌어진 일에 뭔가 잘못된 게 있다는 걸 알지만 그게 정확히 뭔지는 모르는 것 같다. 나는 공이 떨어진 곳으로 가서 공을 주워들고 그 자리에 선다.

"언더핸드로 던져주는 공을 먼저 쳐보자." 내가 말한다.

티어건은 내 던지기 능력에 대해 아무 말도 하지 않는다. 그 아이가 점점 더 좋아진다.

내가 언더핸드로 공을 던지자 제이슨이 배트를 휘두른다. 야구 배트를 그냥 어깨에 걸쳐만 뒀어도 그것보다는 나았을 것이다

"그냥 공을 잘 봐, 알겠니? 공을 잘 보다가 치는 거야. 너무 많은 걸 생각하지 마."

나는 다시 한번 공을 던진다. 결과는 같다. 나는 턱을 긁고, 입을 꽉 다물고, 세 번째 공을 던진다. 제이슨이 이번에는 아예 눈을 감고 레지 잭슨처럼 배트를 휘두른다. 제이슨의 무릎이 바닥에 닿고 입에서 신음 소리가 나오더니, 어쨌거나 정말 다행히도 그 아이의 배트가 공에 닿는다.

제이슨이 불리한 점을 얼마나 많이 가지고 있는지 나는 제대로 생각하지 못했다. 야구 배트는 1934년 이후로 사용하지 않은 것이다. 공은 물렁물렁하고 솔기도 뜯겨졌다. 그리고 우리는 5센티미터 두께의 푸석푸석한 표토에서 경기하고 있다. 공이 배트에 맞으면 작게 퍽 소리가 나고, 또 그 비슷한 소리가 나면서 제이슨의 발 근처 땅에 박힌다. 우리 모두 자기 자리에 서서 그 모든 걸 본다.

"이제 티어건더러 하라고 해요. 내 진짜 실력은 리글리를 위해 아껴둘 거예요." 제이슨이 말한다.

티어건에게는 두 번 말할 필요가 없다. 그 아이는 양 갈래로 땋은 머리를 뒤통수에서 통통 뛰기며 쏜살같이 달려가 배트를 쥔다. 제이슨은 산소통을 끌고 흙더미들을 지나 티어건이 서 있던 곳으로 간다.

그 순간, 내 아들들과는 이런 걸 한 번도 해 본 적이 없었다는 걸 깨닫는다. 아무튼 내가 기억하기로는 없다. 시즌 중에는 늘 너무 바빴다. 시즌 기간의 절반은 아예 집을 떠나 있거나 그렇지 않을 때에는 야구장에 있었다. 그리고 제니가 아이들을 재우고 나서 한참이 지나서야 경기를 마치고 집에 돌아왔다. 시즌이 아닌 기간에는 생활비를 벌기 위해 제철소에서 일해야 했고, 제대로 된 몸 상태를 유지하기 위해 운동도 해야 했다. 아들들과 야구를 할 시간이 없었다.

아, 지금 내 아들들과 그런 시간을 가질 수 있다면 얼마나 좋을까.

제이슨이 충분히 멀리 간 걸 보고 나는 티어건을 위해 공을 들어올린다.

"공에서 눈을 떼지 마, 알았지? 공이 배트에 맞는 걸 지켜봐. 빗맞아도 괜찮아. 쉬운 게 아니야."

"알았어요, 할아버지." 티어건은 배트를 잡고 있을 수 있어서 행복한가보다. 그 아이는 모자를 뒤로 돌리더니 땅에 침을 뱉고 말한다. "나는 조안 위버다."

티어건이 발가락을 땅에 단단히 디디고 섰고, 나는 제이슨에게 그랬던 것처럼 언더핸드로 공을 던진다. 티어건은 배트를 위아래로 조금씩만 움직이다가 공을 향해 휘두른다. 공과 배트가 닿는 소리가 헐거워진 솔기 탓에 퍽 하고 나지만, 공은 내가 움찔하기도 전에 나를 지나 똑바로 날아간다. 내 뒤에서 제이슨이 오른쪽으로 몇 발자국 뛰어가 그 공을 빤히 보더니 이제 한 줄로 늘어선 양파 근처 땅에서 꼼짝도 않는다.

"할아버지, 죄송해요." 티어건이 말한다.

내가 볼 때 미안해야 할 일이 전혀 없다. 티어건은 입장료를 받고 그 스윙을 보여줄 수도 있었다. 나는 몇 발자국 뒤로 물러나 또 한 번 공을 던진다. 티어건이 이 공을 좌익 쪽으로 당기자, 공은 내게서 멀찍이 날아가더니 옥수수 네 줄을 지나 깊숙이 들어간다.

"이, 이런." 티어건이 공을 찾으러 옥수수밭 쪽으로 간다. 제이슨이 숨으려는 것처럼 쭈그리고 앉는다. 얼굴이 글러브에 가려 보이지 않는다. 그 아이가 하는 말이 들린다.

"이건 너무 창피한데."

바로 그때 윌래메트 노부인 집의 커튼이 움직이는 게 보인다.

나는 티어건에게 소리친다. "그냥 뭐! 얼른 도망가야 돼. 당장!"

티어건과 제이슨이 그 소리를 듣고는 내가 겁을 먹은 걸 알아채고 차 쪽으로 내달린다. 나도 최대한 빨리 아이들을 따라간다. '맥브라이드'나 '채소', '이런 난리' 비슷하게 들리는 말을 쏟아내는 늙은이의 쇳소리에서 얼른 벗어나려 한다. 그 노파는 사람을 뼛속까지 덜덜 떨리게 하는 재주가 있다. 제이슨이 민디 애플게이트에게 키스했을 때보다 더 많은 아드레날린이 온몸의 혈관에 솟구친다.

내가 차에 도착하자 제이슨과 티어건은 정신없이 깔깔거리고, 윌래메트 노부인은 자기 집 계단에 서서 주먹을 휘두르며 소리친다. 정말 다행히도 윌래메트 노부인은 움직임이 나보다 훨씬 더 부자유스럽다. 그 덕에 나는 차창을 모두 닫고 그 자리를 떠난다. 제이슨은 여기서 연습한 걸로 실전에 들어가야 할 것 같다.

티어건이 깔깔거리면서 웃다가 묻는다. "맥브라이드 할아버지, '거세한다'는 게 무슨 뜻이에요?"

20

베네딕트 캐시맨과 나는 시작이 순조롭지 않았다. 내가 얘기할 수 있는 건 그 정도다. 내 맘대로 하라면 그 남자와 절대 상종하고 싶지 않다. 내 생각에 그는 흔히 볼 수 있는 따분한 남자다. 그가 뭐 끔찍한 사람인 것은 아니지만, 내가 볼 때 견해가 맞지 않는 사람들과는 가까이 하지 않는 게 제일 좋다. 양립할 수 없는 차이가 있다는 걸 일단 알게 되면, 서로 어울리는 게 무슨 소용 있겠는가?

양립할 수 없는 차이. 그래, 이건 챈스가 두 번째 이혼을 하면서 변명으로 사용했던 말이다. 사실 첫 번째 이혼 때도 그랬다. 아마 그때 내가 이 말을 처음 들었을 것이다. 그리고 사실, 나 역시 베네딕트 캐시맨 집의 문을 지나 원형 진입로로 들어서는 걸 안 할 수만 있다면 안 하고 싶다.

하지만 해야 한다. 컵스가 21일에 리글리 야구장을 사용하도록 허락해 주었는데, 그날이 마침 주말이다. 또 하필이면 한 달에 한 번 제이슨이 아빠와 시간을 보내는 주말이다. 제이슨이 아빠 집에서 지내는 주말이라는 게 더 맞는 말이겠다. 내가 본 것으로 판단하건대, 두 사람은 함께 시간을 보내지 않는다. 솔직히 말하면 나는 그 사실이 언짢다. 제이슨이 심장병을 앓고 있기 때문이다. 그리고 제이슨은 한 달에 한 번보다 훨씬 더 자주 아빠 집에 가는데, 안나가 이따금 초과근무를 하고 그때마다 베이비 시터를 쓸 형편이 안 되기 때문이다.

하지만 그런 건 정말이지 내 알 바가 아니다. 내가 아는 것은, 이번에 계획한 여행에 대해 허락을 받아야 한다는 사실 뿐이다. 그렇게 되지 않을 경우 플랜 B를 가동해야 한다. 지금 내게는 분명 플랜 B가 있다. 하지만 그건 가동하지 않는 편이 나은데, 그럴 경우 일이 약간 복잡해질 수 있어서다.

그러니까, 플랜 B에는 내가 큰 어려움에 빠질 수 있는 일들이 포함되어 있다. 면허증 없이 운전하는 건 그 어려움 중 아주 작은 부분일 뿐이다. 플랜 B를 가동해야 한다면, 어쩌면 나는 반반의 확률로 교도소에서 생을 마감할 수도 있다. 플랜 B에 따라 움직일 경우 나쁜 일들이 일어날 가능성이 있다. 원래 계획대로 움직이는 편이 훨씬 수월하다는 얘기다. 그래서 나는 제이슨과 티어건을 그들 집에 내려주고 베네딕트 캐시맨의 집으로 간다.

경비원이 나를 보더니 고개를 까딱하고는 이번에는 아무것도 묻지 않고 들여보내 준다. 그래도 경비원은 친근해 보이는데, 집 주인에게서도 그런 걸 기대하긴 힘들 것이다. 아니나 다를까, 나는 베네딕트 캐시맨이 문을 열어주길 기다리면서 1~2분쯤 서 있어야 한다. 드디어 그가 문을 열어준다. 내가 지난 번 와서 봤을 때에 비해 조금도 더 행복해보이지 않는다.

"캐시맨 씨, 머리 맥브라이드입니다. 제이슨의 형이에요. 지난

번에 잠깐 뵀었죠." 내가 말한다.

"매번 소개하실 필요는 없습니다. 기억해요. 우리 아들이 여자아이에게 키스하게 만든 분이잖아요. 여기는 어쩐 일입니까?"

"그러니까, 이번 주말에 제이슨을 데리고 애플에 잠깐 가고 싶어서요. 그런데 제이슨이 이곳에 오는 날이라고 하더군요."

"애플이라고요? 뉴욕 말입니까? 제정신이에요?"

"뉴욕이 아니라 시카고입니다."

" '애플'이라면서요."

"아, 우리 때는 애플이 그러니까, 아무튼 그건 됐습니다. 제이슨을 데리고 시카고에 갔으면 합니다."

캐시맨은 대화를 이미 끝낸 표정이다. 그를 비난하는 건 아니다.

"무슨 일로요?"

"소원 때문에요."

"소원이라고요? 레몬그로브에서는 스트립쇼 클럽을 찾을 수 없었나보죠? 그것 때문에 '애플'에 간다는 겁니까?"

그 말에 어떻게 대답해야 할지 모르겠지만, 그 말이 탐탁지 않다는 의미인건 알겠다. 그 정도는 안다.

"제이슨이 메이저리그 야구장에서 홈런을 치고 싶어 해요."

커다란 웃음이 캐시맨에게서 터져 나온다. 그는 잠깐 동안 나를 놀리며 재미있어 한다.

"아니, 지금 제이슨이 그렇게 하도록 돕겠다는 얘기입니까? 내 아들을 보기는 했어요?"

"그래요, 봤어요. 제이슨은 할 수 있어요. 적어도 우리는 그 일을 이룰 수 있는 방법을 생각해낼 수 있어요."

"당연히 그럴 수 있겠죠. 하지만 안 됩니다. 한 달에 딱 한 번 아이와 보내는 주말에 어떤 늙은 변태 성욕자가 내 아들을 데려가게 할 수는 없죠. 아이가 이 집에 오면, 그 아이는 내 소유입니다. 이해하시겠어요?"

나는 그가 아는 것보다 훨씬 더 많은 걸 이해한다. 그가 불안 ― 혹은 어쩌면 그저 안나에게 복수하고 싶다는 바람 ― 때문에 주위의 모든 사람에게 상처를 준다는 걸 이해한다. 제이슨에게도. 그는 자신의 아들이 소파에 앉아 TV를 보거나 비디오 게임하는 걸 더 좋아할 거라고 생각하는 걸까? 내가 그동안 제이슨의 아빠를 여러 번 봐서 잘 아는데, 그는 절대 고집을 굽힐 사람이 아니다. 내가 무슨 말을 한다 해도 그의 마음을 바꿀 수는 없을 것이다. 그는 단지 나를 괴롭히기 위해 일을 더 고약하게 망칠 사람이다. 그래서 나는 페도라를 머리에 다시 올려놓은 다음 살짝 기울이며 인사한다.

"이해합니다. 안녕히 계세요."

그렇게 말하고는 플랜 B에 착수한다.

21

목요일이 되었고, 나는 안나에게서 온 전화에 잠이 깬다. 물론 처음에는 그 전화를 받지 못하다가 안나가 다시 걸고서야 그녀와 통화한다. 안나는 나를 아침식사에 초대한다. 내가 정중하게 거절하자 안나는 제이슨과 함께 내게 줄 뭔가를 가져와도 되는지 묻는다. 그들과 함께 있으면 기분이 좋아질 것 같아서 그러라고 했는데, 그 대답을 하고 나서야 그럴 수 없다는 걸 깨닫는다. 다른 약속이 있다는 걸 깜빡 잊었다. 그게 뭔지 안나에게 얘기할 마음이 없지만, 안나가 집요하게 묻는 바람에 하는 수 없이 커뮤니티 칼리지에서 하는 모델 일 얘기를 해준다. 안나는 내가 예상했던 것보다 더 큰 관심을 보인다. 내가 모델로 일하는 그 답답한 방에 도착하니 온통 캄캄한 곳에 다시 촛불을 켜놓았다. 나는 그 이유를 안다.

안나와 제이슨, 티어건과 델라가 그곳에서 나를 기다리고 있다.

"우리가 폐가 되지 않아야 할 텐데요." 안나가 이렇게 말하고는 이젤 앞 의자에서 일어나 나를 포옹한다. 내가 그녀의 포옹을 그리 불편해하지 않는 것 같다.

"제이슨이 머리가 하는 일에 대해 듣더니 꼭 오고 싶어 했어요." 그 순간 안나의 얼굴에 뭔가가 번쩍하고 스친다. 내가 볼 때 두려움인 것 같다. "아, 그런데……다 벗지는 않는 거죠? 아 맞아, 그 생각을 했어야 했는데."

"아, 아니에요." 나는 플란넬 셔츠의 소매를 끌어내린다. "셔츠만 벗는 거예요. 셔츠만 벗는 거라고 분명하게 들었어요. 예술이니까요. 이해하시죠?"

"그럼요, 물론이죠. 아, 다행이에요. 물론 머리가 매력적인 사람이 아니라는 건 아니에요. 다만 제이슨이 어떻게 받아들일지 알 수가 없어서요. 그러니까 제이슨은 아직, 어린아이잖아요?"

"그 정도는 알아요." 내가 말한다.

제이슨은 이젤에 펼쳐놓은 캔버스에 이미 물감을 칠하기 시작했다. 그 옆에서 티어건이 못마땅한 듯 얼굴을 찌푸리고 있다. 티어건은 야구를 할 때처럼 모자를 뒤로 돌려썼다. 얼굴에 기대감이 어려 있다.

"맥브라이드 씨." 뒤에서 누군가 부르는 소리가 들린다. 낮고 강하지만 동시에 어쩐지 부드럽기도 한 목소리다. "만나서 반갑습니다. 다시 오시길 바라고 있었어요. 계속 혼자 있자니 외로워서요."

손 모델이다. 사실 나도 그를 만나서 기분이 좋다. 하지만 그런 마음을 상대에게 표현하는 데에는 도통 재주가 없다.

"이름이 기억나지 않는군요" 하지 말았어야 하는 말일지 모르겠는데, 사실이 그렇다.

"괜찮습니다. 콜린스입니다. 콜린스 잭슨. 잊어버리지 마세요. 둘 다 성이죠." 그가 내 손을 다정하게 꼭 쥔다.

"에디 콜린스, 레지 잭슨." 내가 말한다.

"그렇게 하면 잊어버리지 않겠네요."

"이쪽은 안나 캐시맨 부인이에요." 바로 그때, 안나가 이혼을 했으니 이제는 그 이름을 쓰지 않을 수도 있다는 생각이 든다.

"안나 피어스예요. 그냥 안나라고 불러주세요. 만나서 반갑습니다." 안나가 말한다.

제이슨은 캔버스에 온통 물감을 칠하느라 정신이 없지만, 그 아이가 이 자리에 있다면 아마도 두 사람 사이에 이는 불꽃을 알아챘을 지도 모른다. 안나가 얼굴을 조금 붉히더니 갑자기 자신의 신발 끈에 관심을 보인다. 콜린스는 내게서 안나를 소개받은 뒤로 그녀에게서 눈을 떼지 못하고 있다. 델라는 저쪽에서 그 이상한 여자와 이야기를 하고 있다. 알록달록한 머리 색깔 때문에 두 사람은 한 꼬투리에 든 두 개의 완두콩처럼 보인다. 하지만 그때 이상한 여자가 큰 소리로 떠들기 시작하면서 안나와 콜린스의 시간을 망쳐버린다.

"자, 예술가분들. 이제부터 각자의 영혼에서 창의성의 마지막 한 방울까지 다 뽑어내 봅시다."

안나와 콜린스가 잠깐 어색하게 움직거리는가 싶더니, 콜린스가 고개를 앞쪽으로 휙 움직인다.

"일하러 가야겠네요. 나중에 또 뵐 수 있을까요?"

"그럼요."

손 모델이 내 팔꿈치를 잡는데, 솔직히 말해 기분이 꽤 괜찮다. 혹시 내가 조금 휘청거려도 그가 바로 옆에 있을 테니까 자신 있게 걸어도 되겠지. 10년 전부터 키튼 박사는 내게 지팡이를 사용하라고 말했는데, 이유를 알 것 같지만 그렇다고 해서 키튼 박사에게 그 사실을 인정할 거란 얘기는 아니다.

나는 콜린스의 부축을 받으며 의자까지 와서 최대한 몸을 꼿꼿이 펴고 앉는다. 그리고 이상한 여자가 나를 향해 고개를 끄덕이는 걸 보고는 셔츠를 벗는다. 속옷을 입고 있어서 두 팔만 드러난다. 어떤 이젤 뒤에서 커다란 코웃음 소리가 들리더니 이어 그 주변에서 작게 키득거리는 소리가 나고 또 "쉿!"하는 큰 소리도 난다. 콜린스가 옆 의자에 앉더니 앞의 탁자 위에 두 손을 포갠다.

"다시 한번 말씀드리는데, 우리가 그릴 대상을 잘 봐주세요. 우선 왼쪽, 손을 보세요. 주름, 두툼한 살, 그리고 오랜 세월 사용해서 생긴 굳은살."

나는 조금 툴툴거린다. 지난 번 여자가 나에 대해 얘기할 때 내 기분이 별로였듯 콜린스도 여자가 자기 손을 그렇게 자세히 살피는 게 썩 유쾌하지 않을 거라는 생각이 들어서다. 하지만 콜린스는 그저 눈을 찡긋하며 씩 웃을 뿐이다.

"그리고 오른 쪽을 보세요. 원숙한 대상이 다시 우리 앞에 있습니다. 오늘은 그의 어깨가 좀 더 꼿꼿해 보이는 것이 흥미롭지 않나요? 그리고 자세히 보니 지난주에 비해 입 꼬리가 아주 약간 올라간 것 같네요. 인간의 몸이 끊이지 않고 흐르는 강, 절대 한자리에 머무는 일 없이 미풍을 타고 날아다니는 독수리와 같은 모습을 보이는 게 참 매력적이에요. 여러분은 무엇을 보나요? 누구 얘기할 사람?"

"희망이요." 학생 하나가 말한다.

"기대." 또 다른 학생이 말한다.

"옛날 역사." 제이슨이 소리치자 또 한바탕 키득키득 웃는 소리가 난다,

"이제부터 그림을 그려보세요. 있는 그대로 그려도 좋고, 아니면 자신의 마음속에 있는 걸 그려도 좋아요. 이 두 사람을 여러분의 솜씨 좋은 손에 맡깁니다." 이상한 여자가 말한다.

안나가 집중을 하느라 이마에 주름이 잡힌다. 이따금 방 앞쪽을 힐끗 보기도 하지만 대개는 바로 앞에 있는 캔버스에 집중한다. 렐라와 티어건도 그림에 깊이 집중하고 있지만 제이슨은 그림을 다 그리고 무슨 전자 장치를 만지작거리는 것 같다. 아마도 자기가 그토록 좋아하는 비디오 게임을 하는 모양이다. 물론 나는 그 아이를 탓할 입장이 못 된다. 게임을 하고 전자 편지에 대한 온갖 걸 배우면서 나 또한 주위에 흔히 있는 테크노 맨이 되고 있으니까.

그 방에서 친구 넷과 같이 있으니 시간이 훨씬 빨리 지나간다. 문득 정신을 차려보니 불이 다시 꺼지고 촛불이 켜졌다. 그 이상한 여자가 사람들에게 무슨 구호를 외치라고 한다. 사람들이 구호를 마치자 콜린스가 나를 데리고 티어건의 이젤로 간다. 티어건이 야구 경기장에서 파도타기 응원을 할 때처럼 두 손을 휘두르고 있기 때문이다.

"맥브라이드 할아버지, 어때요? 마음에 들어요?"

티어건이 나를 아주 멋지게 그린 그림을 들어 보인다. 주름과

늘어져 접힌 피부는 거의 그리지 않았다. 내 30년 전 모습과 아주 비슷하다.

"흠, 네가 그린 건 강인하고 멋진 모습이구나." 내가 말한다.

"아름다워." 델라가 말하더니 티어건의 이마에 입을 맞춘다.

"저기요, 이것 좀 봐요." 제이슨이 자신의 그림을 보인다.

"맥브라이드 할아버지라니까." 나는 엄한 목소리로 말한다. 그리고 제이슨의 그림을 본 순간 더 사나워진다. 제이슨이 그린 건 내가 보기에 그냥 커다란 진흙덩이다.

"뭔지 알겠어요? 흙만큼 오래 됐다는 뜻이라는 거 알겠어요?" 제이슨이 말한다.

그걸 보고 불같이 화를 내야 하겠지만, 이 아이에게는 그렇게 못하게 하는 뭔가가 있다. 그건 방을 환히 밝히는 아이의 눈일지도 모르겠다. 나는 제이슨이 나쁜 뜻으로 그런 말을 하는 게 아니라는 걸 안다. 제이슨은 그저 아이일 뿐이다. 안나가 말했듯 어린아이. 여느 때 같으면 안나가 아들의 바보 같은 행동을 야단쳤을 텐데, 지금 그녀는 콜린스와 다시 얘기하느라 정신이 없다.

"안나 그림은 어떤가요?" 안나가 자신의 신발 끈을 다시 볼 때 내가 묻는다.

안나가 아무도 자기 그림을 못 보도록 무릎에 엎어 놓지만, 제이슨이 그걸 잡아채 휙 뒤집는다. 안나가 두 손으로 캔버스를 가리고 부드럽지만 강하게 움켜쥔다.

" 저는 그림에는 정말 소질이 없어요."

"아름다운데요." 콜린스가 말한다.

콜린스가 안나의 그림 얘기를 하는 게 아니라는 건 조금이라도 생각이 있는 사람이라면 다 알 수 있다.

* * * * *

To: jasoncashmanrules@aol.com,
From: MurrayMcBride@aol.com,

제목: 네 소원들

제이슨에게

우선, 네 첫 번째 소원을 이룬 것에 대해 늦었지만 축하해. 내가 예상했던 것과는 좀 다른 키스였지만, 나는 네가 자랑스럽단다. 그런데 첫 번째 소원이 내 예상과 다르게 이루어졌기 때문에, 네가 나머지 소원들을 어떻게 기대하고 있는 건지에 대해 얘기를 나눠봐야 할 것 같구나. 콕 찍어서 말해보면, '슈퍼히어로로 되기'가 무슨 뜻이니? 그리고 네가 상상하는 건 어떤 홈런이니?

시간을 내줘서 고맙다. 잘 있어,

머리 맥브라이드 할아버지

To: MurrayMcBride@aol.com,
From: jasoncashmanrules@aol.com,

제목: Re: 네 소원들

저기요, 머리 맥브라이드 할아버지

내가 '상상하는 건,' 아, 그게 진짜 단어라면 말이죠, 내가 상상하는 건 대포를 쏘아 올리는 거예요. 득점판 위를 강타하게요. 아니면 웨이브랜드 거리로 쏠 수도 있겠죠. (구두점 보여요? 끝내주죠.) 그러니까, 관중이 막 흥분하고 어떤 사람들은 폭죽을 터뜨리기도 할 거예요. 이런 건 기본이죠. 슈퍼히어로 얘기는, 진심이에요? 진짜 모르는 거예요? 저기요, 슈퍼히어로는 빌딩에서 빌딩으로 뛰어다니거나, 맨손으로 고층건물의 옆면을 오르거나, 나쁜 놈 얼굴을 주먹으로 쳐서 그 놈을 10미터쯤 날려버리는 거죠. 하지만 슈퍼히어로의 가장 큰 특징은 언제나 도움이 필요한 여자를 구한다는 거예요. 언제나 그래요. 슈퍼히어로 영화를 보면 다 그래요.

아주 멋질 거예요.

J.

To: jasoncashmanrules@aol.com,
From: MurrayMcBride@aol.com,

제목: Re: 네 소원들

제이슨에게,

우선, 전에도 말했지만 제발 나를 맥브라이드 할아버지라고 불러. '저기요.'라는 말은 쓸 필요도 없고 무례한 거야. 그리고 도움이 필요한 여자라는 게 뭔지 아는 거니? 나는 그게 궁금하구나.

잘 있어,

머리 맥브라이드 할아버지

To: MurrayMcBride@aol.com,

From: jasoncashmanrules@aol.com,

제목: Re: 네 소원들

멋진 여자가 옷을 거의 다 빼앗기고 나쁜 놈은 바주카포로 여자를 쏘려고 하거나 아니면 광선 검으로 베어버리려고 하지만 그 여자에게 어떻게 된 건지 다 얘기를 해야 하기 때문에 시간이 너무 오래 걸리고 그 놈은 자기가 아무렇지도 않게 여자를 죽일 거라고 말하면서 자기랑 나쁜 일을 같이 하지 않겠느냐고 말하고 여자가 그러겠다고 하면 두 사람이 사이가 좋아질 수 있으니까 여자는 나쁜 놈이랑 같은 편인 척 하면서 사실은 시간을 끌고 있는 거고 그때 슈퍼히어로가 하늘에서 내려와 나쁜 놈을 물리치는 거예요. 으.

22

　나는 또 한 번의 미술 수업을 견뎌냈다. 집에 와서 라비올리를 데
우는 동안 내 어린 친구에게 이메일을 보냈다. 말도 아무렇게나 하
고 예의 없이 행동하는 데도 그 아이와 함께 있는 것 말고는 하고
싶은 게 하나도 없는 것 같다. 제이슨과 같이 있을 때 나는 다시 예
순 살 혹은 서른 살이 되고, 어떤 때는 제이슨 같은 어린아이도 된
다. 그러다 혼자가 되면 그제야 내가 얼마나 늙고 지쳤는지 실감한
다. 그래서 나는 혼자 있고 싶지 않다.

　제이슨의 소원들을 정확하게 물어보는 편지를 보낸 뒤에 나는
한참 동안 화면을 바라보았다. 어쩔 수가 없었다. 또 한 통의 메
일을 보내면서 내가 집에 가도 엄마가 괜찮으실지 물었다. 꼭 어
린아이가 그러는 것처럼. 제이슨에게서 괜찮다는 답을 받자마
자 나는 셰비의 시동을 걸고 서둘러 출발했다. 이제 나는 안나의
집에서 제이슨과 같이 있고 우리 둘은 다시 아이가 된다. 어깨를
나란히 하고 소파에 앉아 끔찍한 이름을 가진 비디오 게임을 하
고 있다. 인정하고 싶진 않지만, 이 게임은 굉장히 재미있다. 나
는 제이슨이 온몸을 움직이며 게임하는 모습이 특히 좋다. 그 아

이는 어깨를 낮추고, 머리를 휙 움직이고, 컨트롤러를 온 사방으로 흔든다. 그러니까, 대개는 그렇다. 그런데 오늘, 제이슨은 조용하게 앉아 있다. 게임에 열중하는 거라고 나는 생각한다.

오늘 아침에 약을 먹은 기억이 나는데도 숨쉬기가 힘들다. 약효가 언제까지나 계속되는 건 아닌가 보다. 요즘 약은 미키 맨틀의 홈런보다 더 인상적이지만, 여전히 한계가 있는 것 같다. 나는 컨트롤러를 내려놓고 두 손으로 내 몸을 할 수 있는 한 똑바로 편다. 보통은 그렇게 하면 숨 쉬기가 편해지지만, 이번에는 산소를 충분히 받아들이지 못하는 것 같다. 생명을 유지할 정도로는 충분하지만 숨쉬기 편안해질 정도는 아니다. 내 폐의 한 부분은 이제 그만 일하고 싶어 하는 듯하다. 심호흡을 하려고 - 폐에 공기를 가득 채우려고 - 해보지만 공기를 좀처럼 폐까지 받아들이지 못한다.

"죽는 게 겁나요?" 제이슨이 묻는다.

그런 질문은 내가 기대하고 있던 게 아니다. 화면 속 내 캐릭터가 외계인들에게 공격을 당해 머리가 없어진다. 그리 드문 일도 아니다. 나는 제이슨의 질문에 어떻게 대답해야 할지 궁리해 본다. 죽음은 피할 수 없는 거라고 아마도 그 아이에게 얘기해야겠지. 모든 사람이 언젠가는 죽는다고. 그리고 내가 죽으면 제니와 내 아들들을 다시 만나겠지. 제니에게 많이 보고 싶었다고 말해야지. 아들들에게 내가 좀 더 좋은 아버지였어야 했는데 그러지 못했다고 말해야지. 그런 생각을 하다 보니 죽는다는 게 꽤 좋은 일 같다. 무서워할 게 전혀 없다.

"나는 겁나요." 제이슨이 말한다.

제이슨은 비디오 게임에 과하게 집중하는 것처럼 보이지만 그 아이의 캐릭터는 별 다른 활약을 하지 않는다.

"내 생각에는 말이지, 그게 정상이야. 사람들은 죽음을 이해 못하잖니? 우리는 시간의 끝을 알지 못해. 영원함에 대해서도 모르고. 원래 그런 거라고 생각해."

"아플 것 같아요?" 제이슨이 또 묻는다.

지금 나는 인간의 유한함에 대해 생각하는데, 제이슨이 생각하는 건 죽을 때 아픈가 하는 것이다. 글쎄, 내 나이가 되면 그런 것에 대해서도 몇 번쯤 생각하게 된다고, 그 정도로만 말해두자. 하지만 열 살 아이와 그런 얘기를 하는 건……그건 맞지 않는 것 같다. 그렇지만 제이슨은 그런 질문을 할 만 하다는 생각이 든다.

"그렇게 심할 것 같지는 않은데."

"그렇게 심할 것 같진 않다는 말이죠." 제이슨의 눈이 약간 누런빛을 띠고 뺨은 평소보다 더 홀쭉하다. 추측을 해보면, 힘든 하루를 보내서였을 것이다.

"그럴 것 같아." 내가 말한다.

"왜 아프지 않을 거라고 생각하는 데요? 베이거나 긁히기만 해도 아프잖아요. 2학년 때 정글짐에서 떨어져서 팔이 부러진 적이 있는데 숨도 못 쉴 만큼 아팠거든요. 죽는 건 팔이 부러지는 것보다 더 아플 것 같지 않아요?"

제이슨은 그런 생각을 하면서 겁을 먹은 것 같다. 나는 상황을 더 악화하고 싶지 않다.

"그건 네가 어떤 병으로 죽는 가에 따라 다르지 않을까. 어떤 병은 더 아프고 또 어떤 병은 덜 아프겠지."

"내 말은 그런 뜻이 아니에요."

"아니라고?"

"네, 아니에요. 할아버지는 죽기 전에 대해 말하는 거잖아요. 아플 때나 거의 죽어가고 있을 때요. 내 말은 죽는 그때란 말이에요. 그러니까 바로 그때요. 죽는 바로 그 순간이요."

나는 컨트롤러를 내려놓지만 제이슨은 텔레비전 화면에서 눈을 떼려하지 않는다. 그래서 나도 컨트롤러를 집어 들고 다시 게임을 시작한다.

"아프지 않을 거라고 생각해. 바로 그때는 말이야." 나는 내 말을 확신하듯 힘차게 고개를 끄덕인다.

짓고 있는 건물이 무너지는데도 제이슨은 별 신경 쓰지 않는다.

"분명히 아플 거예요. 온 세상의 어떤 것보다 지독하게 아플 거예요. 그러니까 죽는 거겠죠. 아프지 않다면 진짜로 죽지는 않을 거잖아요."

"내 생각에는 평화로울 것 같아. 잠드는 것처럼 말이야. 다만 깨어나지만 않는다는 거지. 그게 다야."

제이슨은 눈을 찔룩거리면서도 계속 화면만 본다.

"그랬으면 좋겠어요." 제이슨이 크게 숨을 쉬더니 처음으로 나를 본다.

"그렇게 많이 아프지 않으면 좋겠어요."

To: jasoncashmanrules@aol.com, LittleLeagueAllStar@hotmail.com
From: MurrayMcBride@aol.com,

제목: 플랜 B

나는 백 년 동안 법을 지키고 사는 시민이었어. 지금까지는 그러지 않을 이유가 전혀 없었지. 그런데 가끔씩은 법을 지키는 것보다 더 중요한 일이 생긴단다. 내가 볼 때, 바로 지금이 그런 때인 것 같구나. 제이슨의 아빠는 내가 이번 주말에 제이슨을 데리고 시카고에 가는 걸 원치 않으셔. 하지만 나는 어떻게든 제이슨을 데리고 갈 계획이야. 물론 제이슨, 네가 원한다면 말이지. 원하지 않는다면, 나는 이해해. 어쩌면 사실은 그렇게 하는 게 나을 거야. 하지만 네가 원한다면, 나는 널 데리고 갈 거야. 우리는 금요일 밤에 떠나 야구장 근처 아파트에서 지내다가 토요일에 리글리 야구장에 갈 거야. 집에는 토요일 저녁에 데려다 줄게.

티어건, 너는 같이 안 가는 게 제일 좋을 것 같다. 넌 앞으로 살아갈 날이 많잖니. 우리가 법을 어길지도 모르는데, 공연히 너까지 곤란해질 필요는 전혀 없어. 나 혼자 힘으로 이 일을 해낼 수 있어. 엄마에게 초콜릿 케이크를 사러 데려가 달라고 하거나 아니면 뭐든 요즘 아이들이 하는 걸 하자고 해.

제이슨, 네가 금요일에 가고 싶은 건지 알아야겠어. 가능하면 빨리 답장해줘.

잘 지내,

머리 맥브라이드 할아버지

To: MurrayMcBride@aol.com, LittleLeagueAllStar@hotmail.com

From: jasoncashmanrules@aol.com

제목: Re: 플랜 B

완전 신나요! 할아버지, 경찰차보다 빨리 달릴 수 있어요? 그런지 안 그런지 한 번 해보면 좋겠어요. 아, 당연히 가고 싶죠. 그렇게 멍청한 질문이 어디 있어요. 아무려면 그 따분한 아빠 집에 가고 싶겠어요? 어이가 없네! 아, 죄송, '할아버지 시절에는' 그런 말을 안 썼겠죠. 숟가락이나 뭐 그런 걸로 내 입을 막아버려요.

날 언제 데리러 올 건데요? 야구 글러브하고 제일 맛있는 풍선껌을 챙겨 놓을게요.

제이슨 '현대의 행크 아론' 캐시맨

To: MurrayMcBride@aol.com, jasoncashmanrules@aol.com

From: LittleLeagueAllStar@hotmail.com

제목: Re: 플랜 B

맥브라이드 할아버지, 할아버지 말이 맞아요. 저는 가면 안 돼요. 두 시에 다이너마이트 팀하고 경기도 있고요. 이해해줘서 고마워요. 그리고 J, 행운을 빈다. 네가 멋지게 해낼 거라는 걸 알아.

-T. R. M. A.

23

거리는 평소보다 어두워 보인다. 셰비는 오늘따라 좀 더 큰 소리를 내며 달린다. 가로등 아래를 지날 때마다, 경찰관이 운전석에 앉은 나를 보면 내가 무엇을 하려 하는지 알 거라는 확신이 든다. 만일 내가 이미 그 일을 했다면, 경찰관은 나를 체포하겠지. 나는 감옥에 갇혀 외롭고 늙은 범법자로 살다가 죽겠지.

하지만 그 아이. 지금 중요한 것은 오직 그 아이 뿐이다. 난 스스로 죽을 날짜를 선택하던 이전으로 돌아갈 수 없다. 제이슨도 마찬가지다. 운 나쁜 누군가가 죽어서 자기 심장을 줄 때까지 심장이 버텨주길 바라던 이전으로 돌아갈 수 없다. 그런 일이 언제 일어날지 누가 알겠는가. 또 그런 일이 일어날지 안 일어날지 누가 알겠는가.

그래, 제이슨은 살아야 한다. 그리고 제이슨은 바로 지금 살아야 한다. 살 수 있을 때.

나는 성 요셉 성당 주차장에 들어선다. 몇 십 년 만에 처음으로 차를 타고 성당에 왔다. 지금까지는 걸어 다녔다. 문이 다 열려 있지만 성당 안은 칠흑같이 어둡다. 잠시 뒤에 눈이 조금 적

응하니 구석에서 불빛이 흘러나온다. 그쪽을 향해 가다가 의자 몇 개를 지나고서 걸음을 멈춘다. 또 무릎이 말썽이다. 요즘 들어서는 평소보다 더 말을 안 듣지만, 그런 게 다 나이 드는 것의 일부라고 생각한다.

불빛이 있는 곳으로 반쯤 가다가, 그 불빛이 무엇인지 깨닫는다. 촛불이다. 한데 모여 있는 초들. 그 하나하나는 누군가의 기도를 나타낸다. 누군가의 소원. 여섯 개 정도의 초에만 불이 붙어 있고, 나머지는 그곳에서 누군가가 기도하길 기다리고 있다. 내가 바로 그 기도를 해야 할 사람이다.

무릎방석 옆에 성냥갑이 있다. 성냥갑을 들고 잠시 더듬거려야 하지만 결국 성냥 하나를 꺼낸다. 그리고 성냥갑에 그어 한 번에 불을 붙인다. 무릎방석은 못 본 척한다. 방석을 못 본 체한 것쯤은 주님도 용서하시겠지.

"제이슨의 소원을 이루기 전에, 제이슨이 홈런을 치기 전에 경찰에 잡히는 일은 없게 해주세요." 나는 촛불들에 대고 소리 내어 말한다. 내 목소리가 빈 성당 안에 울린다.

"어째서 경찰에 잡힐 걱정을 하는 건가요?" 내 뒤에서 목소리가 들린다.

너무 빨리 몸을 돌리다 무릎 통증에 움찔한다. 제임스 신부다. 얼굴에 옅은 미소를 띠고 있지만 정말 혼란스러운 표정이 보이기도 한다. 그러는 것도 어찌 보면 당연하다. 성직자는 나 같은 늙은이가 법을 어길 거란 생각을 하지 못할 테니까.

"제이슨 말이에요, 아시죠? 제이슨의 소원 하나를 이뤄주기 위해 그 아이를 데리고 시카고에 가야 하는데, 아이 아빠가 반대해요."

제임스 신부의 눈썹이, 거짓말이 아니라 진짜 이마까지 올라간다.

"그래서요?"

"글쎄요. 나는 어떻게 되든 제이슨을 데려가려고 해요."

"아이를 납치하겠다는 말씀인가요?"

"말이 좀 심한 것 같군요."

"경찰에서 그냥 넘길 것 같지 않은데요." 신부가 내게서 등을 돌리더니 가장 가까운 의자로 가서 앉는다. 그리고 나도 옆에 앉길 기다린다. 신부는 한참을, 아주 한참을 기다려야 하지만, 어쨌든 나도 의자에 가서 앉는다.

"아이 엄마는요? 아이 엄마에게 물어보셨어요?" 신부가 묻는다.

"내가 볼 때 아이 엄마는 끌어들이지 않는 게 좋을 것 같아요. 엄마들은 아이에게 문제가 생기는 걸 절대 못 견디거든요. 걱정하지 않도록 메모를 남겨놓을 생각이에요."

"머리, 머리는 이 일을 해서는 안 돼요. 법이 존재하는 건 다 이유가 있어서예요. 법을 지키는 건 중요합니다."

"아들이 죽기 전에 아이의 순수한 소원들을 이뤄줄 생각도 하지 않고 아이에게 아무 관심도 없는 아빠에게 걔를 데려다주는 일이 그렇게 중요한 건가요? 법 때문에요? 신부님은 그렇게 생각하는 건가요?"

"머리, 이해해요. 정말로, 이해합니다. 하지만 우리가 사는 세상에서는 그렇지가 않아요."

"난 우리가 사는 세상에는 관심 없어요. 어쨌거나 이 세상에서 남은 시간이 얼마 없으니까요." 신부가 내 말에 한숨을 내쉬지만 뭐라고 반박하지는 않는다. 내 말이 사실이라는 걸 온 세상이 안다.

"신부님, 이런 말 한 번도 해본 적 없는데, 신부님은 내게 믿음이 있다고 생각하지만 난 그런 믿음을 갖는 은총을 받지 못했어요. 사실 주님에 대해 잘 몰라요. 정말 그래요. 하지만 이건 알아요. 저 위에 누군가 있다는 거요. 그리고 그가 가치 있는 존재라면, 제이슨의 소원이 이뤄지길 바랄 거라는 것도요."

제임스 신부가 나를 빤히 본다.

"일이 잘못될 수 있다는 걸 아시잖아요. 머리만큼 나이든 사람이 이런 일을 한다면 말이에요. 그건 모험이에요, 머리. 정말 엄청난 모험이에요."

"약간의 위험도 없다면 그게 무슨 인생인가요? 내가 마지막으로 모험을 했던 것이 언제였더라? 30년 전? 40년 전? 나는 너무 오랫동안 자리를 차지하고서 빈둥거리고 있었어요. 주님이 내게 주신 이 생명으로 뭔가를 해야 할 바로 그때예요. 주님이 뭔가 이유가 있어서 날 이곳에 있게 하신 거잖아요. 내가 아는 사람들이 모두 죽고 땅에 묻힌 때에 말이죠. 나는 이 일이 그것이라고 생각해요. 이 일 때문에 주님은 이렇게 오랫동안 날 살아있게 하신 거예요."

제임스 신부가 또 나를 뚫어지게 바라본다. 내 영혼을 들여다보려 하는 것 같다. 그러더니 고개를 절레절레 흔들고는 앞에 있는 커다란 십자가상을 올려다본다.

"있잖아요 머리, 이 일을 하려면 정말 많은 기도가 필요할 거
예요."

24

다시 차 안이다. 어둠. 위험과 모험의 느낌. 이런 느낌을 말하는 단어가 있는데, 정확하게 기억이 나지 않는다. 뭔가 새로운 것에 대한 느낌. 내 늙은 배 속에서 나비가 날아다니는 느낌. 그러다, 드디어 그 단어가 생각난다. 젊음이다. 키튼 박사가 얘기하던 바로 그것이다. 어쩐 일인지, 다음에 무슨 일이 일어날지 모른다는 사실 – 그리고 아마도 어떤 결과들은 아주 나쁠 거라는 사실 – 때문에 나는 다시 젊어진 것 같은 느낌이 든다.

마음 한편에서는 차를 몰고 빙글빙글 돌며 밤새 그 느낌을 즐기고 싶다는 생각이 든다. 그렇지만 제이슨을 그냥 내버려둘 수가 없고, 그렇게 되지도 않을 것이다. 젊음은 그런 것이다. 젊음은 언제나 가슴을 뭉클하게 한다. 젊음을 놓치고 싶거든 가장 좋은 방법이 있다. 그냥 빈둥거리며 젊음이 지나가는 모습을 지켜보는 것이다. 그러고 싶지 않다면, 젊음이 지나가는 길목에 서있다가 그것을 움켜쥐어야 한다. 젊음을 경험하고 싶다면, 살아야 한다. 행동해야 한다.

그래서 나는 그렇게 한다. 셰비를 몰고 안나의 집 뒤쪽으로 가서 라이트를 끈다. 헤드라이트를 켜도 뭔가를 보는 게 꽤나 힘든데 그것마저 없으니 지하 15미터 동굴 속으로 걸어가는 것 같다. 차 바로 앞도 보이지 않아서 급브레이크를 밟으니 타이어에서 끽 소리가 난다. 몸이 조금 움찔한다. 안전벨트를 맸어야 하는건데, 나는 아직 습관이 되지 않았다. 시동을 끄자 엔진에서 나던 윙 소리가 잠잠해진다.

안나의 집에서 반 블록은 족히 떨어져 있지만, 다시 차의 시동을 걸어 라이트를 켤 엄두를 내지 못한다. 길 한복판에 차 한 대가 불을 끈 상태로 서 있으면 충분히 의심을 살 만하다. 그렇지만 앞으로 몇 분 동안 집 창문으로 밖을 내다보는 사람이 없다면 아무 문제도 없을 거라고 생각한다.

그 순간 내 시야의 한쪽으로 뭔가가 잠깐 보인다. 뭔가가 움직이는데, 재빨리 보지 못해 정확히 뭔지는 모르겠다. 아마 너구리인 것 같다. 하지만 사슴이라고 해도 될 만큼 커 보이기도 했다. 사슴과 너구리 모두 야행성 동물이라는 사실 때문에, 지금 시간이 자정이 다 되어간다는 생각을 새삼 하게 된다.

소리를 내면 절대 안 되는 상황에 처하고 보니 비로소 내 차의 문들이 얼마나 삐걱대는지 확실히 알겠다. 그 조용한 밤에 차 문들이 어찌나 요란하게 소리를 내는지 길거리에 선 가로등 불빛이 실제로 흔들리는 것 같다. 나는 다리를 조금 움직이면서 뻣뻣함을 최대한 푼 다음 거리를 따라 걷는다. 두 집 정도를 지나는데 타이어 바람이 빠지는 것과 비슷한 소리가 들린다.

"쉬이이잇."

걸음을 멈추고 들어보지만, 뭔가 들렸다 해도 그 소리는 너무 작았다. 키튼 박사가 보청기를 권한 적이 있는데, 이제 보니 그의 말이 전적으로 옳았다. 그때 나는 키튼 박사에게 그런 건 늙은이나 하는 거라고 했는데 지금은 그렇게 말할 자신이 없다.

"쉬이이잇."

그 소리가 또 들린다. 가장 가까운 집, 그러니까 제이슨 집 바로 옆집에 있는 덤불을 본다. 그곳에는 아무도 없다. 그래서 나는 서둘러 걸음을 옮긴다.

"쉬이이잇, 쉬이이잇. 쉬이이이잇!!! 저기요, 여기요!"

내가 보았던 바로 그 덤불 뒤에서 제이슨이 절뚝거리며 나온다. 한쪽 팔에는 자기 몸 만한 크기의 여행 가방을 들고 있는데, 그걸 들고 낑낑거리는 걸로 봐서 무게는 제 몸의 두 배쯤 되는 게 확실하다. 다른 팔에는 선들이 대롱대롱 매달린 상자 모양의 물건이 있다. 보나마나 비디오 게임기겠지. 제이슨은 걸을 때마다 옆에 있는 산소통을 발로 찬다.

"쉬이이잇이 무슨 뜻인지 몰라요? 할아버지 때는 그런 식으로 새로 생긴 말이 없었어요? 솔직히 말해서 할아버지가 잘 못 듣는 걸 보면 아 진짜……." 제이슨이 말한다.

내가 제이슨의 말을 막는다.

"저기, 네가 조금만 더 크게 얘기했더라면 잘 알아들었을 거야. 덤불 속에서 소리를 내다니……누가 경찰에 신고하지 않은 걸 다행으로 생각해라."

제이슨이 하는 행동을 보니 잘 시간이 지난 게 분명하다. 짜증을 내는 아이 같다. 나도 그리 나은 것 같진 않지만.

"그건 그렇고, 엄마한테 들키기 전에 이 짐을 차에 싣게 좀 도와줄래요?" 제이슨이 말한다.

"뭣 하러 그렇게 짐을 잔뜩 싼 거니? 우리는 하룻밤만 있다 올 거구나."

"올 거구나 뭐요? 할아버지는 항상 그렇게 말해요. 말이 진짜 이상하잖아요."

"올 거야." 내가 고쳐 말한다. 하지만 생각해보면 그 말이나 그 말이나 별로 다르지도 않다.

"네 힘으로 짐을 차로 옮길 수 있잖니. 네 결정에 대해 책임을 져야지. 나는 네 엄마에게 줄 메모를 남기러 가야 해."

"네 엄마에게 줄 메모를 남기러 가야 해. 크!" 제이슨이 목소리를 한껏 높여 말하니 내 목소리와 전혀 다르게 들린다.

제이슨이 절뚝거리며 셰비 쪽으로 가더니 여행 가방을 들어올리고, 산소통을 발로 차고, 그런 다음 발을 끌며 차에 올라탄다. 나는 집 쪽으로 다시 걸어간다. 하지만 몇 걸음 못 갔을 때 뒤쪽에서 요란한 소리가 들린다. 추측을 해보면, 비디오 게임기가 아스팔트에 부딪치는 것 같은 끔찍한 소리다. 제이슨이 작은 소리로 못된 말을 몇 마디 한다. 조만간 저 아이의 언어습관에 대해 잠깐 얘기해봐야 할 것 같다.

드디어 안나의 집에 도착해 마당을 지난다. 뒷문에 도착할 즈음 내 신발은 이슬에 흠뻑 젖어 있다. 안나를 깨우고 싶지 않아서 메모지를 스크린 도어 안으로 밀어 넣고는 절뚝거리며 다시 셰비 쪽으로 간다. 한 여성에게 당신 아들을 몰래 데려간다는 메모를 남기는 것이 대단한 일은 아니지만, 그 메모를 본 사람이라면 안나가 이 일과 아무 관련 없다는 걸 확실히 알 수 있다. 그게 중요한 거다. 그리고 왠지 모르지만 여기서 지금 내가 하고 있는 일이 합법적이든 아니든 안나도 동의해줄 거라는 확신이 든다.

단 한두 번이지만 내가 예전에 아들들에게서 보았던 그 표정처럼 제이슨의 얼굴이 잔뜩 구겨져 있다. 어디서도 볼 수 없는 아주 괴팍한 표정이다. 그 아이가 자기 입으로는 절대 말하지 않는 성격이 표정으로 드러난다. 나도 똑같이 하려 하지만 잘 되지 않는다.

"싱크대까지 쌀 필요는 없었는데." 내가 작은 소리로 말한다.

"도대체 누가 싱크대를 싸겠어요? 진심으로 물어보는 건데요, 싱크대를 여행 가방에 넣을 수는 있어요?" 제이슨이 그런 멍청한 소리는 생전 처음 들어본다는 듯 고개를 흔든다.

"그냥 하는 말이야. 별의별 걸 다 쌌다는 그런 뜻인데……."

"주방에서 꺼내지도 못하겠네요! 그러니까 뭐, 할아버지는 씽크대를 그냥 실으면 된다는 거예요?!"

제이슨의 여행 가방이 놓인 뒷자리에서 조그맣게 발 끄는 소리가 들린다. 그럴 리가 없는데. 요즘은 고개를 많이 돌릴 수 없는 탓에 백미러로 보니, 티어건 로즈 마리 애서튼이 내 작은 더플백과 제이슨의 커다란 여행가방 사이의 작은 틈으로 얼굴을 내밀고 있다.

"두 사람 다 조용히 해줄래요? 두 사람 때문에 우리 모두 잡히겠어요."

25

솔직히 말해 그런 일은 예상하지 못했다. 차 뒷자리의 티어건 말이다. 내가 정확하게 기억하는 거라면, 난 이메일에서 티어건은 가지 않는 것이 좋겠다는 생각을 분명히 밝혔고 티어건도 그 점에 확실하게 동의하지 않았던가.

"대체 여기서 뭐하는 거니?" 내가 묻는다.

"좋았어!" 제이슨이 말한다.

티어건이 그냥 어깨만 한 번 으쓱하고는 말한다. "엄마가 제 이메일을 확인할 수도 있기 때문에 저도 같이 간다고 분명하게 말할 수 없었어요. 하지만 제가 정말 이 기회를 놓칠 거라고 생각하신 거예요?"

"난 분명 그렇게 생각했지. 리틀 리그 경기는 어떻게 할 거니? 우리가 잡히면 어떻게 할 거야? 네가 감옥에 가면 어떻게 할 거야?"

티어건이 손목을 한 번 휙 움직이며 내 말을 막는다.

"이번에 다이너마이트 팀이랑 경기를 할 건데 그렇게 잘하는 팀은 아니에요. 그런데 맥브라이드 할아버지! 이렇게 길 한가운데 있으면 안 되는 거 아니에요? 남의 이목을 끌지 말란 법이 없잖아요."

나도 잘 모르는 단어를 사용하는 어린 소녀를 어떻게 생각해
야 하는지 잘 모르겠지만, 티어건을 볼 때마다 이 아이는 눈에
보이는 게 다가 아니라는 느낌을 받는다. 일직선으로 야구공을
날리면서 단어도 많이 아는 아이? 전형적인 아이가 아니라는 것,
나 같은 늙은이도 그 정도는 알겠다.

나는 열쇠를 쥐고 더듬거린다. 이곳은 밤처럼 어둡다. 물론 지
금은 밤이다. 한밤중이다. 열쇠로 계기판을 몇 번 긁자 제이슨이
키득거리기 시작한다. 티어건이 온 뒤로 제이슨은 확실히 기분
이 좋아졌다. 나는 열쇠를 더 세게 밀면서 열쇠 구멍을 찾는다.
하지만 소용없다. 제이슨이 이제는 깔깔대며 웃고 티어건 마저
도 웃음을 간신히 참는 것 같다.

"약간 왼쪽에 있는 것 같은데요." 티어건이 말한다.

아니나 다를까, 위치를 왼쪽으로 조금 옮기니 차 열쇠가 구멍
에 쏙 들어간다.

나는 제이슨의 요란한 웃음소리를 못들은 체하며 - 조용히 있
어야 하는데 그렇게 크게 웃다니 - 차의 시동을 건다. 잠시 뒤에
세비를 몰고 모퉁이를 도는 순간, 우리가 앞에 있던 바로 그 집
의 현관불이 켜진다. 하지만 그들은 너무 늦었다. 차를 몰고 주
택가를 이리저리 지나자 마침내 제이슨의 동네가 백미러에서 사
라진다.

다음 도착지는 윈디 시티다.

26

누군가 제이슨의 행동을 봤다면, 우리가 디즈니월드라도 가는 줄 알았을 거다. 제이슨은 주유소마다 멈춰 서서 간식을 사고 기념품도 구경하고 싶어 하는데, 사실 내가 백 년이나 된 방광을 처리해야 하는 처지다보니 그 덕을 톡톡히 보는 셈이다. 처음 정차한 곳은 글렌뷰 거리이며 함즈 우즈를 미처 다 지나기도 전이다. 그곳에 새로 생긴 멋진 주유소에서 제이슨이 밝은 색깔의 음료수와 소스가 전혀 없는 평범한 핫도그 한 개, 그리고 커다란 삼총사 초코바 두 개를 집어 든다. 그러는 내내 티어건은 지나치게 익은 바나나 진열대 앞에서 제이슨을 보며 고개를 절레절레 흔드는데, 친구의 야식을 탐탁찮아 하는 기색이 역력하다.

우리는 올드 오처드 거리에 도착하기 전에 한 번 더 멈춰 섰는데, 결국 시간낭비만 한 셈이 되었다. 편의점과 화장실이 모두 닫혀 있기 때문이다. 내가 주를 연결해주는 고속도로를 그냥 지나치자 그걸 본 제이슨이 음료수를 마시다 목에 걸려 캑캑대며 말한다.

"시카고로 가는 길을 지나쳤잖아요."

하지만 차들이 그렇게 빨리 달리는 길로 내가 갈 리 없다. 내 집에서 리글리 야구장까지는 32킬로미터이고 보통 40분이 걸린다. 하지만 그건 내가 운전을 하지 않을 때 얘기다. 차에 아이들을 태우지 않았을 때 얘기다. 한밤중이어서 다니는 차들이 많지 않은데도 나는 1시간 30분 넘게 걸릴 것 같다.

"어젯밤에 할아버지를 야후에서 검색해봤어요." 내가 레몬그로브 거리로 방향을 잡고 남쪽으로 가는데 뒷자리에서 티어건이 말한다.

"야후?"

"네. 검색 웹사이트예요. 인터넷이요."

"인터넷?"

"하 참, 인터넷이요. 온라인. 월드 와이드 웹이요." 제이슨이 끼어든다. 제이슨은 남은 핫도그를 마저 입에 집어넣고 우물거리며 말하면서 또 캔디 바를 연다.

"뭐든 다 찾을 수 있어요."

"백과사전 같이 말이니?" 내가 묻는다.

"뭐라고요?" 제이슨이 말한다.

"비슷해요." 티어건이 대답한다. "하지만 글로 된 백과사전들을 모두 합한 것과 같아요. 그래서 온갖 것을 다 찾을 수 있어요. 어젯밤에 저는 할아버지의 최고 메이저리그 시즌이 1923년이었다는 걸 찾았어요. 타율은 0.239이고 열여섯 개의 홈런을 쳤으며 타점은 63점이었죠."

"내가 그랬나?" 내 기록이 그 근처라는 건 알지만, 이 어린 소녀가 어젯밤에 자기 컴퓨터에서 어떻게 알아냈는지는 도저히 알 수가 없다.

가로등의 밝은 불빛 때문에 눈이 아파오기 시작하고, 계속 눈을 부릅뜨고 있다 보니 건조해진다. 나는 시속 25킬로미터 정도로 속도를 늦춰 계속 간다.

셰브런 회사의 주유소 옆을 지나는데 제이슨이 말한다. "아, 주유소다. 차 돌려요. 오줌 마렵단 말이에요."

"또?" 말은 이렇게 하지만 사실 나 역시 화장실을 또 가고 싶다.

막상 가보니 주유소는 다 낡았고 화장실도 뒤편에 있다. 나는 그곳에 가고 싶지 않은데, 제이슨은 게토레이라는 밝은 색 오렌지 음료를 또 사달라고 조르고 '내게 키스해주세요, 나는 아일랜드 사람이에요.'인가 뭐 그런 글자가 있는 티셔츠도 사달라고 한다. 이 아이가 나를 놀리는 건지 아닌지 잘 모르겠다.

마침내 차에 돌아오고 나서는 꽤 순탄하게 링컨우드와 노스파크를 지난다. 나는 컵스가 그날 밤 우리 셋만을 위해 빌린 아파트 주소가 적힌 종이를 들여다본다. 이제 아파트까지 5킬로미터 정도밖에 안 남았는데, 하필 이때 교통 체증이 시작된다.

자정이 한참 지난 시간에 교통 체증이라, 믿을 수 있을지 모르겠다. 도로 공사나 뭐 그런 거겠지. 티어건이 나더러 다른 길로 돌아가야 한다고 말하지만, 예전 내가 지낼 때에 비해 도시가 많이 변한 터라 길을 잃을까봐 겁이 난다. 왼쪽에는 그레이스랜드 공동묘지가 있어서 거기로는 갈 수가 없다. 그리고 오른쪽으로도 가고 싶지 않은데, 그쪽은 아파트와 정 반대방향이기 때문이다. 한밤중에 차를 몰고 헤매다가 결국 엘미우드 파크에 가는 일은 절대 하고 싶지 않다.

그래서 우리는 그 자리에 서 있다가 앞으로 몇 미터 가고 다음에는 좀 더 오래 제 자리에 서 있다. 한참이나 그런 식으로 계속된다. 그렇게 30분 정도가 지날 즈음 결국 제이슨의 머리가 창문에 툭 부딪친다. 집을 떠난 뒤로 먹었던 그 모든 당분도 피로 앞에서 맥을 못 춘다.

"정말 귀여운 아이에요, 그렇죠?" 티어건이 마치 다 큰 어른처럼 말한다.

"어떤 때는 그렇지." 이 말에 티어건이 웃음을 터뜨린다. 요즘 사람들은 내가 농담을 하지 않을 때도 농담을 한다고 늘 생각한다. "너는 어떻게 그렇게 제이슨을 좋아하게 되었니?"

티어건의 얼굴에 뭔가가 스친다. 그게 뭔지는 정확히 모르겠지만 아주 강렬하다는 정도는 알겠다. 강렬한 어떤 것. 티어건은 머릿속으로 뭔가 격렬한 감정을 느끼고 있는 듯하다. 나는 티어건에게 충분한 시간을 주지만, 그 아이는 어떤 생각을 머릿속에서 몰아내려는 듯 그저 머리를 흔들기만 한다.

"저는 태어날 때부터 지금까지 제이슨을 알고 지냈어요. 제이슨을 돕고 싶을 뿐이에요. 그게 전부예요. 그게 뭐 잘못된 건가요?"

"당연히 잘못된 게 전혀 아니지. 나도 바로 그렇게 하고 있잖니."

"할아버지는 왜 그러는 건데요? 왜 제이슨을 그렇게 좋아하는데요?"

그러니까 지금 상황이 이런 거다. 티어건은 내 질문에 대답을 안 하려 하면서 내게 똑같은 걸 묻고 있는 거다. 내 질문을 피하고 있다. 하지만 대답을 안 하고 싶다면, 그건 이 아이의 권리라고 생각한다.

"아마, 키튼 박사 말대로 젊음에 둘러싸여 있고 싶어서였을 거야. 이 녀석 때문에 이렇게 골치아파질줄 알았더라면 그냥 집에서 셰프 보야나 먹었을 텐데 말이야. 분명 그랬을 거야."

"아니, 할아버지는 안 그랬을 거예요."

"응? 그걸 어떻게 알지?"

우리는 '정지' 표지판을 든 공사장 인부가 있는 곳으로 간다. 그는 왜 다른 길로 우회하지 않고 이 길에 아직 서 있는지 이해 못하겠다는 표정으로 나를 쳐다본다. 하지만 나는 셰비를 세워두고 기다린다.

"그건 쉽게 알 수 있죠. 할아버지는 3볼 1스트라이크인 상황에서 허리 높이 속구를 보는 것처럼 제이슨을 보시거든요."

"그게 어떤 건데?"

"아시잖아요. 다른 건 아무것도 보고 싶지 않은 거죠. 그 공만이 세상에서 가장 좋은 것처럼 보는 거요."

어떤가? 야구에 빗대 얘기하는 어린 여자아이. 그런 아이는 트리플 플레이만큼이나 드물다. 갑자기 자동차에서 요란한 소리가 나기 시작하고, 조금 지나서야 나는 내가 액셀러레이터에 발을 올려놓았다는 걸 깨닫는다. 기어를 주차 위치에 놓고 액셀러레이터를 밟아봐야 별 소용없다. 나는 발을 떼고 하품을 참는다. 내 옆, 계기판의 라디오에서 나오는 빛들이 천국의 빛처럼 제이슨의 뺨을 비춘다.

"내일 계획은 뭐예요?" 티어건이 묻는다.

"오후 4시쯤에 야구장에 갈 거야. 그리고 낮에는 아파트에 있을 거야. 사람들 눈에 안 띄게 하는 거야, 알겠지?"

나는 또 한 번 하품을 참고, 티어건은 땋은 머리를 잡아당긴다.

"맥브라이드 할아버지, 괜찮으세요?"

"당연하지. 조금 피곤할 뿐이야." 그러고 보니 9시 넘어서까지 깨어 있어본 것도 1년 반이 훌쩍 넘었다. 그때 나는 매일 밤 아주 심하게 울었고 좀처럼 잠이 들지 못했다. 이따금씩은 우는 대신 의자를 주먹으로 치고 탁자를 발로 차기도 했지만. 물론 이 아이에게 그 얘기를 할 필요는 없다.

"우리는 계속 얘기해야 해요. 엄마는 운전하다 피곤할 때면 그렇게 하라고 하거든요. 엄마가 졸지 않게 계속 얘기하라고요."

"그래, 그럼 그렇게 하자." 나는 이렇게 말하지만 무슨 말을 해야 할지 생각이 나지 않는다. 조금 지난 뒤 말을 꺼낸다. "네 엄마는 정말 멋진 분 같더구나. 분명 너를 사랑하고 계셔."

"알아요. 이따금 제가 엄마 때문에 놀림을 당하지만 별로 신경 쓰지 않아요."

"놀림을 당한다고? 누가 널 놀린다는 거지?" 호흡이 빠르고 얕아지면서 혈압이 오르고 있다는 걸 알겠다. 내가 조금만 더 젊었다면, 그게 누구든 티어건과 델라를 놀리는 사람을 찾아내 따끔하게 혼을 내고 이것저것 가르칠 텐데.

"학교 아이들이요. 이해할 것 같아요. 엄마는 대부분의 사람들과 다르니까요. 엄마의 머리카락을 보세요. 엄마가 얼마나 많이 나를 안는지 보세요. 그리고 SBK? 이상하잖아요."

"자기 엄마를 이상하다고 하면 안 되지."

"아니, 제 말은 그게 아니에요. 저는 괜찮아요. 엄마 모습 그대로를 사랑해요. 엄마니까요. 그런데 다른 아이들은 이해하지 못해요. 하지만 언젠가 그 아이들도 알게 되겠죠."

열 살짜리 아이가 나보다 더 균형감 있고 이해심도 넓으니 내가 부끄러워해야 하는 건가 생각하다가, 그 열 살짜리 아이가 티어건 로즈 마리 애서튼이라면 조금도 부끄러워하지 않기로 마음먹는다.

길에 선 인부가 마치 내가 속력을 낼 생각을 하는 것처럼 '천천히'라고 적힌 표지판을 휙 젖힌다. 조금 뒤에 공사 구간이 끝나고 길에는 우리뿐이다. 아파트가 가까워지면서 졸음이 쏟아지지만, 티어건은 금방이라도 차에서 튀어나갈 듯 무릎을 튕긴다. 여기 이 아이, 티어건은 운에 모든 걸 맡기고 있다. 모험을 하고 있다. 심지어 법을 어기고 있다. 친구이자 이웃집 소년을 위해서. 티어건의 눈길이 창밖을 향한다. 그 아이가 시선을 창밖에 둔 채 나를 부른다. 그 목소리가 자동차 엔진의 윙 소리를 뚫고 들려온다.

"맥브라이드 할아버지?"

"응?"

"할아버지하고 같이 있어서 참 좋아요."

티어건이 백미러로 내 눈을 보며 미소 짓는다. 티어건에게 자신이 얼마나 중요한 존재인지, 나중에 제이슨이 꼭 알게 되었으면 좋겠다. 그러니 자신이 얼마나 운이 좋은 남자인지도. 나도 같이 미소를 지으려 하지만, 나는 절대 그 아이처럼 천진하고 아름답게 보일 수가 없다.

"나도 네가 여기 같이 있어줘서 정말 좋아. 네가 같이 와줘서 정말 좋아." 내가 말한다.

27

　잠에서 깨어보니 얇은 커튼을 통해 햇살이 비치고 열린 창문으로 새들이 지저귀는 소리가 들린다. 산들바람이 불어 방안이 조금 서늘하지만, 나는 침대 속에서 따뜻한 이불을 덮고 있다. 어떻게 그런 일이 일어날 수 있었는지 잘 모르겠는데, 어쨌든 전날 기억이 되살아난다. 주소를 보고 아파트를 찾은 것. 티어건이 현관 매트 아래서 열쇠를 찾아낸 것. 침실 두 개와 주방과 식당이 있으며 경기장에서 겨우 두 블록 떨어진 커다랗고 멋진 아파트. 나는 눈곱을 떼어내면서 내가 밤새 잤다는 걸 깨닫는다. 몇 년 만에 처음 있는 일이다.

　아침에는 몸이 유난히 더 쑤신다. 죽음이 이제 기회가 왔다고 생각하는 것 같다. 눈을 감고 누워 느릿느릿 숨을 쉬는 노인이라. 죽음은 할 일 대부분을 했고 이제 마지막 한 방만 날리면 된다고 생각하는 걸지도 모르겠다. 그러고 나면 나는 하늘나라로 올라가겠지. 하지만 이런 저런 방법으로 계속 죽음을 따돌리고 있다. 그래서 매일 아침 눈을 뜨면 죽음이 지난번보다 더 가까이 다가왔다는 느낌이 들고, 그럴 때마다 팔다리와 눈꺼풀과 발가락에 다시 생명이 돌아오도록 조금 더 애를 써야 한다. 시간도 걸린다. 매일 아침 그 시간이 더 길어지는 것 같다.

침대에서 일어나 나가보니 티어건이 부산하게 이리저리 다닌다. 주방은 아침을 제공하는 식당처럼 보이고 냄새도 그렇다. 티어건이 그 작은 주방을 습격한 것 같은데, 그곳에는 내가 오랜 세월동안 보았던 것보다 더 많은 블루베리 머핀과 와플이 있기 때문이다. 그게 다가 아니다. 주방에는 요구르트 네 통 – 각각 맛이 다르다 – 과 밝은 색 시리얼 한 그릇, 스티로폼 컵 여섯 개가 있다. 그 여섯 개의 컵 중 세 개에는 커피가 나머지 세 개에는 오렌지 주스가 담겨 있다. 컵스는 정말 최선을 다해 이 장소를 마련해주었다. 일반 가정집처럼 보인다.

"안녕히 주무셨어요." 티어건이 이른 아침인데도 아주 쌩쌩한 목소리로 인사한다. 벌써 모자를 쓰고 리틀 리그 유니폼을 입고 있다. 티어건은 내가 방금 나온 침실의 열린 문 안을 본다. 방안의 담요 더미 아래 작은 형태가 꼼짝도 않고 누워 있다. 나는 제이슨이 그곳에 있는지 알지도 못했다. 하마터면 그 아이에게 발이 걸려 넘어질 수도 있었다.

"제이슨을 깨워야 할 것 같아요. 남자아이들은 이따금 너무 게을러요, 안 그래요?" 티어건이 말한다.

나는 얼굴을 문지르며 그 방을 둘러본다.

"넌 어디에서 잤니?"

"저기서요." 티어건이 방 한구석 침대 옆의 좁은 바닥을 가리킨다. 푹신해 보이는 담요가 사람 몸의 모양으로 말려있고 그 아래 시트와 베개도 있다. 지난밤에 우리가 한바탕 파자마 파티를 한 것 같다.

"제가 다 같이 모여 있고 싶었나 봐요. 새로운 장소는 겁이 나기도 하거든요. 와플 한 번 먹어보세요. 진짜 끝내줘요. 제가 제이슨을 깨운다고 해서 제이슨 심장에 해를 끼치거나 그런 건 아니겠죠?" 티어건이 말한다.

내가 뭐라고 대답하기도 전에 전화 소리가 허공을 가득 채우고, 티어건이 주방 조리대로 달려간다. 티어건은 베네틱트 캐시맨이 귀에 대고 있던 것과 비슷한 전화기를 집어 든다. 그것이 그러니까 장난감이 아니었다는 걸 나는 그제야 깨닫는다.

"너는 선이 없는 전화기를 갖고 있니?" 내가 묻는다.

티어건이 화면을 보며 말한다. "엄마 거예요. 엄마는 알고 있어요. 제가 휴대폰을 가져가고 언제 집에 온다고 하는 내용의 메모를 남기긴 했는데, 엄마가 그래도 걱정이 되나 봐요. 전화를 받아야 할까요?"

뭐라고 대답해야 할지 모르겠다. 이런 종류의 상황에 처해본 건 난생 처음이다. 티어건이 전화를 받으면 엄마에게 얘기를 해야 할 것이고, 그러면 티어건의 엄마는 분명 어디에 있는지 물을 것이다. 그리고 곧바로 차를 몰고 이곳으로 오겠지. 하지만 티어건이 전화를 받지 않으면, 메모를 남겼든 아니든 티어건의 엄마는 걱정하다가 병이날지도 모른다. 이 아이는 이제 겨우 열 살이니까.

내가 티어건에게 할 말을 생각해 내기도 전에 전화벨 소리가 멈춘다. 그래서 우리는 결정할 필요가 없게 되었다.

"나중에 전화하면 될 거예요. 그러면 엄마도 걱정할 필요가 없을 거고 제이슨이 홈런을 치기 전에는 올 수도 없잖아요." 티어건이 말한다.

우리는 잠시 서로를 뻔히 쳐다보고, 이어서 티어건이 버튼을 눌러 전화기를 끈다. 나는 무슨 말을 해야 할지 뭘 해야 할지 알 수가 없어서 그냥 식탁으로 가서 앉는다. 시럽을 뿌린 와플을 두 입 먹는데 ─ 티어건 말대로 정말 맛있다 ─ 담요와 베개에 묻힌, 징징거리는 소리가 들린다.

"나 좀 내버려둬! 더 자고 싶단 말이야!"

"밤새 잤잖아. 정신을 안 차리면 홈런을 칠 수가 없어. 그리고 네 스윙의 허점을 없애지 못하면, 그것도 문제잖아."

제이슨이 번개보다 빠른 속도로 벌떡 일어난다. 머리카락이 사방으로 날린다.

"아침이야? 여기 시카고야?"

"따라와." 티어건이 말한다. 그리고 나를 쳐다보며 "맥브라이드 할아버지도요."라고 말한다.

티어건은 우리 둘을 이끌고 주방을 나가 작은 계단으로 간다. 계단을 다 올라가니 발코니가 나오고 바로 위에 전철역의 'L'자가 있다. 바로 그때 열차 한 대가 덜컹거리며 지나가면서 입 안의 의치가 덜거덕거린다. 제이슨이 두 손을 귀에 대고는 괴로워서 들을 수가 없다는 듯 몸을 움츠린다.

"아 정말……." 제이슨이 뭐라고 말하려는데 덜컹거림이 마침내 멈춘다. 솔직히 말해, 그렇게 잘 참는 제이슨을 보면서 나는 감동받는다. 얼마 전만 해도 욕설로 끝났을 텐데. "우리를 여기 왜 데려온 거야? 고막을 날려버리려고 데려온 거야?"

"아니, 이 심통꾸러기야. 잠깐 있어봐."

티어건이 발코니 한구석으로 가더니 머리를 길게 빼고 건물의 옆을 둘러본다. 티어건이 몸을 다시 세울 때, 그 아이의 땋은 머리가 세상 무엇보다 환한 미소를 감싼다. 나도 제이슨과 함께 몸을 기울여 건물 주위를 보고 나서야 티어건이 왜 그렇게 수선을 피웠는지 이해한다. 모든 것을 비추는 리글리 야구장 타워의 불빛들. 탁 트인 관중석, 녹색의 잔디, 미풍에 펄럭이는 깃대들. 그것 모두가 바로 거기에 있다. 짧은 찰나의 순간, 나는 다시 스물다섯 살이 된 기분이 든다. 시속 140킬로미터의 속구를 센터와 좌익수 사이로 날린 다음 훅 슬라이딩으로 2루에 들어갈 수 있을 것 같다.

"다 물리쳐버릴 거야." 제이슨의 말을 듣고 티어건이 킥킥 웃는다. 그때 티어건도 윌래메트 노부인의 정원에 있었으니까.

"그러려면 아침을 든든히 먹어야지." 내가 말한다. 그리고 아이들과 함께 와플이 우리를 기다리고 있는 주방으로 돌아온다.

제이슨은 내 말을 곧이곧대로 받아들인다. 머핀과 와플을 어찌나 열정적으로 입에 밀어 넣는지, 나는 제이슨에게 입을 다물고 음식을 씹으라는 말도 감히 하지 못한다. 포크를 제대로 쥐라고도 못한다. 잠옷 소매 대신 냅킨을 사용하라고도 못한다. 참 나. 마침내 제이슨이 의자에 등을 기대더니 두 손을 불룩한 배 위에 올려놓는다. 미처 숨 쉴 틈도 없이 계속해서 음식을 퍼 넣었던 터라 산소마스크를 입에 대고 두세 번 크게 산소를 들이마신다. 몇 초 뒤, 나는 야구 하던 시절 이후로 처음 들어보는 엄청나게 큰 트림 소리에 놀라서 하마터면 의자에서 뛰어오를 뻔 한다.

제이슨이 자기 인생에서 가장 자랑스러운 순간인 듯 활짝 웃다가, 내가 노려보는 걸 알고는 조금 순하게 말한다. "죄송해요."

바로 그때, 제이슨의 두 눈이 잠깐 공허해진다. 텅 빈 것 같다. 제이슨이 얼굴에 마스크를 꽉 대고 힘겹게 호흡을 하지만 도움이 되는 것 같진 않다. 자신에게 벌어지는 일이 혼란스러운 듯 그 아이 이마에 깊은 주름이 만들어진다. 나는 제이슨이 이 자리에서 쓰러질지도 모른다고 생각한다.

티어건과 나 둘 다 뭘 어떻게 해야 할지 몰라 제이슨을 그냥 쳐다만 보고 있다. 또 한 대의 열차가 머리 위로 덜컥거리며 지나가고, 그 소리가 내 마음 속 혼란과 한데 섞인다. 하지만 그때 뭔가가 지나가고 제이슨이 다시 몸을 조금 더 펴지만, 여전히 전보다는 기운이 빠진 것 같다. 우리 모두 와플의 달콤한 냄새 너머로 서로를 바라본다.

"깜빡 잊고 차에 뭘 두고 왔어요." 제이슨이 말한다.

제이슨이 조리대에서 내 차 열쇠를 움켜쥐더니 방금 전 거의 죽을 뻔했던 일 같은 건 아예 없었다는 듯 현관문으로 뒤뚱뒤뚱 걸어간다. 나는 창문 밖으로 제이슨을 계속 바라보지만, 그 아이는 괜찮다. 차 문의 잠금을 풀고, 뒷문을 열고, 작은 엉덩이를 허공으로 쳐들고 뭔가를 찾는다. 그리고 마침내 비디오 게임기를 품에 안고 차에서 몸을 뺀다. 게임기의 줄들이 발 근처에서 대롱거린다. 제이슨은 집에 들어오자마자 아무 말 없이 기계를 전원에 연결한다. 나는 그 모습을 놀라서 쳐다본다. 어떤 줄이 어디로 가는지 혹은 텔레비전을 켜려면 리모컨에서 뭘 눌러야 하는지 그 아이는 어떻게 다 아는 건지 진짜 모르겠다. 하여튼 어찌어찌해서 제이슨이 게임기를 켜자 게임기는 마치 새 자동차처럼 유연하게 작동한다.

우리는 꽤 오랫동안 게임을 하고, 그동안 티어건은 모든 동작을 지켜본다. 제이슨은 우리 둘이 서로 경쟁하게 하면서도 외계인을 피하며 상대보다 먼저 '절대 무너지지 않는 성'을 짓는다. 제이슨의 손가락이 컨트롤러 위에서 어찌나 빨리 움직이는지 나는 그 아이가 정확히 뭘 하는지도 모르겠다. 내가 상황을 파악하기도 전에 제이슨은 멋진 모습의 성을 완성하고 그 아이의 캐릭터는 외계인의 우주선에 총을 쏘고 있다. 그리고 조금 있다 외계인의 우주선이 땅에 떨어지자 제이슨은 소파에서 벌떡 일어나더니 환호성을 지른다. 내가 상황을 몰랐다면 그 아이의 심장이 완전히 정상이라고 생각했을 것이다. 제이슨이 블루베리 머핀 하나를 통째로 입에 집어넣고는 우물우물 씹으며 말한다.

"할아버지는 진짜로 점점 나아지고 있어요. 그러니까 내 말은, 마스터랑 경쟁할 정도는 아니지만 그렇다고 아주 형편없지도 않아요."

"네가 더 품위 있는 승자가 될 수도 있을 텐데. 꼭 알아둬라. 품위 있게 이기는 건 중요하고, 품위 있게 지는 것도 중요한 거야." 내가 말한다.

"저기요, 할아버지는 진짜 이상한 말을 하네요."

"맥브라이드 할아버지 말씀을 들어야 해. 네가 경기에서 지고 화를 내면, 아무도 너하고 경기하고 싶어 하지 않을 거야. 이겼을 때 못되게 굴어도 마찬가지야." 티어건이 끼어든다.

"난 못되게 굴지 않았어. 할아버지한테 아주 형편없지는 않다고 했잖아."

티어건이 제이슨을 보며 고개를 흔든다. 그 아이가 함께 있어서 기쁘다. 티어건은 사리분별을 잘 한다.

"경기에서 지면, 상대 선수하고 악수를 하면서 좋은 경기였다고 말해야 하는 거야. 상대의 승리를 축하도 해줘야 하지. 그리고 네가 이기면, 악수를 하면서 좋은 경기였다고 말하고 상대에게 훌륭하게 경기했다고 말해주는 거야." 티어건이 말한다.

제이슨이 컨트롤러에 있는 내 두 손을 빤히 보는 것 같다.

"하지만 상대가 경기를 잘 못했으면 어떡하지? 거짓말을 하라는 거야?"

"어느 정도는 존중을 해주는 거지. 성숙한 사람이란 그런 거야." 내가 말한다. 하지만 목소리를 그렇게 날카롭게 할 생각은 없다.

제이슨은 내가 자기에게 대학 수준의 철학을 가르치려 하는 것 같은 표정을 짓는다. "하지만 나는 성숙한 사람이 아니에요. 열 살이에요."

맞는 말이라고 생각한다. 그것이 변명이 되는지는 잘 모르겠지만. 제이슨은 게임을 다시 시작하면서 머핀을 하나 더 입에 집어넣는다.

"야 티어건. 너 샤워나 뭐 그런 거 안 해도 되는 거야?"

"미안하지만 다시 말해 줄래?" 티어건이 두 손을 허리에 대고 서서 제이슨을 내려다본다.

"뭐야, 너도 할아버지에게 말하는 법을 배운 거야?"

티어건은 꼼짝도 하지 않는다. 아무 말도 하지 않는다. 둘이 동갑이지만, 자기가 제이슨의 큰 누나나 되는 것처럼 서서 제이슨을 내려다본다. 하긴 제이슨의 키를 보면 둘이 동갑으로 보이지는 않는다.

"할아버지하고 잠깐 얘기 좀 해도 될까? 부탁해." 시간이 지나면서 점점 더 불편해지자 제이슨이 작은 소리로 말한다.

"당연하지." 티어건이 말한다. 티어건이 욕실로 들어가고 문이 닫히자마자, 제이슨은 내가 알고 있는 방식으로 텔레비전을 빤히 본다. 이 아이가 이번에는 또 무엇을 물어볼지 궁금하다.

28

"누가 죽는 거 본 적 있어요?"

"당연히 봤지." 나는 정면만 계속 쳐다본다. 게임을 본다.

"누구요?"

"우선, 내 두 아들." 나는 조금 훌쩍거린다. 그렇게 세월이 많이 지났는데도 제니와 아들들 얘기만 꺼내면 곧바로 슬퍼지는 게 여전히 놀랍다. 하지만 제이슨 앞에서 그러는 것에 개의치 않는다. 더는 그러지 않는다.

"진짜 기분 별로였죠."

"내 인생에서 최악의 날들이었지. 아들들이 죽었을 때와 아내 제인이 죽었을 때 말이야. 그렇지만 그들 중 누구의 죽음도 예상하지 못한 건 아니었어. 예상하지 못하면 언제나 더 힘들어지지. 아들들은 죽을 때 나이가 일흔 두 살, 일흔 네 살이었거든. 제니는 아흔 아홉 살이었고. 오래, 살만큼 살았지. 특이한 건 그들이 죽은 게 아니라 내가 살아있는 거야. 그리고 아들들이 떠났을 때는 내게 제니가 있었고, 그래서 우리는 서로에게 의지했지."

곁눈질로 보니 제이슨이 무엇 때문인지 끙끙대는 것처럼 보인다.

"하지만 할아버지가 전에 죽었다면……그러니까, 지금 나랑 여기 있지 않을 거잖아요."

제이슨은 그런 생각 때문에 힘들어하고 있고, 그런 아이 맘을 충분히 알겠다. 어떤 사람이 내 바로 앞에 있는데, 그 사람이 거기에 없다는 생각 그리고 그가 없다면 모든 상황이 달라졌을 거라는 생각……글쎄, 그건 백 살 된 사람에게도 너무 버거운데 열 살짜리 아이야 말해 뭐할까.

"얼마나 많이요?" 제이슨이 말한다.

"뭐가 얼마나 많이?"

"사람들이요. 얼마나 많은 사람이 죽는 걸 봤어요?"

"글쎄. 열 손가락과 발가락으로 다 세지 못할 만큼 봤지. 나는 나이가 많잖니? 대부분의 사람들보다 나이가 많아."

"그건 어때요?"

"사람이 죽는 걸 보는 거 말이니?"

제이슨이 고개를 조금 끄덕인다. 하지만 눈을 마주치지는 않는다. 나는 최선을 다해 제이슨이 듣기 좋게 말하고 싶다. 그 아이가 기분 좋아지도록. 하지만 어쩐지 솔직하게 말하는 게 낫다는 느낌이 든다.

"어떤 사람, 특히 네가 사랑하는 사람이 죽는 건 말이지, 그건 그 사람들이 떠날 때 네 일부도 가져가는 것과 같아. 그들이 숨을 멈추는 그 순간 네 일부도 잃어버리는 것 같지."

내 앞에 있는 이 아이가 떠나는 걸 봐야 한다면, 내게서 얼마나 많은 부분을 잃게 될까라는 생각을 나는 할 수가 없다. 생각하고 싶지도 않다. 아들들과 아내가 떠난 뒤로, 그런 부당함을 지켜볼 만한 힘이 이제 내게 남아있는 것 같지가 않다.

"진짜로 슬퍼요? 그런 일이 일어날 때 말이에요."

"엄청나게 아프지. 물론 몸이 아니라 마음이 말이야."

제이슨은 한참동안 말이 없다. 비디오 게임을 하고 있지만 온전히 집중하지는 않는다.

"이것 봐, 기도나 하는 게 좋을 거야." 그 아이가 외계인 우주선을 쏘면서 이렇게 속삭인다. 평소라면 목청껏 소리 높여 그 말을 했을 것이다.

창밖을 내다보니 네 명의 젊은 가족이 미니밴에 올라타고 어딘가로 떠난다. 휴가인가 보다. 아니면 가족을 방문하거나. 어쩌면 그냥 슈퍼마켓에 가는 건지도 모르겠다. 그들은 왜 그렇게 할 수 있는 건지 난 이해하지 못하겠다. 왜 제이슨은 그런 삶을 살 수 없는 건지 이해하지 못하겠다. 그냥 마구잡이인 것 같다. 그건 불공평하다.

제이슨이 말한다. "내 장례식을 미리 생각해놓고 싶어요. 너무 엉망이 되지 않게요."

"그런 말 하지 마. 넌 안 죽을 거야."

"아닌 거 알잖아요. 죽게 될 거예요. 곧이요."

"누가 그런 말을 했지?"

제이슨이 어깨를 조금 으쓱한다. "의사들이요."

의사들은 그런 말을 아이에게 꼭 해야 하는 걸까? 내가 볼 때

의사라면 아이에게 희망을 가득 줘야 할 것 같은데. 희망이 조금도 없는 경우가 아니라면 말이다.

"그건 있잖아, 의사들은 네가 매순간을 즐길 수 있게 하려고 그러는 거야. 만일의 경우에 대비해서 말이야."

"뭐라고요? 그런 거면 의사들은 진짜 멍청한 거네요. 자기가 죽을 지도 모른다고 생각하는데 어떻게 뭘 즐겨요? 그건 진짜 힘든 거죠."

의사에 대해 그렇게 말한다고 제이슨을 야단쳐야 하지만, 그럴 수가 없다. 그 병원에서 봤던 의사의 행동을 내가 제대로 파악한 거라면, 제이슨은 가능성이 그렇게 많지 않을 것이다. 어쩌면 정말 자신의 장례식을 생각해봐야 할지도 모른다. 하지만 어떻게 포기할 수 있을지 모르겠다. 이런 아이를 어떻게 포기할 수 있을지.

티어건이 머리를 다 땋은 상태로 욕실에서 나오는데 강한 딸기 향이 방을 가득 채운다.

텔레비전 화면에서는 외계인 우주선이 돌아오고 우리 둘의 캐릭터들은 총을 쏘기 시작한다. 하지만 그건 중요하지 않은 것 같다. 외계인들이 우리에게 폭탄을 떨어뜨리고 게임은 금세 끝난다. 제이슨이 처음 내게 게임을 가르쳐줄 때 말한 그때들 중 하나가 지금이다. **어떤 때는 적들이 할아버지가 아무 잘못도 안 했는데 그냥 이유 없이 할아버지를 날려버리기도 해요.**

29

우리가 짐을 다 꾸리고 야구장으로 갈 준비를 할 때쯤 커다란 소나기구름이 서쪽에서 밀려온다. 번개가 하늘에서 번쩍이고 구름이 낮게 드리워진다. 비가 양동이로 들어붓듯 쏟아진다. 벽에 걸린 전화기가 울린다. 전화를 건 사람은 컵스 관계자다. 그는 야구장에 방수포를 쳐 놓아서 원래 계획대로 야구장을 사용하기가 불가능하다고 말한다. 그는 몇 번이나 사과를 하고는 밤에 컵스 경기가 있긴 하지만 내일은 경기장을 사용할 수 있다고 장담한다. 우리가 다섯 시까지 마치기만 하면 선수들이 제 시간에 배팅 연습을 시작할 수 있다고 한다. 비가 많이 온 뒤라도 야구장 상태가 좋으면 그렇게 할 수 있다고 한다. 나는 그에게 고맙다고 인사하고 나서 제이슨과 티어건에게 소식을 전한다.

이미 비디오 게임을 하고 있던 제이슨은 컨트롤러를 소파에 던지더니 옆에 있는 베개를 주먹으로 몇 번 친다. 우리 셋 다 이 아파트에 하루 종일 갇혀 있을 수가 없다. 제이슨은 맥이 빠질 것이다. 티어건은 내가 볼 때 뭐라도 하면서 움직여야 하는 소녀 같다. 그리고 나는 언제인지도 모를 만큼 오래전에 이 도시를 떠난 뒤로 처음 왔다.

"야구장 주변을 돌아다녀보면 어떨까." 내가 말한다. 티어건이 좋아서 꺅 소리를 지르지만, 제이슨은 홈런 치는 일이 미뤄진 것에 아직도 잔뜩 화가 나 있다.

"아니면 전철을 타보거나." 내가 또 말한다.

혹시 고양이가 감전되는 장면이 나오는 옛날 만화를 본 적이 있다면, 제이슨의 반응을 생생하게 그려볼 수 있을 것이다, 제이슨이 뛰어오르는 모습을 보면, 아마 '전철 타기'도 소원 목록에 있었을 거라고 생각할 것이다. 제이슨은 처음 타석에 선 신참선수처럼 흥분한다.

이 도시에 워낙 오랜만에 온 터라 이제 어디가 어딘지 기억이 나지 않지만, 그냥 전철에 올라타서 노선 끝까지 갔다가 다시 돌아오면 된다고 생각한다. 다행히 아파트에서 한 블록도 안 되는 곳에 역이 있다.

우리 셋 다 용케도 잊어버리지 않고 챙겨온 비옷을 집어 들고는 벽장에서 우산을 찾아낸다. 거리를 걷는 것만으로도 나는 강렬한 느낌을 받는다. 골목의 빵집에서 풍겨오는 냄새, 몇 분마다 땅을 흔들며 'L'역에서 들리는 덜커덩 소리가 새롭게 다가온다. 심지어 피부에 닿는 공기의 느낌도 다르다. 우리가 레몬그로브와 다른 세상에 있는 것 같다.

'L'역에 들어서서 매표원을 찾아보지만, 매표원이 보이지 않는다. 이상하게 생긴 구멍과 말이 안 되는 글자가 있는 기계들만 약 1미터 정도 간격으로 있을 뿐이다. 그 기계를 몇 분 동안 들여다보고 나서야 신용카드를 넣는 구멍이 있다는 걸 깨닫지만, 신용카드 같은 걸 가져본 적이 없다. 옛날식 지폐와 동전들만 있을 뿐이다. 표를 끊는 기계 너머로 회전문 같은 것이 여러 개 보이는데, 사람들이 거기에 뭔가를 대고 문을 통과하는 것 같다.

"너희는 이걸 어떻게 이용하는지 아니?" 내가 묻는다.

"저번에 엄마를 따라 시내에 가본 적이 있어요." 티어건이 말한다. 그리고 기계를 자세히 들여다본다. "스카이 덱과 수족관에 갔거든요. 다 관광객에게 인기 있는 곳이에요. 그때 우리가……맞아요, 할아버지, 제게 돈 좀 줘보실래요?"

나는 재킷 주머니에서 현금을 꺼낸다. 얼마나 줘야 하는지 아예 몰라서 가진 돈을 전부 내민다. 티어건이 5달러짜리 지폐를 살짝 빼내고 나는 나머지를 다시 주머니에 집어넣는다. 잠시 뒤에 티어건이 우리 각자에게 표 한 장씩을 나눠주고, 우리는 회전문을 통과한다. 제이슨의 산소통을 끌고 콘크리트 계단을 올라가는 일이 조금 힘들지만, 우리는 교대로 그걸 들고 한 번에 몇 계단씩 운반한다. 드디어 플랫폼에 이르고 전철에 올라탄다.

전철의 쿠르릉 소리, 선로에 부딪치는 끼익 소리, 그리고 전철이 지나는 마을들, 이 모든 것이 나를 젊은 시절로 데려간다. 15년 동안 나는 이 도시에서 야구를 했다. 15년 동안 'L'을 타고 그 아름다운 호수를 보고 '친밀한 울타리'(리글리 야구장의 별칭)에서 내가 좋아하는 경기를 했다. 다시 젊은이가 되어 단 하루 영광스러운 날을 맞을 수 있다면 뭔들 주지 못할까.

전철에는 온갖 종류의 사람들이 있다. 정장을 입고 넥타이를 맨 세련된 사업가들이 있다. 아이들이 있는 가족들도 있다. 그 부모들은 우리에게 아주 친절하게 굴면서도 그러는 내내 우리가 어떤 사람들인지 도무지 모르겠다는 듯 곁눈질로 훔쳐본다. 집도 없이 돈을 구걸하는 사람들도 많다. 물론 이런 모습이 그렇게 불편하지는 않다. 바로 그런 게 도시니까. 이곳에 살 때 그런 사람들을 수도 없이 봤고, 그때도 불편하지 않았다. 그때 역시 내 삶에서 그저 하나의 시기였을까. 괴팍한 노인네가 되기 전의 시기.

티어건은 나처럼 전철을 타고 가는 일에 온 정신을 집중하고 있지만 제이슨은 도무지 자리에 앉으려 하지 않는다. 그 아이는 가장 가까이에 있는 기둥을 잡고 올라가려다가, 내가 그러지 말라고 하자 자기 의자 아래로 머리를 디밀고 이리저리 둘러본다. 제이슨이 산소통에 전혀 신경을 쓰지 않기에 내가 그것을 잡고 굴러가지 않게 한다. 제이슨은 가만히 앉아있지 못한다. 지푸라기라도 잡는 심정으로 티어건을 바라보자, 그 아이는 내 심정을 그대로 압축해서 보여주듯 두 눈을 부라린다.

종점에 도착하자 제이슨이 빗속에서 마치 춤을 추듯 빙그르 돌며 출구의 회전문을 통과한다. 내가 돌아오라고 하는 데도 전혀 듣지 않는다. 감사하게도 티어건이 달려가 제이슨을 잡는다. 제이슨을 데려오면서 조금 멋쩍어하지만 그래도 아까와 비슷하게 눈을 크게 뜨고 있다. 나는 용케도 산소통을 놓치지 않고 들고 왔다. 그것을 제이슨에게 돌려줘야 한다고 생각하지만, 사실 지팡이처럼 쓰니까 아주 편하다. 제이슨도 내가 자기 산소통을 지팡이로 쓰는 것에 별로 신경 쓰지 않는 것 같아서 나는 그냥 가지고 있다.

빗줄기가 약해지긴 했지만 여전히 내린다. 비도 피할 겸 아이들을 데리고 골목에 있는 빵집으로 들어가 머핀 하나와 블랙커피를 주문한다. 티어건은 오렌지 주스와 사과를 주문하고 제이슨은 시나몬 롤 두 개와 우유 큰 컵을 주문한다. 제이슨은 시나몬 롤을 다섯 개 주문하려 했지만 내가 두 개면 충분하다고 말했다. 나는 지갑에서 20달러짜리 지폐를 꺼내고 남은 돈을 센다. 20달러 지폐 세 장 남은 게 전부다. 오늘 저녁은 아주 특별한 경우이므로 밖에서 저녁을 사 먹고 집에 갈 연료비를 하기에 충분하다. 아침과 점심은 아파트에서 먹을 생각이다.

그 순간, 안나에게 우리와 연락할 수 있는 방법을 알려줬어야 했다는 생각이 든다. 물론 티어건이 자기 엄마의 전화기를 가지고 있지만, 안나에게 전화번호나 뭐 그런 걸 줬다면 내 마음이 더 나았을 텐데. 안나가 제이슨 걱정을 너무 많이 하지 않으면 좋겠다. 안나가 없는 곳에서는 내가 가능하면 아버지 역할을 해야 할 것 같다. 그래서 제이슨 입에 설탕이 묻은 것을 보고 주머니에서 손수건을 꺼내 그 아이의 얼굴을 닦는다. 하지만 제이슨은 얼굴을 획 돌린다.

"더러워요. 그 손수건에 계속 코를 풀었을 거잖아요."

"깨끗한 거야. 내가 코 푼 손수건으로 네 얼굴을 닦을 거 같니?"

하지만 제이슨은 내 말을 믿지 않는 것 같다. 아이는 제 옷소매로 입을 닦는다. 아예 닦지 않는 것보다는 낫겠지. 음식을 다 먹고 나니 어서 집에 돌아가야 할 시간이다.

전철에 올라타니 눈꺼풀이 무겁다. 이 아이들을 내가 책임져야 하므로 어떻게든 눈을 뜨고 있으려 하지만, 급격히 꺾이는 커브볼만큼이나 눈 깜빡임이 느려진다. 잠시 뒤에 티어건이 내 어깨를 톡톡 친다. 우리가 내릴 역이다. 누가 누구를 책임지고 있는지 잘 모르겠다. 내게 제이슨의 산소통이 없는 걸 깨닫고 나는 깜짝 놀란다. 다시 보니 제이슨이 쥐고 있다. 내 바로 옆에서 산소마스크를 입에 대고 심호흡을 한다.

나는 저녁을 먹기 전에 아파트에 가서 잠깐 낮잠을 자자고 얘기해보지만, 제이슨은 별로 내키지 않는 눈치다. 배가 너무 고파서 금방이라도 쓰러질 것 같다고 한다. 우리는 야구장 쪽에 있는 웨이브랜드 애비뉴를 걸으면서 레스토랑들을 들여다본다. 대개는 싸구려 술집과 바가지를 씌우는 나이트클럽 등, 아이들을 데리고 절대 들어가고 싶지 않은 곳들이다. 그러다 가족들이 식사하기에 좋은 멕시칸 식당을 발견하고서 나는 드디어 저녁 먹을 장소를 찾았다고 생각한다. 어떻게든 두 다리를 빨리 쉬게 해줘야 한다.

그런데, 한쪽 벽에 매달린 텔레비전에서 나오는 화면을 보고 늙은 내 심장이 그야말로 덜컹 내려앉는다. 바로 거기에, WGN 다섯 시 뉴스에 제이슨과 티어건의 사진이 아주 또렷하게 떠 있다. 그 사진 위에는 커다랗고 선명한 붉은색 글씨로 '실종'이라는 제목이 박혀 있다.

"아 어떡하지. 날짜가 연기되었을 때 엄마에게 전화해야 했는데 잊어버렸어요. 할아버지, 이제 어떡해요?" 티어건이 말한다.

뭐라고 대답해야 할지 모르겠어서 나는 그저 고개만 흔든다.

하지만 제이슨은 웃음을 참지 못하고 웃는 사이사이에 겨우 말을 한다. "우와. 진짜. 끝내준다!"

"누가 우리를 보기 전에 아파트로 돌아가는 게 낫겠다. 아파트에서 음식을 배달해 먹자."

제이슨에게 산소통을 들게 하고, 나는 아이들의 손을 잡고 다시 밖으로 나가 아파트로 향한다. 아파트에 거의 다 왔을 즈음 어떤 목소리가 우리를 멈춰 세운다.

"이것 좀 봐." 고개를 돌려보니 열두 살쯤 되어 보이는 남자아이들 네 명이 서 있다. 그런데도 우리가 감옥에 가는 건 아니라는 걸 깨닫는데 시간이 좀 걸린다.

남자아이들 중 하나가 말한다. "테드 윌리엄스야."

또 다른 소년이 티어건 바로 옆에 와서 선다. 아주 바짝.

"아니야. 데이빗 오티스야."

티어건은 야구복을 입은 모습이 아주 귀여워 보인다. 이 소년들은 티어건처럼 아무 잘못도 없는 아이를 괴롭힐 권리가 없다. 이 아이들은 불량배들이다.

"네가 모를까봐 하는 말인데, 여자아이들은 야구를 할 수가 없어." 첫 번째 아이가 말한다.

"그래서 여자아이들이 소프트볼을 하는 거지. 여자아이들은 공이 더 커야 공을 칠 수 있거든."

"얘들아, 나 좀 보자. 이 아이한테 그런 식으로 말하면 안 돼. 그리고 이 아이는 너희들 중 누구보다도 홈런을 잘 칠 수 있단다." 내가 말한다.

나는 이 아이들에게 굉장히 화가 난다. 이 아이들이 티어건처럼 아무 잘못도 없는 여자아이를 괴롭히려고 억지를 부린다고 생각하니 그렇다. 자기들에게 아무 짓도 하지 않은 여자아이를 말이다. 정말 구역질나는 일이다. 요즘 학교에서는 아이들에게 뭘 가르치는지 모르겠다. 제이슨도 화가 나는 눈치다. 제이슨은 내 바로 옆에 서서 자기 손바닥을 주먹으로 치고 있다.

남자아이들이 떠들썩하게 웃는다. 제이슨의 행동 때문에 웃는 건지 아니면 늙은이가 한 말을 비웃는 건지 잘 모르겠다.

내가 제이슨과 티어건이 남자아이들 쪽으로 가지 않도록 둘의 어깨를 잡고 있는데 남자아이 하나가 말한다. "알았어. 네 꼬마 남자친구랑 집에나 가봐."

제이슨이 자기 어깨를 꽉 잡고 있는 내 손을 벗어나더니 네 아이 중 가장 큰 아이에게 다가간다. 제이슨보다 두 배쯤 큰 그 아이가 제이슨을 내려다본다.

"후회할 거다. 이 멍청한 놈아!" 제이슨은 이 말을 내뱉더니 그 아이의 사타구니를 주먹으로 친다.

남자아이가 신음소리를 내며 몸을 완전히 접는 걸로 봐서 제이슨이 그 아이를 아주 제대로 때린 것 같다. 그걸 보며 첫 번째로 든 생각은 이 상황이 순식간에 엉망이 될 수 있겠다는 것이다. 그렇다고 해도 나는 아무것도 할 수 없는 입장이다. 40년 전이었다면 모르겠지만, 요즘은 그렇다. 다행히 나머지 세 아이는 눈앞의 상황이 TV에서 하는 코미디보다 더 재미있다고 생각하는 모양이다. 그 아이들은 서로 기대고 웃다가 급기야는 다 함께 옆구리를 잡고 길에 쓰러지기까지 한다. 제이슨에게 맞은 아이는 두 손으로 은밀한 부위를 움켜쥐고 무릎을 꿇으며 털썩 주저앉는다. 그 모습을 보고 남자아이들이 더 크게 웃는다. 쓰러진 아이를 손가락으로 가리키고 소리를 지르고 낄낄거리며 웃는다. 그러고도 친구라고. 그러는 동안, 바닥에 앉은 아이는 얼굴이 약간 창백해진다. 한쪽 무릎을 꿇고 금방이라도 토할 것처럼 한 손을 입에 댄다.

그리고 제이슨은? 제이슨은 가슴을 있는 대로 쫙 펴고, 턱을 치켜들고, 입을 쭉 내밀고 있다.

그러면서 이렇게 말한다. "내가 옆에 있는 한 아무도 이 아이를 괴롭힐 수 없어."

이 말을 듣고 세 아이는 또 한 번 웃음을 터뜨린다. 바로 그때, 제이슨에게 맞은 아이가 얼굴을 잔뜩 숙이고 길거리에 한바탕 토한다.

"이럴 줄 알았지." 제이슨이 그 아이 쪽으로 몸을 기울이며 말한다. 그러고는 티어건의 손을 잡고 다른 한 손으로는 산소통을 쥐고 자리를 떠난다.

나도 아이들을 뒤따라가 잠시 뒤에 둘을 따라잡는다. 아이들 옆에 서니 티어건이 마치 처음 보는 사람인 듯 제이슨을 빤히 본다. 나 역시 제이슨이 그렇게 행동할 줄은 정말 몰랐다. 정말 그렇다. 제이슨은 민디 애플게이트에게 키스하고 났을 때와 똑같이 활짝 웃고 있다. 미소가 너무 커서 얼굴 밖으로 나오려고 할 정도다.

"내가 말했잖아요." 제이슨이 내게 말한다.

"뭘 말이니?"

"영화에서는 다 그렇게 한다고요. 슈퍼히어로는 언제나 도움
이 필요한 여자를 구한다고요."

30

제이슨이 슈퍼히어로의 소원을 이루고 잔뜩 흥분한 뒤에, 우리는 서둘러 아파트로 돌아와 지오다노에서 시카고 식 피자를 배달받는다. 내가 지금까지 먹어본 피자 중 가장 엉성한 피자지만 아마도 가장 맛있는 피자이기도 할 것이다. 어쨌거나 셰프 보야디보다 나은 게 확실하다. 제이슨과 티어건에 대해 새로운 뉴스가 있는지 보려고 텔레비전을 켜지만, 대형 픽업트럭과 노인들이 '젊었을 때처럼 활동하기' 바란다면 먹어야 하는 약 광고가 대부분이다. 제이슨이 커다란 의자에 털썩 앉아 정복자 영웅처럼 오토만을 발로 찬다. 하지만 나는 창문으로 가서는 당장이라도 경찰이 아파트 문을 두드릴지도 모른다고 생각하며 커튼을 조금 들춰본다.

"맥브라이드 할아버지, 괜찮으세요?" 티어건이 묻는다. 티어건은 내 소매를 조금 잡아당기기까지 하는데, 그걸 보며 그 아이가 사실은 얼마나 어린지 새삼 실감한다.

"내가 실수한 거야. 너희처럼 어린아이들을 데려오는 게 아니었어. 내가 뭔가 좋은 일을 하고 있다고 생각했지만, 아무래도 잘못한 것 같구나." 내가 말한다.

티어건이 나를 따라 창밖을 본다.

"엄마는 언제나 '의도가 중요한 거야.'라고 말해요. 예를 들면 제가 접시를 떨어뜨려 깨뜨렸을 때 말이에요. 저는 저녁을 먹고 설거지하는 걸 도우려고 했던 거잖아요. 어쩌면 할아버지는 접시를 깨신 거예요. 그런 일이 때때로 일어나잖아요." 티어건이 어깨를 으쓱한다.

이 어린아이 덕분에 기분이 좀 나아진다. 하지만 그렇다고 해서 여기에 실종된 두 아이가 있으며, 내가 아이들에게 무슨 일이든 일어날 수 있는, 몇 백만 명이 사는 도시의 아파트에 두 아이를 숨기고 있다는 사실이 달라지지는 않는다. 내가 옳은 일을 한 건가 아니면 잘못된 일을 한 건가? 잘 모르겠다. 이전에는 아주 분명했다. 옳은 일을 하는 것이 합법적인 일을 하는 것보다 더 중요하다는 것. 그렇지만 경찰이 아이들을 찾고 있다는 걸 알면서 이 아파트에 틀어박혀 있는 것, 이건 좀 모호하다.

"난 슈퍼히어로 이름이 필요해요." 제이슨이 안락의자에서 자기 손톱을 들여다보며 심드렁하게 말한다.

나는 제이슨 옆에 앉는다. 우리가 처한 상황에 대해 지나치게 생각하지 않으려 한다. 이미 벌어진 일이다. 아이들을 당장 집으로 데려갈 수도 있고 아니면 하룻밤 더 머물면서 제이슨이 다음 소원을 이루도록 도울 수도 있다. 그런 식으로 생각하니 선택의 여지가 전혀 없다.

"좋아, 그렇다면 뭐 생각해 본 이름들이 있니?" 내가 말한다.

"고추 정복자가 마음에 드는데요. 어때요?"

"더 제대로 된 이름을 생각해봐야 할 것 같구나."

"좋아요. 그렇겠죠. 조스, 급소의 파괴자는 어때요?"

제이슨이 그런 말을 어디서 들었는지 모르겠다. 아마도 텔레비전이겠지.

"스트롱 보이는 어떠니?"

"뭐라고요? 진심이에요? 그건 은하계에서 최악의 슈퍼히어로로 이름이 되겠네요." 제이슨은 심각한 대화라도 하는 양 발을 바닥에 대고 몸을 앞으로 기울인다. "솔직히 말해서 내가 제일 한심하고 멍청한 슈퍼히어로로 이름을 생각해 내려고 머리를 쓴다고 해도요, 아마 억만 년이 걸려도 스트롱 보이보다 더 형편없는 이름은 생각해 내지 못하겠네요."

"좋아, 좋아, 알았어. 그렇게 성질 낼 필요는 없잖니. 그냥 생각해본 거야."

"아, 생각났어요." 제이슨이 허공에서 두 손을 맞대더니 앞에 있는 단어들을 보는 것처럼 두 손을 펼친다. "안개 그림자."

"제이? 안개에는 그림자가 없어." 티어건이 말한다.

"그런 건 중요한 게 아니야. 멋지잖아. 그게 중요한 거지. 지금부터, 앞으로 영원히, 나는 내 진짜 이름을 제대로 부를 때만 대답할 거야. 안개 그림자."

"아, 진짜 더는 못 들어주겠다. 나는 가서 잘래." 티어건이 고개를 절레절레 흔든다.

"뭐야, 네 생명을 구해줬는데 고마워하지도 않는 거야?" 제이슨이 말한다.

티어건이 두 손을 맞대고 거기에 한쪽 뺨을 대더니 눈을 깜빡인다.

"그래 맞아. 너는 정말 용감해. 눈앞의 위험에 맞서서 힘과 용기를 보여준 네게 나는 평생 고마워할 거야."

"아주 좋아." 제이슨의 대답에 티어건은 고개를 흔들며 참지 못하고 씩 웃는다.

"다들 안녕히 주무세요."

티어건이 자러 간 뒤, 제이슨은 두 발을 소파 위에 올리더니 앞으로도 한참 거기에 앉아 있을 것처럼 책상다리 자세를 한다.

"할아버지는 어떤 슈퍼히어로가 되고 싶어요?" 제이슨이 묻는다.

"나는 그런 거에 대해 잘 몰라."

"세상을 구하고 싶지 않아요?"

"세상을 구한다고? 물론 그러고 싶지. 하지만 난 현실주의자거든."

"그게 뭔데요?"

나는 제이슨에게 이렇게 설명하려 한다. 현실주의자란 모든 것을 좋든 나쁘든 있는 그대로 보는 사람이다. 어떤 사람들이 얘기하는 무지개와 나비에 속지 않는 사람이다. 세상이 힘들고 냉정한 곳일 수 있다는 걸 아는 사람이다. 하지만 그 얘기를 꺼내기 직전에 뭔가가 나를 막는다. 그것은 아마도 내가 말하는 내용이 자기에게 정말로 중요하다는 듯 몸을 앞으로 기울이는 제이슨의 모습일 것이다. 그리고 내가 자신과 함께 이 일들을 믿기를 바란다고 말하는 듯한, 그 아이 눈에 어리는 빛일 것이다. 게다가 사람은 내 나이가 되면 자신이 인생에서 이룬 것들에 대해 생각하게 된다. 나중에 세상을 떠났을 때 사람들이 자신에 대해 어떤 얘기를 할지에 대해서도.

"나도 슈퍼히어로가 되고 싶은 것 같구나. 그럴 수만 있다면 말이지."

"얘기 잘했어요. 할아버지는 아마 될 수 없을 거예요. 할아버지처럼 고약한 슈퍼히어로는 본 적이 없거든요."

"저기 말이지, 사람들한테 고약하다고 하면 안 돼. 그건 무례한 거야."

제이슨은 좋은 말을 쓰려고 꽤나 노력하고, 나는 그 점에 대해 아이를 칭찬해야 한다. 그런데 제이슨이 참질 못하고 웃음을 터뜨린다. 조금 지나서야 나는 제이슨이 웃은 게 내 대답이 고약하다고 생각해서라는 걸 깨닫는다. 그런데 생각해보면, 그건 조금 이상하다. 사실 나는 세상이 아주 놀라운 곳이라고 생각한다. 그런데 언제부터 그런 마음과 전혀 다른 단어나 말투를 쓰게 되었는지 잘 모르겠다. 사람은 작은 일들에 좌절하기 쉽고, 특히 백년이라는 세월을 살다보면 많은 일에 야박해지는 것 같다. 하지만 여기 이 아이는 아주 특별하다. 사형선고를 받고도 여전히 웃고 농담하며 돌아다닌다. 뭐든 그리 심각하게 받아들이지 않는다. 삶에 대한 열정을 잃지 않는다.

"알았다. 할아버지는 휠체어를 타고 다니면서 아기들하고 노인들한테 기저귀를 나눠주는 슈퍼히어로가 될 수 있어요. 슈퍼기저귀 맨!" 제이슨이 말한다. 제이슨은 그 이름을 굉장히 재미 있어 한다. 나는 인상을 쓰지 않으려고 애쓴다.

"아, 아, 알았어요. 슈퍼히어로는 너무 부담스러울 수 있겠네 요. 할아버지는, 그러니까, 특수요원이라고 하는 게 좋겠어요. 어 떤 특수요원이 되고 싶어요?" 제이슨이 또 말한다.

"정확히 말을 못하겠구나. 그냥 좋은 일을 하려고 노력해야 겠지."

"머리 맥브라이드, 좋은 일을 하는 특수요원." 제이슨이 다시 킥킥 웃는다. 갑자기 바다 소리가 들린다. 캘리포니아에서 들려 오는 소리 같다. 하지만 그건 사람들의 수면을 돕는 기계에서 나 는 소리일 뿐이다. 티어건이 우리 목소리가 들리지 않게 하려고 그 소리를 틀어놓은 것 같다. 제이슨이 침대 가장자리에 놓인 비 디오 게임 컨트롤러를 본다.

"안개 그림자가 전능한 신들과 흡혈 외계인들의 게임을 하자 고 그대에게 도전한다."

내가 3인칭 슈퍼히어로 이름을 사용하는 아이를 상대할 수 있 을지 모르겠지만, 어쨌든 컨트롤러를 잡는다. 제이슨은 게임을 시작한다. 그동안 꽤 여러 번 게임을 한 터라 내가 이길 가능성 이 없다는 걸 알지만, 나는 아무 말 하지 않는다. 제이슨은 자기 가 거둘 수 있는 승리라면 뭐든 다 차지해야 한다.

"어떤 사람들은 이 세상에 다시 돌아올 수 있다고 생각하는데, 알고 있었어요? 그러니까 죽은 사람이 말이에요. 환생인가 뭐 그 렇다고 하던데요." 제이슨이 말한다.

"환생. 그런 말 들어본 적 있어."

"맞는 말인 것 같아요?"

솔직히 말하면, 어떻게 생각해야 하는 건지 나도 잘 모르겠다. 그 얘기를 제임스 신부에게 한 번도 해본 적 없지만, 제니와 내 아들들이 있는 곳을 그려보려고 할 때면 잘 되질 않는다. 그들의 영혼이 하늘 어딘가에 있을까? 아니면 다시 몸을 찾고 천국을 걸어 다니고 있을까? 내 늙은 머리로는 그중 어떤 것도 말이 되지 않는다.

"뭐라고 말을 못하겠구나."

"**뭐라고 말을 못하겠구나?** 나는 그게 무슨 뜻인지도 모르겠어요." 제이슨이 고개를 흔들지만, 금세 원래대로 돌아온다. 이 순간 제이슨의 기분을 망치려면 아주 굉장한 사건 정도는 벌어져야 할 것이다.

"나는 맞는 말 같아요. 하지만 사람으로 돌아올 필요는 없다고 생각해요. 무엇으로도 돌아올 수 있는 거죠. 원하는 어떤 것으로도요. 코끼리. 나무. 무엇으로도요."

"너는 뭘로 돌아오고 싶은데?"

"내가 뭘로 **돌아올** 거냐고 묻는 거죠?" 내가 대답을 안 하자 제이슨이 계속 말한다. "잘 모르겠어요. 한동안은 곰이 되고 싶었는데 지금은 개로 기울고 있어요. 핏불테리어요. 싸움을 할 수 있잖아요. 나는 세계 챔피언 투견이 될 거예요."

그 아이는 실제 개싸움이 얼마나 잔인한지 전혀 모르는 게 분명하다. 하지만 지금은 아이에게 그런 걸 가르칠 때가 아닌 것 같다.

"그럼 나는 벼룩이 되어야겠다. 너를 무지 가렵게 만들어야지."

"나는 쥐가 될 거예요." 제이슨이 재미있어하며 또 대답한다.

"그럼 난 뱀이 될 거야."

더 크게 킥킥 웃는다.

"코뿔소가 될 거예요."

"그렇다면 난 새가 되어야지."

"새요? 도대체 왜 새가 되고 싶은데요?"

"그게 어때서? 너를 따라 다니다가 네 어깨 위에 앉을 수도 있고 네 곁에 있을 수도 있잖니. 내 아내를 찾아서 데려 올 수도 있고 말이지. 아내도 새가 될 거야. 내 아들들도. 우리 모두 새가 될 거야."

제이슨이 잠깐 생각에 잠긴다. 뭐가 될 건지에 대해 제이슨은 내가 예상한 것보다 훨씬 더 많이 생각한다.

"좋아요. 안개 그림자는 코뿔소가 될 거고 할아버지는 새가 될 거예요. 우리는 다시 베스트 프렌드가 될 수 있어요. 약속해요."

나는 그 아이가 '다시'라고 말하는 게 정말 좋다. 분명 우리는 지금 베스트 프렌드이고, 그때가 오면 다시 베스트 프렌드가 되길 바랄 것처럼. 가슴 속에서 뭔가가 따끔거리는 걸 느끼며, 이 아이가 내게 특별한 의미라는 걸 깨닫는다. 마치 지금까지는 몰랐던 것처럼. 이 아이가 나를 어떤 식으로든 변화시키고 있다는 걸 깨닫는다. 내게서 세월이 사라지고 또 사라져서 다시 제이슨처럼 어린아이가 된다.

"약속할게." 내가 말한다.

"좋아요. 나도 약속해요."

그런데 그때, 제이슨도 나만큼 진심으로 벅찬 감정을 느끼는 거라는 생각이 들 때, 그 아이가 뭔가를 정말로 곰곰이 생각하는 것처럼 허공을 본다.

그러면서 말한다. "내 똥은 얼마나 클까 상상하고 있어요."

그리고 우리는, 그 얘기가 유머 역사에서 가장 재미있는 것인 양 함께 웃음을 터뜨린다.

31

다음날 아침 커튼을 여니 창문에 아직 맺혀있는 물방울들이 햇빛을 받아 반짝거린다. 오늘도 티어건이 아침을 다 차려 놓았다. 조리대 위, 어제와 똑같은 장소에서 티어건의 전화기가 보이는데 켜져 있는 것 같다. 몇 분마다 한 번씩 진동하면서 삐 소리를 낸다. 티어건은 내가 전화기를 보는 걸 알고는 어깨를 으쓱한다.

"제가 메모를 남겼어요. 그리고 제이슨 엄마도 엄마한테 할아버지의 메모에 대해 얘기했나 봐요. 엄마는 할아버지를 믿어요. 저도 믿고요. 엄마는 모든 게 괜찮다는 걸 알고 싶은 것뿐일 거예요."

티어건이 전화기를 빤히 본다. 나는 티어건이 전화기로 가려나 생각하지만, 그 아이는 그냥 보기만 한다.

"엄마가 언제 전화하는지 알고 싶을 뿐이에요. 제이슨이 홈런을 치면 우리는 곧바로 돌아갈 거잖아요, 그렇죠?"

"홈런을 치자마자 가는 거지." 내가 대답한다. "그래도 우리가 집에 가기 전에 엄마에게 전화를 해야 해. 어제 그렇게 했어야 했는데. 그랬다면 누가 온다고 해도 제이슨이 홈런을 친 다음

일 것이고 우리 마음도 편할 텐데 말이다." 나는 서랍에서 연필과 메모지를 찾아 꺼낸다. "집 전화번호를 여기에 적어. 혹시 네가 잊으면 내가 전화를 할게."

티어건이 두 개의 전화번호를 적고 종이를 내게 건넨다.

"아래 있는 번호는 여기 제 전화번호예요. 만에 하나 우리가 헤어질 경우에 대비해서요. 엄마는 대안을 준비해두는 게 좋다고 늘 말하거든요."

제이슨이 주방으로 와서 의자에 털썩 앉더니 어제보다 더 많은 와플을 먹는다. 와플로 심장에 영양공급이 될 수 있다면 그 아이는 아주 건강해질 텐데.

정오가 되자 드디어 컵스에서 전화가 온다. 벽에 걸린 전화기가 울리는 순간 우리 모두 새로운 소식을 들을 수 있게 수화기와 최대한 가까이 둘러선다. 야구장에 아직 물기가 있긴 하지만 우리가 사용하게 해주겠다고 컵스 사람이 말한다. 준비를 하고 두 시간 안에 가야 한다. 저녁 뉴스에서는 제이슨과 티어슨에 관한 내용이 전혀 나오지 않았고, 그것 때문에 밤새 거의 잠을 이루지 못했다.

잠시 외출을 할 거라면 미리 화장실에 다녀오는 게 좋겠다고 생각한다. 내가 볼 때, 이런 게 나이 드는 것의 당혹스러운 점들 중 하나인 듯하다. 주름이 생기고 몸이 구부정해지고 동작이 느려지는 건 모두가 알지만, 개인적인 문제도 감추기가 점점 더 힘들어진다. 내가 화장실에 다시 가는 걸 아이들도 알아챈다. 하지만 둘 다 나를 곁눈질로 보기만 할 뿐 웃지는 않는다.

화장실에서 나와 보니 아이들이 보이지 않는다. 집안이 너무 조용해서 잠시 동안 나는 아이들이 가버린 거라고 생각한다. 내게 알리지도 않고 그냥 떠나버린 거라고. 하지만 당연히 그런 일은 일어나지 않았다. 침실에서 속닥거리는 소리가 들리기에 문을 열려고 하다가 제이슨의 목소리를 듣고 동작을 멈춘다.

"좋아, 인정해, 나는 겁이 나. 넌 지금 행복해?" 자연스럽지 않게 바람 빠지는 소리가 들리는 걸 보니 제이슨이 마스크를 쓰고 호흡하고 있다는 걸 알겠다.

아이들이 죽음에 대해 얘기하고 있는 건가? 제이슨의 마음에는 오직 그것밖에 없는 게 분명하다 어떻게 그러지 않겠는가? 죽음이 늘 뇌리에서 떠나지 않는 불쌍한 아이. 늙은이가 죽음을 마주하는 것과 열 살짜리 아이가 그러는 것은 전혀 다르다.

"긴장을 풀어. 손의 힘을 풀고 팔에서도 힘을 빼. 하체가 힘을 받도록 해봐." 티어건이 말한다.

하! 이 아이들은 죽음에 관해 얘기하고 있는 게 아니다. 제이슨은 홈런을 못 칠까봐 두려워하고 있다. 그걸 알고 나니 피식 웃음이 난다. 문을 열고 들어가야 하겠지만 대신 나는 얘기를 더 잘 들을 수 있게 문틈에 귀를 댄다.

"안 되면 그냥 안 되는 거야. 생각해 봐. 우리는 진짜 야구장에 가는 거야. 정말 놀라운 일이잖아!" 티어건이 낮은 소리로 말한다.

대답이 들리진 않지만, 제이슨이 눈을 부라리며 티어건을 보는 모습이 머릿속에 그려진다. 그래서 티어건은 다른 방법을 써 본다.

"맥브라이드 할아버지가 도와주실 거야. 할아버지는 컵스에서 야구를 하셨잖아? 동네 친구들이 있는 야구팀이 아니라 진짜 컵스."

"알아. 믿어지지가 않아." 제이슨이 말한다. 내가 생각이 조금만 모자랐더라면 제이슨 목소리에서 경외감 비슷한 게 느껴진다고 말했을 것이다.

"정말? 내 말은, 물론 그렇지. 그런데 너는 별로 감동받은 것 같지 않았거든."

"어떻게 감동받지 않을 수가 있어? 그런 사람이 어디 있냐?"

"그럼 할아버지에게 얘기해야지."

"얘기하라고? 지금 장난해?"

"있잖아, 할아버지는 분명 네가 홈런을 더 잘 칠 수 있게 몇 가지 조언을 해주실 거야."

"알아." 제이슨이 대답한다.

제이슨이 다음에 무슨 말을 해야 할지 모르는 건지 둘 사이에 처음으로 긴 침묵이 이어진다.

"그런데 그렇게 되면, 내가 야구를 잘 못한다는 걸 할아버지가 알게 되잖아."

야구를 잘 못한다는 걸 내가 알게 될 거라고? 저 아이는 내가 윌래메트 노부인 정원에서 눈을 감고 있었다고 생각하는 건가?

"나는 잘 못하는 게 싫어. 나는 뭐든 다 잘 못하거든. 살아있는 것도 잘 못하고." 제이슨이 또 말한다.

담요 부스럭거리는 소리와 침대 스프링이 삐걱대는 소리가 난다. 나는 들여다보고 싶은 충동을 억누르며 그 자리에 서서 아이들의 모습을 상상해본다. 고개를 푹 숙인 채 침대 끄트머리에 앉아 바닥을 보며 얘기하는 제이슨. 제이슨을 위로하려고 점점 가까이 다가가지만 제이슨이 물러날 정도로 가까이 가지는 않는 티어건.

"제이, 뭐든 다 잘하게 될 만큼 앞으로 얼마든지 시간이 있잖아."

"고마워요, 엄마."

"진담이야."

"다들 의사들 말은 전혀 안 듣는 거야? 아예 안 듣고 있잖아. 사실대로 말하면, 난 새 심장을 못 받으면 죽을 거야. 그리고 그렇게 되는데 앞으로 몇 년 걸리지도 않을 거야."

안 된다. 우리는 제이슨이 그렇게 생각하도록 놔둘 수 없다. 티어건, 제이슨에게 말해. 제이슨은 오래 살 거라고 그 아이에게 말해. 제이슨은 해낼 거라고 말이야. 제이슨은 회복할 거라고. 제이슨 말이 틀린 거라고 그 아이에게 말해.

하지만 티어건이 그 비슷한 말들을 하긴 하는 건지 잘 들리질 않는다.

잠시 뒤에 제이슨의 목소리가 들린다. "그게 원래 오늘이잖아, 알지?"

"정말? 벌써? 며칠인데?"

"8월 22일."

8월 22일……무슨 이유에서인지 그 날짜가 내게 충격을 준다. 이유는 정확히 모르겠지만 그 날짜가 내게 크게 다가온다.

"병원에서 네게 6개월이라고 했고……."

"2월 22일, 기억해? '그러니까 제이슨, 너는 죽을 거야.' "

"그렇게 말하지 않았어."

"맞아. 그런데 아무튼 대충 그런 말이었어."

22일, 알겠다. 내가 키튼 박사에게 이제 약을 먹지 않겠다고 말한 날이다. 삶을 끝내기로 한 날이다. 누가 생각할 수 있었을까? 내가 삶을 끝내기로 한 그 날이 의사들이 제이슨에게 심장을 받지 못하면 죽을 거라고 말한 바로 그 날이라는 것을. 나는 내가 엿듣는 걸 두 아이가 알아채기 전에 문에서 물러난다. 그러길 잘했다. 내가 주방까지 미처 가기도 전에 아이들이 침실에서 나오는데, 둘 다 조금 우울한 표정이다. 하지만 제이슨은 리틀리그 유니폼을 차려입고 모자까지 쓰고 거기에 미끄럼 방지 밑창이 있는 신발을 신고 글러브도 꼈다. 티어건 역시 당연히 운동복을 입고 있어서 두 아이가 쌍둥이처럼 보인다.

"갈 준비 됐니?" 내가 묻는다.

내가 자기들 말을 엿들은 걸 가지고 아이들이 뭐라고 하지 않았으면 좋겠다. 다행히 아이들은 그저 고개만 끄덕이며 기대감에 몸을 조금 쭉 편다.

무릎이 몹시 쑤시는 탓에 야구장까지 두 블록을 걸어가야 한다고 생각하면 조금 심란해진다. 하지만 이 아이들에게 나는 못 가겠다고 말하는 것 역시 내키지 않는다. 그래서 마음을 다잡고 아이들과 함께 아름다운 여름 날 속으로 향한다.

한 블록쯤 걷고 나니 무릎이 정말 심하게 아파 와서 움직일 수 없을 정도다. 한 걸음 한 걸음 뗄 때마다 통증이 너무도 지독하게 퍼지는 통에 그것이 어디에서 멈추는지도 모르겠다. 제이슨이 내 팔꿈치를 만지지만, 다친 돼지마냥 앓는 소리를 내는 늙은 이에게 정확히 어떻게 해야 하는지 알 리가 없다. 제이슨이 산소통을 내 쪽으로 밀고 나는 그것을 기꺼이 받는다.

"조금 쉬어야 할 것 같아요." 티어건, 그 착한 아이가 내 손을 잡으며 말한다.

정말 고맙게도, 근처에서 경적이 울리더니 지붕이 열리는 빨간색 자동차가 우리 앞의 연석 가까이로 온다. 운전석에서 바로 하비에르 곤잘레스, 빅 리그의 신참선수가 활짝 웃고 있다.

"맥브라이드 씨? 맞죠? 맥브라이드 씨가 오늘 우리 게임에 온다고 감독님이 그러던데요. 맞나요?"

"그래, 맞아. 내가 어떻게든 그곳에 갈 수 있다면 말이지." 내가 말한다.

"세 사람이죠. 세 자리가 있어요. 타세요." 하비에르가 자신의 차를 가리킨다.

티어건이 작게 꺅 소리를 낸다. 지붕이 열리는 차를 타보는 것이 티어건의 소원들 중 하나였다는 게 기억난다. 지붕이 열리는 차를 타고 동네 한 바퀴 돌기, 내 기억으로는 그렇다. 그래서 나는 하비에르에게 우리를 태우고 야구장 주변을 돌아봐줄 수 있는지 묻는다.

"얼마든지요, 맥브라이드 씨. 얼마든지요."

아이들이 폴짝 뛰어 차에 오르고 나는 잠깐 동안 산소통을 잡고 씨름한다. 하비에르가 그걸 보고 얼른 차에서 내리더니 산소통을 마치 이쑤시개처럼 다룬다. 하비에르가 산소통을 트렁크에 싣고 잠시 뒤, 우리는 햇살 속을 달린다.

뒷좌석에서 제이슨이 차창 밖으로 몸을 내밀고 다른 차들을 만지려 한다. 티어건은 두 눈을 감고 있다. 티어건의 땋은 머리가 생일에 쓰는 색 테이프처럼 바람에 날린다. 차가 선수들 주차장에 도착할 때쯤 "소원들이 정말 끝내주는데."라고 하는 제이슨의 목소리가 들린다. 티어건이 활짝 웃느라 아무 말도 하지 못한다. 경기장에 들어가니 꼭 집에 돌아온 느낌이 든다.

컵스는 내게 빚진 게 아무것도 없다. 나는 내가 좋아하는 경기를 한 것뿐이고 그들은 내게 그 대가를 지불했다. 그러니 내가 볼 때 우리는 공평하다. 하지만 컵스는 그렇게 생각하지 않는 것 같은데, 오늘 같은 경우에는 오히려 잘 된 일이다. 하비에르는 우리를 지역사회 지원 담당자인 해롤드 머피 주니어에게 소개한 다음, 자기는 늦어서 가봐야겠다며 양해를 구한다. 머피 씨는 우리에게 클럽하우스, 배팅케이지, 그리고 예전 야구선수들을 기억하며 컵스에서 만든 작은 공간을 구경시켜 주었다. 어니 뱅크스, 퍼거슨 젠킨스, 라인 샌드버그. 그리고 그곳에, 1932년 월드시리즈 팀의 선수들과 함께 내 모습이 담긴 색 바랜 흑백 사진 한 장이 있다. 양키스에게 패했지만 그래도 좋은 팀이었다. 티어건과 제이슨은 내가 정말로 옛날에 야구를 했다는 사실을 지금까지도 믿지 않았던 것처럼 그 사진을 멍하니 바라본다.

"좋아요. 준비가 되었을 겁니다. 갈까요?" 우리의 안내인이 손목시계를 힐끗 보더니 말한다.

그가 우리를 데리고 선수 대기석을 지나 야구장으로 간다. 태양이 얼굴에 닿아 양 뺨이 따뜻해지자 눈물이 핑 돈다. 팝콘과 핫도그가 경기장의 공기를 떠돌고 널따란 경기장은 그 나름의 느낌을 가지고 있다. 경기장의 공기는 다른 곳보다 좀 가벼워서 그 흐름에 따라 떠다닐 수 있을 것 같다. 제니의 품속에 있는 것 다음으로 경기장에 있을 때 나는 가장 편안하다.

"우와." 제이슨의 목소리에 눈을 뜬다.

잔디를 본 순간 나는 컵스가 해놓은 일에 깜짝 놀란다. 경기장은 언제나 그렇듯 아주 깨끗하지만 2루 너머에는 마법이 펼쳐져 있다. 야구장 직원들이 외야 내부의 잔디를 여러 개의 작은 원 모양으로 깎아 미니 야구장처럼 만들었다. 그리고 그 미니 야구장의 가상 포지션 각각에는 현재 시카고 컵스 선수들이 서 있다. 하비에르가 우리 뒤의 선수 대기석에서 나온다. 컵스에서 우리를 태워오라고 그를 보낸 거라는 생각이 든다.

일반 크기의 플라스틱 홈 플레이트가 외야 잔디 안, 진짜 2루 베이스보다 뒤쪽으로 약 6미터 거리에 있다. 우리가 그곳에 가자 하비에르가 알루미늄 배트를 내민다. 제이슨이 산소를 얼른 한 번 마시고나서 산소통을 내 쪽으로 민다. 그리고 배트를 들고는 자기 신발 옆면을 톡톡 친다. 그렇게 하니 진짜 야구선수 같다.

"초경량 배트예요" 제이슨이 봐주기 힘들만큼 형편없는 스윙 연습을 몇 번 하는 동안 하비에르가 내게 속삭인다. "공을 멀리까지 칠 수 있게 특별 제작한 거예요. 그리고 양동이의 야구공들은 특별히 탄탄하게 꿰매 만든 것들이고요. 올스타 경기 전 홈런 치기 경쟁에서 쓰는 공처럼요." 하비에르가 유니폼 차림으로 내 옆에 서서 너무 놀라 말을 하지 못하는 티어건을 본다.

"제이슨 다음에 저 여자아이도 칠건가요?"

"그러고 싶어 할 것 같은데."

티어건이 커다란 파랑어치처럼 깡충깡충 뛴다. 그걸로 대답은 충분하다.

모든 것이 최대한 완벽하게 준비되었지만 난 여전히 마음이 놓이지 않는다. 제이슨이 윌래메트 노부인 정원에서 공을 치는 걸 보았으니까. 외야에서 공을 친다고 해도 좌익 펜스 쪽으로 50미터도 못 갈 텐데.

컵스 코치 한 사람이 공 던질 준비를 하고 있다. 팀의 배팅 연습에서 공을 던져주는 사람인 것 같다. 누구인지는 정확히 몰라도, 어쨌거나 그는 계속해서 제이슨에게 스트라이크를 던진다. 제이슨이 몇 번 헛스윙을 하더니 배트에 공을 맞히기 시작한다. 10분 정도 지나자, 가벼운 배트와 탄탄하게 짜인 공 덕분에 그리고 컵스 팀과 위글리 야구장에 있다는 흥분 덕에 제이슨은 공을 사방으로 치기 시작한다. 조금만 더 제대로 치면 홈런도 날릴 수 있을 것 같다.

"좋아, 제이슨. 이번이야. 내 느낌이 그래." 코치가 공을 던진다.

공이 이전과 달리 명쾌한 소리를 내며 배트에 맞더니 왼쪽 센터필드로 날아간다. 공은 허공으로 높이 올라가 꽤 멀리 간다. 하지만 결국 벽에 부딪치고, 컵스 선수들 반이 과장해서 실망하며 쓰러지는 시늉을 한다.

하지만 제이슨은 아니다. 제이슨은 배트를 어느 때보다 더 꽉 쥐고 다음 공을 칠 준비를 한다. 이번에는 반대편 필드로 세게 날아간다. 약간의 연습으로 제이슨은 눈에 보이게 좋아졌다. 다음 두 번 역시 세게 치긴 했지만 공은 땅에 떨어졌다. 세 번째에는 헛스윙을 했다. 제이슨은 지금 열심히 노력하고 있다. 그리고 뭔가가 맞아 들어간다.

다음 공은 안쪽으로 낮게 들어오고, 제이슨이 그 공을 살짝 친다. 공이 배트를 떠나는 순간, 이번에는 누가 봐도 확실하다. 공은 레프트 필드 벽 너머로 날아가 세 번째 줄 자리 깊숙이 떨어진다.

메이저리그 야구장에서 터진 홈런이다.

관중석 상단 근처의 어딘가에서 불꽃이 터진다. 녹음 된 수천 명의 환호 소리가 스피커에서 나오고 아나운서의 목소리도 울린다.

"제이슨 캐시맨, 홈런!"

티어건이 팔짝팔짝 뛴다. 공중으로 뛰어오를 때마다 내 소매를 잡아당긴다. 티어건이 그렇게 흥분하는 모습은 처음 보았다.

제이슨은 제자리에서 꼼짝도 않는다. 그 아이는 불꽃과 목소리가 어디에서 나오는 건지 궁금해 하는 듯 하늘을 뻔히 보고만 있다.

"달려!" 코치의 말에 제이슨이 배트를 허공으로 높이 던지는데, 진짜 야구 경기였다면 혼났을 만한 행동이다. 공이 떨어진 지점을 몇 초 동안 바라보던 제이슨이 진짜 홈런 친 선수와 똑같은 속도로 가볍게 뛰기 시작한다. 제이슨은 1루 베이스 모양으로 깎은 잔디의 모퉁이를 밟고는 커크 깁슨과 똑같이 주먹을 불끈 쥐고 흔든다. 두 번째 베이스를 돌 때는, 이 세상에 자기 혼자밖에 없는 양 두 손을 높이 쳐들고 계속해서 가볍게 뛴다.

그 모습을 지켜보면서 나도 제이슨과 똑같이 자랑스러움으로 가슴이 뻐근해진다. 제이슨의 표정은 민디 애플게이트와 키스하고 난 뒤와 다르다. 비겁하게 주먹을 날려 슈퍼히어로가 되었던 그때와도 다르다. 다르지만, 그때만큼 기뻐한다. 지금은 그 아이의 기쁨이 평온함과 합해진 것처럼 보일 뿐이다. 이 세상에서 바꾸고 싶은 게 아무것도 없는 것처럼.

무엇보다, 제이슨은 건강해 보인다. 열 살짜리 남자아이라면 당연히 그렇게 보여야 한다. 제이슨은 얼굴이 상기된 채 달리고 있다. 지금 제이슨의 모습은 그 나이 아이답게 아름답고 순수하다. 제이슨의 가장 깊은 곳에는 모든 것이 마땅히 그래야 하는 모습으로 존재하고, 제이슨은 그 모습을 있는 그대로 보여준다. 그 아이는 자신의 손에 온 세상을 쥐고 달린다. 그 무엇도 이 완벽함을 바꿀 수 없는 듯하다.

하지만 완벽함이란 게 그렇다. 그것은 지속되지 않는다. 지속될 수 없다. 세상은 한시도 쉬지 않고 변한다. 너무도 가혹하다. 너무도 현실적이다.

제이슨이 3루를 돌면서 비틀거린다. 가슴을 움켜쥐더니 몸을 앞으로 숙이고 갑자기 숨을 몰아쉰다. 그리고 아이의 몸이, 한눈에 보기에도 아주 느리게, 땅으로 쓰러지고, 우리 모두 공포에 질려 그 모습을 지켜본다.

32

이런 일이 일어났다.

첫째, 내 모든 장기가 움직임을 멈췄다. 완전히 정지했다. 극심한 공포가 배 속을 가득 채우더니 마치 파이프 폭탄처럼 가슴으로 치밀어 올라왔다. 그러다 그 공포가 목구멍을 치면서, 목구멍이 타는 듯 아렸다. 아마도 내 목소리에 바로 그런 일이 일어난 듯했다. 목소리가 타서 사라졌다.

그 다음에는 근육들이 반응했는데, 내가 원하는 식으로는 아니었다. 근육들은 아무런 행동도 하지 않았다. 그 상황에서 말이 되는 행동이란 없었기 때문이다. 말이 되는 게 하나도 없었다. 그래도 내 몸 속에 있는 파이프 폭탄 때문에 근육들은 뭔가 굉장한 일이 일어나고 있다는 걸 알았다. 근육에 아드레날린이 넘쳤다. 하지만 근육이 할 수 있는 건 아무것도 없었다. 취할 수 있는 행동이 없었다. 그래서 그냥 긴장만 했다. 이전보다 더 팽팽해졌다.

그리고 그 몸의 주인은 어떨까? 주인은 온 몸의 근육이 긴장되었기 때문에 아무것도 할 수 없었다. 움직일 수가 없었다. 생각할 수도 없었다. 할 수 있는 일이라고는 그저 바라보는 것밖에 없었고, 아마도 아드레날린 때문이겠지만 눈앞의 모습이 훨씬 더 느려지는 것 같았다.

하염없이 올라가 하늘까지 이르렀다가 다시 내려오는 플라이 볼처럼 시간이 길게 이어졌다. 제이슨은 허공에 있다가 영원처럼 느껴지는 시간 동안 땅으로 내려오는 중이었다. 제이슨의 움직임이 너무 느려서, 나는 제이슨이 중력을 극복하고 원래의 상태로 되돌아가 아이답게 웃으며 달릴 지도 모른다고 생각했다. 하지만 그런 일은 일어나지 않았다.

대신, 제이슨의 두 다리가 무너지고 두 팔이 양 옆으로 힘없이 툭 떨어졌다. 제이슨은 의식이 없는 상태로 땅에 쓰러졌다. 땅에 쓰러지고 말았다. 하지만 비틀거리는 모습은 아이 같은 모습이 아니었다. 먼저 땅에 닿은 것은 무릎이 아니었으며 심지어 어깨도 아니었다. 말도 안되게 제일 먼저 땅에 닿은 것은 그 아이의 코였다. 땅에 부딪치는 순간 코에서 피가 쏟아지기 시작했다. 심장이 아직은 몸 전체로 피를 보낼 만큼 튼튼한지 코에서 쉴 새 없이 쏟아지는 그 귀중한 피.

나는 외면하려고 했지만, 그럴 수가 없었다. 가서 도우려 했지만, 그럴 수가 없었다. 소리치려고 했지만, 그럴 수가 없었다.

맨 먼저 컵스 선수 두 명이 제이슨에게 갔다. 한 사람은 선수 대기석을 향해 손을 흔들면서 트레이너를 찾았다. 하비에르가 무릎을 꿇고 제이슨을 자기 무릎에 뉘었다. 피가 제이슨의 코에서 쏟아져 나와 그 아이의 셔츠와 바지 그리고 하비에르 곤잘레스의 셔츠와 바지를 적신다. 마침내, 다행히도 하비에르가 제이슨의 코를 집고 피를 멈추게 할 생각을 해냈다.

그들 다음에 티어건이 제이슨의 곁으로 갔다. 땋은 머리가 뒤통수에서 날리는 걸 보면 티어건이 전력을 다해 달리는 것 같지만, 속도는 느렸다. 티어건이 두 손으로 강아지에게 하듯 제이슨의 얼굴을 쓰다듬었다. 내 마음 한구석에서 비명이 간신히 새어나온다고 생각했는데, 티어건의 입이 크게 벌어진 것을 보고 나는 그 비명이 티어건에게서 나오고 있다는 걸 깨달았다. 티어건의 얼굴이 일그러졌다. 티어건은 이제 제이슨의 이웃집 여자아이가 아니었다. 끊임없이 생글거리는 말괄량이 소녀가 아니었다. 티어건은 목소리일 뿐이었다. 비명 소리. 그리고 그 소리는 아무 도움도 되지 않았는데, 어떤 것도 도움이 될 수 없었기 때문이다.

점점 더 많은 사람이 제이슨 주위로 몰려들었다. 산소통이 제이슨 옆에 있고 마스크가 그 아이의 얼굴 위에 있는 걸로 봐서 누군가가 그걸 내게서 가져간 것이 틀림없다. 제이슨이 호흡을 하는지, 그래서 마스크에 습기가 차는지 보려고 해봤지만 나는 너무 멀리 떨어져있었다.

잠시 뒤에 앰뷸런스가 야구장으로 들어왔다. 응급구조원들이 뛰어내려 제이슨 곁으로 갔다. 조용하지만 긴박한 목소리로 말을 했다. 그들은 제이슨을 들것에 실었고, 그제야 나는 얼마나 많은 잔디가 붉게 물들었는지 알았다. 응급구조원들이 들것을 앰뷸런스에 실었고 티어건이 그들과 함께 차에 올라탔다.

나는 움직이지 않았다. 이제 시간은 내 늙은 머리에 입력되지 않았지만, 제이슨이 쓰러지고 나서 분명 10분쯤 흘렀을 것이다. 아니면 더 되었는지도 모르겠다. 20분쯤? 무릎에 끔찍한 통증을 전혀 느끼지 않고 20분 동안 꼼짝 않고 서 있는 것이 아주 오랜만이었는데도 나는 아무것도 느끼지 못했다.

이곳에서 벌어진 일에서 가장 이상한 점은 이것이다. 내가 아무것도 느끼지 못했다는 것. 모든 것이 텅 비었다. 모든 것이 고요했다. 내 마음 속에서 유일하게 살아 움직이는 것은 제이슨의 목소리였다. 비디오 게임을 하면서 말하던 그 목소리가 반복하고 반복해서 들렸다.

기도나 하는 게 좋을 거야.

33

하비에르 곤잘레스가 나를 부축해 일으킨다. 그는 내 겨드랑이를 잡는데, 만일 나를 끌어당기려 했다면 어깨가 빠졌을 것이기 때문에 그건 잘하는 행동이다. 내가 여기 잔디 위에 얼마나 오래 앉아 있었는지 잘 모르겠지만, 앰뷸런스가 떠났고 선수들은 서성거리며 얘기를 나누면서 제이슨이 쓰러졌던 지점을 가리킨다. 야구장 직원이 호스로 코끼리도 익사시킬 만큼 많은 물을 뿌리며 피를 씻어낸다.

"맥브라이드 씨, 저희가 택시까지 모셔다드릴게요." 하비에르가 말한다.

그가 나를 데리고 야구장을 벗어나 거리에 나왔을 때에야 나는 우리가 연석 위에 있다는 걸 깨닫는다. 하비에르의 유니폼이 제이슨의 피로 뒤덮여 있다. 내 늙은 무릎이 욱신거려야 하지만, 지난 몇 십 년 통틀어 가장 상태가 좋은 것 같다. 아니 그렇지 않다 해도 나는 알아채지 못한다. 하비에르가 택시를 불러 세우고 나는 택시에 탄다.

"아동 병원이요." 내 말에 택시 기사가 차를 돌려 호수 쪽으로 간다.

잠시 뒤에 나는 다른 아동병원에서 다른 심장 병동을 찾고 있다.

"제임스 캐시맨이라는 아이를 찾고 싶은데요." 내가 데스크에 있는 여자에게 말한다.

"환자와는 어떤 관계인가요?"

"그 아이의 형이에요."

여자가 타이핑하던 손을 멈추고 안경 너머로 나를 쳐다본다.

"제가 잘못 들은 것 같아서요. 아이가 할아버지의 동생이라고요?"

여기서 이 얘기를 하면 분명 복잡해질 텐데. 나는 아직 제대로 생각을 하지 못하고, 내 앞의 여자는 도움이 될 사람으로 보이지 않는다. 그래서 티어건이 앞에 나타나 두 팔로 부드러우면서도 강하게 나를 안자 고마워서 눈물이 날 지경이다.

"SBK." 티어건이 이렇게 말하더니 내 손을 잡아 이끈다. 그 순간, 나는 이 짧은 인사의 힘과 빛을 실감한다. 완전히 압도된다. 두려워 어쩔 줄 모른다. 그리고 어찌된 일인지, 이 세 글자에 기분이 조금 좋아진다. 조금 더 강해진다.

나를 제이슨 병실로 데려갈 줄 알았는데 티어건은 근처에 보이는 편안한 의자로 가더니 내가 아이이고 자기가 어른인 양 날 그 의자에 앉힌다.

"제이슨은 어디 있니?" 내가 묻는다.

티어건이 고개를 흔든다. 뭔가를 얘기하려고 해보지만 그럴 수가 없는 것 같다. 그러더니 눈에서 머리카락을 치우고는 크게 한숨을 쉰다.

"모르겠어요. 가족이 아니라고 제게는 아무 말도 안 해줘요."

"제이슨이 어디 있는지도 얘기 안 해준단 말이냐?"

"수술실에 있대요. 이 말을 해 준 게 전부예요. 하지만 제이슨이 수술실에서 나오면, 병원에서 그러는데 제이슨의 부모님 중 한 분이 계셔야 한대요. 그래서 엄마한테 전화했더니 엄마가 제이슨 엄마한테 전화한다고 했어요. 엄마에게 전부 얘기했어요. 할아버지가 우리를 태우고 여기에 온 얘기요. 우리가 여기에서 아파트에 있었던 것도요. 할아버지, 죄송해요. 그게 아니면 어떻게 해야 할지 몰라서요."

"울지 마. 잘한 거야. 안나가 와야지. 안나가 알아야지."

"알아요, 그렇지만……." 티어건의 목소리가 점점 작아진다. 티어건이 머리를 뒤통수로 다시 넘겨 어떻게 정리하자 머리가 더는 내려오지 않는다. 땋은 머리가 없으니 티어건이 다르게 보인다. 더 나이 들어 보인다.

"제이슨 아빠 말이에요. 제이슨 아빠는 펄펄 뛰었어요. 제이슨 아빠가 실종 신고를 한 사람이에요."

내가 앉은 의자에서 병원 입구가 보인다. 경찰 두 명이 병원 문으로 들어오더니 그 도움 안 되는 여자가 있는 데스크로 곧장 간다. 그들이 무슨 얘기를 하는지 들리지 않지만, 내가 들을 필요도 없다.

"안나는 어때?" 내가 묻는다.

"이제 올 거예요. 목소리가 안 좋았어요. 거의 제 정신이 아니었어요."

　자기가 옆에 없는 상태에서 어린 아들에게 이런 일이 일어났다는 얘기를 들어야 한다면 어떨까? 그녀가 제정신이라면 그게 오히려 놀랄 일이겠지. 두려움으로 제정신이 아닌 게 당연하다. 아마 스스로를 탓할 것이다. 당연히 안나는 이 일과 아무 관계가 없다. 내가 저지른 일이다.

　"맥브라이드 할아버지? 이제 어떻게 될까요?"

　티어건은 아주 좋은 아이고, 열 살짜리 아이치고는 성숙하고 어른스럽다. 그래서 티어건이 아직 어린아이라는 걸 자꾸 잊어버린다. 그래도 지금은 잊지 않고 있다.

　괜찮을 거라고 미처 얘기하기도 전에 경찰이 내 의자 바로 앞으로 온다.

　"머리 맥브라이드 씨인가요?"

　"그렇습니다."

　"저희와 함께 가셔야겠습니다."

　"왜요? 어디로 말인가요?"

　"제이슨 캐시맨과 티어건 애서튼을 유괴한 혐의로 체포합니다."

　뭐라고 반박해야 한다는 걸 안다. 제이슨은 소원 종이를 가지고 있었으며 아이 아빠는 제이슨을 보내주려 하지 않았다고 경찰에게 말해야 한다. 나는 결백하다고 말해야 한다.

　하지만 그러지 않는다. 나는 결코 결백하지 않다. 그래서 천천히 일어서고, 의자에 몸을 지탱한 채 그 젊은 경찰이 내 늙고 앙상한 손목에 수갑을 채우게 한다.

34

쿡 카운티 감옥은 내가 있어본 어떤 곳과도 다른 공간이라고, 그 정도만 얘기하자. 콘크리트 바닥, 콘크리트 벽, 콘크리트 천장. 벽에 움푹 들어간 자국 하나 내지 못하니 탈출한다는 건 불가능한 일이다. 전기의자로 끌려갈지 모른다는 느낌이 든다. 요즘은 주사를 이용할 거라고 생각하긴 하지만.

내가 이곳까지 온 과정의 대부분이 생각나지 않는데, 내 머리 속에는 온통 제이슨 생각뿐이기 때문이다. 그 아이가 죽을지 살지 모르는데 – 젠장, 그 아이가 이 순간에 살아있는지도 나는 모른다 – 내가 할 수 있는 일이라곤 죄수 몇 명과 함께 교도소 유치장에 앉아있는 것뿐이다.

바로 그것이 지금의 나다. 범죄자. 다른 말이 있을 수 없다. 나는 순진한 사람이 아니다. 법적으로 말하면, 나는 남자아이와 여자아이를 그 아이들 집에서 몰래 빼내왔다. 그 아이들이 오고 싶어 했다는 사실은 아무 상관없었다. 나는 어른답게 행동해야 했다.

하지만 말이다, 다시 그때로 돌아간다면 나는 또 똑같이 행동할 것이다. 도덕적으로 그것을 어떻게 이해해야 할지 모르겠지만 별로 신경 쓰고 싶지도 않다. 어쨌든 지금은 그렇다. 주님은 분명 이해해주실 것이고, 그러면 된 거다. 내가 천국 문에 이를 때, 주님은 나를 보시고 내가 옳지 못한 일을 할 마음이 없었음을 아실 것이다. 일이 결국 이렇게 되리라는 걸 내가 몰랐다는 걸 아실 것이다.

하지만 바로 그게 문제다. 바로 그 옳은 일을 하려는 마음 때문에 어떤 사람이 많은 어려움에 처할 때가 있다. 때때로 우리는 접시를 깬다. 그런데 그 접시가 수명이 다한 오래되고 낡은 것이라면 문제될 게 없다. 하지만 접시가 고급 도자기라면 어떻게 할 것인가? 그때 의도가 뭐 중요한가? 티어건이 여기에 있어서 이 질문에 대답해준다면 좋겠다. 세 명의 남자가 나와 한 감방에 있지만, 그들은 가까이 다가오지 않는다. '늙음'이라는 병에 걸릴 거라고 생각하는 것 같다. 한 사람은 깡마른 흑인 남자고 다른 두 사람은 비만인 백인 소년인데, 둘의 나이를 합해도 마흔이 안 될 것이다. 모두들 나를 곁눈질로 힐끔거린다. 나 같은 늙은이가 뭘 할 수 있어서 감방에 왔는지 궁금해 하는 듯하다. 나는 그들이 나에 대해 상상할 수도 있는 이야기들을 떠올리면서 제이슨을 잊어보려 한다. 내가 젊은 여자 친구를 다른 놈에게 뺏기고 나서 그 여자에게 약을 먹였을 것이다. 아니면 지팡이로 은행을 털 생각을 했을 것이다. 하지만 소용없다. 제이슨 말고는 아무 생각도 할 수 없다. 제이슨은 어디 있을까. 그 아이의 심장은 어떻게 견디고 있을까? 제이슨을 다시 볼 수 있을까.

여기서 앉을 수 있는 곳은 커다랗고 긴 나무 의자 하나뿐이다. 두 벽 중 하나를 따라 길게 놓여있다. 다른 두 벽은 창살이다. 나는 다른 사람들을 방해하지 않으려고 나무 의자 한쪽 끝에 앉아있다. 그들과 그들의 상상을 방해하지 않으려고. 그리고 그들은 내 행동에 아무 불만이 없는 것 같다. 나는 그들에게 외계인 같다. 하지만 이 말은 해야겠는데, 나도 그들이 그렇게 느껴진다.

무릎을 최대한 쭉 펴보지만, 통증이 너무 심해 45도 이상은 펴지 못한다. 나는 그 정도 위치에 무릎을 두고, 머리를 콘크리트 벽에 기대고, 욱신거림을 애써 무시하면서 눈을 좀 붙여보려 한다.

그러다 요란하게 덜컹거리는 소리에 잠에서 깼다. 입이 잠시 열려 있었던 것 같다. 잠깐 동안 입을 벌리고 잔 모양이다. 한 사람이 아무리 마음에 걸린다 해도 밀려드는 피로 앞에서는 맥을 못 출 때가 있다.

"머리 맥브라이드." 경찰 제복을 입은 남자가 말한다. 그가 그 말을 다시 한번 반복한 다음 감방 문을 막 닫으려고 할 때 나는 간신히 일어선다.

"내가 머리 맥브라이드인데요."

"따라오세요. 보석으로 석방됩니다."

"보석이요? 여기 있을 필요가 없다는 말인가요?"

남자가 '갈 거예요 말거예요?'라고 말하는 듯 눈을 치켜뜬다. 그러더니 나를 데리고는 내 다리로 따라가기 힘들 만큼 긴 복도 몇 개를 지나 물건을 넣고 뺄 수 있는 구멍이 아래에 있는 창살 달린 창문으로 간다. 종이나 뭐 그런 걸 넣고 뺄 수 있는 구멍.

그곳에서 실망한 듯 얼굴을 찡그리고 나를 기다리고 서 있는 사람은 바로 챈스다.

"할아버지." 챈스가 나를 부른다. 챈스의 말투가 제대로 파악되지 않는다. 그 말투는 날 노려보는 표정과 어울리지 않는다. 내가 뭘 몰랐다면, 챈스가 날 걱정하고 있다고 생각했을 거다.

"설교할 생각일랑은 하지 마라, 알겠니? 나는 너와 똑같은 어른이야. 나 스스로 결정할 수 있고 이 일을 조금도 후회하지 않아. 단지 제이슨에게 일어난 일이 마음 아플 뿐이지."

"할아버지, 설교할 생각 없어요. 사실 할아버지가 체포된 게 전 다행스러워요. 어쩌면 이게 최선일거예요."

"뭐라고?" 챈스가 전혀 말이 안 되는 얘기를 하기에 내가 묻는다.

"이제 그만하실 수 있잖아요." 챈스가 대답한다.

챈스가 두 손바닥을 위로 한 채 내미는 걸로 봐서 내 턱이 떨리는 걸 보는 게 틀림없다.

"그 아이가 할아버지에게 중요하다는 건 알지만, 할아버지는 젊은이가 아니에요. 할아버지 자신을 돌봐야 한다고요. 다른 사람이 아니라요. 그렇게 신경을 많이 써야 하는 아이는 특히 아니에요. 할아버지는 지치고 말거예요. 이미 지쳤어요."

"정말 고맙지만, 내가 뭘 감당할 수 있는지는 내가 결정할 거다. 너는 지금의 네 아내나 신경 쓰거라."

내가 선을 넘은 것 같다. 그 말을 하는 순간 그 사실을 알았다. 하지만 말이란 게 그런 거다. 한 번 입 밖으로 내뱉으면 절대 주워 담을 수 없다. 그리고 내가 상처를 입으면 다른 사람을 비난하면서 그에게도 상처를 줄 때가 있다. 사람에게는 혼자 상처 받는 걸 감당 못하는 특성이 있는 것 같다.

"우리는 어디에서부터 잘못된 걸까요? 한때는 서로 가까웠잖아요, 기억나세요? 정말 서로를 좋아했는데요. 언제부터 변한 걸까요?" 챈스가 묻는다.

"네가 내 옛날 야구 물건들을 노리기 시작했을 때부터지." 이 말을 하고도 또 금세 후회한다. 교도소에 있다 보니 무슨 이유에서인지 내 안의 가장 나쁜 것들이 자꾸 나온다. 아니면, 내가 이제 더는 챈스에게 내 아들들을 사랑했던 것만큼 사랑한다는 사실을 보여줄 수 없다는 걸 깨달았기 때문일지도 모르겠다. 아니면 제이슨을 도우려고 애쓰다가 결국 그 아이를 죽이고 말 수도 있다는 생각이 머릿속을 떠나지 않기 때문일 수도 있다.

챈스가 나를 뚫어져라 빤히 본다. 나를 자세하게 살펴보고 있다. 보아하니, 뭔가를 알아내려 하고 있다.

"진심이세요? 정말 그렇게 생각하시는 거예요? 왜요? 제가 어떻게 했다고 그런 생각을 하게 되셨어요?"

"네가 우리 집에 올 때마다 어떤 눈길로 내 글러브를 보는지 알아. 얼른 내가 죽고 나서 그걸 가지려고 조바심을 내는 것 같더구나."

"그걸 가지려고 조바심을 낸다고요?"

"내가 흙에 묻히기도 전에 그걸 팔겠지."

"잠깐만요! 저는 그 글러브를 절대 팔지 않을 거예요. 그 글러브를 갖고 싶은 건 맞아요. 하지만 그걸 팔아서 돈을 벌 생각은 없어요."

챈스는 진심인 것 같고 굉장히 화가 난 것 같기도 하다. 내가 뭔가를 좀 잘못 판단한 건가하는 생각이 든다. 솔직히 말해, 챈스를 잘못 판단했을지도 모른다는 생각을 하면 몹시 두렵다.

나는 간신히 이렇게 물어본다. "그렇다면 왜 그걸 그렇게 갖고 싶은 건데?"

챈스가 몸을 앞으로 기울이고 정말로 내 팔을 만진다.

"기억 안 나세요?" 챈스가 무슨 말을 하는지 몰라서 설명해줄 때까지 그냥 기다린다.

"제가 어릴 때 아버지가 철물점을 열었잖아요. 아버지는 항상 집에 없었고 언제나 일만 했어요. 하지만 할아버지는, 할아버지는 저를 위해 그곳에 있어 주셨어요. 제 곁에 있어주셨죠. 할아버지는 저하고 캐치볼 놀이를 했어요. 제가 할아버지 글러브를 끼도록 해주셨어요."

챈스 눈에 눈물이 고인다. 그런 모습을 지금껏 한 번도 본 적이 없다. 챈스가 진실을 말한다는 걸 조금도 의심하지 않지만, 나는 전혀 기억이 나지 않는다. 기억을 해보려고 열심히 노력해도 기억이 나지 않는다. 그 시간이 1초 1초 지날 때마다 점점 더 두려워진다. 내 정신은 언제나 아주 또렷했다. 물론 지난 몇 년 동안 이런 저런 것들을 잊긴 했지만, 이런 일은 절대 잊지 않았다. 손자와 캐치볼 놀이를 한 걸 기억 못한다면 다음엔 또 뭘 기억 못할까? 내 아들들이 기억에서 사라질까? 어느 날 아침에 눈을 떴는데 제니가 기억에서 사라져버렸을 수도 있을까?

내가 비틀거리다 콘크리트 벽에 부딪치자 챈스가 나를 잡으려고 얼른 다가온다. 벽에 어깨가 부딪치는 순간, 시속 150킬로미터 속구에 정통으로 맞은 것 같다. 다행히 챈스가 잡아준 덕에 쓰러지지 않는다. 챈스는 내 양 팔을 꽉 쥔다. 나를 놓으면 내가 그대로 뒹굴까봐 겁내는 것 같다. 둘 중 누가 먼저 시작했는지는 잘 모르겠는데, 조금 있다 보니 우리 둘 다 가슴을 바짝 붙이고 두 팔로 서로를 안고 있다. 내가 아주 오랜만에 손자를 안고 있다. 챈스의 눈물 때문에 어깨가 축축해지는 것이 느껴진다. 나도 챈스의 셔츠를 흠뻑 적시고 있는 게 분명하다.

챈스가 흐느끼는 사이사이 말한다. "저는 친구들 모두에게 자랑하곤 했어요. 우리 할아버지가 컵스 야구선수였다고요. 할아버지의 손자인 것이 정말 자랑스러웠어요. 제가 원하는 건 할아버지도 저를 자랑스러워하는 것뿐이었어요."

나는 챈스의 등을 세게 때린다. 너무 세게 때려서 챈스가 아프지 않을까 생각하다가, 내가 얼마나 늙었는지 떠올린다. 챈스가 내 셔츠의 등을 잡더니 마치 물을 짜내려는 것처럼 짠다. 나는 챈스를 밀어내고 그 눈을 똑바로 바라본다.

"내가 그동안 널 잘못 생각했구나. 넌 좋은 사람이야. 나 때문에 우리 사이가 멀어졌어. 나는 늙고 괴팍했던 거야. 하지만 챈스, 이제는 내가 그렇게 늙었다는 느낌이 안 들어. 그 아이 제이슨을 만난 다음부터는 그렇구나. 이해할 수 있겠니?"

챈스가 내 기억으로는 처음으로 내게 미소를 지어 보인다.

"노력하고 있어요, 할아버지. 그리고 계속 노력할게요."

챈스가 다시 나를 끌어안는다. 나는 손자와 캐치볼 했던 걸 떠올려 보려고 계속 기억을 더듬는다.

* * * * *

"여기에 서명하세요." 책상 앞에 앉은 남자가 이렇게 말하면서 클립보드를 내민다. 나는 내용을 굳이 읽으려고도 하지 않는다. 나를 이 감옥에서 나가게만 해준다면 어떤 것에라도 서명할 의향이 있다. 한 시라도 빨리 제이슨에게 가야 한다.

"어디에서 택시를 탈 수 있는지 좀 알려줄래? 병원에 가야 하거든."

"제가 모셔다 드릴게요, 할아버지." 챈스가 말한다. 하지만 경찰이 끼어든다.

"그럴 수 없습니다." 경찰은 클립보드를 내게서 가져가더니 내가 방금 서명한 서류를 가리킨다.

"당신은 접근금지 명령을 받았습니다. 제이슨 캐시맨 주변 150미터 이내로 접근하면 다시 구속됩니다. 그때는 지금처럼 빨리 나갈 수 없을 겁니다."

"접근금지 명령이라고요?" 나는 그게 무슨 뜻인지 이해하려 애쓴다. "병원에 갈 수도 없다는 건가요? 150미터요?"

"그렇습니다. 그리고 가능하면 돌아다니는 것도 삼가세요. 판사들은 그런 걸 좋아하지 않습니다." 그가 클립보드를 겨드랑이에 낀다. "이제 가셔도 좋습니다."

"병원에는 못 가는 거고요."

"제이슨 캐시맨이 그곳에 있는 한 그렇습니다."

그가 서류 몇 장을 내려다보는데, 그 모습을 보니 나와는 얘기가 끝났다는 걸 알겠다. 챈스가 내 어깨에 한 손을 얹고 나는 내 손으로 그 손을 감싸 쥔다.

"네 전화기 좀 쓸 수 있겠니?" 내가 묻는다.

챈스가 코트에서 새 전화기를 꺼내는 동안 나는 주머니들을 뒤져 티어건에게서 받은 종이를 찾는다. 그러고 나서 거기에 적힌 번호를 누르니 티어건이 곧장 받는다.

티어건이 전화기에 대고 말한다. "아, 맥브라이드 할아버지."

"제이슨은, 제이슨은 어떠니?"

"여기에 제이슨 엄마가 왔어요. 제이슨 엄마하고 통화해보세요."

"안나?"

"머리. 전화해줘서 고마워요. 지금 어디예요?"

"감옥이에요. 하지만 지금 풀려났어요. 제이슨은 어때요?"

한참동안 침묵이 이어진다. 안나는 내가 감옥에 있었다는 걸 몰랐던가?

"정말 죄송해요. 제이슨은……이곳에서 견디고 있어요. 수술실에서 나왔고 안정되었어요. 하지만, 그러니까, 새 심장이 있어야 해요."

"이미 알고 있던 사실 아닌가요?"

"그래요. 물론 그랬죠. 하지만, 그러니까, 더 다급해졌어요. 훨씬 더요. 의사들은 새 심장이 없으면 제이슨이 얼마나 더 버틸 수 있을지 확신하지 못한대요. 이제는 몇 달이라는 말도 안 해요. 며칠이라는 말을 하고 있어요."

나는 안나가, 정확히, 무슨 얘기를 하고 있는 건가 생각한다. 그러다 얼른 그 생각을 멈춘다. 지금껏 살면서 그렇게 큰 두려움을 느껴본 적이 없었다.

"나는 제이슨을 보러 갈 수 없대요. 접근금지 명령인가 뭐 그런 거래요."

전화기 저편에서 무거운 한숨 소리와 치직 소리가 들린다.

"죄송해요, 머리. 그 문제는 제가 애쓰고 있어요. 변호사하고 얘기했고 가능한 한 빨리 베네딕트에게도 얘기할 거예요. 우리는 그 문제를 해결하기 위해 노력할 거예요. 제이슨은 분명 머리를 보고 싶어 할 거예요."

나는 힘겹게 침을 한 번 삼키고 방을 둘러보지만, 챈스 혼자 남아 나를 보고 있다.

"나도 제이슨을 보고 싶어요. 제이슨에게 미안하다고 전해줘요."

"미안하다고요? 아 머리, 머리는 미안해할 게 아무것도 없어요. 머리는 그저……."

안나는 더 말을 잇지 못한다. 내가 그녀 곁에 있어야 한다. 그처럼 훌륭한 여인, 그녀는 이런 일을 혼자서 겪어서는 안 되는 사람이다.

"이제 내가 뭘 해야 할까요?" 내가 말한다.

"모르겠어요, 머리. 아마도 내가 일을 해결할 때까지 머리는 집에 가 있는 게 최선일 거예요."

"집에 가라고요? 하지만 제이슨이 거기 있는데요."

"머리는 제이슨을 볼 수 없잖아요. 그러니 여기 남는 게 무슨 소용이 있겠어요? 제이슨은 금방 다시 일어나서 뛰어다닐 거예요. 나는 그렇게 믿어요."

전화기 너머로 안나의 목소리가 아주 자신 있게 들리지만, 분명 그녀의 얼굴에는 감정이 다 드러날 테지.

"티어건은요?"

"티어건은 여기 있을 거예요. 델라도 여기 있을 거고요. 델라가 티어건이 여기 있어도 된다고 해요. 델라가 달리 뭘 할 수 있는 것도 아니에요. 우리가 여기 도착한 이후로 티어건은 제이슨 곁을 절대 안 떠났어요. 하지만 머리는 접근금지 명령이 떨어졌기 때문에 할 수 있는 게 별로 없어요. 일상으로 돌아가야 해요. 이 일로 머리의 건강이 나빠지는 것도 난 원치 않아요. 어쨌든 제이슨은 대부분의 시간을 쉬고 있어요. 그게 제일 좋을 거라고 생각해요. 베네딕트가 상황을 차분히 받아들일 때까지는요."

안나의 얘기에 나는 별로 대답할 말이 없다. 예전의 일상으로 돌아갈 수는 없다고 어떻게 설명할 수 있을까? 그 아이를 만나기 전에는 여차하면 약을 먹지 않고 삶을 끝낼 생각을 했다고 어떻게 설명할 수 있을까? 하지만 한 가지는 안나 말이 옳다. 내가 할 수 있는 일이 하나도 없다는 것.

그래서 나는 챈스 차를 얻어 타고 머물렀던 아파트로 돌아간다.

그곳에는 셰비가 먼지를 뒤집어쓰고 서 있다. 교통 상황과 내 운전 실력을 감안하면 집까지 가는 데 세 시간 정도 걸릴 것 같다. 시간을 낭비해봐야 소용없고, 꾸물거리다가는 또 어둠 속에서 운전을 해야 할 것이다. 챈스가 내 차 옆에 자기 차를 세우고 나를 차까지 데려다준다. 나는 셰비의 시동을 걸고 집으로 향한다.

참 재미있는 사실은, 집으로 가까이 가면 갈수록 집에서 점점 더 멀어지고 있다고 느껴진다는 것이다.

35

차를 타고 집으로 돌아오는 일은 단 두 글자로 요약된다. 텅 빔. 텅 빈 차. 텅 빈 계획. 텅 빈 영혼. 내 몸 안의 것들이 하나도 남지 않고 다 쏟아져 나온 것 같다고 마지막으로 느낀 때는 제니가 죽은 날이었다. 그런 느낌은 누군가를 사랑할 때 온다. 그리고 어쩐 일인지, 누군가를 사랑하는 일은 언제나 고통스럽게 끝난다.

아마도 그 끝은 이별일 것이다. 챈스는 이별에 대해 모르는 게 없다. 챈스 말처럼, 남자와 여자는 서로 멀어진다. 둘 사이에 양립할 수 없는 차이가 있을 수 있다. 아니면 두 사람 중 하나가 결혼 맹세를 깰 수도 있다. 그렇게 끝이 난다. 완전히 끝.

아주 보기 드문 관계들도 있는데, 제니와 내가 그런 관계였다. 우리는 그런 관계 속에서 함께 인생을 살아갔다. 주님의 말씀 그대로, 우리는 좋을 때나 힘들 때나, 병들었을 때나 건강할 때나 서로 사랑했다. 하지만 그런 관계마저도 영원히 지속되지는 않는다. 결국 죽음이 두 사람을 갈라놓는다. 내가 경험으로 얘기할 수 있는데, 그것 역시 고통스러운 끝이다. 시작은 아주 좋았다. 중간도 그랬다. 하지만 그런 관계도 그 끝은 언제나 고통스럽다.

그 관계를 고통스럽게 끝내지 않기 위해 내가 생각할 수 있는 단 한 가지 방법은 죽는 사람이 되는 것이다. 그리고 어쨌거나 지금까지 나는 그 쪽을 경험하는 기쁨을 누리지 못했다. 생각해보지 않은 것은 아니다. 물론 내가 끝내려고 생각한 것은 위대한 사랑이 아니었다. 그저 지쳐버린 삶이었다.

나는 어두워지기 전에 집에 도착해 곧장 잠자리에 든다. 깨어 있는 시간을 최대한 줄이려고 애쓴다. 아침에 일어나서는 곧장 찬장으로 간다. 브란 플레이크, 으깬 알약, 끝까지 싸워야 하는 전쟁. 다시 이전의 일상으로 돌아간다. 매일 매일이 똑같았던 예전으로 돌아간다. 아침에 일어나는 것이 무슨 가치가 있는지 생각하던 날들로 다시 돌아간다.

하지만 나는 절대 중간에 포기하는 사람이 아니며, 그래서 제이슨도 포기할 수 없다. 물론 제이슨은 병원에 누워있고 나는 멀쩡히 이곳 레몬그로브에 있어 그 아이를 만나볼 수도 없다. 하지만 제이슨은 자신이 할 수 있는 최선을 다해 버티고 있다는 걸 믿어야 한다. 그래서 나도 그렇게 할 것이다. 제이슨을 위해서. 제이슨의 소원이 아직 다 이루어지지 않았으므로. 어쨌든 아직은 이루어지지 않았다. 제이슨은 안나에게 멋진 남자친구도 구해줘야 하고 마술사도 되어야 한다.

제이슨에게 너무도 이야기를 하고 싶어서 가슴이 뻐근해진다. 지금까지 살면서 이런 무력감은 처음 느껴 보았다. 내가 할 수 있는 일은 그 아이에게 컴퓨터 메시지를 쓰는 것밖에 없다는 생각이 든다. 그래서 그 오래된 이메일 기계를 켜고, 제이슨의 주소를 클릭하고, 키보드를 두드린다.

To: jasoncashmanrules@aol.com
From: MurrayMcBride@aol.com,

제목: 보고 싶은 내 친구에게

제이슨,
야구장에서 일어난 일 때문에 마음이 아프구나. 내 잘못이었다는 거
알아. 내 책임이라는 것도 알아. 이 얘기를 직접 만나 할 수 있다면
좋을 텐데. 널 그런 상황에 있게 하면 안 되는 거였어. 그건 옳지 않
았던 거야. 그건 옳지 않았어, 미안해.
또 하고 싶은 말이 있는데, 네 홈런은 정말 굉장했어. 내가 백 년 동
안 살아오면서 그렇게 자랑스러웠던 때는 없었던 것 같구나. 그런 감
정을 느끼게 해줘서 고맙다.
마지막으로, 나같이 괴팍한 늙은이가 이런 말하기 쉽지 않지만, 네가
정말 많이 보고 싶어. 솔직히 말하면, 내가 널 사랑하는 것 같아.
잘 지내,
머리 맥브라이드 할아버지

혹시 마음이 바뀌기 전에 전송 버튼을 누른다. 메시지는 날 떠
났다. 내용이 너무 개인적이고, 감상적이고, 뭐 그랬다. 하지만

그건 사실이기도 했다. 보통 나 같은 노인이 그런 감정을 느끼든 아니든, 그건 내 마음 깊은 곳에서 느끼는 감정이었다. 간단히 말하면 그 감정은 내가 아들들에게 말해야 했지만 단 한 번도 하지 못했던 전부였다.

제이슨의 남은 소원들을 다시 생각해본다. 그 소원들 중 무엇이라도 어떤 방법으로 이룰지 확실히 모르겠지만, 제이슨은 나와 함께 하는 걸 그만두지 않을 거라는 걸, 그리고 나도 제이슨과 함께 하는 걸 그만두지 않을 거라는 걸 난 알고 있다.

그 말은, 안나가 제이슨을 만나도록 허락해줄 때까지 내가 살아있어야 한다는 의미다. 하지만 계속 이 오래된 집 안에만 머문다면, 살아있다는 것이 더 재미없어지지 않을까? 어디든 가야하고 뭐라도 해야 한다. 마침 오늘 오전에 커뮤니티 칼리지에서 손 모델과 그 이상한 여자와 함께 하는 미술 수업이 있다. 그곳에 다시 갈 계획은 없었지만, 난 이 도시에만 있어야 하니까…….

미술 수업에 도착해보니 손 모델이 있다. 내 기억이 맞는다면 그의 이름은 콜린스다. 당연히 그는 먼저 그곳에 와 있다. 나는 적어도 20분은 늦었다. 방에는 이미 불이 켜져 있다. 나는 앞에 놓인, 날 위해 준비된 그 텅 빈 의자를 바라본다. 이상한 여자는 어린애에게 하듯 날 그 의자로 데려가고, 나는 순순히 속셔츠 차림으로 앉는다.

"콜린스." 내가 큰 소리로 말한다. 이상한 여자가 그것에 대해 뭐라 하든 난 별로 신경 안 쓰니까.

"맥브라이드 씨." 그가 아주 공손하게, 나보다 훨씬 작은 목소리로 대답한다.

"사람들이 오늘 내 모습을 보고 뭐라고 할까?" 내가 묻는다.

"쉿. 말씀하시면 안 되는 거 모르세요? 입가 주름이……." 이상한 여자가 말한다.

"네, 네, 주름이 축 처지고 뭐 그렇겠죠."

여자가 나를 야단이라도 치듯 입을 쭉 내밀지만 그냥 이렇게만 말한다. "이 분이 말을 꺼냈으니까, 오늘 주제가 뭐죠?"

"피로요." 어떤 여자가 대답한다.

"저 의자에 앉는 데 오늘은 더 힘이 많이 드는 것 같아요." 소녀 하나가 말한다.

"아주 좋아요." 이상한 여자가 말한다. "이건 정말 특별한 기회예요. 이 모델이 어떻게 될지 상상해본다면……그러니까 몇 년 뒤에요."

그 여자 말은, 그러니까 내가 아주 늙었고 아주 쇠약해서 언제라도 죽을 수 있다는 뜻이라는 걸 바보라도 알아차릴 수 있다. 피가 혈관을 돌아다니는 걸 멈출 거라는 말. 내 몸이 차갑게 식고 피부가 부패하기 시작할 거라는 말. 시신에서 냄새가 날 거라는 말.

"그런 상상을 예술적으로 표현해보세요." 이상한 여자가 말한다. 감사하게도 그녀가 이제 말을 다 마친 것 같다.

"나라면 내가 활기 있어 보인다고 얘기했을 텐데. 적어도 내가 느끼기에는 그렇거든." 내가 콜린스에게 말한다.

콜린스가 씩 웃으면서도 두 손은 계속 잡고 있다. 프로정신이 투철하다. 이상한 여자가 헛기침을 하며 목을 가다듬는데, 그 여자는 하루 종일이라도 그럴 수 있다. 젠장, 그 여자는 그러고 싶으면 나를 방에서 내던질 수도 있다. 그 여자가 지긋지긋하다.

제이슨 말고는 다른 어떤 것에도 집중하기가 힘들다. 문득 정신을 차려보니 수업이 끝나고 방에서 사람들이 나가고 있다. 콜린스가 내 옆에 서서 한 손을 내밀기에 나는 그 손을 잡는다. 그가 나를 부축해 일으켜서 밖으로 데리고 나간다.

"그 아이 기억하나? 멋진 안나와 같이 왔던 아이 말이야." 내가 말한다.

"어떻게 잊을 수 있겠어요? 그 아이는 괜찮아요? 산소 탱크를 분명히 봤거든요."

나는 얘기하려 하다가 하지 못하고, 그러다 다시 얘기한다.

"아이가 아파. 아주 많이 아프지."

콜린스는 내 말을 생각하는 것 같다. 얼굴을 찌푸리니 평소처럼 잘 생겨 보이지 않는다. 그러더니 커다란 손을 내 등에 댄다.

"맥브라이드 씨, 괜찮아요? 제가 뭐 도울 일이라도 있어요?" 나는 괜찮다고 말하지만 그는 종이에 자기 전화번호를 적어 내민다. "필요한 일 있으면 꼭 전화하세요, 아셨죠? 전화기 갖고 계시죠?"

"그럼."

"그러니까, 전화하시는 거죠? 필요한 일이 있으면요. 뭐라도 괜찮아요."

젊은 사람은 이렇게 행동하는 게 맞다. 콜린스는 여자에게도 예의바르게 행동할 젊은이다. 내게 하는 행동만 봐도 그 정도는 알 수 있다. 그 이유 때문에 네 번째 소원에 대해 오랫동안 진지하게 생각하게 된다.

"그 멋진 여자분 얘긴데……."

"네?" 콜린스가 눈에 띄게 관심을 보인다.

"그러니까, 그 아이는 지금 병원에 있는데 나는 그 아이를 만날 수가 없어."

사실 내가 바라는 건 콜린스가 안나를 다시 만나게 하는 것이다. 네 번째 소원을 이룰 기회를 만드는 것이다. 그런데 생각해보니, 그렇게 해서 일석이조의 효과를 얻을 수 있겠다.

"우리 집까지 나 좀 태워다 주겠나? 자네더러 날 데려다달라고 하는 이유가 있거든."

* * * * *

차종은 모르겠지만 아무튼 멋진 새 외제차를 타고 콜린스 옆에 앉아 집으로 오면서, 나는 내가 무엇을 하려 하는지 깨닫는다. 내가 이 청년에게 어떤 일을 맡기려 하는지. 그러니 이 청년에 대해 좀 더 잘 알아야 한다는 생각이 든다. 나는 내 직감을 믿는다. 내 직감이 나를 제니에게 이끌었고, 야구로 이끌었으며, 어쩐 일인지 그 직감이 나를 제이슨에게로 이끌었다고 주장하고 싶다. 그리고 나는 지금 접근금지 명령을 받은 상태니 어쨌든 콜린스가 내가 할 수 있는 유일한 선택이다. 하지만 좀 더 확인을 해본다고 해서 해가 될 일은 절대 없다.

"자네에 대해 얘기해주게." 내가 말한다.

콜린스는 전혀 당황하는 것 같지 않다. 그냥 희미하게 미소 지으며 길에 시선을 고정한다.

"뭘 알고 싶으신데요? 신상 정보요 아니면 저의 가장 깊고 어두운 비밀이요?"

"어느 쪽이든."

"흠, 제 이름은 사실 콜린스 잭슨이 아니에요."

"아니라고?"

"네. 반대예요. 잭슨 콜린스예요. 컬럼비아에서 몇 년을 지낸 적이 있는데, 무슨 이유에서인지 사람들이 전부 이름을 반대로 바꾸는 것 같았어요. 스페인어에서는 명사 다음에 형용사를 써서 그런 건지도 모르겠어요. 어쨌든 콜린스 잭슨이라고 불리는 것에 익숙해져서 이제 저도 남들에게 제 이름을 그렇게 말하죠."

"고향이 어딘가?"

"스파클링 폰드라고 하는 미네소타의 작은 도시예요. 미시시피 강에 접한 절벽에 있는 아름다운 곳이죠. 가능하면 자주 가보려고 해요."

"형제들은 있나?"

"누이가 하나 있어요. 이름은 아스펜이에요. 아직 고향에 살고 있고요. 클레어 라이언스라고, 그 지역의 전설 같은 사람이 있는데, 누이 부부가 그 사람하고 레스토랑을 운영하고 있어요."

"부모님과는 사이가 좋은가?" 나는 이렇게 묻는다. 내 생각에 그건 중요하기 때문이다.

"가슴 아프게도 두 분 다 돌아가셨어요." 바람이 휭 소리를 내며 창문 틈으로 들어온다. 그걸 보니 그 차가 처음 생각만큼 새것이 아닐지도 모른다는 생각이 든다.

"저는 그 일이 있었을 때 컬럼비아에 있었어요. 어머니는 사고를 당하셨어요. 그래서 제가 곁에 있을 수가 없었죠. 하지만 아버지는 꽤 오랫동안 편찮으셨어요. 안타깝게도, 그때도 전 고향에 가서 아버지를 뵙지 못했어요."

"컬럼비아에서는 뭘 했나?"

콜린스는 모든 질문에 주저 없이 대답한다. 내 호기심이 불편하다면 그렇게 다 털어놓을 리가 없겠지.

"평화봉사단이요. 아주 외딴 지역들에서 주로 우물을 팠어요. 어느 날 보고타에 갔다가 집에 전화를 했어요. 아스펜이 아버지가 돌아가셨고 자기는 결혼한다고 얘기해주더군요."

콜린스는 운전하는 사람이 그래도 되나 싶을 정도로. 아주 오래 왼쪽 창밖을 본다.

"내가 많은 사람을 도왔다고 생각하지만, 집을 떠나 있는 동안 많은 걸 놓쳤어요."

차가 집 앞에 서는 바람에 궁금한 걸 다 물어보진 못했지만 그만하면 충분히 들은 것 같다. 안나가 콜린스를 좋아할지 아닐지는 이제 안나 마음에 달린 거겠지.

"근사한 곳이네요." 거실에 들어서면서 콜린스가 말한다. 거실이 평소보다 더 화려하거나 그런 건 아닌데, 이곳이 마음에 드는 모양이다.

"저걸 좀 도와주겠나?" 내가 천정의 밧줄을 내릴 때 사용하는 빗자루를 가리킨다.

콜린스는 한 번에 줄을 내린 다음 여닫이문을 당겨 열고 사다리를 정확하게 설치한다. 그리고 나를 따라 사다리를 한 칸 한 칸 올라온다. 빨리 올라가라는 재촉을 절대 하지 않는다.

"우와." 다락방에 올라오자 콜린스가 감탄한다. 지금까지 옛날 물건을 한 번도 본 적 없는 사람 같다. 그는 꼭 박물관에 온 것처럼 바짝 다가서서 다양한 물건들을 본다. 물론 그 물건들 중 일부는 나만큼 오래되었다.

"여기 이것 때문에 다락방에 온 거야." 나는 트렁크 쪽으로 가며 말한다. 내 선수 시절의 기록들은 다 무시하고 1934 탑스 카드를 집어 든다. 내가 그 카드를 내밀자 콜린스는 한참동안 빤히 보더니 거기에 독이라도 묻은 것처럼 뒤로 펄쩍 물러난다.

"이 선수가 머리 씨인가요? 이건……이건 놀라운데요."

콜린스는 다락방에 있는 물건들 중 뭘 보더라도 아마 대부분은 놀랍다고 하며 감탄할 것이다. 하지만 그 1934 탑스 카드, 흠, 그건 내 마음 속에서 특별한 공간을 차지한다.

"기록만 보면 내 전성기는 아니었어." 나는 이렇게 말한다. 겸손해야 한다고 배웠으니까.

"하지만 컵스에서 경기하셨잖아요. 그 빅 리그 팀이 맞나요? 시카고 컵스요?" 콜린스의 목소리에 경외감까지 배어있다.

"그래, 그 팀이야. 자네가 그 카드를 제이슨에게 줬으면 하네. 안나의 아들 말이야. 그러니까, 그래줄 수 있다면 말이지. 제이슨은 시카고 아동 병원에 있어. 그리고 나는⋯⋯. 지금은 그 아이를 보러 갈 수 없어. 정말 보러 가고 싶지만."

콜린스에게 어디까지 얘기해야 할지 잘 모르겠다. 내가 아이들을 유괴해서 감옥에 갔다 왔다는 걸 알게 되면 콜린스는 어떻게 생각할까.

콜린스가 그 카드를 받아들고 한참동안 대답을 하지 않는다. 그러다 마침내 카드에서 눈을 들어 나를 보는데, 여전히 두 눈에 경외감이 비친다. "영광이에요, 맥브라이드 씨." 그가 말한다.

36

제이슨은 내 이메일에 답장하지 않는다. 그날 밤에도 하지 않고 다음날 아침에도 하지 않는다. 나는 하루 종일 5분마다 한 번씩 메일 기계를 확인한다. 상황이 어떻게 되어가고 있는지 모르니까 죽을 것만 같다. 제이슨은 지금 상태가 어떨까? 기다리고 기다리고 기다리고, 내가 할 수 있는 건 그것뿐이다. 자신에게 아주 중요한 뭔가를 기다리는 것보다 사람을 더 빨리 미치게 하는 건 없다. 아주 중요한 어떤 일에 대해 아무런 통제력을 갖지 못할 때, 사람은 세상에서 자신의 위치가 어디인지 알게 된다. 자신의 위치가 거의 사라지고 말았다는 걸 알게 된다.

아마도 그래서 이렇게 길을 잃은 느낌이 들 것이다.

그러다 심장이 터질 것 같다는 생각이 들 때, 전화기가 울리고 수화기 저편에서 안나의 목소리가 들린다. 안나의 목소리는 착 가라앉았다. 그녀는 많은 말을 하지 않는다. 그저 내가 미쳐 버릴지도 모른다고 생각했기 때문에 소식을 알려주고 싶었을 뿐이다. 안나는 그런 여성이다. 하지만 전화를 끊으면서, 내가 알게 된 사실이 아무것도 없다는 걸 깨닫는다. 내게 알려줄 게 아무것도 없는 거라고 짐작할 뿐이다.

제이슨은 살아있다. 그 아이는 상태가 좋지 못하다. 제이슨에게는 새 심장이 필요하다. 내가 새롭게 알게 된 유일한 세부 정보는 제이슨이 이식 수여자 명단에서 세 번째라는 것뿐이다. 그리고 안타깝게도 심장 하나를 구하는데 대개 약 4개월이 걸린다는 것. 베네딕트가 돈으로 그 시기를 단축할 수 있는 방법은 없다는 것. 그 얘기는 베네딕트가 이미 시도해봤다는 의미로 들린다. 제이슨의 순서를 앞당길 수 있는 단 한 가지 방법은 같은 지역에서 심장을 얻는 것이다. 누군가가 제이슨과 지리적으로 아주 가까운 곳에서 사망하는 경우처럼 말이다. 안나는 그럴 경우때로 예외를 둔다고 말한다.

성당에 들어서면서, 이렇게 기운을 못 차리다가는 키튼 박사가 늘 고집하던 지팡이를 써야 할지도 모르겠다는 생각이 든다. 나는 가장 가까운 곳에 있는 의자를 찾아 내 늙은 몸을 앉힌다. 향내를 맡으니 마음이 차분해진다. 이 향은 진짜 향이다. 미술교실에 있는 향처럼 과일 비슷한 냄새를 풍기며 사람을 어질어질하게 만드는 것이 아니라 엉덩방아를 찧게 할 정도로 톡 쏘는 냄새를 풍긴다.

제임스 신부는 어디에서도 보이지 않는다. 아니, 사람이 전혀보이지 않는다. 소리도 나지 않는다. 성당 안이 이렇게 조용한적도 없었던 것 같다. 라디에이터에서 윙 하는 소리도 나지 않는다. 신도들의 바스락거리는 소리도 들리지 않고, 한데 모여 있는기도 촛불에서 작게 탁탁 소리가 나지도 않는다. 아마도 그래서 제임스 신부가 들어올 때 소리가 그토록 컸을 것이다.

"머리." 신부가 내게서 1미터쯤 떨어진 곳에 앉는다. 잠깐 동안 우리 둘 다 제단, 십자가에 못 박힌 그리스도를 빤히 바라본다. "들었어요."

하지만 신부가 그 다음 얘기를 하지 않아서 뭘 들었다는 건지 확실히 모르겠다. 내가 듣지 못한 어떤 얘긴가? 바로 전에 제이슨이 죽었다는 얘긴가? 제이슨 상태에 차도가 좀 있다는 얘긴가? 아니면 그저 계획했던 대로 일이 되지 않았다는 얘긴가?

"있잖아요 신부님, 나는 그 아이를 사랑해요."

신부가 좀 더 가까이 다가와 내 무릎을 쓰다듬는다. 그리고 어떤 이유에서인지 나는 그의 무릎이 내 무릎에 닿는 것이 아무렇지도 않다.

"머리, 그건 위대한 거예요. 정말 위대해요."

"위대하다고요? 그 아이가 죽어가고 있는데 어떻게 그것이 위대하다고 할 수 있어요? 어떻게 그런 것이 위대할 수 있다는 거죠?"

나는 신부가 "주님이 하시는 일은 아무도 모른다."라거나 뭐 그런 말을 할 거라고 생각한다. 하지만 그는 그러지 않는다.

"사랑이 없다면 우리 삶은 아무것도 아닐 겁니다. 세상은 아무것도 아닐 거예요. 사랑이 없으면 우리는 아예 존재하지 않는 편이 나아요."

"글쎄요." 나는 이렇게만 말한다. 신부의 젊은 뇌가 내 뇌보다 더 빨리 돌아가고, 나는 그런 말에 어떻게 대답해야 하는 건지 생각이 나지 않아서다. 그러다 단순한 진실을 이야기한다.

"신부님, 때로 사랑은 상처가 될 수 있어요. 아주 더럽게 맘을 아프게 하죠. 더럽게라는 말을 써도 미안하거나 하지도 않아요. 진짜 더럽게 아프게 해요. 내가 그걸 더 감당할 수 있을지 모르겠어요."

"그럼 다른 선택지가 있나요? 잔뜩 웅크린 채 세상과 그 세상의 모든 사람에게서 스스로를 단절할 건가요?" 신부가 나를 의미심장한 표정으로 바라본다. "약 먹는 걸 잊을 건가요? 머리, 죽을 시간은 앞으로 많이 있을 거예요. 하지만 지금은 머리가 살아야 하는 시간이에요. 그 선물을 팽개치지 마세요."

신부가 다시 내 다리를 토닥이고는 그만 가려고 일어선다. 하지만 그 순간, 나는 혼자 있고 싶지 않다.

"어떻게 해야 할지 모르겠어요. 이렇게 길을 잃은 느낌이 들지 않으려면……어떻게 해야 할지 모르겠어요." 신부는 곧바로 대답하지 않는다. 나는 목이 꽉 막히는 걸 애써 참으며 눈물을 닦는다. "말 좀 해주세요. 내가 어떻게 해야 할까요?"

제임스 신부가 엄청나게 넓은 성당을 아주, 한참 동안 바라본다. 돌기둥들, 십자가의 길이라는 그림들, 빨간색 천을 입힌 오래 되고 텅 빈 여러 줄의 신도석.

"제가 처음 부임했던 성당의 신도들 중에 젊은 부부가 있었어요." 신부의 목소리는 이상하리만치 힘이 없다. "그들은 활기찼어요. 행복했죠. 전형적인 미국인 가족이었어요. 일요일마다 성당에 와서 맨 앞자리에 앉아 노래하고 기도했죠. 성당 사람들 모두 그 부부를 쳐다봤어요. 그들은 그랬어요. 그들에게서 눈을 뗄 수가 없었어요. 두 사람은 그러니까……다른 사람들에 비해 생기가 넘쳤어요. 주님이 그들에게 뭔가를 주신 것 같았죠. 내 생각에는, 대부분의 사람이 갖지 못하는 에너지인 것 같아요. 여자가 임신을 했고 남자아이가 태어났어요. 아이도 두 사람과 똑같은 에너지를 갖고 있다는 걸 그 아이를 보는 사람 누구나 첫 눈에 알 수 있었어요. 똑같은 생명력을 가지고 있었죠. 하지만 그 가족에게 비극이 닥쳤어요. 그 아이요. 비극을 겪는 대부분의 가정이 그렇듯, 그 부부 역시 그 일을 겪은 뒤 달라졌어요. 아내는, 엄청난 충격을 받긴 했지만 그래도 결국은 자신의 인생에서 의미를 찾을 수 있었죠. 여전히 스스로를, 그녀를 그처럼 특별하게 만든 스스로를 향해 믿음을 잃지 않았어요. 남편은, 그러니까, 길을 잃었어요. 슬픔에 빠져 길을 잃은 거예요. 고통에 빠져 길을 잃었어요. 자신은 아무 잘못이 없는 데도 죄책감에 빠져 길을 잃었어요. 그는 그렇게 길을 잃은 채 다른 편으로 가는 길을 찾지 못했어요."

혹시 그 선한 신부가 내게 죽은 남자아이 얘기를 하는 것이 도움이 된다고 생각한다면, 아주 단단히 착각한 것이다. 그렇지만 신부의 말에는 어떤 의미가 담겨 있다. 내 늙은 머리로 그 의미를 이해하는 게 어렵다고 해도 말이다.

"머리, 사람들이 생각하는 것과 달리 우리는 절대 길을 잃지 않아요. 우리가 선택할 수 있는 길이 늘 있어요. 단, 그 길을 선택하길 마음으로 원해야 하죠." 신부가 말한다.

신부가 성당 앞쪽으로 걸어가더니 제단 앞에서 무릎을 꿇는다. 그런 다음 옆문으로 간다. 그는 문을 나가기 전 나를 돌아보며 말한다.

"머리, 자신을 찾으세요. 그러면 머리의 길을 찾게 될 겁니다."

* * * * *

나 자신을 찾아라, 그러면 내 길을 찾게 될 것이다.

신부의 그 말이 앞뒤가 맞지 않는 횡설수설처럼 들린다. 제임스 신부가 아니라 미술 수업의 그 이상한 여자가 할 법한 말 같다. 하지만 그 말이 내 늙은 머릿속을 덜거덕거리며 다니게 그냥 둔다. 내 안의 공허함을 느끼지 않으려 애쓰면서. 혼자라는 걸 느끼지 않으려고 애쓰면서. 그렇게 길을 잃었다는 걸 느끼지 않으려 애쓰면서.

길을 잃었다는 느낌이 들지 않는 때는 제이슨 집으로 차를 몰고 갈 때뿐이다. 그래서 나는 그렇게 한다. 정말로 많이 그렇게 하고 있다. 시카고에서 집에 온지 이틀 반이 지났는데, 제이슨 동네에 여섯 번을 갔다 왔다. 그곳에는 키스할 준비를 하느라 옷을 한껏 차려입은 제이슨이 서 있던 단풍나무 옆 장소가 있다. 뒤로 돌아가면, 밤늦게 제이슨을 태울 때 차를 세웠던 장소가 있다. 모든 장소가 아직 그곳에 있다. 이제 내게 필요한 것은 그 아이 뿐이다.

그리고 바로 그때, 나는 무슨 일이 벌어지고 있는지 깨닫는다.

제이슨이 시카고의 병원에서 서서히 죽어가는 동안 나는 이곳에서 서서히 죽어가고 있다. 그 아이는 내게 방향을 알려주는 불빛이 되었다. 내 나침반이 되었다. 그리고 아마도 나 역시 제이슨의 그것이 되었을 거라고 생각하고 싶다.

그러니 내가 길을 잃는 느낌이 드는 건 당연하다.

제임스 신부의 말이 홈 플레이트에서 충돌을 했을 때만큼 충격으로 다가온다. 나는 나 자신을 찾아야 하고, 내가 누구인지 어떤 사람이 되고 싶은지 알아야 한다. 사실 어떤 사람이 되고 싶은지에 대해서는 한 치의 의심도 없다. 나는 제이슨의 친구가 되고 싶다.

자동차를 돌려 베네딕트 캐시맨의 저택으로 곧장 간다.

대문의 경비원이 우리가 이제 오랜 친구라도 되는 양 손을 흔들며 날 들여보내주지만, 베네딕트는 늘 그랬듯 날 기다리게 만든다. 그가 마침내 문을 열자 나는 곧장 들어가 말한다.

"또 뵙는군요. 나는 어떻게든 제이슨이 좋아지길 바랄 뿐이고, 당신이 접근금지 명령을 신청한 건 옳지 않아요. 그 아이를 만날 수 있게 해달라고 요청합니다."

그가 내 행동에 조금 놀란 것도 같다. 백 살 된 노인이 집 문 앞에 불쑥 나타나 소리 지르는 것은 흔한 일이 아니니까. 하지만 그것도 잠깐, 그는 이내 공격적인 태도를 보인다.

"당신은 내 아들을 유괴했어요. 그런데 또 당신을 내 아이 곁에 있게 할 거라고 생각하는 겁니까? 어떻게 그러죠? 나이를 많이 먹어서 정신도 어떻게 된 거 아니에요?"

"뭣 때문에 나를 싫어하는 거예요? 왜 내 행복을 막고 싶어 하는 거예요? 왜 자기 아들이 행복해지는 걸 막고 싶어 하는 겁니까?" 내가 묻는다.

"당신은 내 아들을 유괴했다고요!"

"난 그 아이의 소원을 이루어주려고 했던 거예요! 당신은 너무 바빠서 그 일을 하려 하지 않으니까요!" 내 목소리가 갈라지고, 얼굴도 형편없이 일그러지는 게 느껴진다. "제이슨이 쓰러져 병원 침대에 누울 때까지 당신은 너무 바빴죠. 무슨 아빠가 그래요?"

그는 몹시 충격을 받은 표정이다. 내가 그의 턱에 주먹을 날렸다 해도 그 정도로 충격을 받지는 않았을 것 같다. 어떻게 그런 생각을 반복하고 반복해서 하지 않을 수 있었는지 도무지 이해가 되지 않는다. 어쩌면 그는 사업에만 몰두한 나머지 자신이 어떤 아버지인지 미처 알지 못했을 것이다. 아들의 삶에 제대로 신경 쓰지 못하는 자신의 행동을 돈을 벌어 치료비를 내는 것으로 합리화하면서 그 정도로 충분하다고 생각했을 것이다.

나는 그런 것에 대해 좀 안다. 그리고 지금 무엇을 놓치고 있는 지에 대해 베네딕트에게 그리고 동시에 서른 살의 나에게도 훈계를 하고 있다.

"아버지 노릇을 한다는 건 돈을 버는 게 다가 아니잖아요, 안 그래요? 아이에게는 리틀 리그 경기도 있고 소녀를 향한 짝사랑도 있어요. 슈퍼히어로가 되겠다는 꿈도 있고 마술을 배우겠다는 꿈도 있어요. 생일과 핼러윈과 크리스마스도 있죠. 그건 좋은 일인데, 당신은 그런 건 전혀 신경도 쓰지 않았어요. 자신의 아들이 얼마나 멋진 아이인지 보지 않았어요. 보려 하지 않았으니까요. 하지만 나는 봤어요. 정말로, 많이 봤어요. 그리고 당신이 생각하는 것보다 나는 당신을 더 잘 알아요."

"뭘 아는데요?"

"당신이나 내가 다시 보러 가기 전에 죽을 수도 있는 아들, 놀라운 어린 아들이 있다는 사실을 그대로 받아들이는 것보다 강한 겉모습 뒤로 숨는 편이 때로는 더 쉽다는 사실요. 하지만 당신 스스로 인정하든 아니든, 진실은 바로 이거예요. 당신 아들은 심장을 기다리다 어느 때든 죽을 수 있고, 당신은 그 곁에 있어주지도 않는다는 것. 그건 비열하다고 생각해요."

나를 쓰러뜨린 한 방이 꼭 폭탄처럼 느껴진다. 그러니까, 전쟁터에서 돌아온 청년들이 묘사하는 걸 들어보면 그렇다. 분명 두 발로 서 있었는데, 바로 다음 순간 뒤로 벌러덩! 나는 눈을 들어 위를 쳐다보면서 내가 어쩌다 엉덩방아를 찧게 되었는지, 내 몸 어디가 제일 아픈지 알아내려 한다.

베네딕트 캐시맨이 나를 내려다보며 서 있다. 그는 방금 나를 밀친 사람처럼 전혀 보이지 않는다. 두려움으로 눈을 크게 뜨고 있다. 그것이 고소에 대한 두려움만은 아니라고 생각하고 싶다. 진심으로 걱정하는 거라고 생각하고 싶다. 이렇게 해서 베네딕트의 따뜻한 면이 세상 밖으로 드러날 수 있다면, 나는 기꺼이 백 번이라도 그에게 밀쳐질 의향이 있다.

그렇긴 한데, 왼쪽 다리가 전혀 안 움직이는 것 같다. 또 지금까지 한 번도 느껴보지 못한 통증이 무릎에서 시작돼 온 몸으로 퍼지며 마치 촉수를 가지고 있는 듯 몸 구석구석까지 닿는 걸로 봐서 아드레날린이 다 사라지고 있는 게 분명하다. 나는 내색을 하지 않지만, 그러려고 애쓰다보니 전혀 움직일 수가 없다. 베네딕트가 한 손을 내밀면서 날 일으켜 주려 한다. 하지만 그 손을 잡을 수가 없다.

"죄송합니다." 그가 우물거리며 말한다.

일단 감각이 조금씩 돌아오기 시작하자 나는 베네딕트가 그 말을 반복하고 있다는 걸 깨닫는다. 그가 나를 잡아 일으키는 바람에 또 한 번 통증의 물결이 온 몸을 지난다. 특히 다리가 심하게 아프다. 무릎이 뭔가 심각하게 잘못된 게 분명하다. 베네딕트가 내 셔츠에서 흙을 떨어내고 몸을 숙여 바지 다리 부분을 깨끗하게 닦아낸다. 그러다 그가 내 무릎 근처에 손을 대는 순간 나는 요란하게 소리를 질러댄다.

"죄송해요. 저는 그냥······변명의 여지가 없습니다. 죄송합니다."

그에게 실컷 욕을 퍼부을 권리가 내게 있다고 생각한다. 당장 고소하겠다고 으름장 놓을 권리도 있을 것이다. 그리고 실제로 그렇게 할 권리도 아마 있겠지. 하지만 그런 것보다 더 중요한 일들이 있다. 그리고 지금, 베네딕트의 성급함 덕에 내가 유리한 위치를 차지하게 되었다.

"제이슨, 제이슨을 만나야 해요." 내가 딱 잘라 말한다.

"물론 그래야죠. 당장 경찰에 전화해서 접근금지 명령을 풀겠습니다. 당연히 제이슨을 만나실 수 있어요, 당연히요. 그리고 이 일은 죄송합니다. 언짢지 않으세요?"

나는 몸을 곧게 펴려고 한다. 가슴을 내밀고 어깨를 쫙 펴려고 한다. 하지만 내가 실제로 움직이기나 하는지 잘 모르겠다.

"당신과 안나 사이에 무슨 일이 있었는지 나는 몰라요. 물론 관심도 없고요. 하지만 당신에게는 아들이 있어요. 근사한 아이요. 그 아이에게는 당신이 필요해요, 알아요? 이런 상황에서, 어떤 일이 있었는지는 중요하지 않아요. 아이에게는 아빠가 필요해요."

나는 베네딕트를 빤히 쳐다본다. 그는 불과 몇 분 전의 그와 전혀 다른 사람이다. 늙은이를 땅에 밀친 일로 그의 내면에서 어떤 감정이 풀려버렸다.

"당신은 그 아이 곁에 있어야 해요." 나는 이렇게 말한다. 그리고 내 다리가 버텨주길 바라면서, 몸을 돌려 걸어 나온다.

37

무릎의 통증이 다리 전체로 번지더니 급기야 등까지 이르렀다. 베네딕트의 저택에서 뛰어나와 내 차로 가고 싶지만, 그러기는커녕 내 걸음은 실망스러울 만큼 느리다.

지금껏 한 번도 느껴보지 못한 정도의 통증이다. 몸의 통증은 그렇다. 그리고 다른 종류의 통증, 가슴을 무너지게 하고 심장이 수류탄처럼 터지게 만드는 그 통증은 좀 더 익숙하다. 제니가 좋아하던 곡이 절로 떠오른다. 도리스 데이의 '어게인'이다

두 번 다시, 이런 일은 없을 거예요.
평생 한 번 일어날 수 있는 일이니까요.
이토록 짜릿한 전율

우리가 함께 한 삶은 그런 것이었다. 평생 한 번 오는 짜릿한 전율. 나는 내 심장을 뛰게 한 여인, 내 꿈을 현실로 만들어준 여인, 80년 세월 동안 한결같이 온 마음을 다해 사랑한 여인을 만났다. 그리고 지금 아주 이상한 일이 일어났다. 나는 다시 제이

슨을 만나 그 아이의 나머지 소원들을 이루어갈 수 있다. 이건 엄청난 순간이고 그래서 나는 흥분을 참기 힘들다. 그런데 갑자기, 제니가 생각나면서 다시 마음이 아파온다. 제니가 바로 어제 떠난 것 같다. 슬픔은 야구 경기처럼 예측할 수가 없다.

셰비를 타고 집으로 온다. 제이슨에게 가기 전에 몇 가지 물건을 챙겨야 하기 때문이다. 당분간은 집에 돌아오지 못할 것 같다. 어쩌면 영원히 못 돌아올지도 모르겠다. 제이슨이 내가 걱정하는 것만큼 아픈 거라면 그럴 것이다. 내가 알기로 제이슨은 내 메일에 아직도 답장이 없다. 만일 제이슨이 죽는다면 나도 그 아이 바로 옆에 누워 죽을 것 같다. 그렇게 된다면 집에 돌아올 필요가 없다.

집에 제대로 작별인사를 해야 할 것 같다. 빠르고, 확실하게. 그러면서도 제대로. 그러니까 이 집은, 제니와 내가 결혼하고 나서 살았던 곳이다. 아이들이 갓난아기일 때 이 집으로 이사 왔다. 이 집에서 아이들을 키웠다. 그리고 이 집에서 떠나보냈다. 그래서 다시 이 작은 집에 제니와 나, 우리 단 둘이 남았다. 천국의 작은 조각. 그러니 제대로 된 작별 인사를 하는 게 맞겠지. 방마다 다니면서 다시 한번 추억에 잠겨야 할 것이다.

무릎 바로 위에 집중된 통증으로 여전히 힘겨워하면서 평소보다 훨씬 느리게 현관문을 들어서는데 응답기 불이 번쩍거리는 게 보인다. 절뚝이며 전화기로 가서 재생 버튼을 누른다.

머리, 브랜던이에요. 미술 수업에서 일하고 있다는 얘기들었어요. 그 얘길 들으니 정말 기뻐요. 말도 하지 않고 가만히 앉아 있어야 한다든가 뭐 그런 규칙들을 익혀야 할 것 같긴 하지만, 그런 얘기는 나중에 하도록 해요. 머리에게 줄 수표를 내가 갖고 있어요. 있잖아요, 머리. 지금 노인은 아주 중요한 존재가 되었어요. 나는 지금 어마어마하게 큰돈을 버는 얘기를 하고 있는 거예요, 이해해요? 머리는 지금 파도를 탔고…….

나는 버튼을 탁 쳐서 메시지를 지우고는 삐 하는 소리를 흡족한 마음으로 듣는다. 그리고 다음 메시지가 나오기 전에 혼잣말을 한다.

"당신이나 돈 많이 벌구려. 이기적인 사람이니……."

내 말이 채 끝나기 전에 다음 메시지가 나오는데, 울음 사이로 목소리가 간신히 들린다.

머리? 머리, 안나예요, 거기 있어요? 머리, 전화 좀 받아요. 제게는 머리가 필요해요. 머리가 여기 있어줘야겠어요. 제이슨에게 머리가 필요해요. 제이슨은……그 아이는 상태가 좋지 못해요, 머리, 정말 안 좋아요. 당신이 벤에게 얘기해서 접근금지 명령을 풀게 했다고 들었어요. 이 메시지를 들으면, 제발 와주세요. 지금 바로요. 시간이 별로 없어요.

나와 베네딕트 사이에 있었던 일을 안나가 어떻게 알았는지 궁금해 하는 것은 지금 이 순간 가장 쓸데없는 일이다. 그런 일이 알려지려면 며칠씩 걸리던 시절이 있었다. 멀리 떨어져 사는 사람들에게 전달되려면 몇 주일도 걸렸다. 그런데 지금 안나는 내가 베네딕트의 저택에서 집에 돌아오기도 전에 그 일을 알고 있었다. 세상의 속도에 나는 깜짝 놀란다.

　언젠가 누군가에게서 컴퓨터는 0과 1로만 실행된다는 말을 들은 적이 있다. 오직 그 두 개의 숫자로만 만들어지는 암호가 어찌어찌해서 오늘날의 모든 디지털 세상을 만들었다. 때때로 나는 0과 1의 줄, 두 개의 숫자로 만들어진 커다랗고 긴 줄이 하늘을 떠다니는 상상을 한다. 그러다가 똑같은 줄이 또 나타나고, 그 줄 옆에 똑같은 줄이 또 나타나고, 결국 하늘 전체가 0과 1의 줄들로 덮인다. 그 줄들은 마치 모기떼처럼 아주 **빽빽하게** 모여 있어 해를 가린다. 너무 두껍게 모여 있어 우리는 이제 숨도 쉴 수 없다. 그것이, 0과 1로 만들어진 그 줄이 지금 나를 질식하게 한다. 내 폐에서 시작해 콧구멍에 가득 차고, 목구멍까지 꽉꽉 들어차 나는 공기도 전혀 들이마시지 못한다.

　응답기의 삐 하는 소리에 나는 0과 1의 환상에서 깨어나고, 나를 질식하게 하는 것은 0과 1이 아니라는 사실을 퍼뜩 깨닫는다. 뭔가 다른 것이 있다는 걸 깨닫는다. 너무도 강력해 내 몸과 마음을 다 점령하고 숨도 쉬지 못하게 하는 것.

　이 메시지를 들으면, 제발 와주세요. 시간이 별로 없어요.

나는 근래에 경험해본 적 없는 빠른 속도로 집을 나선다. 무릎에서 아무 감각도 느껴지지 않는다. 이 오래된 집에 제대로 된 작별인사를 하는 것에 대해 두 번도 생각하지 않는다.

안나의 말 뒤에 있는 또 다른 목소리를 나는 듣는다. 내가 그 목소리를 제대로 들은 거라면, 이제 나는 다른 작별 인사를 해야 한다.

38

이 병원에 처음 왔을 때는 안내 데스크 조금 지난 곳까지밖에 못 갔는데, 이번에는 무슨 유명인사나 되는 것처럼 안내를 받는다. 팬츠 슈트를 입은 멋진 여자가 나를 안내해 엘리베이터를 타고 제이슨의 병실로 올라간다.

"여기예요." 안내해 준 여자가 이렇게 말하고는 문을 열러 간다.

"아직은 아니에요." 나는 문을 열기 전에 간신히 그녀의 손을 잡는다. 안에서 사람들의 목소리가 들리는데, 그 목소리들 중 하나는 종소리처럼 맑은 것이 분명 안나의 목소리다. 병실에 들어가야 한다. 그래야 한다는 걸 안다. 그러고 싶다. 빌어먹을, 그래야 한다. 그런데 그만큼 간절하게, 들어가고 싶지 않다.

"잠깐만 시간을 주세요. 도와주셔서 감사합니다."

여자가 떠나면서 내게 보이는 표정을 정확히 해석할 수는 없지만, 어쨌든 그녀는 자리를 떠난다. 그녀가 간 것을 확인하고 나서 나는 머리를 문틀에 기대고 눈을 감는다. 내가 마지막으로 병실에 있었을 때는, 그러니까 진짜 병실 안에 있었을 때는, 제니가 숨을 거뒀을 때였다. 나는 그 몇 시간 동안 아내와 함께 누워 병원에서 내게 거듭 했던 질문에 대해 고민했다. **이제 환자를 보내주시겠어요?**

병원에서는 꼭 그렇게 물었다. 그것이 현명한 표현이라고 생각했던 것 같다. **생명 유지 장치를 떼어낼까요? 혹은 이제 죽게 할까요?**보다는 낫겠지. 단지 단어 선택의 문제라는 걸 나도 알고 있다. 하지만 그런 식으로, 그러니까 **환자를 보내주시겠어요?** 라고 물었을 때, **아니요! 난 아직 준비가 안 되었어요! 절대 그녀를 떠나보낼 수 없어요, 이 사람은 내 아내라고요!**라는 말 말고 다른 어떤 말로 대답할 수 있었을까?

그래서 나는 바로 그렇게 몇 번이고 반복해서 대답했다. 결국 의사가 차분하고 점잖은 목소리로 이제 때가 되었다고 말했다. 제니는 돌아오지 않을 거라고 했다. 회복되지 않을 거라고 했다. 제니는 오랜 세월 잘 살았고, 오랜 세월 잘 산 삶도 어쩔 수 없이 죽음을 맞는 거라고.

그래서 나는 아내를 보내는 것에 동의했다.

아내와의 이별이 괜찮아지는 데는 오랜 시간이 걸렸다. 결국 나는 의사가 옳았다는 걸 깨달았다. 그가 그렇게 하는 데는 용기가 필요했다는 걸 알았다. 하지만 제니가 마지막 숨을 거둘 때, 내 이마를 그녀의 이마에 대고 두 팔로 금방이라도 부서질 것 같은 그녀의 어깨를 안고서 내가 느낄 수 있는 감정은 오직 죄책감뿐이었다. 죄책감과 상실감.

몇 시간 뒤에 그들은 나를 침대에서 들어내야 했다. 제니의 양손에서 내 손가락을 하나하나 떼어내야 했다. 사회 복지사를 데려와 내게 괜찮다고 말하게 해야 했다. 나를 병실 밖으로 데려가게 해야 했다. 문 앞에서 나는 뒤돌아보았다. 제니는 그곳에서 꼼짝 않고 누워 있었다. 내 평생의 사랑. 너무도 평화로웠다. 죽었는데도 너무 아름다웠다. 정말 간절하게, 사회 복지사에게서 벗어나 그녀 옆에 다시 눕고 싶었다. 제니 옆에 있고 싶었다. 나도 마지막 숨을 거둘 때까지 절대 그 침대를 떠나고 싶지 않았다. 그러면 제니를 떠나보낼 필요가 없을 테니까. 하지만 사회 복지사는 부드러운 손으로 내 등을 밀었고, 천천히, 천천히, 나는 제니를 두고 떠났다.

그 이후로 한 번도 병실에 들어가지 않았다.

하지만 안에서 안나의 목소리가 들리고 이어서 티어건의 웃음소리도 들린다. 그 웃음소리가 내 기억 속 티어건의 웃음소리보다 좀 더 부자연스럽긴 하다. 나는 두 눈을 감고서 제니에게 힘을 달라고 부탁한다. 그런 다음 심호흡을 하고 문을 연다.

처음 내 눈에 들어온 것은 제이슨이다. 제이슨은 앉아 있다. 그 아이가 앉아 있다면, 내가 걱정했던 것처럼 상태가 나쁠 리 없다. 하지만 바로 다음 순간, 나는 제이슨이 접이식 침대에 눈을 감고 있으며 그 또래 아이가 감당하기 힘들 만큼 많은 튜브와 모니터를 몸에 달고 있다는 걸 알아챈다. 가까이 다가가서 보니, 제이슨이 절대 놓치지 않을 것처럼 움켜쥐고 있는 것은 내 1934 탑스 카드다.

손 모델이 내 부탁을 들어준 것이다.

나는 울음이 터질 것 같아 얼른 얼굴을 돌린다. 티어건은 평소처럼 머리를 땋았고 야구 유니폼은 입지 않았다. 물론 모자는 쓰고 있어서 공원에 가 공을 칠 준비가 된 것처럼 보인다. 그리고 평소에 비해 훨씬 더 어린 소녀처럼 보인다. 티어건을 보니 미국 여성프로야구단의 많은 여성이 생각나는데, 전혀 놀랄 일이 아닌 것 같다. 구석에 놓인 커다랗고 푹신한 의자 두 개에는 델라와 안나가 나란히 앉아 있다. 안나는 조금 떨어진 곳에서 아들을 빤히 바라보고 있다.

내가 방으로 들어서자 모두들 내 쪽을 본다. 델라는 나를 보며 다정한 미소를 짓고 안나는 그녀에게 어울리지 않을 만큼 천천히 일어나더니 나를 포옹한다.

"와줘서 고마워요. 제이슨이 머리를 계속 찾았어요."

안나는 제이슨이 아주 오랫동안 잠을 자고 있다고 말한다. 제이슨이 언제 깨어날지, 아니 솔직히 말해 깨어나기는 할지 그들은 전혀 알 수 없지만, 제이슨이 최근까지 따랐던 시간표대로라면 이제 곧 깨어나야 한다고 말한다. 델라는 나더러 안나 옆의 의자에 앉으라고 고집한다. 그래서 나는 안나와 나란히 그 푹신한 의자에 앉아 그녀의 손을 꼭 잡고서 제이슨의 감긴 눈꺼풀을 함께 바라본다.

잠시 뒤에 콜린스가 김이 나는 커피 세 잔과 핫 초콜릿 한 잔을 들고 들어온다. 그는 내게 자신의 커피를 주지만 나는 괜찮다고 말한다. 요즘은 카페인을 마시면 소화가 잘 안 된다. 나는 콜린스에게 내 자리를 내준다. 하지만 고맙게도 콜린스는 나더러 앉으라고 하고는 옆 병실에서 접이식 의자 두 개를 가져와 델라와 함께 앉는다.

1분 1분 지날 때마다 나는 점점 더 두려워진다. 제이슨이 영영 깨어나지 못할까봐 정말 걱정된다. 제이슨이 숨을 쉴 때마다 그 아이의 얼굴을 덮고 있는 산소마스크에 김이 서린다. 안개 그림자가 자신의 산소마스크를 안개처럼 만든다는 생각에 피식 웃음이 나오려다가, 그 때문에 제이슨이 슈퍼히어로 영화의 영웅이 아닌 악당처럼 보이는 것 같아 웃지 않는다. 병실에 들어온 지 한 시간이 다 되어 갈 때쯤 침대에서 제이슨의 목소리가 들린다.

"드디어. 늙은 '저기요'가 왔군요."

우리 모두 벌떡 일어나 침대 옆으로 달려간다. 티어건은 내내 침대 옆을 지키고 있었다. 제이슨이 산소마스크를 잡아 입 근처에 둔다. 그렇게 하면 필요할 때 얼른 다시 입에 댈 수 있겠지. 나는 몸을 숙여 제이슨의 어깨를 토닥인다. 무릎이 욱신거리는데도 기분이 좋다.

우리 모두 이곳에 있다. 제이슨은 깨어났다. 이 상황이 평상시와 비슷하게 느껴진다. 세상이 이전과 다름없는 세상이라면, 평상시와 다름없이 느껴져야 한다. 하지만 그렇지 않다. 제이슨의 농담이 뭔가 억지스레 느껴진다. 내가 어깨를 토닥이는 건 뭔가 절박하게 느껴진다. 병실 안의 침묵은 이제 뭔가 부자연스레 느껴진다.

"여러분, 나는 전능한 신들과 흡혈 외계인들 게임에서 머리 이 자를 날려버리려고 며칠을 기다렸거든요. 이 자가 창피하지 않게 다들 가서 점심이나 먹고 와요." 제이슨이 말한다.

"머리 할아버지라니까." 나는 이렇게 말하고는 더 말을 잇지 못한다. 지금 그런 게 중요한 것이 아니다. 제이슨이 지금까지 배우지 못했다면 앞으로도 영영 그럴 테지.

"당연히 그래야지." 안나가 말한다.

그리고 다들 병실을 나가기 시작한다. 티어건은 선뜻 나가지 못하고 제이슨을 자세히 들여다본다. 몸을 기울이고 한 손을 제이슨의 뺨에 대고 그 아이를 바라본다. 제이슨이 일부러 몸을 피하지 않는 건지 피하지 못하는 건지 모르겠지만, 나는 그 아이가 그대로 있는 것이 놀랍다. 두 아이는 서로를 빤히 바라본다. 나는 두 아이가 키스할지도 모른다고 잠깐 생각한다. 티어건이 제이슨이야말로 자신의 아름다운 남자라고 생각하고는 그 아이 뺨에 입을 맞출지도 모른다고. 하지만 잠시 뒤에 티어건이 몸을 돌려 나간다. 티어건의 엄마와 콜린스가 따라 나가고 그들 뒤로 문이 닫힌다.

나는 제이슨 곁으로 의자를 끌어다 앉고는 제니에 대해서는 생각하지 않으려 한다. 하지만 그래봐야 소용없다. 그래서 다시 제니에게 힘을 달라고 부탁한다. 이 가엾은 아이의 상태가 좋지 않다는 걸 이제는 알 수 있기 때문이다. 제이슨은 전혀 좋지 않다. 모니터와 튜브들과 산소마스크로도 확인할 수 없다면, 병색이 완연한 피부와 불안정한 호흡으로 확실히 확인할 수 있다.

지금까지는 제이슨이 회복할 거라고 생각했다. 제이슨의 심장 상태에 대해 다 들었으면서도, 솔직히 말해 내가 볼 때는 아이가 괜찮은 것 같았다. 제이슨은 여자아이에게 키스를, 그것도 목을 꽉 끌어안고 키스를 했다. 또 자기보다 훨씬 큰 남자아이에게 주먹을 날려 땅에 쓰러뜨렸다. 공을 쳐 리글리 야구장 담장 너머로 날려버리기까지 했다. 그런 아이가 어떻게 심장병을 앓고 죽을 수 있단 말인가?

하지만 이젠 알겠다. 제이슨이 괜찮아 보인 건 우리 모두에게 두 개의 심장이 있기 때문이다. 하나는 우리가 어떤 사람인지 보여주는 심장이다. 우리가 얼마나 많이 사랑하고 얼마나 잘 사는지 보여주는 심장. 제이슨은 내가 지금껏 만나본 그 누구보다 확실하게 그 심장을 가지고 있다. 어쩌면 티어건도 그럴 테고. 또 하나는 신체의 심장이다. 오직 한 가지 일만 하는 심장, 몸 전체에 피를 보내 우리를 살아있게 하는 심장.

지금 빠르게 제이슨을 죽이고 있는 것은 바로 그 심장, 신체의 심장이다.

39

"왜 신은 모든 사람을 죽게 하는 걸까요?"

제이슨이 말한 대로 우리는 비디오 게임을 하고 있다. 하지만 그 질문이 게임에 관한 거라고는 한 순간도 생각하지 않았다. 이런 질문을 받으면 여전히 당황스럽다. 내 나이에도 그건 늘 궁금해 하던 문제다. 나 자신도 이해를 못하는데 어떻게 열 살짜리 아이에게 설명해줄 수 있을까?

"누구에게나 자신의 시간이 있는 것 같아. 아마도 그 사람들은 이 세상에서 하기로 되어 있는 일을 다 했을 것이고, 그래서 신이 그들을 당신 곁으로 부르시는 거겠지."

"그렇지만 아프리카에서는 아이들이 굶어 죽는다고 들었는걸요." 내 말이 끝나기 무섭게 제이슨이 말한다. 제이슨이 오랫동안 이 문제를 생각해왔다는 걸 알겠다. 제이슨이 계속 말한다. "그리고 중동에서는 아이들이 폭탄이 터져 죽기도 하고요. 그 아이들 중에는 아주 어린 애들도 있어요. 그 아이들이 하기로 되어 있는 일을 다 하지 않았다면요? 너무 일찍 죽는 거라면요?"

이건 어려운 질문이어서 나는 제임스 신부가 뭐라고 말했는지 생각해보려 한다.

"글쎄, 세상에는 악이 있는 것 같아. 그런 나쁜 일들이 일어날 때는 바로 그 악마가 일하는 것이지."

"그렇지만 신이 악마보다 더 셀 거잖아요. 그런데 왜 신은 그런 일이 일어나게 놔두는 거예요?"

제이슨은 나를 봐주지 않는다. 조금의 틈도 주지 않는다. 그런데 말이다, 제이슨은 그래도 된다. 그런 처지의 아이는 어떤 대답을 얻을 수 있어야 한다. 나는 제이슨은 그럴 자격이 있다고 생각한다. 그래서 계속 애를 써본다.

"신은 인간에게 자유 의지를 주는 거라고 생각해. 그리고 거기에는 결과가 있는 것이지."

"아니에요!" 제이슨이 컨트롤러를 세게 던진다. 그것이 벽에 가서 부딪치더니 세 조각으로 부서진다. 제이슨은 충분히 들었다. 진짜 내용이 전혀 없는 똑같은 대답들을 충분히 들었다.

"다 헛소리야!" 제이슨이 소리친다. "알겠어요? 다 헛소리라고요! 신이 그걸 멈출 만큼 세다면 멈춰야죠! 나를 살게 해야죠!"

"흥분하면 안 돼, 진정해."

"아뇨! 진정 안 할 거예요! 난 죽기 싫어요! 내가 왜 죽어야 하는데요?"

제이슨이 침대에서 일어나더니 몸에서 줄들을 잡아 뺀다. 나도 일어선다. 그러길 잘했다. 제이슨이 힘없이 내게로 쓰러졌기 때문이다. 내가 제이슨을 안고 침대로 나뒹구는 동안도 제이슨은 계속 소리를 지르고 계속 대답을 구한다.

"할아버지는 백 살이나 됐잖아요. 그런데 나는 열 살에 죽어야 한다고요! 왜 할아버지는 열 살 때 안 죽었고 또 나는 왜 백 살까지 못 사는 건데요? 다 헛소리예요!"

제이슨이 얼굴을 내 가슴에 묻고 흐느껴 운다. 아이는 소리 죽여 흐느끼고 몇 초마다 숨을 몰아쉰다. 의사가 급히 병실에 들어왔다가 내가 제이슨을 안고 있는 걸 보고 걸음을 멈춘다.

"알아, 알아." 나는 제이슨이 진정할 때까지 그 아이의 머리를 쓰다듬는다. 아이의 호흡이 여전히 가쁘지만 흐느낌 소리는 차츰 진정된다.

"헛소리야. 그냥 다 헛소리야." 내가 말한다.

40

그처럼 두려움과 분노에 무너지는 아이를 보면서 어떻게 가슴이 미어지지 않을 수 있을까. 그 모습을 본다면 누구라도 그 아이를 돕기 위해 모든 것을, 그러니까 능력이 닿는 한 모든 것을 할 수밖에 없다. 의사들에게, 그것은 심장을 구할 때까지 아이를 살아있게 하는 걸 의미한다. 안나에게, 그것은 아이 곁을 지키면서 온 마음을 다해 기도하는 걸 의미한다. 하지만 내게, 그것은 그 이상을 의미한다.

훨씬 더 이상의 것.

의사와 내가 제이슨을 다시 침대에 눕히자 제이슨은 이내 잠이 든다. 흥분해서 몸부림치느라 기운이 다 빠진 것 같다.

"이 아이는 대부분의 시간을 이렇게 하고 있어요. 자는 거요. 지금은 자는 것이 아이에게 가장 좋습니다." 의사가 말한다.

"심장 대기 명단에서 제이슨은 몇 번째에 있나요?" 내가 묻는다.

"최근에 확인한 바로는 두 번째입니다."

"그러니까 한 단계 올라갔군요. 그렇게 되면 제이슨이 심장을 받게 될까요?"

의사가 그건 내가 물어볼 말이 아니라는 듯 날 쳐다본다.

"어떤 경우든 가능하죠. 우리는 희망을 버리지 말아야 합니다."

나는 몸을 최대한 쭉 펴고 말한다. "그리 좋지는 않군요. 키튼 박사가 그러는데, 내 심장이 쉰 살의 심장이라고 하더군요. 내 심장을 주고 싶어요."

의사가 턱을 들고는 안경과 뺨 사이의 공간으로 나를 내려다본다.

"돌아가시면 꼭 장기를 기증하고 싶다는 뜻을 밝히세요. 그때가 되면, 그리고 심장이 이식 가능할 만큼 건강하다면, 누군가 필요한 사람에게 기증될 겁니다."

나는 한 발을 쾅 구르다가 정강이 아래로 통증이 확 퍼지는 바람에 하마터면 넘어질 뻔한다. "내 말을 못 알아듣는군요. 내가 죽은 다음에 심장을 아무에게나 주고 싶다는 말이 아니에요. 내 심장을 이 아이에게 주고 싶다고요. 바로 오늘이요."

제이슨의 침대 옆 모니터에서 삑 소리가 요란하게 난다. 의사가 잠깐 쳐다볼 뿐 별다른 반응을 하지는 않는다.

"죄송하지만, 그런 식으로는 되지 않습니다."

"그럼 어떤 식으로 하면 되나요?" 제이슨은 살 자격이 있기 때문에 내 목소리가 조금 갈라진다. 제이슨 말이 맞다. 그건, 제이슨이 받은 패는, 공정하지 않다. 그리고 그 아이에게 뭔가를 더 줄 수 있다면 나는 기꺼이 그렇게 할 것이다.

"그게 말입니다." 의사가 눈에 안 띄게 슬쩍 행동하지만, 나는 그가 손목시계를 힐끗 보는 걸 눈치 챈다. "설령 영감님이 심장을 기증하고 싶은 사람을 선택하도록 할 수 있다 해도, 두 가지 문제가 있습니다. 첫째, 기증자가 살아있는 동안에는 심장을 줄 수가 없어요. 죽은 후에만 줄 수 있습니다."

의사의 벨트에 매달린 뭔가에서 삐 소리가 난다. 그는 내가 무슨 말을 하고 있었던 것처럼 한 손을 든다. 그리고 작은 장치에 달린 버튼 몇 개를 누르더니, 얼굴을 찡그리면서 그 장치를 탁 놓아 다시 벨트로 가게 한다.

"그래요, 그건 훌륭한 생각입니다. 훌륭한 태도예요. 하지만 안타깝게도 그건 불가능합니다."

의사는 내가 한 손을 들어 막기도 전에 병실을 나간다. 그가 살고 있는 그처럼 빠른 속도의 세상에서 다음 응급 상황으로 서둘러 간다. 제이슨은 가까운 시일 내에 심장을 받지 못하고, 나도 가까운 시일 내에 제이슨에게 심장을 주지 못한다. 하지만 나는 바보가 아니다. 백 살이라는 나이를 그냥 먹은 게 아니다. 그 의사가 나를 도울 수 없다면 완벽하게 내 힘으로 일을 처리할 수 있다. 안나가 심장 대기 명단의 순서를 기다리는 것 말고 다른 방법을 얘기해주었다. 같은 지역 기증자의 심장을 받는 것. 같은 병원에 있는 기증자라면 더 말할 것도 없겠지.

하루가 지나고 있고, 나는 아직 약을 먹지 않았다. 보통 때라면 아무 생각 없이 아침을 먹으면서 약을 먹었을 것이다. 하지만 그 모든 일이 일어났으므로, 그리고 제이슨이 병원에 있으므로, 나는 늘 똑같은 일상에서 벗어났다. 머리가 벌써 빙빙 돈다. 가슴이 액체 타르로 가득 찬 느낌이 든다. 키튼 박사의 말대로 된다면, 내 몸은 멈추기 시작할 테고 얼마 지나지 않아 영원히 깊은 잠에 빠져들 것이다. 아무 행동도 하지 않는다면, 지금으로부터 몇 시간 뒤에 나는 저 세상 사람이 될 것이다. 그리고 제이슨은 내 심장을 받을 수 있다.

바퀴 달린 탁자 위, 제이슨이 손도 안 댄 비스킷과 반통 쯤 남은 사과 소스 바로 옆에 펜 한 자루와 메모지가 있다. 나는 거기로 가서 재빨리 메모를 한다. 무릎이 여느 때처럼 욱신거리지만, 그것은 키튼 박사 말이 옳다는 걸 확실히 알게 해주는 희미한 표시다. 메모를 마치자마자, 나는 다시 메모를 할 힘이 있는지 궁금해진다. 다행히 그럴 필요가 없다. 메모지를 셔츠 가슴 주머니에 집어넣고 안나가 앉았던 의자로 간다. 두 눈을 감고는 호흡이 점점 힘겨워지는데도 평정을 유지하는 데 집중한다.

잠시 뒤에 안나와 콜린스, 델라, 티어건이 식당에서 음식을 싸 가지고 돌아오지만, 나는 실눈을 뜨고 그들을 보기만 하다가 다시 눈을 감는다. 그들은 내가 자는 거라고 생각하고는 소리 죽여 얘기한다. 그들이 제이슨의 침대 옆으로 가는 게 느껴진다. 나는 생각을 제니에게 집중한다. 제니를 곧 다시 볼 수 있기를 바란다.

제니는 웨딩드레스를 입고 있을 것이다. 나는 언제나 그걸 알고 있었다. 어떻게 알았는지는 모르지만, 그냥 안다. 나는 천국 문 앞에서 제니를 볼 텐데, 하늘에서 나를 문 안으로 들여보내주면 좋겠다. 만일 그런다면 제니는 두 팔을 활짝 벌리고 녹색 두 눈을 빛내며 약간 곱슬곱슬한 붉은 머리카락을 뺨에 늘어뜨리고 걸어 나올 것이다. 나는 제니를 힘주어 꼭 안을 것이다. 아주 꼭. 제니는 여느 때처럼 따뜻하고 사랑스럽게 느껴질 것이다. 그녀는 내 신부가 될 것이고, 나는 그녀의 연인이 될 것이다.

그리고 내 아들들. 내 아들들에게 내가 줄 수 있는 사랑을 보여줄 것이다. 내 아들들은 내가 제이슨에게 느끼는 사랑, 그리고 그들에게 느끼는 그 모든 사랑을 이해할 것이다. 어떻게 보여주는지는 몰랐다 해도 늘 간직하고 있었던 사랑을.

갑자기 기침이 나면서 온 몸이 뒤틀린다. 가래가 가득한 기침이 한꺼번에 터져 나온다. 이전과는 전혀 다른 느낌이다. 내가 늙은이라는 걸 다시 한번 실감한다. 하지만 나는 쓸모없지 않다. 적어도 내 몸의 전체가 그렇지는 않다. 나는 제이슨에게 아직 쓸 만한 내 몸의 일부를 줄 수 있고, 이제 기쁜 마음으로 석양 속으로 사라질 것이다.

제임스 신부는 자살이 죄라고 말한다. 하지만 이건 자살이 아니다. 내 생각에는 그렇다. 내 생각에 이건 희생이다. 생각했던 것보다 오래 걸리긴 하지만 드디어 호흡이 불안정해진다. 그러다 마침내, 창문 블라인드 뒤로 햇빛이 희미해질 즈음에는 호흡이 굉장히 고통스러워진다. 하지만 이전에 비해 느낌이 전혀 나쁘지 않다. 아마도 지금 내가 하고 있는 일이 옳다는 걸 알기 때문일 것이다. 제이슨은 살 수 있고, 나는 제니와 아들들에게 갈 수 있다.

예전 같으면 이렇게 나 자신을 희생하는 것이 무서울 거라고 생각했을 텐데, 지금 이 순간 마음이 정말 평화롭다.

41

　나는 천국에서 깨어난다. 누가 뭐래도 난 이곳이 천국이라고 생각한다. 어쨌든 지옥이 아닌 건 분명한데, 내가 지옥에 가지 않는 건 좋은 일이기도 하고 동시에 실수이기도 하다고 생각한다. 하지만 난 구약성서를 많이 읽었기 때문에 지옥이 어떤 곳인 줄 안다. 만일 내가 지옥에 있는 거라면 지금쯤 피부가 불타고 있을 것이며 내 영혼은 끔찍한 고통 속에 있을 것이고 구역질나는 유황 냄새가 폐에 가득 찰 것이다.

　그런데 내가 맡는 것은……소독약 냄새다. 그리고 어디에서도 제니는 보이지 않는다. 시간이 좀 걸리긴 했지만 그리고 아주 희미하게이지만, 결국 나는 내가 아직 병원에 있다는 걸 깨닫는다. 그러니 내가 정말로 천국에 있다는 것, 아니 죽었다는 것이 전혀 말 안 되는 일이 되고 만다.

　나는 눈을 깜빡이며 내 위에 모여 있는 얼굴들을 본다. 모두 다섯 개의 얼굴이 작은 원을 이루고 있다. 티어건, 델라, 안나, 콜린스가 있다. 콜린스가 있는 건 좀 놀랍다. 그가 함께 있는 것이 여전히 좀 어색하다. 그리고 내가 얘기를 나눴던 의사가 있다.

내가 살아있는 동안에는 장기를 기증할 수 없다고 했던 그 의사.

"맥브라이드 씨, 다시 깨어나서 다행입니다." 의사가 말한다.

그가 물러났다가 잠시 뒤에 뭔가를 가지고 다시 온다. 그리고 피고인에게 확실한 증거를 보여주는 변호사처럼 그걸 내 얼굴 앞으로 든다.

"내가 죽으면, 제발 내 심장을 이 병실에 있는 아이에게 주세요." 의사가 말한다. 정확히 말하면 읽는다. 그것은 내가 메모해 놓은 글이기 때문이다. "정말 이렇게 될 수 있을 거라고 생각한 겁니까? 여기가 병원이라는 걸 모르세요? 여기에서는 사람들을 죽게 놔두지 않습니다."

나는 몸을 조금 일으킬 수 있다. 내 몸 상태는 호흡 여부와 관계 있다. 그래서 약을 먹지 않으면 숨을 제대로 쉬지 못하고 얼마 안 가 죽게 된다. 하지만 폐가 제대로 기능하면 내 몸 상태는 꽤 괜찮게 느껴진다. 그래서 나는 내 상태가 있는 대로 성질을 내고는 정신을 잃을 때까지 숨을 참는 어린아이와 어딘가 비슷하다고 생각한다. 일단 의식을 잃으면 아이는 다시 숨을 쉬기 시작하고 몇 분 뒤에 멀쩡한 상태로 깨어난다. 병원에서 내 폐를 다시 기능하게 했으므로 나는 아무런 문제가 없으며, 나 역시 놀라울 정도로 아무 이상도 느끼지 못한다. 모든 것을 고려할 때 그렇다.

내 오른쪽 침대에서 제이슨이 의식이 없는 채 기계의 도움으로 호흡하며 누워있다. 처음 보는 기계다. 코 삽입관이 양쪽 콧구멍 속으로 들어가 있다. 제이슨이 하고 싶어 하지 않았던 바로 그것이다. 내가 제이슨을 마지막으로 본 이후로 그 아이는 전혀 움직이지 않은 것 같다.

눈을 긁적이다 잠깐 비비고 나니 나를 내려다보고 서 있는 안나가 보인다. 안나의 양 뺨에 여러 줄의 세로 자국이 있고 화장은 핼러윈 변장처럼 얼굴에서 흘러내리고 있다. 안나는 무슨 말인가를 하려 하지만 아무 말도 나오지 않는다. 갑자기 그녀가 내 얼굴을 세게 친다.

"한 사람 죽는 걸로 모자란다고 생각했어요? 당신까지 떠나서 두 사람의 죽음으로 만들어야 했나요?" 나는 너무 놀라서 아무 대답도 하지 못한다. "우리가 얼마나 무서웠는지 알기나 해요? 머리가 죽는 줄 알았어요. 게다가 머리는 고의로 그렇게 했어요!"

"제이슨을 위해서예요." 내가 말한다.

콜린스가 내 침대에서 안나를 데려간다. 그래서 이제 그녀의 울음소리만 들린다. 의사가 내 위로 다시 나타난다. 그는 안나와 콜린스를 힐끗 보더니, 내가 '그레이 아나토미' 교재나 되는 듯 날 자세히 본다.

"전해야 할 얘기가 있으니 머리 씨 행동의 윤리적인 문제는 넘어가도록 하죠. 이 아이는……."

"제이슨이에요." 나는 안나의 비난을 잊어버리려 애쓰면서 말한다. "좋은 아이에요. 그러니 이름으로 불러줘야지요."

의사가 콧등을 찌푸린다. 그리고 제이슨을 쳐다본다. 다행히 제이슨은 잠을 자고 있다. 제이슨은 이 모든 걸 직접 목격할 필요가 없다.

"알겠습니다. 제이슨은, 몇 살이죠? 열 살인가요?"

"열 살이에요. 죽기에는 너무 어린 나이죠."

"그리고 안타깝게도 성인, 그러니까 남자 어른의 심장을 받기에도 너무 어리군요." 의사가 말한다. 그는 내게 힘을 주려는 것처럼 내 어깨에 손을 얹는다. 있는 그대로 말하면, 그러려고 노력하고 있다는 생각이 든다. "나쁜 소식을 전하게 되어서 유감입니다. 하지만 머리 씨가 자신의 심장을 열 살짜리 아이, 그러니까 제이슨에게 기증할 방법은 없습니다. 의학적으로, 생리학적으로, 그건 될 수 없는 일입니다."

제이슨의 심장 모니터에서 나는 삐 소리가 점점 빨라진다. 속도뿐만 아니라 소리도 높아진다. 내가 듣기에는 비상상황 같은데, 의사는 모니터를 그저 휙 쳐다보더니 별 일 아니라는 듯 고개를 돌린다.

안나가 내 침대로 돌아왔는데, 이제 그녀의 눈에서 눈물이 흘러내리고 있다. 안나가 또 때릴지도 모른다는 생각에 절로 몸이 움찔한다. 하지만 안나는 내 가슴에 머리를 묻고 흐느낀다.

"머리, 죄송해요. 제가 왜 그랬는지 모르겠어요. 설명할 수가 없는데……변명의 여지가 없고……저는 그저……모든 게 그냥 너무 힘들어요."

"쉬-잇. 미안해할 거 하나도 없어요. 전혀 없어요." 나는 안나의 머리카락을 쓰다듬으며 재스민 향을 맡는다.

"다들 거기에서 무슨 얘기를 하는 거예요?"

나를 뺀 사람들 모두 옆에 있는 제이슨의 침대로 서둘러 간다.

나는 일어나 앉으려 하지만 거의 죽다 살아난 터라 아직 기운이 하나도 없다.

"사람들한테 네가 완전 루저라고 말하고 있었어." 티어건이 말한다. 나는 그 아이가 아직 병실에 있다는 것도 몰랐다.

"어떻게 베이스를 뛰면서 넘어질 수가 있냐?"

나는 티어건의 말에 깜짝 놀란다. 티어건, 내가 아는 사람들 중 가장 상냥한 아이가 침대에 누워 죽어가는 친구를 놀리고 있다. 하지만 제이슨은 그냥 씩 웃고 만다. 그 모습을 보면서 바로 그런 평범함이 제이슨에게 필요한 것임을 깨닫는다.

"그래. 하지만 깁슨처럼 주먹을 흔든 건 끝내줬지." 제이슨이 말한다.

병실 안에 웃음이 터진다. 제이슨의 말이 대단히 재미있어서가 아니라, 그저 그 아이가 그런 말을 할 수 있어서다. 델라가 그처럼 지혜로운 말을 한 딸이 자랑스러운 듯 티어건을 꼭 끌어당겨 안는다. 안나는 머리를 콜린스의 어깨에 기대고 콜린스는 안나의 이마에 가만히 입을 맞춘다. 침대에 누운 제이슨이 엄마의 모습에 깜짝 놀라더니 내 쪽을 보면서 손가락 네 개를 들어올린다. 그리고 포수가 투수에게 사인을 보내듯 손가락들을 움직인다. 네 번째 소원이 이루어졌다.

정말이지 놀랍다. 제이슨은 불가능한 다섯 개의 소원을 정했고, 우리는 함께 그 중 네 개를 이루었다. 당연히 나는 기뻐서 노래를 부르고 싶어야 한다. 옥상에서 소리치고 싶어야 한다.

하지만 그렇지 않다. 오히려 우리가 마지막을 향해 가고 있는 것처럼 그저 슬프기만 하다. 아직 이루어야 할 소원이 몇 개 남아있었을 때는 기대할 게 많았다. 하지만 이제, 네 개의 소원이 이루어졌고 제이슨은 죽음을 마주하고 있는 지금 우리가 할 수 있는 것이 얼마나 남아있을까? 우리는 월드시리즈까지 간 것 같다, 정점까지.

그런데 우리가 이른 정점에는 문제가 있다. 정점에서 더 갈 수 있는 곳이 단 하나 밖에 없다는 것이다. 그러니 제이슨이 살아남으려면, 그 아이의 다섯 번째이자 마지막 소원, 바로 그것이 필요하다. 진짜 마술.

42

의사가 우리더러 다른 방으로 가서 얘기하자고 하는 걸 보면서 나는 안 좋은 상황이 더 안 좋아지려한다는 걸 알아챈다. 다만 내가 모르는 것은 '어떻게'이다. 스스로 목숨을 끊어서 내 심장을 제이슨에게 주려 한 것 때문에 내가 곤경에 처하게 되는 걸까? 이 일 때문에 또 감옥에 갇히는 걸까?

의사는 티어건에게 제이슨 옆에 있어달라고 하고는 어른들을 데리고 복도로 나간다. 우리는 병실에서 나가자마자 당황한 표정의 베네딕트와 마주친다. 그는 조금 어색해하는 것 같기도 하다.

"안나." 베네딕트 캐시맨이 말한다.

그의 시선이 나를 향하는 순간 두려움이 얼굴 전체에 번진다. 베네딕트가 고개를 까딱하지만, 나와 뭔가 하기를 원하는 것 같지는 않다.

"나는 그저……그러니까……제이슨은 안에 있어요?"

"안에 있어요." 안나가 차분한 목소리로 대답한다. 그리고 남편에게 반항이라도 하듯 콜린스의 손을 잡는다. 델라는 금방이라도 덤빌 것처럼 두 발을 단단히 딛고 서서 몸을 앞으로 기울이지만 별다른 행동을 하지는 않는다.

"제이슨을 좀 볼 수 있을까?"

"당신 아들이잖아요." 안나가 말한다. 그녀가 속으로 많은 말을 삼키고 있다는 걸 확실히 알겠다. 가령 왜 지금에야 오는 거예요? 같은 말. 아니면 제이슨은 당신을 보고 싶어 하지 않아요 같기도 하다. 그렇지만 안나는 그 어떤 말도 하지 않고, 베네딕트는 몸을 움츠리며 안나 곁을 지나간다. 베네딕트가 한 손으로 내 팔뚝을 아주 가만히 잡아서 나는 꽤 놀란다.

"어떤 희망도 없는 거라면, 난 아이에게 희망을 주고 싶지 않았어요. 무슨 말인지 아시겠어요? 나쁜 아빠가 되려는 건 아니었어요. 하지만 희망은……."

그가 입술을 꽉 다문다. 입술을 아주 꽉 다물면 눈에서도 눈물이 흐르지 않을 것처럼.

"희망은 상황을 더 힘들게 할 뿐이에요." 그가 어깨를 축 늘어뜨리고 고개를 숙인 채 우리를 지나 제이슨의 병실로 들어간다. 안나는 크게 숨을 내쉬고, 콜린스가 한 팔로 안나의 어깨를 안는다. 의사가 우리를 데리고 복도를 지나 진료실로 가더니 내가 들어가자 문을 닫는다. 나는 콜린스를 안나 옆 의자에 앉게 한다. 그리고 나도 콜린스 옆에 아주 천천히 앉는다. 델라는 내 옆에 앉는다. 한 해 한 해 갈수록 돌아다니는 것이 점점 더 힘들어졌지만, 지금은 모든 움직임이 굉장히 고통스럽다. 움직일 때마다 극한의 통증이 시작된다.

의사는 앉지 않는다. 좋지 않은 신호다. 감독이 선수에게 트레이드 얘기를 할 때면 언제나 선수만 앉히고 자신은 서 있었다.

"몇 가지 검사 결과가 나왔어요," 의사가 말한다.

결과가 좋지 않다는 말은 할 필요가 없다. 그의 눈썹 각도, 미묘한 말투, 모든 것이 크고 명확하게 말하고 있으니까. 문제는 얼마나 나쁜가다.

"검사 결과를 보면, 지금 제이슨이 살아있다는 게 의아할 정도입니다. 그렇지만 제이슨이 오래 못 버틸 거라는 것은 분명합니다. 새 심장을 이식받지 못한다면 말이죠. 당분간은 제이슨의 산소포화도 수치가 떨어지지 않도록 신경 쓸 겁니다. 우리가 할 수 있는 건 그 정도가 전부입니다."

"제 심장을 가져갈 수 있었잖아요." 내 말에 의사는 날 쏘아보기만 한다.

"그건 선택할 수 있는 방법이 아닙니다. 윤리적으로요. 죄송합니다."

안나는 눈 하나 깜짝하지 않는다. 그 정도가 병원에서 할 수 있는 전부라는 의사의 말을 안나가 제대로 듣지 못한 건지, 아니면 이런 말에 대해 오랫동안 마음의 준비를 해온 건지 궁금해진다.

"제이슨은 대기자 명단에서 몇 번째에 있나요?" 안나가 묻는다.

"아직 두 번째입니다."

안나가 흠칫 놀라며 두 손으로 머리를 감싼다. 콜린스가 한 팔로 안나를 안는다.

"하지만 심장이 두 개만 있으면 되는 거잖아요. 그렇게 비관적으로 들리지는 않는데요? 목록에서 한 단계 올라가는데 보통 얼마나 걸리나요?" 콜린스가 말한다.

"평균 넉 달입니다." 의사가 사무적으로 대답한다. "제이슨이 심장을 받으려면 앞으로 넉 달에서 여덟 달을 버텨야 할 겁니다. 그보다 덜 걸릴 수도 있고 더 걸릴 수도 있어요."

"제이슨이 그렇게 오래 견딜 수 있을까요? 선생님이 방금 하신 말씀은 알겠는데, 그게 가능할까요?" 콜린스가 묻는다.

의사가 바닥을 내려다본다. 이제 그에게서 우리가 듣고 싶어 하지 않을 말이 나올 것이다.

"그러니까 간단히 말하면, 제이슨이 여덟 달을 버틸 가능성은 없어요. 넉 달도 힘들 겁니다. 말씀드렸듯 지금 제이슨이 살아있다는 것 자체가 놀라운 일입니다. 그러니 앞으로 얼마나 버틸 지는 누구도 절대 알 수 없어요. 제이슨이 앞으로 나흘을 더 산다고 해도 저로서는 놀랄 일입니다. 그리고 단 몇 시간밖에 못 버티는 것도 충분히 가능한 일이고요."

의사의 말이 진료실 안에 그대로 내려앉는다. 그런 말은 여기 저기로 튀어서 메아리가 울릴 줄 알았다. '생각할 시간을 줄게요.' '내 말을 이해할 시간을 주겠습니다. 받아들일 시간을 줄게요.' 하지만 의사가 무슨 말을 했고 바로 다음 순간 벽이 그 말을 완전히 삼켜버린 것처럼, 그의 말이 다 사라져버렸다. 그래서 의사가 방금 무슨 말을 했는지 묻고 싶어진다. 어쩌면 내가 그의 말을 잘못 들었는지도 모르겠다. 그의 말을 잘못 들은 것이 틀림없다.

"제 말을 잘 이해하셔야 합니다. 지금 제이슨이 깨어있으니까요. 또 제이슨이 잠들기 전에 여러분 모두 아이에게 하고 싶은 말을 다 하라고 말씀드리고 싶습니다." 의사가 말한다.

델라가 작게 숨을 내쉬지만 안나는 아무 반응도 하지 않는다. 전혀 반응을 하지 않는다. 콜린스가 안나의 어깨를 더 세게 안지만, 그녀는 알지도 못하는 것 같다. 그리고 나는? 내 안에서 불길이 확 타오르는 느낌이 든다. 이런 느낌은 생전 처음인 것 같다. 순전하고, 완전한 분노, 바로 그런 분노다. 더는 가만히 있을 수가 없다.

"이런 젠장. 당신은 의사잖아요. 그러면 의사가 할 일을 해야지요!" 그가 어리둥절한 표정으로 나를 빤히 보고 나는 계속 그에게 소리 지른다. "세상에, 제이슨은 어린아이잖아요! 아이라고요! 어떻게 아이를 죽게 놔둘 수 있단 말이에요?"

나는 벌떡 일어선다. 무릎의 통증은 아무것도 아니다. 가슴 속의 불에 비하면 아무것도 아니다. 혈관 속의 분노에 비하면 아무것도 아니다. 제이슨 말이 맞았다. 다 헛소리다. 그것이 나쁜 말이라 해도 아무 상관없다.

"저기에 의사가 필요한 아이가 있어요. 그러니 가서 의사가 해야 할 일을 하란 말이에요. 그 아이를 죽게 두지 말아요. 내 말 알아들어요? 그러지 말라고요."

어떤 손이 나를 잡으며 저지한다. 나는 콜린스라는 걸 안다. 손 모델. 하지만 나도 어쩔 도리가 없다. 제이슨에게 일어나는 일을 어쩌지 못하는 것처럼 내게 일어나는 일도 나는 어쩌지 못한다. 그래서 숨을 제대로 쉬지 못할 때까지 계속 소리 지른다. 다시 한번 내 세계가 깜깜해진다. 내가 마지막으로 기억하는 건 바닥으로 넘어지는 것이다.

43

다시 깨어났을 때 첫 번째로 든 생각은, 내 나이의 사람이 하루에 두 번이나 의식을 잃고 또 살아날 수는 없다는 것이다. 그런데 나는 지금 그렇게 되었다. 좋을 대로 생각하라. 어쩌면 내 목숨을 끊는 것이 불가능할지도 모르겠다.

감각들이 조금씩 살아나면서, 내가 제이슨과 같은 병실, 그 아이 바로 옆 침대에 있다는 것을 깨닫는다. 제이슨은 곤히 잠들어 있다. 어쨌든 나는 그 아이가 자고 있기를 바란다. 안나가 제이슨의 손을 잡고 있다. 콜린스는 안나의 손을 잡고 있다. 델라는 구석 의자에 앉아 있고 티어건은, 그 착한 아이는 내 침대 옆에 서서 외따로 떨어져 있는 내 곁을 지키고 있다.

"맥브라이드 할아버지, 좀 어떠세요?" 티어건이 말한다.

재빨리 상태를 확인해보니, 심하게 아프지 않은 곳을 찾을 수가 없다.

"내가 백 살인 것 같은 느낌이야." 내 말에 티어건이 웃음을 터뜨린다. 그 웃음소리를 들으니 통증이 한결 덜해진다.

"할아버지가 깨어나면 의사 선생님이 자기를 부르라고 했어요. 의사 선생님은 그렇게 행복해보이지 않았어요."

내가 정신을 잃기 전에 그에게 했던 말들이 기억난다. 내가 그라면, 나 역시 썩 행복하지는 않을 것 같다.

"잊어버렸다고 해도 돼요." 티어건이 말한다.

하지만 나는 고개를 흔들고, 그 바람에 목이 너무 아파 비명이 터져 나온다.

"아니, 괜찮아. 그 의사보다 더 무서운 사람들도 상대해봤어." 말하는 게 그렇게 힘들다는 사실이 새삼 놀랍다. 이 정도로 힘든 적은 지금까지 한 번도 없었다.

티어건이 생긋 웃더니 내 침대 위의 버튼을 누른다. 잠시 뒤에 의사가 얼굴을 찡그리며 병실로 급히 들어온다.

"사과합니다. 내가 흥분했죠?" 의사가 무슨 말을 하기 전에 내가 말한다.

의사가 그만 하라는 듯 손을 흔든다.

"다 지나간 일인데요, 뭐. 다 이해합니다, 정말로요."

"나에게 화나지 않아요?"

"아뇨, 전혀요." 의사가 숨을 크게 내쉰다. 그에게도 힘든 하루였을 것이다. 의사도 사람이라는 걸 때때로 잊어버린다.

"맥브라이드 씨, 안타깝지만 나쁜 소식이 있습니다."

"제이슨에 관한 건가요?"

"맥브라이드 씨에 관한 겁니다."

그는 내가 자기 말을 받아들일 시간을 잠깐 준다. 하지만 그 시간이 그렇게 오래 걸리지는 않는다. 40년 전이었다면 내가 충격을 받았을 수도 있지만, 지금은 무슨 상관인가? 내가 이해할 수 없는 단 한 가지가 있다면, 나쁜 소식이 나를 찾아오는데 뭐 그렇게 오래 걸렸냐는 것이다.

"알겠어요, 들어보죠."

"처음 환자분이 의식을 잃었을 때 병원 규정에 따라 몇 가지 검사를 했습니다. 기초적인 검사들인데, 몇 가지 결과가 환자분 나이를 고려하더라도 정상 범위에서 벗어났어요. 그래서 정밀검사를 했고……."

"알겠습니다, 선생님. 그냥 말해주세요. 받아들일 수 있어요."

"아무래도 말기 골암인 것 같습니다. 우리가 보기에는 오른쪽 무릎에서 시작되었어요. 정확히 말씀드리면 아래쪽 대퇴골인데, 거기에서 시작해 여러 장기와 뼈로 퍼지고……지금은 온 몸에 퍼진 상태입니다."

"알겠습니다." 나는 이렇게만 말한다.

이런 순간을 계속 상상해왔으면서도 무슨 말을 할 건지에 대해서는 한 번도 생각해보지 않았기 때문이다. 나는 언제나 폐 때문에 죽을 거라고 생각했다. 하지만 그러는 동안 암이 내게 몰래 다가오고 있었다. 대부분의 사람이 나보다 이른 나이에 암에 걸릴 거라고 생각하지만, 내 나이가 되면 통증으로 괴로워도 '암'이라고 생각하지 않게 된다. 그저 '나이가 많아서' 그런 거라고 생각한다.

"얼마나 남은 것 같나요?"

의사가 한숨을 내쉰다.

"그렇게 많이 남진 않았어요. 제이슨처럼 환자분 역시 근래에 그렇게 걸어서 돌아다닐 수 있었던 건 의학적으로 기적이라 할 수 있어요. 환자분과 제이슨이 서로를 지탱해주었던 것 같습니다."

입안의 침이 모두 말라버렸다.

" '그렇게 많이 남진 않았다'는 게 무슨 뜻인가요? 뭔가 할 수 있는 일이 있을까요?"

"그건 환자분에게 달렸습니다. 할 수 있는 치료가 몇 가지 있습니다. 강한 방사선 치료를 시작하면서 다양한 종양에 효과가 있는지 지켜볼 수 있어요. 환자분에게 할 수 있는 더 새롭고 실험적인 치료도 몇 가지 있습니다."

의사가 엄청나게 많은 방법을 더 갖고 있다는 얘기처럼 들려서 나는 본론으로 들어간다.

"내가 뭘 해야 할까요, 선생님? 뭘 하는 게 맞는 건가요?"

의사가 적당한 말을 찾는 듯 병실 안을 둘러본다.

"맞는 일이라면, 환자분이 오래 그리고 건강하게 살았다는 사실을 받아들이고 환자분을 사랑하는 사람들에게 둘러싸여 편안하고 품위 있게 죽는 겁니다."

누군가 내 손을 잠깐 꽉 쥐는 바람에 아픔이 느껴진다. 티어건이다. 그 아이의 두 눈에 눈물이 그렁그렁하다. 안나와 콜린스가 곁에 서서 서로의 손을 잡고 연민 가득한 표정으로 나를 바라본다. 그건 동정과 다르다. 동정을 받는 것은 화나는 일이지만, 그들의 연민은 어떨까? 글쎄, 나는 언제까지라도 그들의 연민 어린 표정 안에서 살아갈 수 있다. 물론 내게는 그렇게 많은 시간이 없지만.

자신의 사형 선고를 듣는다는 건 흥미로운 일이다. 기대해왔던 것과는 다르다. 어떤 나이가 되면 그건 별 대수로운 일이 아닐 거라고 생각한다. 마음의 준비가 될 거라고. 몇 주 전만 해도 나는 준비가 되어 있었다. 그러다 제이슨을 만났다.

그래도 가슴에서 뭔가가 덜어지는 느낌이 있다. 아주 오래전부터 그곳에 있던 무게. 내 생각에 첫째 아들이 죽었을 때부터였던 것 같다. 해방된 것 같은 느낌이 들기도 한다. 나는 제이슨이 먼저 죽을 때까지 죽을 생각이 없다. 어쩌면 우리는 함께 죽을지도 모르겠다. 하지만 그 모든 게 끝나면, 그러면 나는 준비가 될 것이다.

나는 의사의 손을 잡고 힘을 준다.

"고맙습니다, 선생님."

의사의 눈에 눈물이 조금 맺히는데, 그걸 보니 그가 좋은 사람이라는 걸 대번에 알겠다. 자기에게 고래고래 소리를 지르는 늙은인데도 죽는 게 슬프다는 걸까? 그렇다면 내 생각에 그 사람은 좋은 사람이다.

"저희는 마지막까지 환자분을 편안하게 해드릴 겁니다." 의사가 말한다. 그의 말투에서 나는 마지막이 멀지 않았다는 걸 안다.

44

자신이 죽을 거라는 얘기를 듣는다는 건 무엇과도 비교할 수 없는 특별한 느낌을 준다. 그 얘기를 듣는 사람은 심한 충격을 받는다. 그가 열 살이든 백 살이든 상관없다. 세상 어떤 일도 자신이 머지않아 죽을 거라는 말을 듣는 것과 비교할 수는 없다. 다음에는 어떻게 될지 생각하게 된다. 그 시간이 다가올 때면 누구든 죽음에 대해 생각할 기회를 갖게 되는 걸까. 어쩔 수 없이 궁금해진다. 갑자기 죽는 사람들도 그런 것인지. 비록 그들이 마지막 시간이 오고 있는 걸 알지 못한다고 해도 그런 것인지. 어쩌면 그건 선하신 주님이 우리 모두에게 주는 무엇일지도 모르겠다. 아무리 짧다 해도, 자신의 유한한 삶을 진정으로 생각할 시간. 아마도 죽기 직전 그런 식으로 눈앞에 자신의 인생이 빠르게 스쳐 지나가겠지.

제이슨은 아직 내 옆 침대에 있다. 나는 몇 초마다 제이슨을 돌아보면서, 그 아이가 아직 그곳에 있는지 확인한다. 아직 숨 쉬고 있는지 확인한다. 한 번은 제이슨 쪽으로 고개를 돌리는데, 문 앞에 어떤 사람이 서 있는 게 보인다. 내 혈육, 챈스 맥브라이드다.

"할아버지." 솔직히 말하면, 할아버지란 말을 듣는데 배 속 어딘가가 푸드득 떨린다. 챈스가 기억하는 것 모두를 나도 기억하든 그렇지 않든, 할아버지가 된다는 것이 주는 떨림이다. 세상 무엇과도 다른 그 느낌.

챈스가 내 침대로 다가온다. 오면서 제이슨을 보더니 얼른 시선을 돌린다. 그 아이가 사람들이 가까이 있기 불편해하는 존재가 되었다고 생각하니 슬퍼진다. 그건 제이슨 같은 어린아이가 아니라 거리에서 자동차에 치어 죽은 짐승에게 보이는 반응이다. 어떻게 보면, 챈스의 반응은 대부분의 사람들 반응과 같다. 다들 통증과 고통과 죽음에 불편해한다 그래서 챈스가 이곳에 와준 게 더 의미가 있다.

챈스는 한참 동안 별 말을 하지 않는다. 그저 내 손을 잡고는 – 챈스가 이전에는 한 번도 하지 않던 행동이어서 기분이 꽤 좋다 – 블라인드가 걷힌 창문을 내다본다. 창문 밖으로 보이는 풍경이라고 해야 옆 건물의 옥상뿐이지만 챈스는 상관하지 않는 것 같다. 나는 챈스가 사실은 아무것도 보지 않는다는 느낌을 받는다.

"네게 주고 싶은 게 있어."

"그게 뭔데요, 할아버지?"

"내 오래된 야구 글러브. 우리가 캐치볼 할 때 너더러 쓰라고 했던 것 말이다. 그걸 네게 주고 싶구나."

내 손자와 야구했던 걸 기억하려고 늙은 머리를 쥐어짜 봤지만, 기억이 그곳에 있다하더라도 내게서는 사라졌다. 영원히 사라졌다. 하지만 챈스는 그걸 알 필요가 없다. 정직이 최선의 정책이라는 말은 사실이겠지만, 때로는 연민 때문에 최선이 아닌 정책이 되기도 한다.

"진심이세요? 그러실 필요 없어요. 제 말은, 그것 때문에 제가 여기 온 게 아니에요." 챈스가 말한다.

"알아." 내가 대답한다. 무슨 말을 더 해야 하지만, 숨을 쉬려고 하니 숨이 전혀 쉬어지지 않는다. 한참을 - 어쨌든 한참이라고 느껴진다 - 나는 가슴과 폐, 목구멍이 제 기능을 하게 하려고 애쓰지만 아무 일도 일어나지 않는다. 조금 어지러워지고 이러다 정신을 잃을 것도 같다. 만일 정신을 잃는다면, 다시 깨어나 숨을 쉴 수 있을까 아니면 그걸로 끝인 걸까. 내가 자신의 두 손을 꽉 쥐니 챈스의 눈이 휘둥그레진다. 챈스는 내가 한참 숨을 쉬지 않았다는 걸 알아챘는지 벌떡 일어선다.

"무슨 일이에요?" 챈스는 내가 말하려 하는 바로 그 말을 한다. "의사 불러올게요."

하지만 바로 그때, 뭔지 모르지만 내가 숨을 쉬지 못하게 했던 어떤 것이 사라지면서 나는 충분히 길게 숨을 들이마신다. 편안하게 느끼기에는 부족하지만 다시 생명을 이어가기에는 충분하다. 챈스가 다시 자리에 앉는다. 나를 보는 눈길이 달라졌다. 내가 자기 앞에서 죽을까봐 걱정이 되는 모양이다. 그런 모습은 보지 않길 바라는 것 같다. 만일 그래야 한다면 챈스는 어서 이 자리를 떠나고 싶어 할지도 모른다. 다시 한동안 침묵이 이어진다. 들리는 소리라고는 제이슨의 기계에서 나는 윙 소리와 딸깍 소리뿐일 때 챈스가 다시 말한다.

"꼭 말씀드리고 싶은데, 아실지⋯⋯모르겠지만⋯⋯전 언제나 할아버지를 존경했어요. 언제나 할아버지를 닮으려고 노력했어요. 제가 그렇게 되지 못했다는 거 알아요. 제 삶의 어떤 부분에서도 할아버지를 닮지 못했어요. 하지만 언제나 그렇게 되고 싶었어요."

"아니야." 내가 대답한다.

이제 다시는 예전처럼 편하게 말할 수 없다는 걸 알겠다. 그러니 단어를 신중하게 선택해야 할 것이며 말 한마디 한마디에 말로 표현하지 못한 의미까지 담아 전달하려 해야 할 것이다. "날 닮으면 안 돼. 너답게 살아야지."

다시 그 느낌이 폐를 옥죈다. 폐가 꼼짝하지 않는 것 같다. 폐를 다시 작동하는 법이 생각나지 않는다. 하지만 이번에는 그 시간이 금방 지나간다.

나는 챈스의 눈을 빤히 바라본다. 챈스가 진실을 말한다는 걸 알 수 있다. 챈스는 노력했다. 생각해보면, 사람이 그 이상 무엇을 더 할 수 있을까? 물론 챈스는 몇 번 접시를 깼다. 하지만 의도는 좋았다. 내가 없는 힘을 끌어 모아 간신히 할 수 있는 몇 마디 말보다 더 많은 걸 챈스가 들을 수 있다면 좋겠다.

"네가 자랑스럽구나."

45

제이슨과 나, 둘 다 그날 밤을 지샌다. 요즘 들어서는 좀처럼 없던 일이다. 챈스는 작별 인사를 하고 갔다. 베네딕트도 갔다. 이제 병실에는 나와 제이슨, 티어건과 델라, 그리고 물론 안나와 콜린스 이렇게 여섯 사람뿐이다.

아침에 선물 바구니가 등장했다. 바로 하비에르 곤잘레스가 들고 왔다. 제이슨과 나 둘 다 깨어있다. 어떤 때 우리는 그냥 말없이 누워있고 어떤 때는 얘기를 나눈다. 어떤 때는 침대 밖으로 팔을 뻗어 서로의 손을 잡는다. 그럴 때면, 제이슨이 겉으로는 씩씩한 척 하지만 사실은 얼마나 무서워하고 있는지 다 느껴진다.

"컵스에서 보내는 거예요." 하비에르가 이렇게 말하면서 바구니를 내려놓는다.

"안에 뭐가 있는데요?" 제이슨이 묻는다.

제이슨의 목소리에는 흥분의 기미가 전혀 없다. 그 아이의 에너지 수준은 싱커볼보다도 더 낮다.

하비에르가 내용물들을 꺼내기 시작한다. 컵스 야구팀 선수 모두가 사인한 야구공. 하비에르의 번호가 있지만 등에 '캐시맨'

이 수놓아진 운동경기용 셔츠. 하비에르는 거기에 다음 해 시즌 티켓 두 장도 넣어왔다.

"다들 이렇게 전해달래요, '우리는 너의 새 심장을 컵스의 자부심으로 채울 거야.'" 하비에르가 말한다.

모두들 하비에르에게 고맙다는 말을 몇 번이고 한다.

우리 둘 다 내년 봄 경기를 보지 못할 것 같다는 말은 아무도 하지 않는다.

46

시간을 확실히 알 수는 없지만 창문 밖이 어둡다. 밤이 올 때의 어둠이 아니고 폭풍우가 올 때의 어둠이다. 이곳에는 티어건 말고 아무도 없다. 제이슨은 잠들었다. 요즘 대부분의 시간을 제이슨이 하는 일이다. 티어건이 제이슨 바로 옆에 앉아 있지만, 내가 눈을 깜빡이다 뜨는 걸 보고는 내게로 온다. 티어건은 자신의 도움이 필요한 한 사람에게서 또 다른 사람에게로 떠다니는 천사 같다. 머리를 땋은 천사.

"좀 어떠세요?" 티어건이 묻는다. 그러고는 내가 미처 대답하기도 전에 "정말 좋아 보여요."라고 말한다. 요즘 티어건은 그런다. 뭘 물어보고 내가 대답하기 전에 자기가 대답한다. 그런데 어쩐 일인지 그럴 때면 기분이 조금 좋아진다. 내가 죽음에 가까이 가고 있다는 걸 아는데도 그렇다.

나는 뭔가 말하려 하지만 몸의 기능이 내가 예상했던 것보다 더 빨리 멈추고 있다. 통증도 더 심해지는데, 그건 내가 모르핀을 먹지 않으려 했기 때문이다. 결국 나는 의사가 준 작은 버튼을 누른다.그러자 다시 한번 평화의 물결이 내 온 몸을 흐른다.

정신을 또렷하게 유지하려고 애쓰지만 나도 어쩔 수 없을 때가 있다.

"1927년, 타점." 티어건이 말한다.

즉시 나는 정신을 차리고는 티어건이 내가 깨어있을 때마다 하던 게임을 한다. 내 야구 기록에 관한 퀴즈를 내는 것이다. 1927년. 두 아들이 네 살 일곱 살 때였다. 그때 제니는 생활비에 보태려고 공장에서 일했기 때문에 우리는 서로 볼 시간이 많지 않았다. 힘든 시절이었다. 내가 그 해에 죄책감을 많이 느꼈다고 기억한다. 성적은 부진했고 마음은 경기에 있지 않았다.

"67." 내가 말한다.

"아, 아깝다." 티어건이 손가락으로 딱 소리를 낸다.

"거의 맞혔어요. 63이에요." 우리의 작은 게임이 내게 그러듯 티어건에게도 기쁨을 주는지 그 아이가 미소를 짓는다.

"미안하구나." 나는 간신히 이렇게 웅얼거린다. 티어건이 내 말을 들을 수 있게 그 소중한 작은 얼굴 - 주근깨가 있는 걸 처음 알아차린다 - 을 내 얼굴 가까이 가져온다.

"뭐가 미안한데요?" 티어건이 묻는다.

나는 말을 하려 하지만 - 입술이 움직이는 걸 느낄 수 있다 - 아주 약하게 숨만 내쉴 뿐 목소리는 전혀 나오지 않는다. 병원에서 내게 약을 줬는지 잘 모르겠다. 하긴 내가 아직 숨을 쉬고 있다면 분명 줬을 것이다.

"네 소원들." 나는 속삭인다. "네게도 다섯 가지 소원이 있었잖아. 내가 그걸 이뤄주지 못했어."

티어건이 주머니에서 밀크 더즈 한 상자를 꺼내 캔디를 입에 털어 넣는다.

"이뤄주셨잖아요. 그러니까, 그중 몇 가지는요. 할아버지가 아니었다면 그 정도도 이루지 못했을 거예요."

"더 있어." 내가 말한다.

티어건이 이마를 잔뜩 찡그리며 밀크 더즈를 씹는다.

나는 억지로 말을 계속한다. "캔디 말이야. 찬장에 그 캔디가 가득 있단다. 슈퍼마켓에서 산거야. 1년은 충분히 먹을 거다."

"거봐요, 할아버지가 그 소원을 이뤄주셨잖아요. 그리고 지붕 열리는 차요, 그건 진짜 굉장했어요. 그리고 전에는 제가 아무 말 안했는데요, 야구 경기에서 모든 포지션을 하고 싶다는 제 소원을 보고 제이슨이 어이없어 했잖아요. 그건 제가 이미 그렇게 했기 때문이에요. 그러니까 세 개를 이룬 거예요. 그 정도면 굉장한 거죠. 전 소원 종이를 가질 자격도 없으니까요."

고개를 흔들려고 해보지만 좀처럼 머리가 움직이지 않는다. 생각해보면 그래서 통증이 훨씬 덜하기도 하다.

"당연히." 내가 간신히 이렇게만 말하고는 침을 한 번 삼키고 바싹 마른 혀로 입술을 축이는 동안 티어건이 내 가까이 몸을 기울인다. "당연히 너는 소원을 가질 자격이 있어."

"하지만 전 아프지 않잖아요. 할아버지가 소원을 가진 사람이 되어야 했어요. 할아버지하고 제이슨이요."

"내 생각에는 누구나 소원 종이를 가질 자격이 있어. 그리고 누구에게나 이루고 싶은 소원이 있단다. 가끔 사람들은 눈이 멀어 그것을 보지 못하지." 나는 사랑하는 제니, 두 아들, 야구선수라는 직업, 그리고 제이슨 캐시맨을 만난 기회에 대해 생각한다. 내가 볼 때 그건 다섯 가지 소원과 같다.

다시 버튼을 누르고 싶지 않다. 이 소중한 아이의 주근깨 있는 얼굴과 땋은 머리를 보고 싶고, 이 아이와 몇 시간 동안 야구 기록에 대해 얘기하고 싶다. 제이슨을 깨어나게 하고 싶고 비디오 게임을 하고 싶다. 죽음에 대한 제이슨의 물음에 대답하고 싶다. 어떻게든 내가 할 수 있는 한 가장 좋은 대답을 하고 싶다. 내 능력이 닿는 한 많은 소원을 이루어주고 싶다.

하지만 그런 시간은 지나갔다. 그리고 통증은 너무 지독하다. 그래서 다시 버튼을 누르고 내 지친 근육을 조금 쉬게 한다. 티어건에게 들키지 않고 버튼을 누르려고 했지만, 그 아이는 내 손 안의 작은 물건을 힐끗 내려다보더니 입술을 꽉 다문다. 영리한 아이다.

"엄마하고 나갔다 올 거예요." 티어건이 아이다운 밝은 목소리로 말한다. "병원 자동판매기에는 이제 밀크 더즈가 없거든요. 제이슨에게 줄 밀크 더즈를 사야 하니까 데려가 달라고 엄마를 졸랐어요. 하지만 금방 돌아올 거예요, 약속해요. 올 때 뭘 사다 드릴까요?"

"야구 카드 한 묶음. 혹시 보게 되면 말이야."

"좋은 생각이에요. 함께 봐요. 그리고 맥브라이드 할아버지?" 티어건이 내 영혼까지 들여다볼 수 있는 듯 내 눈을 빤히 본다. 내 생각까지 볼 수 있는 것처럼. "기다려주세요, 아셨죠? 제이슨에게 좋은 일이 일어날 거예요. 괜찮아질 거예요."

"어떻게 알지?"

"그냥 느낌이 그래요." 티어건이 잠깐 내 눈을 똑바로 보며 말한다. "SBK, 할아버지."

"SBK, 꼬마친구."

티어건이 제이슨 옆에 놓인 의자에서 스웨터를 집어 들고 잠깐 멈춰 선다. 그리고 제이슨을 내려다보더니 체온을 재보듯 잠든 제이슨의 이마를 만진다. 델라가 문 앞에 나타난다. 델라의 손에서 열쇠들이 쨍그랑거린다. 티어건이 몸을 돌려 엄마를 따라가다가 뭔가에 이끌리듯 걸음을 멈춘다. 그리고 나를 돌아본다. 나를 아주 자세히 살펴보는 것 같다. 세월을 걷어내고 나를 젊은이로 보는 것 같다. 그 아이가 내 침대 옆으로 급히 오더니 몸을 구부리고 내 꺼끌꺼끌한 뺨에 부드럽고 작은 입술을 댄다.

"할아버지, 할아버지는 아름다워요."

그러고 나서 티어건은 가버린다.

47

얼마 뒤 나는 깜짝 놀라 잠에서 깬다. 맨 먼저 제이슨 쪽을 본다. 제이슨도 깨어있다. 이건 드문 일이다. 요즘 들어 우리가 동시에 깨어 있었던 적은 별로 없다. 훨씬 더 드문 일은, 제이슨이 얼굴에 미소를 띠고 있다는 것이다.

"왜?" 내가 서너 번 시도 후에 간신히 묻는다. 목소리가 제대로 나오기까지 시간이 좀 걸린다.

"할아버지가 방귀 뀌었어요. 완전 큰 방귀 소리 때문에 할아버지가 깬 거예요." 그러더니 진짜로 킥킥거리기 시작한다.

제이슨의 킥킥 소리가 웃음소리로 변하면서 그 짧은 순간이 아름다워진다. 하지만 이어 제이슨이 웃음을 뚝 멈추고 한 손을 가슴에 댄다. 그런 생각을 안 하려 하지만, 지금이 우리가 얘기할 수 있는 마지막 기회일 수도 있다는 느낌이 든다.

"근사한 여행이었어, 나와 안개 그림자." 내가 말한다.

제이슨이 잠깐 미소를 짓다가 고개를 흔든다.

"슈퍼맨이나 헐크, 스파이더맨 같은 최고의 슈퍼히어로들은 모두, 친한 친구들도 그 진짜 정체를 모르고 가족만 알잖아요.

가족은 슈퍼히어로의 진짜 이름을 부르고요. 할아버지는 내 형이잖아요. 그러니까 날 제이슨이라고 불러야죠."

나는 내 침대 너머 제이슨의 침대로 손을 뻗는다. 그 아이의 손을 잡는다. 제이슨은 손을 빼지 않는다. 구석에 놓인 의자에서 안나가 울음을 터뜨린다.

"나는 기운이 다 빠진 늙은이야." 내 목소리가 아주 작게 나오지만, 방이 꽤나 조용하니 제이슨은 다 알아들을 것이다. "살아야 할 이유가 하나도 없었어. 심지어 진짜 살아있는 것도 아니었지. 1년 반 동안은 그랬어. 그러다가 너를 만난 거야. 그리고 갑자기 내게 목표가 생겼구나. 너는 나를 다시 살게 했어. 내 생각에 그건 최고의 마술이야. 정말 그래. 그리고 내가 계산해보니까, 그렇게 하면 소원 다섯 개가 전부 이루어진 거더라."

가장 지독한 불운을 잡은 아이에게 그런 걸로는 충분치 않다는 걸 안다. 하지만 그래도 그건 대단한 일이다. 제이슨이 침대 옆 탁자에서 뭔가를 집는다. 얼핏 보니 소원 종이다. 제이슨이 움직이는 모습을 보니 두 팔을 그 정도로 올리는 것만으로도 기운을 다 썼다는 걸 알겠다. 제이슨이 한참동안 그 종이를 보더니 내게로 고개를 돌린다. 그 아이의 얼굴이 온통 눈물로 뒤덮여 내가 보이는 지도 잘 모르겠다.

"맥브라이드 할아버지, 할아버지를 만나서 정말 좋았어요."

이번에 나는 있는 힘을 다해 머리를 흔든다. 그렇게 하느라 얼마나 아픈지는 신경 쓰지 않는다.

"머리라고 불러, 알겠니? 머리라고 부르는 거야." 어떻게든 미소를 지어보려 하지만 얼굴에 아무 감각이 없다. "그러니까, '저기요'가 더 좋은 게 아니라면 말이야."

제이슨의 입술 한쪽 끝이 희미하게 움직인다. 우리는 병원 침대에 누워, 서로를 마주 보며, 손을 맞잡고, 병실 한쪽 구석에서 안나가 숨죽여 우는 소리를 듣는다.

48

　다시 깨어나 보니 제이슨의 침대가 비어 있다. 지난 번 의사가 했던 말이 떠오른다.

　제이슨에게 하고 싶은 말을 다 하세요.

　아드레날린이 급격히 분비되는 기회를 이용해 일어나 앉아보려 하지만, 반쯤 일어나다 말고 통증 때문에 비명을 지르며 다시 눕는다. 머릿속이 극심한 공포로 가득하다. 제이슨에게 하고 싶은 말을 다한 건지 잘 모르겠다. 시간이 많았다 해도 하고 싶은 말을 다 할 수 있었을지 모르겠다. 누군가를 얼마나 사랑하는 가에 상관없이, 그에게 마음속 말을 남김없이 털어놓는다는 건 그리 쉬운 일이 아니다.

　병실에 누군가가 있지만, 내 눈은 그 역할을 제대로 하지 못한다. 내 늙은 몸은 아주 빠르게 정지하고 있다. 하지만 그가 내 머리 위로 몸을 기울이고 내 얼굴 가까이에 얼굴을 가져올 때, 나는 그 숱 많은 검은 머리와 신부 옷을 알아본다. 제임스 신부가 날 보러 온 것을 알고 나는 편안하게 깊은 숨을 내쉰다.

내 시야 만큼이나 머릿속도 안개처럼 뿌옇게 변해서 무슨 일이 일어나고 있는지 정확히 알기가 힘들다. 생각해보면, 예전에 나는 정신이 또렷하고 맑은 데다 눈도 정확해 야구 경기장에서 시속 145킬로미터의 강속구를 칠 수 있었다. 하지만 지금은, 그 선한 신부가 내 이마에 기름을 떨어뜨릴 때에야 그가 내게 종부 성사를 해주고 있다는 걸 깨닫는다. 내가 이제 말도 제대로 못한다는 걸 눈치 채고 신부가 속죄 의식은 생략한 게 분명했다. 하지만 괜찮다고 생각한다. 이번 생에서 나는 수도 없이 용서를 구했고, 내가 마지막에 속죄를 할 수 없었던 이유를 주님이 이해하지 못한다면 그는 내가 생각했던 주님이 아니다.

"머리가 해냈어요." 제임스 신부가 기도를 마치면서 말한다. "솔직히 말하면, 머리가 성당에 와서 그 소원 종이 얘기를 했을 때 난 머리에게 그럴 만한 능력이 있을지 의심했어요. 하지만 머리는 해냈어요. 자랑스러워해야 해요."

그 말을 들으니 가슴이 뛴다. 주위의 모든 것이 숨을 죽였다. 어떤 것도 그렇게 분명하지 않다. 아주 약간이긴 하지만 나는 가슴 안에서 뭔가가 뛰는 걸 느낀다.

제임스 신부가 내 곁에 서서 종부 성사를 해주는 것, 그것이 어떤 의미인지 나는 완벽하게 잘 안다. 내게 멋진 말을 해주는 것도. 하지만 나는 제이슨 말고는 어떤 것도 생각할 수 없는 듯하다. 나는 깨어 있으려고 애를 쓴다. 사람들이 제이슨을 어딘가로 데려간 것일 뿐이고, 그 아이는 금방 돌아올 것이다.

하지만 아니다. 그렇지 않다는 걸 안다. 제이슨을 화장실로 데려갔을 리가 없다. 뭘 먹이러 데려갔을 리도 없다. 병원에서는 이미 할 수 있는 검사는 다 했다. 그리고 제이슨은 심장을 이식받으려면 아직 몇 달을 더 기다려야 했다. 말이 되는 건 단 한가지다. 내 어린 친구는 죽었다.

내게 확인이 필요할 즈음, 제임스 신부가 내 손을 힘주어 꽉 쥔다.

"머리, 이제 가도 돼요. 머리는 자유예요." 그의 목소리가 갈라진다. 제임스 신부는 좋은 사람이다. 어쨌든 나 같은 늙은이를 걱정해줄 만큼 좋은 사람이다.

"이제 제니 곁으로 가세요." 신부가 말한다. 내 뺨에 흐르는 눈물이 그의 뺨을 타고 떨어지는 눈물과 합해진다.

나는 모르핀 버튼을 누르고, 또 한 번 누른다. 고통이 사라지고 졸음이 온다. 버튼을 몇 번 더, 빠르게 연속해서 누른다. 그리고 텅 빈 잠 속으로 빠져든다.

49

몸이 떨린다. 두 손이 얼굴에 닿는다. 내 이름을 부른다. 몇 번이고 반복해서 내 이름을 부르는 소리가 들린다. 나는 천천히 깨어난다. 안나다. 내 침대 위로 몸을 숙이고 있다. 두 눈이 크게 벌어져 있고 얼굴은 화장과 눈물로 범벅이 되어 있다. 내가 눈을 완전히 뜨자 안나는 침대 옆 의자에 털썩 주저앉더니 눈물을 흘린다. 그녀가 무슨 말을 할지 두렵다.

"살았어요."

안나가 다시 침대로 다가온다. 어디에 있어야 할지 갈피를 못 잡는 것 같다. 안나가 내 팔 옆 시트에 얼굴을 묻는다. 그녀의 목소리가 소도시 야구장의 확성기에서 나오는 소리처럼 들린다. 소리가 뭉개져 알아들을 수가 없다. 제이슨이 살아있다고 말한 것 같았다. 나는 물어보려고 한다. 나는 알아야 한다. 하지만 말하는 능력이 내게서 없어졌다. 안나가 다시 말해주길 바랄 뿐이다.

"머리, 제이슨은 살아 있어요. 그 아이는 이겨낼 거예요. 정말 굉장한 일이 있지만, 그런데……그 얘기를 할 수조차 없어요. 머리에게 할 얘기가 너무 많아요."

이전에 내가 알아보지 못했던 것이 정말 많다. 벽에 걸린 시계의 초침이 째깍 째깍 움직인다. 어떻게 저 시계 바늘은 내 평생 동안 째깍거리며 움직일 수 있었을까? 그리고 이제 나를 위해 저 시계 바늘도 곧 멈출까? 한줄기 햇빛이 창문 블라인드 사이로 들어온다. 그 오랜 세월 살갗에 닿는 햇빛을 느꼈으면서, 그 온기가 그처럼 마음을 편안하게 하는 이유를 어떻게 한 번도 생각해보지 않았을까?

"머리, 제이슨은 수술을 받았어요. 그들이 제이슨의 심장을 꺼냈어요, 믿어져요? 제이슨 가슴에서 심장을 꺼내고 다른 심장을 집어넣었다고요. 아직 살아있는 사람의 심장이 그런 상태인 건 처음 봤대요. 그리고 이 얘기를 머리에게 해야 한다고 했어요. 내가 이 얘기를 할 때까지 머리, 당신은 떠날 수 없어요. 내 말 들려요?"

들리느냐고? 당연히 들린다. 그런데 안나의 말이 이상하다. 아주 기쁜 얘기인데, 그 말을 전하는 안나는 울고 있다. 분명 기쁨의 눈물이지만 뭔가 다른 것도 있다. 슬픔. 고뇌.

"머리, 내 말을 들을 수 있다면 좋겠어요. 병원에서는 제이슨이 그 심장으로 살아있는 건 물리적으로 불가능하다고 했어요. 의학적으로 그건 불가능한 일이었대요. 병원에서도 이해가 안 된다고 해요. 하지만 나는 이해해요. 완벽하게 이해해요. 머리, 당신 때문이었어요. 머리가 제이슨을 살아있게 한 거예요. 머리와 제이슨의 소원이 그렇게 한 거예요. 그 소원들을 이루는 것이요. 머리가 없었다면 제이슨은 죽었을 거예요."

안나가 반짝거리는 눈물이 가득한 눈으로 나를 본다. 나는 알지도 못할 감정으로 가득 차서 안나가 한쪽 손바닥을 내 뺨에 댄다.

"머리가 내 아들의 생명을 구했어요."

제이슨은 심장을 받았다. 그러니 그 아이는 죽지 않을 것이다. 그러니까, 아주 오랫동안은 죽지 않을 것이다. 오랫동안 행복하게 살고 나서 죽을 것이다.

그렇게 되었으니 나는 이제 평화롭게 쉴 수 있다. 제이슨이 괜찮을 거라는 걸 알고 죽을 수 있다. 나는 눈을 감는다. 몸이 날아오르는 느낌이 든다. 이제 고통이 없다. 걱정도 없다. 아픔도 없다. 나는 제니를 본다. 내 아들들을 본다.

그리고 나는 행복하다.

* * * * *

워싱턴 D. C.
JFK 센터 공연장

나는 얘기를 마치고 백 스테이지를 둘러본다. 내 두 눈에 눈물이 차오른다. 이제 공연 시작 직전의 그 부산함과 흥분을 느껴본다. 흠집이 난 나무 마룻장, 검은색 새틴 커튼, 나와 마일즈 사이에 떠다니는 먼지를 바라본다. 내 전기 작가가 눈을 동전만큼이나 크게 뜨고 나를 본다. 이건 그가 전혀 몰랐던 이야기다. 그가 좋아하는 마술사의 전기를 쓰기 시작하면서 기대했을 법한 내용을 넘어서는 이야기다. 그는 오랜 시간동안 아무 말도 하지 않았다. 내가 얘기하는 내내 그 내용에 따라 미소를 짓기도 하고 숨을 제대로 못 쉴 정도로 놀라거나 한숨을 내쉬기도 했지만, 절대 끼어들지는 않았다. 이 이야기의 중요성을 아는 것 같다.

내가 말한다. "내가 깨어났을 때, 보고 싶었던 사람은 딱 세 사람이었어요. 첫 번째는 어머니였는데, 어머니는 내가 깨어났을 때 내 손을 잡고 있었죠. 두 번째는 머리였어요. 하지만 내가 병원 침대에 누워 회복하는 동안 그가 평화롭게 숨을 거두었다고 들었어요. 오늘날까지 내가 가장 후회하는 건, 머리에게 고맙다는 말을 한 번도 못했다는 거예요. 그리고 세 번째는……"

'세 번째'라는 단어를 말하는데 목소리가 갈라진다. 그녀의 얘기를 할 수 없을 거라고 몸이 내게 경고하는 것 같다. 이날까지 한 번도 그 얘기를 하지 않았다. 하지만 해야만 하는 얘기다. 내 전기 작가에게. 그리고 세상에. 어떻게든 울음을 터뜨리지 않고 그 얘기를 해야만 한다.

"어느 소녀에 관한 얘기를 할게요."

나를 상처와 분리하는 것, 그것만이 내가 얘기를 할 수 있는 유일한 방법이기 때문에 나는 이렇게 말한다.

"세상 누구보다 사랑스러운 소녀였어요. 따뜻한 마음을 가진 아주 좋은 사람이었죠. 소녀는 노인과 소년의 친구였어요. 두 사람의 모험에 함께 했죠. 그리고 상황이 어려워졌을 때, 소녀는 두 사람에게 다 괜찮아질 거라고 말해줬어요. 소녀 때문에 두 사람은 기분이 한결 좋아졌고요. 노인은 소년을 보면서도 다시 젊어진 듯한 기분을 느꼈지만, 아마도 소년보다 소녀가 노인에게 그런 기분을 더 많이 느끼게 했을 거예요.

두 사람이 아주 많이 아팠을 때 소녀는 그 병원에 있었어요. 거의 내내 두 사람의 침대 곁을 지켰죠. 대부분의 시간을 그렇게 했어요. 그런데 완전히 모든 시간을 그곳에 있은 건 아니었어요. 어느 순간 소녀는 두 사람 곁에서 자기가 할 수 있는 일이 아무것도 없다는 걸 깨달았고, 그래서 뭔가를 하고 싶었어요. 원래 그런 사람이었거든요. 소녀는 두 사람에게 캔디를 사다주려 했어요. 그래서 상점에 데려가 달라고 엄마를 졸랐죠. 소년이 캔디를 좋아한다는 걸 알고 있었기 때문에, 소년이 깨어나면 선물로 주고 싶었거든요. 소년이 깨어나면요.

그래서 두 사람은, 그러니까 소녀와 엄마는 비가 많이 와서 길이 미끄러운데도 차를 몰고 밖으로 나갔어요. 그러면 안 되는 거였는데, 소녀는 그렇게 했어요. 친구들이 느낄 소박한 행복을 위해 기꺼이 위험을 무릅썼어요.

그건 소녀의 잘못이 아니었어요. 그 엄마의 잘못도 아니었죠. 다른 운전자 잘못도 아니었어요. 그건 누구의 잘못도 아니었어요. 그런데, 그처럼 끔찍한 일이 어떻게 아무의 잘못도 아닐 수 있을까요? 세상에서 가장 끔찍한 비극에 어떻게 아무도 책임이 없을 수 있을까요?

차는 웅덩이의 물을 치며 달렸어요. 그리고 미끄러지면서 길을 벗어났죠. 처음에는 오른쪽 타이어들만 미끄러졌는데, 소녀의 엄마는 그만 통제력을 잃었어요. 할 수 있는 일이 없었어요. 차는 배수로에 떨어졌어요. 사실 그건 매일 일어나는 사고예요. 운전자

들은 배수로에서 끌어올려져 일상의 삶으로 돌아가죠. 하지만 그날 밤 소녀와 엄마 앞에는 가로등이 있었어요. 차는 그 가로등 못미쳐서 배수로로 미끄러질 수도 있었고 가로등을 지나쳐 미끄러질 수도 있었어요. 하지만 그러지 않았어요. 차는 가로등 기둥을 정면으로 들이박았고 바로 그 자리에 소녀가 앉아 있었어요.

그 다음에 어떻게 되었는지 난 그저 상상만 할 수 있을 뿐이지만, 사실 상상하고 싶지가 않아요. 그 소녀에게 벌어진 일을, 혹은 소녀의 엄마가 느꼈을 두려움을 생각하고 싶지 않아요. 그 공포, 온몸을 마비시키는 두려움, 그리고 슬픔을요. 온 마음을 다 차지할 만큼 거대한 슬픔을요. 그녀의 딸은 떠났어요. 방금 전만 해도 이 아름다운 소녀는 살아 있었고 뒷자리에서 웃으며 얘기하고 있었는데 말이에요. 소녀는 자기가 캔디를 주면 소년이 어떤 표정을 지을까 기대하고 있었어요. 그랬는데, 눈 깜짝할 사이에, 떠나버린 거예요.

당연히 소녀의 엄마는 엄청난 충격을 받았어요. 소녀의 엄마가 충격과 슬픔에 사로잡혀 꼼짝도 못했다면 아마 완벽하게 이해가 되었을 거예요. 하지만 소녀의 엄마는 평범한 여인이 아니었어요. 그녀는 강했어요. 용감했고요. 그리고 친절했죠. 그래서 소년이 평생을 두고 감사해할 일을 했어요. 소녀의 엄마는 보통 사람은 상상하기도 힘들 정도의 힘을 끌어 모았어요. 그 소년을 알았기 때문이죠. 그리고 소년의 문제를 알았기 때문이죠. 소년에게 필요한 것이 무엇인지 알았기 때문에요.

소녀의 엄마는 휴대폰을 꺼냈어요. 이제는 숨을 거둔, 사랑하는 딸아이를 품에 안은 채 누군가의 목숨을 구하는 전화를 했어요. 잠시 뒤에 헬리콥터가 병원을 출발했어요. 소녀와 엄마는 병원에서 멀리 있지 않았기 때문에 헬리콥터가 사고 현장까지 가는데 오래 걸리지 않았죠. 잠시 뒤, 숨을 거둔 그 소녀는 병원 수술대 위에 누워 있었어요.

의사들은 부지런히 움직였어요. 그들 역시 소녀를 향한 슬픔은 마음 한편으로 밀어둬야 했어요. 그들이 할 일을 해야 했죠. 그리고 그렇게 했어요. 의사들은 소녀가 살아있을 때 늘 했던 일을 죽어서도 계속 할 수 있게 했어요. 소녀는 언제나 누군가에게 생명을 주었거든요."

눈물이 전기 작가의 뺨 위를 흘러 턱 아래로 떨어진다. 관객들이 움직이는 소리가 들린다. 커튼 가장자리로 내다보니 객석이 꽉 차 있다. 맨 앞 두 자리만 빼고 마지막 자리까지 다 찼다.

"이해가 안 되는데요. 그 소녀가 티어건이고 소년이 당신이라면, 그렇다면 그 말은……." 전기 작가가 말을 끝마치려 하지만 그러지 못한다. 대신 그의 눈이 내 한쪽 눈에서 다른 쪽 눈으로 빠르게 움직이더니 이어서 가슴으로 내려간다.

"그래요, 티어건의 심장이에요. 티어건은 내게 캔디를 사다주려고 나갔다가 결국 자신의 생명을 준 거죠."

전기 작가는 아무 말도 하지 못한다. 어찌해야 할지 모르는 것 같다. 그의 세계관이 완전히 변한 것 같다. 가슴 속에서 뛰는 건강한 새 심장을 가지고 깨어났던 열 살 소년일 때 내 세계관이 그랬던 것처럼.

그 이후로 너무도 많은 것이 달라졌다. 너무도 많은 일이 일어났다. 나는 삶을 살고 있다. 티어건 로즈 마리 애서튼이 내게 준 삶.

"어리고 미숙했지만, 그때 나는 티어건의 마지막 소원을 이루는데 내 삶을 바치겠노라고 결심했어요. 그 일을 겪고 나서 나는 금세 자랐어요. 마술에 몰두했죠. 처음에는 장난감과 책으로 그렇게 했어요. 그러다 어느 정도 나이를 먹고 나서는 마술을 공부하기 위해 온 세상을 다녔어요. 세월이 지나면서 나는 마술사가 되었어요. 공연을 하기 시작했죠. 돈을 벌기 시작했어요.

가능하면 검소하게 살면서 버는 돈을 모두 모았어요. 집 없는 사람들을 위해 백만 달러를 모으기로 결심했죠. 티어건을 위해서요. 그 목표에만 온 마음을 쏟았어요. 친구도 사귀지 않았고 가족과도 거리를 두었어요. 알다시피 인터뷰도 절대 응하지 않았어요. 지금까지요."

이 '지금'이라는 때를 보게 되리라고는 생각조차 못했다. 내가 서른 살 먹은 사람이 되는 때, 그리고 앞으로 살아갈 날이 더 많이 남은 사람이 되는 때. 백만 달러를 모아 내 친구의 소원들을 이루어주는 때. 오늘 밤. 티어건의 다섯 가지 소원.

누군가 내 어깨를 톡톡 치는 게 느껴진다. 내 앞에 서 있는 사람은, 아주 오랜만에 만나는 콜린스다. 사람 좋은 콜린스. 내 기대보다 훨씬 근사하게 이루어진 네 번째 소원. 그가 말한다.

"제이슨, 아, 아니지, 프로스페로."

"아니, 아니에요. 제이슨이에요. 당연히 제이슨이죠. 와주셨군요. 안 오실까봐 걱정했어요." 나는 일어서서 그를 안는다. 이 힘찬 포옹으로 내가 느끼는 감사가 전달되었으면 좋겠다.

"무슨 소리를 하는 거야? 무슨 일이 있어도 이 공연을 놓칠 수는 없지."

"어머니도 오셨어요?"

콜린스는 내가 그의 뒤쪽을 볼 수 있도록 한쪽으로 비켜선다. 거기에 한 남자가 혼자 어색하게 서서 길을 잃은 것처럼 백 스테이지를 두리번거린다. 아버지다. 아버지가 여기에 왔다. 나를 응원하러. 아버지는 언제나 나를 응원했을 거라고 나는 생각한다. 아버지만의 방식으로. 아버지가 손을 조금 움직이더니 얼른 객석으로 가서 의자에 앉는다.

"저기." 콜린스가 한쪽을 가리킨다.

안내원이 통로를 성큼성큼 걸어 백 스테이지로 온다. 그의 뒤로 두 여성이 따라온다. 한 사람은 어머니다. 어머니는 턱시도를 입은 나를 보자 함박웃음을 지으며 내게로 달려온다. 어머니는 아무 말 없이 나를 꼭 안는다. 황급히 나를 안는 그 모습이 어떤 말보다도 많은 걸 얘기해준다.

어머니가 팔을 뻗어 나를 떼어내고 내 모습을 본다. 두 눈에 눈물이 맺혀 있다. 어머니는 그저 고개를 끄덕이더니 누군가를 돌아본다. 그곳에 길게 늘어진 드레스를 입고 머리에 자주색 머리카락이 듬성듬성 섞인 여인이 서 있다.

"처음에는 오지 않겠다고 하더구나. 너무 고통스럽다고 말이지. 하지만 마음이 변했어." 어머니가 말한다.

나는 황급히 간다. 정말 그녀라는 게 믿어지지 않는다. 하지만 그녀가 나를 보는 순간, 20년이 지났어도 틀림없이 그녀, 델라라는 걸 알겠다.

"SBK, 제이슨." 델라가 말한다.

나는 쓰러지듯 델라의 품에 안긴다. 울음을 참으려고 하지만 이내 완전히 무너지고 만다. 나는 이 여인에게 내 삶을 빚졌다. 내 심장을 빚졌다.

"이렇게 훌륭하게 자라줘서 고맙다. 티어건도 널 무척 자랑스러워할 거야." 델라가 말한다.

어머니도 우리 둘을 함께 안고 이어서 콜린스도 그렇게 한다. 우리는 서로를 힘껏 얼싸안는다.

"이제 더는 떠나 있을 필요가 없어. 넌 지금까지 멋지게 해냈어. 너는 이제 자유야. 가족에게 돌아와도 돼." 델라가 또 말한다.

나는 눈물을 흘리면서 고개를 힘차게 끄덕인다. 죽음 속에서 생명을 받은 한 소년은 마침내 집으로 돌아왔다.

커튼 저편에서 커다란 목소리가 울린다. 무대 감독이다. 백 스테이지에서 벌어지는 드라마를 전혀 모르는 채 공연 시간에 맞춰 나를 소개하고 있다. 나는 공연을 할 수 있도록 마음을 수습하려 애쓴다.

내가 거기 모인 사람들을 하나하나 보며 말한다. "우리 모두 여기, 함께 있어요. 이건 진정한 마술이에요. 내 다섯 가지 소원 중 마지막 소원과 티어건의 마지막 소원이 정확히 같은 순간에 이루질 거라고 누가 생각이나 할 수 있었겠어요? 그리고 무엇보다, 이건 바로 머리의 소원이기도 했을 거예요. 우리의 소원들……그건 언제나 머리의 소원이기도 했으니까요."

나는 나비넥타이를 고쳐 메고 심호흡을 하며 마음을 안정시킨다.

"이제 가야 해요. 하지만 제발 여기 계세요. 여기 뒤에서 공연을 보세요. 공연이 끝나고 나면 우리는 또 함께 있을 거예요. 이 공연이 끝나고 나면 모든 것이 제 모습을 찾을 거예요."

내 왼쪽에서 전기 작가 마일즈가 모든 얘기를 듣고 있다. 그리고 처음 보는 사람인양 날 보며 말한다. "프로스페로. 마술. 이 공연. 모두 다 정말이지, 부차적인 거예요. 그러니까 당신의 이야기와 비교하면 아무 의미도 없어요."

"아뇨." 나는 그의 손을 잡는다. 늘 그랬듯 내가 살아있다는 것이, 내가 다른 사람을 만질 수 있다는 것이 놀랍기만 하다. 피가 여전히 내 온몸을 흐른다는 것이 놀랍다. "이 공연은 아주 중요해요."

티어건과 머리가 지금 어디에 있는지 잘 모르겠다. 두 사람이 여기 이곳에 우리가 모여 있다는 것을 알고 있을까? 그동안은 그렇다는 확신이 없었다. 그들이 우리를 걱정하며 지켜주고 있다는 확신도 없었다. 하지만 지금은 안다. 그들은 여기에 우리와 함께 있다. 이 순간에도 그리고 언제나.

나는 안다. 그 사실을 내 심장 속에서 느낄 수 있기 때문이다.

전기 작가는 내가 걸어 나가는 모습을 그냥 지켜보기만 한다. 나는 커튼 중앙으로 걸어가 눈을 감는다. 진행자가 내 이름을 말하자, 나는 커튼을 지나 연기가 피어오르는 무대 한가운데로 곧장 걸어간다. 객석에서 박수가 터져 나온다. 잠시 쏟아지는 박수를 받으며 서 있다. 티어건이 이 모든 것을 어떻게 생각할지 궁금해진다.

"이 자리에 와주신 여러분께 감사를 드리고 싶습니다." 내가 말한다. 그 순간 침묵이 공연장 전체에 내려앉는다. 공연장 안에서 불빛은 스포트라이트뿐이다. 내게 똑바로 쏟아지는 스포트라이트 빛을 받아 턱시도의 옷깃이 반짝거린다. 먼지가 정지된 공기 속을 떠돈다.

관객 모두 내게 온전히 집중한다. 관객들. 내 가족. 그리고 어딘가에서 이곳을 내려다보며 미소 짓고 있을 노인과 소녀.

"여러분이 이곳에 와주셔서 제가 얼마나 행복한지, 그걸 말로는 다 표현할 수가 없습니다. 장담하건대 실망하지 않으실 겁니다. 오늘 밤 여러분은 불가능하다고 생각되는 것들을 보게 될 겁니다. 미스터리와 마술이라고 밖에는 설명 안 되는 것들을요. 오늘 밤, 내 친구들, 바로 여러분은 나와 함께 이 우주의 영역을 넘어서는 것들을 목격하게 될 겁니다."

내 시선이 머리 위쪽의 플래카드로 향하고, 다음에는 수천 명의 기대에 찬 시선으로 향한다. 나는 눈을 감는다. 그리고 내 늙은 친구 머리, 내 생명을 구해준 어린 소녀에 집중한다. 고마워요, 나는 그들에게 말한다. 소원을 이루게 해줘서 고마워요. 눈을 뜬다. 스포트라이트의 온기가 느껴진다. 두 팔을 활짝 벌린다. 그리고 내 건강하고 생명력이 넘쳐흐르는 심장에 담고 있던 사랑과 에너지와 열정을 모두 끌어 모아 외친다.

"나는 프로스페로, 불가능의 지배자! 오늘 밤, 나는 여러분에게……마술을 가져다주리니!"

끝